中村汀女の世界
―― 勁健な女うた

今村潤子

至文堂

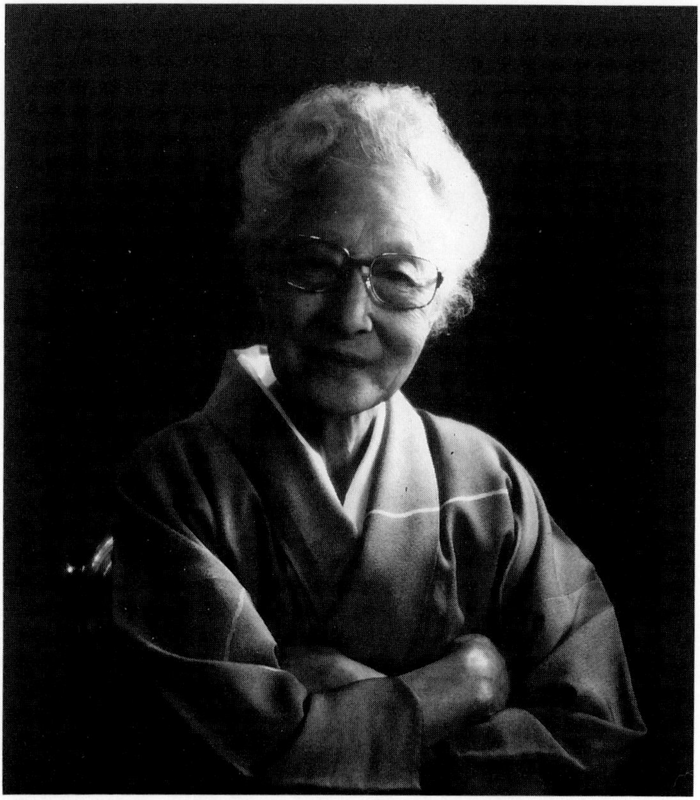

生家の外観

少女時代を過ごした郷里の部屋

熊本県立高等女学校に入学した頃

画図小学校に入学した頃

新婚の頃(大正10年)

江津湖畔で(大正8年)

**仙台税務監督局長
の夫と家族**
(昭和11年)

ホトトギス同人会記念写真(前列左から5人目が高浜虚子 後列の左端が三橋鷹女、2人目が汀女)

生家の句碑前で
(昭和25年)

中国人民協会の招きに
よる文化訪問団副団長
としての中国にて
(昭和31年)

選句中の汀女(昭和40年)

母テイと郷里江津湖畔にて(昭和41年)

昭和40年代の江津湖畔と斎藤橋

赤坂離宮にて
（昭和45年）

世田谷区名誉市民顕彰式（昭和62年）

[句　碑]

母校熊本県立女学校校庭
（現第一高等学校　昭和57年建立）

熊本県立女学校同窓の古荘ハマ氏宅庭　　　　　　（昭和35年建立）

熊本近代文学館裏
　　　　　（昭和60年建立）

母校、熊本市立画図小学校校庭
　　　　　　　（昭和46年建立）

中村汀女の世界
―― 勁健な女うた ――

目次

第一部 生涯と作品

第一章 華の生涯

一 俳人誕生―習作期 ……………………………… 15
二 大輪の華―確立期 ……………………………… 21
三 結実のとき―転換期・発展期 ………………… 29
四 今日の風 今日の花―円熟期 ………………… 34

第二章 作品の花束

一 「初期作品」論 ………………………………… 38
二 『春雪』論 ……………………………………… 45
三 『汀女句集』論 ………………………………… 56

四 『花影』論 ……………… 69
五 『都鳥』論 ……………… 80
六 『紅白梅』論 …………… 89
七 『薔薇粧ふ』論 ………… 110
八 『軒紅梅』論 …………… 123
九 『芽木威あり』論 ……… 136

第三章 俳句の特色と評価 …… 145

第二部 中村汀女季題別作品集 …… 161

中村汀女略年譜 ………………… 293
句碑一覧 ………………………… 304
あとがき ………………………… 306
初出一覧 ………………………… 310

第一章 華の生涯

一 俳人誕生―習作期

中村汀女。本名破魔。「汀女」は宏道流華道師範山崎貞嗣氏から貰った斎号「瞭雲斎花汀女」からとったもの。）明治三十三年四月十一日父斎藤平四郎、母テイの長女として熊本県飽託郡画図村（現熊本市江津）に生まれる。斎藤家は画図村でも有数の地主であり、明治四十三年、平四郎は村会議員に初当選して以来、大正二年四月十八日には画図村の村長に当選し、大正十年二月まで二期を勤めた。

江津は政争が激しい土地柄でしたね。父が村長になったのは私が女学校の頃だったけど、国権党とか政友党とか……。父が「ハラが……ハラが……」と言っていたけど原敬のことかしらね。熊日の横にあった鎮西館に毎日というほどじゃないけど父は通ってた。父は国権党の〝コツボネ〟反対党の人たちを「あやつ」と言ってましたからね。下江津の岡本さん上無田の鈴木さんだったか、この三人が自転車に乗って鎮西館に通うのよ。江津に三台自転車があ

ってこの三人が自転車の持ち主。朝出掛けて行っては夕方そろって帰ってくるというふうでしたよ。

（「江津・忘郷回想」『水郷画図の歴史』画図町史刊行会　昭58・10所収）

これは汀女が当時の画図の政治及び父の様子を語ったものだが、そうした政治や父に対して汀女がどう係わっていたか、次の文章はその辺のことを明らかにしている。

何しろ、政党の争いに有名な土地で、父の村長の仕事もなかなからしかった。選挙となればすぐ、松さん、源三郎、米太郎君などが召集され、八方に動いたものである。酒が出て御飯が出た。密議の立話せた背にぴたりと袴の腰板を結びつけて村役場に通った。しかし父はやを防ぐために、源さんが庭の暗がりにしのび出る、そこの白い密柑の花がこぼれるのではないかと私は心配した。（傍点筆者以下同じ）

（「句とともに」、『自選自解　中村汀女句集』白凰社　昭44・5所収）

大人の、父の政治の世界への興味、関心、気遣いよりも、「白い密柑の花がこぼれるのではないかと心配した」というところに、既に汀女のナイーブな感性が匂っている。

今は熊本市内だけれど、江津湖はやはり私にはもとの江津村がふさわしい。湖畔の人たちは東遙かに阿蘇の山々を仰ぎつつ、田植、麦刈にいそしみ、その間に藻刈舟を浮べ、夏に入る日は川祭の御神酒を湖に捧げる。私も朝夕湖を見て育った。走る魚の影も、水底の石も皆そらんじてゐる。／父母尚在ます江津畔に私の句想はいつも馳せてゆく。

（『汀女句集』養徳社　昭19・1）

こうした江津の豊かな自然の中で村長の一人娘として汀女は何の屈託もなく、大らかに育った。女学校では私はちっともよい生徒ではなかった。体操の時間を休むくせが出たし、読みかけ

第一章 華の生涯

の小説本を、教科書の陰でひらいていた日もあった。《『汀女自画像』主婦の友社 昭49・9》
学校の帰りは汀女も言っている様に「乱読時代」であり、それはまさに「文学的揺籃期」であった[注3]
この時期は汀女も言っている様に「乱読時代」[注2]であり、それはまさに「文学的揺籃期」であったといってよい。

担任の堀尾先生の国語の時間に、松尾芭蕉のことが出た。教科書に載っていた芭蕉の肖像の老人くさくて興味なかったこと。それにまた胸の病かなどで死ぬならともかくも、おなかをこわして旅先で死ぬなど情けないと、芭蕉をひそかに軽べつしていたものだった。／その私が後年、俳句をやるようになるなど、人生はまったくわからない。自分でも、おかしく不思議な気がする。／学校では、芭蕉と前後して蕪村や一茶の句も教わった。「宿貸せと刀投げ出す吹雪かな　蕪村」などは、舞台を思わせるようで、好きだと思い、すぐ覚えてしまった。

《『汀女自画像』》

高女時代の「日誌」には当時の学校生活や母テイの厳しいしつけの様子が伺える。母は供合村（現熊本市）新南部の出である。

母は園田家の次女、気丈ものというべきで、きりきりと采配をふり、誰彼の訴えごとにも力を貸していた。村内の縁談や、逃げたというある家の嫁さんの連れもどしのことや、あるときは何日とわが家にはそんな人を泊まらせてもあった。／庭の草むしりをして、かぶっていた笠とその下の手拭いをとっている汗ばんだ母を美しいとながめたことを思い出す。「洗足」の意であろう。夜の「せんそく」をやかましく言いつけた。母は私にも子供のときから、夜の「せんそく」をやかましく言いつけた。その湯は茶釜のかたえに沸く銅壺から汲風呂のない夜は顔、手足、必ず洗わせられるのに、その湯は茶釜のかたえに沸く銅壺から汲

むのだが、有難き習慣をつけてもらったと思う。いまたとえ夜汽車の中でも、私はやはり顔を洗ってしか眠る気がしない。顔さっぱりとあることが安らかな夢を結ぶ気がするのである。／母の教えといえばいま一つ。それは拭き掃除をさせられたこと。女中はいても、そちらにはそちらの仕事がある。私に申しつけられているのは玄関と、縁側を拭くことであって、小学校の三、四年ぐらいから始まった気がする。日曜日だけの仕事だが、休暇となれば毎日だ。幸いに、台所にも池にも湧く噴井の水は冬も温かい。それにしても冬の縁側の板は冷えきって、雑巾にじんと冷たいと思った。辛いと思った。／しかし、このことが、あと私に句を作らせるもとになったのであるし、私は今、拭き掃除が好きである。素足、拭き上げた板の間の足ざわりよろしさを大きくいえば日本の夏のこの上ない幸福とさえ思っているのだった。

この拭き掃除の時に浮かんだ句が「吾に返り見直す隅に寒菊赤し」である。この句が出来た経緯に関して汀女は次のようにいっている。

それは大正七年の十二月もおしつまった日であった。いつものように私の受け持ちの拭き掃除に、玄関の式台を拭っていたら、前庭の垣根のところに寒菊が咲いている。いつも冬になればひとりでに咲く、ありふれたえびちゃ色の菊であるが、そのときは珍しいものものように目に映った。／「吾に返り見直す隅に寒菊紅し」という文句が浮かび、自分でおどろきも感じたが、短い言葉のたのしさ満足さ、俳句とはこんなものではないかと思って、私は急いでまた何かを作りたくなった。

その後できた「いと白う八手の花に時雨けり」、「鳰霞に集まりぬ湖暮るる」などの句を父親が

（『汀女自画像』）

第一章　華の生涯

愛読していた九州日日新聞（現「熊本日日新聞」）の俳句欄に送ったが、それが選者の三浦十八公の目にとまり、氏から讃辞の手紙をもらったことがきっかけで汀女は俳句に足を踏みいれていくのである。その後は十八公の指導を受けるが、その当時汀女は歳時記の存在も、俳誌『ホトトギス』のことも知らなかった。

選者の三浦十八公は熊本の薬種商仁寿堂の主人橋本十七六から勧められて俳句を始め、青木月斗、広瀬楚雨、高浜虚子らの影響を受けて育った俳人である。彼は広瀬楚雨が熊本を離れた後、「九日俳壇」の選者となったが、汀女はこの十八公の勧めで大正九年に『ホトトギス』に投稿する。

　　身かはせば色変る鯉や秋の水
　　張板抱えて廻れば眩し鴟の庭
　　昼餉一家に恥ぢ通りけり鳳仙花
　　我が思ふ如く人行く稲田かな

初投句が四句入選した。十八公が上京した後は「ホトトギス」の先輩宮部十七翁に句の指導を受けるが、この頃の句はすべて身の廻りの景物や日常生活を詠んだものである。

ここには、まだ歴然とした句の傾向を見ることはできない。しかし、生活の場、身のまわりの目に映ずるものを核として、そこに一瞬の景を絵としてとどめようとする、詩的世界への志向はうかがえる。「張板抱へて」という女性の日々らしい動作の中に作者が「眩し」く感じた陽のふりそそぎは、同時にこの句を味わう者に、汀女の若い日の明るさ、眩しさを感じさせるものである。

　　　　（木谷喜美枝「中村汀女」、『解釈と鑑賞』昭58・2）

高浜虚子は大正時代『ホトトギス』に「婦人十句会」欄を設け、そこから阿部みどり女、杉田久女などが育ったが、昭和二年ごろから『ホトトギス』婦人俳句会となり娘の立子、汀女が育っていくことになるのである。

婦人俳句会では「女流十句」という企画（互選により佳句を選ぶもの）があり、汀女は長谷川かな女と並んで高得点を得ている。

　縫始今暖めて来し手かな
　くけ台の引糸さげて日永かな
　朝曇しめやかにかくるはたきかな
　打水や抱え出て欅しめなほし

これらの句はまさに女性の日常の世界を女性のこまやかな感覚で捉えたもので、典型的な主婦俳句、台所俳句である。

三浦十八公が上京した後は宮部十七翁に句をみてもらったが、青木月斗、その他の句友との交わりもでき月斗とは屋形船で江津湖に遊んだりした。

　遊船に手伝つて提灯吊しけり

『ホトトギス』の他にも長谷川零余子の『枯野』に投句していたが、『枯野』を通して知りあった杉田久女、長谷川かな女、安部みどり女なども江津を訪ねている。

大正九年、熊本市寺原町出身の中村重喜氏と結婚、翌年淀橋税務署長の夫と共に上京する。上京後、俳句の先輩で、同郷の鎌田瑗女の紹介で長谷川かな女邸の句会に二度出席するが子供の出産や転勤などもあってか、いつとはなしに句作を中止し、それから十年程俳句から遠ざかる。

第一章 華の生涯

処女作のころからこの結婚までは、習作期といってよい。またこの時期、汀女が俳人としてデビューする舞台は既に用意されたのである。

二 大輪の花―確立期

汀女が再び俳句を作りはじめたのは昭和七年である。子供の手が少し離れるようになったことや、肋膜炎にかかり「病床で虚子の本を読んだりした」ことなど汀女に句心がもどってきつつあった時、杉田久女からの誘いがあったことが直接の要因と考えられる。久女の誘いに応じて汀女は「飛行便に託して」と記して創刊号の「雑詠欄」に次の四句を載せる。昭和七年三月久女は女流の俳誌『花衣』を創刊した。

　　草萌や紅さす小葉も交りつゝ
　　東風の冲碇泊船のうす煙
　　草萌や舷の霜日々濃きに
　　草もゆる菊が岡なる句会かな

これらは横浜の早春の景を詠んだものであるが創刊号には他に「梅日和」という欄に

　　父 恙
　　毛糸きる背丈もちさくなり給ふ

フランスの船夫があめる毛糸かな

の二句を出している。
　十年ぶりの句作に愉しさを覚えた汀女は、同年七月に丸ビル内の「ホトトギス」発行所にはじめて虚子を訪ねたが、その娘立子ともひきあわされて、次の日から「玉藻」の句会に出席することになる。
　結婚して国を離れ、子供三人、その間私はすつかり俳句を止めてしまつた。大蔵省の官職にあつた夫に随ひ、大阪から横浜に来た。西戸部の税関官舎からは野毛山が近くて、夕刻までの小閑をよくひとりで出かけた。横浜の町はどこからも船が見え、私は船のある港の風景が好きだつた。そして丸十年ぶりに句作にかへつて、丸ビルで虚子先生にお目にかかり、星野立子さんにお会ひした。それからはや十余年の親しいお交りとなつた。（『汀女句集』）
　『玉藻』は昭和五年六月父虚子の勧めで立子（二十七歳）が創刊した俳句誌である。同誌は『ホトトギス』に直結していて、俳句初心者の指導と「婦人俳句の飛躍」を主目標としたものであった。

　　噴水のましろにのぼる夜霧かな（野毛山公園）
　　とどまればあたりにふゆる蜻蛉かな（三溪園）
　　船蟲に忽然としてヨットかな（本牧海岸）
　　地階の灯春の雪ふる樹のもとに（山下町近く）

これらはいずれも横浜の景物を詠んだものであるが、横浜の異国情緒にあふれた明るい風景はことに汀女の天真爛漫な気質と響きあうものがあると思われる。

第一章 華の生涯

汗ばみて来て香水のよく匂ふ
もろこしを焼くひたすらになりてみし
工場のいつもこの音秋の雨
風呂沸いて夕顔の闇さだまりぬ
日常の瑣事をさりげなく十七文字に表現した汀女の句は『ホトトギス』でも巻頭を飾るようになり昭和九年には同人となる。

昭和十年三月の巻頭句「風邪床にぬくもりにける指輪かな」に次号で赤星水竹居は「甚だ僭越ながら巻頭句を批判させて頂きます。此間今度の雑詠句の結果が発表された時、早速発行所に拝見に来て汀女さんの句が巻頭に置かれてあったのを見て、又やられたかなと思って、早速投句を拝見して見ると相も変らず汀女さん独特の他人の追随を許さぬ境地を描いた句を並べて居られるのにいつも乍ら深く感服した。」(『ホトトギス』昭10・4) といっている。

汀女は虚子の門下にありながら、もうすでにこの時期「独特の他人の追随を許さぬ境地」をつくりあげつつあったといってよい。そこには虚子の説く花鳥諷詠、客観写生によりながらそれとは一味違った世界が開示されている。
自然の姿をやはらかい心持で受取ったまゝにいふことは立子の句に接してはじめて之ある哉といふ感じがした。写生といふ道を辿って来た私はさらに写生の道を立子の句から教わったと感ずることもあったのである。それは写生の目といふことではなくて写生の心といふ点であった。其柔かい素直な心はやゝともすると硬くならうとする老の心に反省をあたへるのであつた。女流の俳句はかくの如くなくてはならぬとさへ思つた。／立子の句と全

く反対の立場にあるものは加賀千代の句であらうか。理智に富んだ千代の句はやゝともすると儀礼にからまつた人情の句にならうとする傾がある。純粋な情感の天地に住つてゐる立子の句は自然が柔かく其の懐にとけ込んで来るやうに感ずる。昔の人はひたすらに千代の句を礼讃したものであるが、今後の女流はいたづらにその轍に倣つて生硬なる月並の残滓をなめることをしてはならない。立子等に依つて拓かれた新らしい道を取らねばならぬ。

　　　　　　　　　　　　（「立子によつて拓かれた」、『立子句集』昭12・11・6）

ここで虚子が「女流の俳句」の理想の姿としていつている「写生の心」（自然の姿をやはらかい心持で受け取つたままに諷詠するといふこと）は虚子の世界とは一味違った世界であり、それは汀女俳句の世界でもあるのである。

虚子が娘立子のよきライバルとして汀女を育てていったことは立子の処女句集『鎌倉』（昭15・1）と汀女の『春雪』（昭15・3）を「姉妹句集」と言い、同じ巻頭文を載せていることからも伺える。

汀女句集『春雪』と立子句集『鎌倉』とは姉妹句集といふことが出来る。其性質は決して似てゐるとはいへず、むしろ全く異つてゐるといふべきかもしれぬ。併しながら清新なる香気、明朗なる色彩あることは共通の風貌である。／女性の俳句といふものは古くからあるが、私等の時代に於ては大正時代にぼつ〳〵其萌芽を見、昭和時代に於て成熟し男子を凌ぐものが出て来た。其代表と見るべきものは此姉妹句集である。

　　　　　　　　　　　　　　　　　　　　　　　　　　　（『春雪』序）

当時俳壇の重鎮であった虚子からの讃辞によって、汀女は立子とともに「ホトトギス」派女流の双璧として、また女流俳人として「男性を凌ぐ」地位を与えられる。ここに汀女の世界は確立したといってよい。

第一章　華の生涯

この時期、汀女は夫の転勤に伴って、横浜の後、大森（東京）、仙台、世田谷（東京）と居を転ずるが、この時期をみていえることは、夫の転勤に伴う新しい土地や自然との邂逅が汀女の感性を豊かにしたということである。汀女の場合、夫の転勤も子供の育児や病気も、妻として母としての立場が俳句をつくることにマイナスになっていないことである。

この句は作句再開後まもなく横浜税関官舎でのもので、「雨がざあざあ降っていた。長男の幼稚園の先生が電話を借りに見えた。その電話の話をきくともなく聞いていたら、今日着く船の話、こんな降りでは船がおくれるのも無理はないと考え、そして雨の日はわびしい波止場の光景が浮んだ。」（『汀女自句自解抄』）といっている。

さみだれや船がおくるる電話など（横浜）

ひたすらに人等家路に秋の暮（大森）

わが肩に触りゆく人も秋の暮（〃）

この句は「夕暮に大森駅が吐き出す人波」（『自選自解』）や道路ぞいの門の前を足早に家路に急ぐ人々の靴音の中に夕暮時の持つ一種の哀感を詠んだものである。

　北の町の果てなく長し春の泥（仙台）

昭和十一年、三月末の朝、仙台駅に着いた汀女は、「ぴんと張り切った寒さの、風のきびしさが、新しい土地に来た心細さを新たにした」[注6]二日町の「狭い町筋の春泥」を詠んだものである。このように自分の置かれた環境の身辺の景物を詠んだものの他に子供を詠んだものにも佳作が多い。

　おいて来し子ほどに遠き蟬のあり

次男が疫痢で危篤状態を脱し、退院後、久々に『ホトトギス』同人句会（駒沢の赤星水竹居宅）に出席した時のもので「遠い蟬の声と、そこよりほんとに傍でないと思う子と—しかしそのとき私は子を案じながら、蟬の声にやや多くひかれていた自分を思い出す。」といっている。また、立子は「強い主観を充分に消化した俳句」と評している。

　ひとりでに子は起き燵は起さるる
　ここにまた吾子の鉛筆日脚伸ぶ
　みどり児と蛙鳴く田を夕眺め
　あひふれし子の手とりたる門火かな
　この時期は特に子供を詠んだものに佳句が多い。
　人波のここに愉しや日記買ふ
　稲妻のゆたかなる夜も寝べきころ
　雪しげく何か家路の急がるる

　これらは主婦としての日常生活、家庭生活に句材をとったものである。当時そういう句を男性側から「いささか愛情をこめ」て、「揶揄的」に「台所俳句」といった。
　ひところ、立子さんや私の作るものは台所俳句といわれ、凡俗な道を歩むものだという気がするし、現在に至るまで尾をひいている。私はちっとも気にしなかった。私たち普通の女性の職場ともいえるのは、家庭であるし、仕事の中心は台所である。そこからの取材がどうしていけないのか。ひとりの女の明け暮れに、感じ浮かぶ想いを、ひとりだけの言葉にの

第一章 華の生涯

せ文字にする、それだけでよろしいのではあるまいか。俳句第二芸術論もやかましかったが、そんなむずかしいことは考えないで、自分の浮かび来るものを作るしかなかった。

(『汀女自画像』)

こうした女性俳句に対する揶揄を昂然とはね返したところには汀女の反骨精神(土性骨の太さ)が垣間見られるばかりでなく、そこには居直っている汀女の姿、汀女の俳句に対する矜持さえ感じられる。

台所俳句及びこの時期の汀女及び句材に関して首藤基澄氏は「台所俳句といっても、生活の場の変化は、当然のこととして視野の拡大につながったのである。汀女は夫の転勤を見事に活用し、日本人の生活の奥深くへ参入しているとみていい。」と言っている。[注9]

「生活の場の変化」を「視野の拡大」に転用したところに汀女の賢さがある。この時期、汀女の俳句の世界が「日本人の生活」へとその領域を広めていったところには、汀女俳句の普遍性に繋がるものがあるといってよい。

こうした汀女のめざましい飛躍ぶりに虚子は次のようなことを言っている。

もう何十年かあなた許りで無く、何百人、何千人、或は何万人といふ人の句を毎日選び続けて今日迄参りました。よくもそんなに選び続けて来たものだと思ひます。併しその多数の句を選んで疲労せずに遣ることが出来るといふのは、偶に其等の句の中に、私を驚喜せしめ昂奮せしめる句が見出せる、といふ事の為めであらうと思ひます。さうして其驚喜させ昂奮させる句の中にあなたの句もあつたことを思ひ出すのであります。さうするとあなたが私に感謝なさるよりも、私があなたに感謝しなければならぬことになるのかもしれません。／併し

斯んなことをいふたが為めに、あなたの力量を過信なさつては困ります。あなたにそんなことの無いことは十分承知してゐますが、あなたを仮りて一般に注意を与へて置き度いと思ひます。「選は創作なり」といふのはここのことで、今日の汀女といふものを作り上げたのは、あなたの作句の力と私の選の力とが相待つて出来たものと思ひます。あなたには限りません、今日の其人を作り上げたのは、其人の力と選の力とが相倚つてゐるのであります。世間にはジヤーナリストといふ恐るべきものがあります。すぐ其人の耳に其人の力量を過信するやう囁きます。ついつい其気になります。やがて夜郎大のそしりを招くやうになります。従来其例は往々にしてあります。／余計なことを書きました。御許し下さい。

（『汀女句集』序）

　虚子は汀女の句の中に自分を「驚喜せしめる句」があると誉めたあと、でも「あなたの力を過信なさつては困」るといい、「今日の汀女といふものを作りあげたのはあなたの作句の力と私の選の力とが相待つて出来たものと思ひます。」と「選は創作なり」ということを強調し、更に、その人にその「力量を過信させる」ジヤーナリストの存在に注意するように言っている。これは汀女のめざましい飛躍ぶりに虚子が投げかけた牽制球であるといえる。ここには汀女がみごとに自分の世界を確立して「大輪の花」を咲かせたことに対する畏れがあったとみてもよい。

　汀女は男性の四Ｓ（水原秋桜子・阿波野青畝・山口誓子・高野素十）に対する女性の四Ｔ（星野立子・中村汀女・橋本多佳子・三橋鷹女）の一人として汀女の世界を確立したのである。

第一章　華の生涯

三　結実のとき──転換期・発展期

昭和十九年には郷里の父を亡くした悲しみ（「父在しし梢のままに夏の月」）や、長女の結婚（「冬鏡子を嫁がせし吾がぬし」）という喜びなど悲喜こもごもの中、疎開もせず東京で終戦を迎える。戦後は米や野菜などの買出しに追われる毎日が続いていたが、終戦後のすさんだ日々の生活に「何か心の寄り処を求めて」ということで、俳誌を作る話がもちあがり、それが成ったのが昭和二十二年五月であった。俳誌『風花』創刊号の誕生である。編集にあたったのは富本一枝氏である。彼女は曾つての婦人運動の闘士で、雑誌『青踏』で尾竹紅吉というペンネームで話題になった人である。内容は俳句を中心に一般文学論、詩などもあり俳誌というよりは綜合雑誌といった方がよく、執筆者も武者小路実篤（「畫をかく事で」）、室生犀星（俳句「蕗の薹」）、本多顕彰（「一般文学論の適用」）、中河與一（「宗祇・芭蕉・蕪村」）、春山行夫（詩「石竹」）、成田陽（「詩四章」）、河盛好蔵（「何を読むべきか」）、石田波郷（「實朝忌他三句」）、野尻抱影（「梅雨の星」）など文壇の一流人が名を連ねているが稿料は払われていない。

俳誌の題名「風花」について汀女は次のようにいっている。

「風花」これは始めは「かざはな」から取りましたけれど「ふうか」、「風花」とは晴天に散で、呼びよいものですから「ふうか」とよびなれてしまいました。／

らつく雪また風の出はじめにちら〳〵と降つて来る雪を申すのだそうで、私は「風花」といふとすぐ、明るい月光の中にはら〳〵とちよつとの間、降る雪のことが浮んで来て、月光とも雪のかげともわからない、その瞬間が思ひ出され、奇麗だと思ひ、そして富本さんがいい名をみつけて下さつたと思ひます。新年號には中谷宇吉郎先生が風花についてお書き下さることになつて居ります。

『風花・第四・第五號合併號』昭22・12・1

俳誌の命名に関しては、汀女自身の発意ではなかったが、汀女は後に「風花」を自分流に「今日の風 今日の花」と解釈し、「今日に心新しくあれば、風も新た、花も新た」と自戒の言葉としている。

そうした『風花』は昭和二十年代は月刊といってもその歩調は乱れがちであったが、昭和三十四年には、頁も八十頁位になり、殆ど俳句を以て埋め尽くされるようになった。各地に「風花」の支部が出来はじめたのは昭和二十三年頃からで、各支部の活動が目覚ましくなったのは昭和二十七年頃からである。注10 昭和三十四、五年頃には「本部例会は百名近く、全国三十にあまる支部句会があり、風花に寄するもの千名を越える」までになった。注11
昭和三十五年『風花』は百号を迎え、ホテルニュージャパンで還暦もあわせた盛大な記念大会が開かれ、全国から多数の会員が参集した。こうした『風花』の着実で華やかな歩みに加えて文芸春秋社、中央公論社主催等の講演会、及び俳句の講座は後のカルチャーブームの先駆けとなった。

俳誌の主宰としての会員、その他の指導もさることながら、『春暁』（目黒書店 昭22・2）『半生』（七曜社 昭22・9）などの句集を出した。

第一章　華の生涯

『春暁』は大正八年から昭和二十一年までの作品五百七十句を年代順に居住地による表題で収めたもので、『半生』は大正七年から昭和二十一年までの作品四百九十九句を制作年代順に収めたものである。また、これら二句集収録のものを含め『汀女句集』以降の作品を収録したものが『花影』（三有社　昭23・1）であり、昭和十八年から二十二年までの作品三百四十六句を制作年代順に収めている

　小鏡をかけて用足り柿若葉
　夕顔に立つ暇さへありなしに
　朝寒や廚もすぐに片づきて

これらは主婦の日常に句材をとったいわゆる台所俳句である。台所俳句といっても食糧難の台所をあずかる主婦の苦悩やつらさなどを詠んだものはみあたらないばかりか、汀女は、生きること（食べること）にあくせくしている人をよそに次のような句を作っているのである。

　外にも出よ触るるばかりに春の月

この句は汀女の句柄の特色を「抒情的」だとする人のよくひきあいに出す句であるが、大きな明るい春の月を目にした時の感動を「外にも出よ」という呼びかけで叙したところにこの句の妙味がある。この呼びかけが「触るるばかりに春の月」という、「いかにも生き生きした言葉の中に、快く余韻を引いて、おほまかな表現ながら、一本に通つた快適なリズム」[注12]をなしているので ある。この句は汀女の「軽やかで、快適で、素直さ」[注13]の発揮された句である。

　秋扇、たいして傷んでもいなかったその年の扇に、過ぎこし夏がまた思い返され、それにし ことごとを心に刻み秋扇

ても、私は現在の自分を、大事に、忘れまいとしていた。（『自選自解 中村汀女句集』）

息白し人こそ早き朝の門

この句の出来た朝も、寒むざむと心いじけて、戸を出た私なのに、一歩外の通りにはもっと早い朝出の人たちの軽い足どりがあった。いじけたことがはずかしかった。

（『自選自解 中村汀女句集』）

といっている。

これらの句には「風花」を「今日の風 今日の花」と日々を生き抜く「自戒の言葉」とした汀女の姿がある。

ときをりの水のささやき猫柳
草にふれ秋水走りわかれけり

一句目は、ともすれば聞き漏らしそうな水の音を聞き、猫柳の輝きに、野に潜んでいる春を実感している。二句目はよくみかける野の情景をありのままに詠んだ句だが汀女は「一葉の草のふるるも許さない水の心というのか、みだされまじく、溢れ急ぐ秋水の勢いに、私は教えられるものがあった。」（『自選自解 中村汀女句集』）といっている。

昭和二十三年から二十五年までの作品三百八十句を〈新年〉〈春〉〈夏〉〈秋〉〈冬〉に分けて収めた『都鳥』（書林新甲鳥、昭26・3）や昭和二十六年から昭和四十三年までの作品千五百八十七句収めた『紅白梅』（白凰社、昭43・12）上下二巻（上巻〈新年〉〈春〉〈夏〉〈欧米行〉下巻〈秋〉〈冬〉〈中国行〉）になると、これまで多かった子供に関する句も母親の子供への愛情を詠んだものだけでなく、母親の心境を詠んだものがみられるようになる。

第一章 華の生涯

子にかかる思ひを捨てぬ更衣
子にかける嘆きあきらめ初紅葉

母親にとって子供のことは四六時中つき纏ふ心事でありながら、限りなく手の届くものではない。「捨てぬ」といい「あきらめ」と言って「さっぱりしたはずの、そのうしろに、いっそう思いわずらいいる」母親の心がある、また「嘆き」といってもそれは子供をもつ母親の幸せの一つなのである。

　　今日に処す足袋の真白をはきにけり
　　牡丹剪つて想ひ秘むものある如し
　　霜白し己れひそかに制すもの
　　燃え落つる柔ら藁火に年歩む
　　寒の水ふくみておのれ信ずべく

以上掲げた句の他にもこの時期には自己の姿（内面）を詠んだもの（心境句）に佳句が多い。

また、全国の銘菓を紹介した『ふるさとの菓子』（中央公論社　昭30・6）、『をんなの四季』（朝日新聞社　昭31・3）、『母のこころ』（ダヴィッド社　昭32・7）などの随筆集も出した。汀女の洒脱な文体は多くの愛好者を得た。句会、雑誌における巧みな添削指導、ラジオ・テレビによる平易な解説により、俳句を国民的な文化として広めた功績は大きい。

この時期汀女の活躍は国外にも及び、昭和三十一年九月、中国人民協会の招きを受け、文化訪問団副団長として中国を四十七日間にわたり訪ねたが、汀女が俳句を日本の文化として紹介、海

外での関心を高めたことは看過できない。

この時期汀女はいわゆる台所俳句の域を脱したといえる。であるが、単に自然を写生するばかりでなく、人間の内面に入りこんでいっているのである。「風花」創立以来、昭和三十年頃までの歩みは、自然に「ホトトギス」を離れ、自分の世界を確立していった時期、また、女流の域を出て、本格派俳句を生む自在の境地に達した時期とみてよい。

　　四　今日の風　今日の花—円熟期

この時期は、汀女の動き（活動）としては第三期と変りないが、俳句の世界は円熟期といってよい。

『風花』はいよいよ盛会を極め、昭和四十二年四月には「風花」二十周年記念大会を開く。四十三年には胆石で東京女子医大に入院するが四十四年には山口支部二十周年記念大会や、熊本日日新聞社主催の俳句大会など国内だけでなく欧州に旅もしている。

　息づける青葉や屋根や雨後の巴里
　ふと仮睡花オリーブに母の夢
　ナポレオンロード斜めにバラ出荷

第一章　華の生涯

昭和四十五年古稀を迎えたが、あちこちからの講演依頼も多くなる。また十一月三日には熊本県近代文化功労者として顕彰を受ける。

激雷や北欧の海色失し

木犀の匂ひて久し夕茜

十一月十日には、赤坂御苑で催された園遊会に参入、陛下よりのお言葉をいただく。

紅葉照り竜顔咫尺風も絶え

昭和四十六年十二月には最愛の母を亡くす。

冬の雨なほ母たのむ夢に覚め

昭和四十七年十一月三日には勲四等宝冠章受賞、五十三年にはNHK放送文化賞、五十五年には文化功労者として顕彰される。また昭和五十九年には日本芸術院賞を受け、死の直後（昭和六十三年十月）勲二等瑞宝章を追賜した。このように汀女の晩年は数々の栄光に輝いた。晩年まで『風花』の毎号の選をおろそかにせず、毎月何千にものぼる俳句に目を通していた。

米寿とて浮びし句、扇面に

行く方にまた万山の桜かな

（昭63・『風花』・5）

昭和六十二年四月『風花』創刊四十周年を迎え、米寿のお祝と祝賀会が開かれた。翌六十三年四月、誕生日に恒例となった〝風花の集い〟を開催したが、その後、東京女子医大病院に入院する。病床でも句作や選句を続けた。

大志なりテゥーリップ咲くわれに向き

若葉満つ吹き荒れたりし夜の間にも

（同　　）

夜明けたり海の実太らさ揺れつつ　　　　　　　（昭63・『風花』・6）
物を干す日の幸椿咲き満ちつ　　　　　　　　　（　同　　　）
住みなせる一隅に覚め明易し　　　　　　　　　（　同　　　）

これらは自宅にて療養中の句である。晩年になって汀女は枯淡の境地に達したという人もいるが、これらの句には老いても病を得ても常に平常心をもって明るく前向きに生きた汀女の姿が伺える。

日常茶飯の人の背中にあたる陽や風に永遠のかげろいがある。それを見のがさない視座は、きびしくてふかい。（中略）私など、日常凡々の生活は当然ながら、何かと身辺苦患も多い方かと思うが、その私にも、汀女の句からうけるすがすがしさはありがたいのである。澄んだ眼で切りとられる日常の心のうつくしさに、どきっとさせられて、心を洗われる。

（水上勉「平常心の道」、『中村汀女・星野立子集』現代俳句の世界10　朝日新聞社刊）

六十三年九月二十日午前九時五十五分、呼吸不全のため永眠。「私はもう寝たいからあなたたちも早くおやすみなさい。」といった最後の言葉には、汀女の家族への暖かい思いやりがにじみ出ている。法名、淳風院釈尼汀華。

春暁や今はよはひをいとほしみ

俳誌『風花』（昭和六十三年十、十一月号）に〝中村汀女遺句〟として、掲載された病床作句ノートよりの未発表のこの句には、「今日の風　今日の花」をモットーとして生きた汀女の姿があるといえる。

第一章 華の生涯

注1 父平四郎が「元気な子供に育つように」という願いをこめてつけた名前であったが、第一高女の学芸会の展示室で上級生が「破魔」の名を「恐ろしい名前」とひそかに話をしているのを聞いて以来、「濱子」とか「はま子」と書くようになった。
注2 『汀女自画像』（主婦の友社　昭49・9）
注3 古江研也「第一期江津のうた」（『方位』十三号　平2・8・1）
注4 大正十三年に長女（濤美子）、大正十五年に長男（湊一郎）、昭和四年に次男（健史）誕生。
注5 大正十三年仙台、大正十四年名古屋、同年大阪、昭和五年横浜、昭和十年東京（大森）、昭和十一年仙台、昭和十二年東京（世田谷）と夫の転勤に伴って転居した。
注6 『自選自解　中村汀女句集』（白凰社　昭44・5）
注7 注2に同じ。
注8 「汀女さんの句」（『汀女句集』所収）
注9 「第二期生活者のうた」（『方位』十三号　平2・8）
注10 拙論「第三期　結実のとき」（『方位』十三号　平2・8）
注11 注10に同じ。
注12 山本健吉「汀女の句」（『汀女自画像』所収）
注13 注12に同じ。
注14 注10に同じ。
注15 細川正義「第四期　平常心のうたをつらぬいて」（『方位』十三号　平2・8）

第二章　作品の花束

一　「初期作品」論

「初期作品」とは『中村汀女俳句集成』(昭49・3)編纂の折、処女句集『春雪』に未掲載の句を『龍燈―九日俳壇選集』(大8・12)から採って収録したものである。『龍燈』は大正七年以降大正八年十月まで九州日日新聞(現熊本日日新聞)の俳句欄に掲載された句を当時選者であった三浦十八公が編集したもので、「汀女初期作品」には百三句が収められている。

汀女がはじめて九州日日新聞の俳句欄に採られた三句の中の「いと白う八つ手の花にしぐれけり」は「汀女初期作品」の末尾に置かれ、「鳰葭に集りぬ湖暮るる」は処女句集『春雪』の冒頭に置かれている。

汀女は、初投稿の作品に対して選者の三浦十八公氏から大変にほめた手紙をもらい「私は十七文字を作る気になったのだった。」(『汀女自画像』)といっている。十八公との出あいはその後の汀女の人生を方向づけたのである。十八公から教えられるまでは歳時記も『ホトトギス』という

第二章　作品の花束

俳誌のあることも知らなかったが、身のまわりのものを手あたり次第十七文字にしていくことに興味を覚え、次々と句にしていった。「初期作品」はそうした頃のものである。

　藻の花や小魚吐きたる泡いくつ
　せきれいを追ふ鶺鴒の閃く尾
　銃声に鴨悉なくたちにけり

掲句は江津湖の風物を詠んだものである。瓢箪形をした江津湖は阿蘇の伏流水が清水となって湧いている。湖にはうす紫色のほてい草の群落がぽかりぽかりと浮かび、小さく白い藻の花が星を散りばめたように咲いている。間を縫うように小魚が走り、藻がなびく、小魚たちの吐く息は美しく小さい泡となって水にはじけ散る。また、湖には年中棲みついている鳥も多い。

二句目はよく目にする湖畔の風景である。鶺鴒を平仮名で一音一音区切って表現したところに「庭たたき・石たたき」の別名を持つ鶺鴒の習性がうまく表現されている。また結句を「閃く尾」と言い切ったところにそれを追う作者の目がぴたりと静止し、一句の世界を凝縮させている。

湖は渡鳥の季節になると鳥たちを追うハンターたちが出没し、賑やかになる。解禁の日を待ちあぐねていたかのように湖の周辺にはハンターたちが出没し、あちこちに銃声が轟く。三句目はそうした初冬の湖の鴨猟の光景を詠んだものである。銃弾を逃れた鴨にほっと胸をなでおろした時の安堵感を「悉なく」と表現したところに汀女の鴨への思いやり、愛情が表出されている。

江津湖一帯は水が豊かで、汀女が幼少期を過した飽託郡江津村はまさに水郷であった。

　溝に落ちて泣いて帰る子豆の花
　菜の花に囲まれ、青田に、そしてまた黄金に熟れる麦畑をかたえにした運動場を走り、のど

が乾けば、噴きあふれる「突き井戸」と言っていた噴井の水、背の高さほどの大きな孟宗竹の筒から、あふれ出る水をごくごく飲んだ。

　　　　　　　　　　　　　　　　　　　　　　　　　　（『汀女自画像』）

「溝」とはあふれ出る噴井の水が豆の花の咲く田んぼの畔を泣きながら帰っていく小川で堀川と呼ばれていた。勢いあまって溝に落ちた子供が豆の花の咲く田の畔を縦横に走っている小川で堀川と呼ばれていた。句であるが、子供のあどけなさと季語の「豆の花」のとりあわせがきいている。

　　裸にも色白き子や紫蘇の花

湖畔の村の子供たちは、殊に夏休みなどは泳ぎや釣りで一日を湖や水田の間の堀川で過ごし、皆まっ黒に日焼けしている。汀女も祖母の「まっ黒に日焼けて」出かけた。女の児はわずかに腰う「嘆きをよそに」、「ぴくぴくと動く『うき』の誘惑に負けて」出かけた。女の児はわずかに腰に手拭いを巻いて泳いだが、大かたの子は裸そのままである。そういう天真爛漫な子供たちの水遊びの光景である。少しピンクがかった小花が群めいている紫蘇の花はさながら無心で汚れない子供たちの姿に重なる。

　　日毎日焼けて小さき鼻の光れる子
　　騒ぐ子の波が来て揺る花藻かな

子供を素材にした句も湖の生活の中での様子が詠まれている。

　　湖の島に赤旗はませて新樹かな

湖の島とは「中の島」のことであろう。木々で覆われた島は、今新緑の季節である。萌え立つ若葉の輝きは、危険区域を示す為に立てられた赤い旗を黒く感じさせる程であると、その輝きをいうには中七を「赤旗黒む」と字数内に収めてしまっては弱くなる。また「黒ませて」と表現す

第二章　作品の花束

ることで新樹の緑と赤の対比が鮮やかに感受できる。「赤旗黒む」では緑と黒ずんだ赤となり美しさが半減する。

　遊船に手伝ひて提灯吊りにけり

掲句は青木月斗ら句友が汀女宅を訪ねた時の舟遊びの時の句である。金峰山に陽が傾き、湖に夕闇の気配がほのかに感じられる頃になると舟溜りでは夜の遊覧船の準備にかかる。はるばる訪ねてくれた句友との舟遊びは心浮きたつものもあるが、そうした心境が「手伝ひて」に読みとれる。

「日毎日焼けて」「遊船に」の句はいずれも中七が字余りであるが、こうした字余りのぎこちなさは、あながち未熟であるといって片づけられない。三浦十八公選による最初の入選句三句の中の二句「我に返り見直す隅に寒菊赤し」も「鳰葭に集りぬ湖暮るる」も字余りであるが、こうした字余りは当時の熊本の俳壇の一傾向でもあったのである。

　旗影の聲なく翻る初日かな　　　（宮部寸七翁）
　靴に踏まれて起き得ぬ草や陽炎へり（有働木母寺）
　草の枯穂に鳴る山風や蟬低し　　（三浦十八公）

　　　　　　　　　　　　　　（『龍燈―九日俳壇集』より）

こうして見ると汀女の句の十七文字に収まり切れない表現は決して未熟の傷とは言い切れない。

汀女は大正七年十二月もおしつまった日、玄関の式台を拭いていた時、前庭の垣根のところに寒菊が咲いているのを目にしてふと「吾に返り見直す隅に寒菊赤し」の句が浮んだ時の気持を「自分でおどろきも感じたが、短い言葉のたのしさ、満足さ、俳句とはこんなものではないかと

思って、私は急いで何かを作りたくなった。」(『汀女自画像』傍点筆者以下同じ)と言っている。「汀女初期作品」はまさにこうした「何かを作りたくなった」気持で詠まれた句である。句材はそのほとんどが身辺の風物を詠んだもので日常詠である。

　二た色に叩く桶屋や若葉陰
　蟷螂の腹見せ猛りけり

大樹の若葉の陰で桶屋が桶の修理をしているのどかな村の風景である。桶を叩く音には高低、緩急があるが、聴覚を二た色と視覚によって捉えたところに注目したい。また、二句目は蟷螂が猛っている様子を「腹の節見せ」としたところに「鎌ふりかざし」などの常套的な表現に堕していない新鮮さがある。ここには汀女の五感で感受したものを自分の言葉で表現する姿、細かな観察による写生の姿がある。

　風鈴に目やりて変ふる話題かな
　話しせぬ客に泡立つビールかな

前掲二句は、どちらも何となく気づまりな雰囲気が漂っている句である。お互いの話が途切れて間が持てなくなった時、風鈴に目をやるという動作はその場の雰囲気を破るきっかけを産むこともある。また、つがれたビールを前に沈黙のまま対座している息詰まるような雰囲気の中で、泡立つビールは、そのやり切れなさを託つようにぶくぶくと泡をふいている。「泡立つビール」にはユーモアがあって面白い。

汀女の「初期作品」には江津湖の風物を詠んだものの他には前掲のような句もあり、句材の上からも注目すべき佳句である。

第二章　作品の花束

　筍や湿る土間にてぎいと剥く
　夏シャツの濯ぎやすさよ大盥
　秋の蜩流るる如く吊られけり

　日常詠の中には前掲句のように女性の感覚が捉えたものが多い。土から掘り出されたばかりの筍が土間に放り出されるようにところがっている。「ぎい」という擬声語で、少し湿り気を持った筍の皮を剥ぐ時の様子がうまく表現できている。二句目は大盥に溢れる水の感触が女性の日常を表現している。この句は明るくたくましさが感じられる。三句目、秋の蜩が風に揺れている様子を「流るる如く」と表現するのは平易な比喩であるが、かえって平凡に言ったところに初秋の涼風の感じがさらりと伝わってくる。汀女に激しさはないが、といって軽いのではない。日常茶飯の人の背中にあたる陽や風に永遠のかげろいがある。それを見逃さない視座は、きびしくてふかい。
　人の見かうすような足許の些細に、人生の一大事はある。日常の瑣事を女性の感覚が捉えている。

（水上勉「平常心の道」、『中村汀女・星野立子集』朝日新聞社　昭60・3）

　出発期の作品に既に日常の身辺をさりげなく平明に詠む汀女の本領が発揮されているのである。

　あらゆる先入的情趣を絶った、うぶうぶしい的確な写生と、女性独自の繊細な情趣の滲透によって、日常生活の中から軽快明朗なみずみずしい詩情を発掘してゆく句風である。幸福な中流家庭の主婦ないし母としての「女らしき叙情」の典型が示されており、昭和女流俳人に広範な影響をあたえた。

《『日本文学大辞典』講談社　昭和59・10》

— 43 —

初期作品は結婚前のものであるため、「女らしき抒情」は「幸福な中流家庭の主婦ないし母としての」ものではなく、乙女としての「女らしき抒情」である。

見らるるを眼伏せて過ぎぬ罌粟の花

掲句は「昼餉一家に恥ぢ通りけり鳳仙花」（《汀女句集》）を想起させる句であるが、汀女の人柄、特に乙女のナイーブさが出ている。罌粟の花は、俯き加減に足早に通り過ぎる汀女の恥らいの姿と重なって美しい。

作家の処女作はその後の作家の特性を総て内包しているものであるが、そういう意味で前掲『日本文学大辞典』の中の①「的確な写生」、②「女性独自の繊細な情趣」、③「日常詠」、④「軽快明朗なみずみずしい詩情」なども「初期作品」の特性として指摘できる。

女一人を守りて春の舟行けり

掲句は湖畔の村で生まれ育った汀女が塘の上から春の湖を眺めて詠んだ写生の句である。水面を滑るように女一人を乗せた舟が湖をゆく。いたわるように音もなく棹は水を切る。大切に守られている女人は、対岸の村にもらわれていく花嫁ででもあろうか。「女一人」・「春の舟」にはどことなく春愁の思いがつき纒う。春ののどかな湖の風景が絵画的に詠まれているが、そこにはドラマが感じられ、写生を越えた世界がある。またこの「女一人」とは、村長の愛娘として大事に守り育てられ、その後、『風花』の主宰者として数千人の弟子たちから尊敬の念で守られ、俳壇においては四T（橋本多佳子・中村汀女・星野立子・三橋鷹女の頭文字）の一人として守られ注目された汀女の一生はまさに守られた女の一生であった。掲句には乙女のセンチメンタリズムが漂っているが、一方、汀女の人生そのものを先取りしそれを

第二章　作品の花束

象徴する句であるとも読める。

今は熊本市だけれど、江津湖はやはり私にはもとの江津村がふさわしい。湖畔の人たちは、東遥かに阿蘇の山々を仰ぎつつ、田植、麦刈にいそしみ、その間に藻刈舟を浮かべ、夏に入る日は川祭りの御神酒を湖に捧げる。私も朝夕湖を見て育った。走る魚の影も、水底の石の色も皆そらんじてゐる。父母尚在ます江津湖畔に私の句想はいつも馳せてゆく。

（『汀女句集』序）

「初期作品」は水郷江津村での日常を句材に、南国の解放的なみずみずしい感性と乙女のナイーブさによって構築された世界で、素直で明るい人柄が滲み出ている。

二　『春雪』論

『春雪』は昭和十五年三月、三省堂より刊行された。大正八年の春から昭和十四年秋までの作品二百三十三句を制作年代順に〈熊本〉〈横浜〉〈東京大森〉〈仙臺〉〈東京北澤〉という順に並べている。『春雪』収録の作品は、すべて第二句集『汀女句集』（甲鳥書林　昭19・1）に含まれている。

次頁の表により『春雪』がいかに厳選であったかがわかる。

鳰葭に集りぬ湖暮るる

『春雪』の冒頭に置かれている掲句は江津湖を詠んだ代表句として有名である。清水が湧く江津湖には初冬になると渡り鳥がやってくるが、住みついている鳥も多い。鴫は冬の季語であるが、江津湖周辺では年中みかける。「水面すれすれに飛んで、ピッピッまたはキリキリと鳴き、しきりに水に潜って小魚・蝦・昆虫などを食べ[注1]」水面に水草を積み重ねて浮き巣をつくる。豊かな湧水に澄んだ湖畔には葭が生い繁り、暮れなずむ頃になると、今まで気ぜわしく水に潜っていた鳰も葭のあたりに集って羽根を休めている。それは江津湖の典型的な暮色の風景であり、静謐な墨絵の世界である。五、八、五と破調で「集りぬ」と一旦終止させて、畳みかけるように「暮るる」と休言止めにした所に感動の流露と余韻がある。この句は「九州日日新聞」の「俳句欄」にはじめて投句して三浦十八公の選になった三句の中の一句である。

行合うてへだたる堤うららかな

江津湖の周囲は加藤清正が築かせたといわれている通称「江津塘」の堤防で囲まれている。塘は大事な道路であり、一種の物見ごとき役を果していた。そこを出れば湖の対岸の村をな

『春雪』						
〈熊 本〉	〈横 濱〉	〈東京大森〉	〈仙 臺〉	〈東京北澤〉		
12	96	30	41	54		
大8春〜10冬	昭7夏〜10夏	昭10夏〜11春	昭11春〜12秋	昭12秋〜14秋		
						233

『汀女句集』					
〈湖畔抄〉	〈港〉	〈八景坂上〉	〈秋ふたたび〉	〈西 郊〉	
54	306	117	146	505	
大7冬〜9冬	昭7夏〜10夏	昭10夏〜11春	昭11春〜12夏	昭12秋〜18夏	
					1128

— 46 —

第二章　作品の花束

がめ、遥か東方に阿蘇が横たわる。
対岸を行く人と軽く会釈を交わす村人たちの美しい生活（なりわい）と湖の村ののどかな風景が大らかに捉えられている。

〈熊本〉の十二句はこうした江津湖の自然を詠んだものの他は、日常生活に句材を採ったものである。

　縫始今暖めて来し手かな
　くけ台のひき絲さげて日永かな

汀女の母テイは「気丈もの」で「洗足」注2や拭き掃除など躾は厳しかった。裁縫は花嫁修業の一つで特にやかましくいわれていた。

　結婚の修業も少しはやらねばならぬということで、母は待ちかねていたように、暇があれば私に針を持たせたものです。母は代々のお手伝いさんたちに、きっちりと針仕事をしこんだし、近所の娘さんも稽古に来ていた。そこへ私も坐らせられたわけ。
　　　　　　　（「処女句集のころ」、『アサヒグラフ　女流俳句の世界』昭60・7）

掲句はこうした頃の作品で、縫物をする女性の細やかな感覚が捉えた句である。

　この句には乙女の恥じらいと汀女の控え目な人柄が出ている。このように、この時期のものはまだ「台所俳句」というより、娘の日常の瑣事であり、そこには乙女の初々しさがある。

『春雪』の〈熊本〉時代の句が少ないことに関して大野林火氏は汀女の本当の作家活動が始まったのは昭和七年以降で、その頃のは『ホトトギス』誌上にあった台所俳句が主で採るべき句は

（『汀女自画像』）

ないといっているが、熊本時代のものは前章でみた初期作品を併せてみると、水郷の江津村での日常を句材にしていて、その日常もまだ娘のものであり、いわゆる台所俳句ではない。汀女の俳句をあえて「台所俳句」というなら、それは結婚し、子育てをはじめた〈横浜〉時代からである『春雪』の〈熊本〉の厳選は大野林火のいうような娘の初期作品という汀女の控え目な態度や結婚後、夫の転勤や出産などで直接虚子に指導を受ける前の初期作品という汀女の控え目な態度や結婚後、夫の転勤や出産などで俳句から遠ざかっていた十年間の空白に対する思いもあったのではないかと思われる。

　　起重機の見えて暮しぬ釣忍
　　行春や別れし船のなほ沖に
　　潮あびの溺れし沖を巨き船
　　春の海のかなたにつなぐ電話かな

　横浜では税関長の官舎に住んだ。西戸部町の丘の上にある官舎からは港の様子が一望できた。いつも船の見える港の風景は汀女にとって大変魅力的であった。
　次男も少し手をはなれ、私の暇は昼過ぎから三時ごろまでの、家をはなれてよい時間を盗んだのであった。港横浜のもっともよく、もっとも盛んな時期だったようで、すべての場所が私には新鮮だった。
　　　　　　　　　　　　　　　　　　　　　　　　　　　　　　　　　　　　（『汀女自画像』）

　気管支炎をわずらい、「病床で虚子の本を読んだりした」ことなどにより汀女に句心が戻ってきつつあった時、杉田久女からの誘いがあったことが直接のきっかけとなって再び句作をはじめたのであるが、異国情緒豊かな横浜は汀女に多くの句材を与えた。
　西戸部の丘の上の税関官舎からは歩いても伊勢佐木町へ出かけられ、帰りに野毛の坂にかか

第二章　作品の花束

り、ふと振り向くと、思いがけず街の上にあきらかに、船の黄やブルーの大きな煙突やマストがあって、胸がどきついたことを覚えている。

（「句とともに」）

汀女はこうした感動を次々と言葉にしていくことに喜びを見い出しているのである。異国情緒の溢れる横浜の街は天真爛漫な汀女の性格と重なるところがあり、横浜時代のものは明るくてハイカラな句が多い。

　　肉皿に秋の蜂来るロッヂかな

掲句は星野立子等と鎌倉山のロッヂに出かけた時のものである。昭和八年頃山荘をロッヂという言い方でさえ耳新しいものであったであろうが、それが句の中で違和感なく納まっているのは肉皿というこれもハイカラな言葉があるのと、それを「秋の蜂」という季語でひき締めているところにあるといってよい。この時の立子氏の句「娘等のうかうか遊びソーダ水」と較べると汀女の句の斬新さが見えてくる。

　　丸の内三時の陰り秋の風

これは東京大森時代のものであるが、めまぐるしく動く大都会の息づかいが聞こえている様な句である。

丸の内の高層建築の前通り、秋はもう、この三時、争えない日の衰えを見せていた。きびきびとした仕事の中心地、何か心だのみにしているような丸の内。まだまだと思うこの時刻に、はや秋風と思うものを感じるのはなんともさびしかった。でも、これなども、たまたまの外出の、やはりなんとなしに郷愁に似たものかしれない。（『自選自解　中村汀女句集』）

「三時の陰り」には、夫や子供の帰宅時間を気遣う、主婦としてまた母親としての心の焦りも

読みとれる。『春雪』の頃（昭7〜13）は三児の母親として子供たちにまだ手のかかる時期であった。

昭和九年、次男が疫痢に患り危篤状態に陥った。退院後まだそれ程経っていない日、駒沢の赤星水竹居邸で開かれた「ホトトギス」の同人句会に出席した時のものである。母親にとって幼い子供を家に残しての外出は気懸りなものである。しかも病後であればなおさらのこと、汀女は

「その行く先の遥かの木立の方から蟬の声がしていた。その遠い声は、置いてきた子を思わせずにはおかなかった。」という。この句には例え離れていても常に子供の命と共に生きる母親の深い愛情が込められている。このように母親としての情をむき出しにしないところ、即ち「強い主観を充分に消化した」注5ところに句の気品がある。

この他、子供を詠んだ句で佳句が多いのは〈仙台〉である。

　あはれ子の夜寒の床の引けば寄る

それぞれの蒲団にやすらかな寝息をたてて眠る子供を見守る瞬間は母親として最も充足を感じる時である。ふと引き寄せた蒲団が思いの外すっと自分の方に寄ってきた時の心境を汀女は「胸がつまり、涙がこぼれそうになった。」といっている。「あはれ」注6というのは「ああ」という程の感動詞的な用法であろうが、情に流されていないのは「あはれ」に自分の命と向いあう汀女の感慨が込められているからである。こうした思いは、冬の厳しい北国での生活、汀女自身の流離の身の心細さがその根にあってのことである。

　ひとりでに子は起き雪車は起こさるる

第二章 作品の花束

春泥にふりかえる子が兄らしや

夫の赴任の地での生活の一抹の心寂しさも子供の成長や雪国の生活に励まされるのである。

花人に北の海蟹ゆでひさぐ

ゆで玉子むけばかがやく花曇

官舎のある北二番町には枝垂桜が多いが、中でも「榴ケ丘公園の枝垂桜の老木」の美しさは格別であるという。掲句はいずれも、花見の光景を詠んだものである。まっ赤にゆであがった蟹の紅色は目が覚めるくらい美しい。長い間、春の到来を待ち望んでいた北国の人たちの歓喜が蟹の赤に象徴されている。

老も幼なも花見たのしむ賑やかさは、やはり長い冬を越した国だからだろう。重箱の花見弁当をひらく人の横で、私も子供にゆで玉子をむいた。つるりむいた玉子はこの曇日の花下にして、心ときめく輝くものであり、旅住みの心をしみじみとさせるものであった。

桜という言葉も、それを形容する語も一つも使ってないにもかかわらず桜花爛漫の光景がみえてくる。花見の宴席でむかれた卵の輝きは、春の到来を歓喜する人々の心のきらめきであり、それはまた桜花の紅色を強調してもいる。夫の任地仙台での句にはそこに「旅住みの心」が底流している。

（『自選自解 中村汀女句集』）

だんだんに己かがやき金鳳華

「金鳳華」は春先日当りのよい山野に自生する多年草で、花茎の枝端に光沢のある五弁の黄色い花を咲かせる。田の畦などに他の草を圧してすっくと立つ金鳳華の姿には毅然としたものが感じ

られるが、汀女は金鳳華の花弁の艶を「見ていると、自分まであの艶につられて光り出す気がするのである。」という。

　わが心いま獲物欲り蟻地獄

「蟻地獄」とは薄翅蜉蝣の幼虫のことである。かわいた土や砂などに小さなすりばち形の穴をつくり、その底に住んでいる。この句は「蟻やその他の虫が落ちると、これを砂の中に引きずりこんで鉤形のあごで食う」という蟻地獄の貪欲な様が「獲物欲り」という言葉で表わされているが、それはまた、汀女自身の心境でもある。ここには心の飢えが感じられるが、汀女には珍しく挑みかかるような激しさがある。この時期、こうした心境句が詠まれていることに注目したい。

　夫と子をふつつり忘れ懐手

夫と子供を送り出し、家事を一旦片付けた後の時間を汀女は俳句に充てた。また、「時間を盗み」横浜では三渓園、仙台では澱橋あたりまで句作りに出かけた。そういう時の汀女は「夫と子をふつつり忘れ」ているのである。

懐手のひとときは、何も彼も忘れているとき。夫や子のことを、まったく忘れていたと気づくまでの、ひとときだと言うほうが当たっているかもしれない。

(『自選自解　中村汀女句集』)

汀女は「懐手のひととき」を忘我の時といっているが、女性には誰しもそういう瞬間はある。汀女にとってそれは句作りにあたって対象物と対峙している時なのである。汀女は「家をはなれてよい時間を盗ん」で句作りに励んだ。官吏の妻として三児の母としての自らの立場を崩さなかった。このように良妻賢母であったことが杉田久女とは対照的である。

第二章　作品の花束

もろこしを焼くひたすらに憐寸かなりてゐし

秋雨の瓦斯が飛びつく憐寸かな

『春雪』の中には前掲句のように主婦の台所から生まれたものも多い。「もろこしを焼くのに、きれいに焼こうとする心づかい」に「今はすべてを忘れ果てて」焼いている主婦の一途さには美がある。また、二句目はマッチでガスをつけた瞬間の、ボッと手の上まで襲ってくる炎の様を詠んだものである。「マッチの火を奪いに来たようなガスの点きよう」を「ガスが飛びつく」と能動的に表現することによって、その瞬間の様子を活写している。また、音もなく蕭々と降る「秋雨」の日のわびしさが点火された青い炎によって美に昇華されている。

『春雪』の句材は〈熊本〉以外のものはその大半が主婦として母親としての女性の日常に依っているが、それらを「台所俳句」という一語で括るのは無理がある。

「台所俳句」とは、当時、女性の俳句を男性側から「いささか愛情をこめ」て、「揶揄的」にいったもので、汀女がそうした世間の風潮をものともしていなかったことは先述した通りである。

熊本市江津湖畔に生まれ育った少女時代、官吏の主婦として転勤のたびに知った土地土地の風物や人情、そして現在につながる生活の中には、人並の苦労もありましたし、喜びや哀しみもありました。／思いかえしてみますと、その都度に必要以上に思いわずらうことはしなかった気がいたします。というのは過ぎた今にして言えることでありますが、そして倖せな性分と言われればそれまでですが、心を向け変える——流れにまかせるすべを知っていたおかげでしょう。これからも『明日は明日の風』をたのんで、明るく生きたいと思っています。

（『汀女自画像』序）

— 53 —

南国生まれの汀女に雪の句が詠めたのも、夫の転勤という妻の座があったからであるが、このように自らの置かれた状況を常に前向きに取りこんでいったところに汀女の賢さがある。また、「必要以上に思いわずらうこと」をしないという生き方を性分というより「心を向け変える」すべを知っていたといっているが、ここに汀女の生の秘訣があるといってよい。汀女の句が大柄で明るいのは「心を向け変える」すべをもって前向きに生きた汀女の姿勢そのものの反映である。

　たんぽぽや日はいつまでも大空に
　中空にとまらんとする落花かな

日一日と日ざしが伸びてゆく春の暮方、暮れなんとしていつまでも明るさをとどめている夕暮のひととき、「たんぽぽや」の句は宇宙の悠大さを感じさせる。蕪村の「菜の花や月は東に日は西に」を想起させるスケールの大きさがある。後句は本牧の三溪園での作である。「池をまわっ注11て奥庭にかかろうとした」時、「おりからの落花が水の上遠く輝き吹かれていた」様を詠んだものである。散るを急ぐ落花ではなく、春の陽の中にたゆたいながら舞い降りる落花の美しさを永遠にとどめようとする想いがある。

　こうした、抒情的でしかも大らかな明るさは汀女の人柄の反映であり、汀女の句風の特徴ともなっている。

　写生といふ道を辿って来た私はさらに写生の道を立子の句から教はつたと感ずることもあつたのである。それは写生の目といふことではなくて写生の心といふ点であつた。其柔らかい素直な心はやゝもすると硬くなろうとする老の心に反省をあたへるのであつた。女流の俳句

第二章　作品の花束

はかくの如くなくてはならぬとさへ思つた。

　　　　　　　　　　　　　　　　　　（高浜虚子「立子によつて拓かれた」）

汀女俳句の基本姿勢は「ホトトギス」の写生にあるが、汀女の写生は虚子のいふ「自然の姿をやはらかい心持で受取つたままに諷詠」するという姿勢即ち、「写生の心」である。

立子句集『鎌倉』と汀女句集『春雪』とは姉妹句集といふことができる。其性質は決して似てゐるとはいへず、むしろ全く異なつてゐるといふべきかもしれぬ。併しながら清新なる香気、明朗なる色彩あることは共通の風貌である。／女性の俳句といふものは古くからあるが、私共の時代に於て成熟し男子を凌ぐものが出て来た。其代表と見るべきものは此姉妹句集である。

　　　　　　　　　　　　　　　　　　　　　　　　　　　　　　　　　（『春雪』序）

虚子の評価により立子と汀女は「ホトトギス派女流の双璧」とうたわれるようになるのである。二人とも虚子の主唱する花鳥諷詠の実践者であり、私生活でも妻として母としての環境など類似した点は多いが、汀女の句の特質は自然諷詠よりも「ひとりの女の明け暮れ」（『汀女自画像』）をのびやかに詠んだところにある。またその世界は心境句に佳句があることでも解るように必しも母や妻に限定されていないのである。

大正八年、はじめて俳句を作ってから昭和十四年迄、途中十年間のブランクはあったが、汀女四十歳の処女句集『春雪』はいわゆる「台所俳句」という言葉に居直って主婦として母親としての立場にありながら自らの句の世界を開示した句集であるといえる。

注1　『日本大歳時記』（講談社　昭58・11）
注2　ふろが立たない日、夜寝る前に足を洗うこと。

注3 「中村汀女」(『汀女自画像』所収)
注4 『自選自解 中村汀女句集』(白凰社 昭44・5)
注5 星野立子「汀女さんの句」(『中村汀女俳句集成』所収)
注6 「句とともに」(『中村汀女俳句集成』所収)
注7 注4と同じ。
注8 『日本大歳時記』(講談社 昭58・11)
注9 『汀女自画像』(主婦の友社 昭49・8)
注10 注4に同じ。
注11 注4に同じ。

　　　　三 『汀女句集』論

　　　　一

　『汀女句集』は昭和十九年甲鳥書林より出版された。この句集は『春雪』(三省堂 昭15)の全作品を総て含んでいる。章立ては『春雪』が年代順により地名を章題としたのに対し、年代の区切りに『春雪』とは多少の違いがあること及びタイトルも固有名詞ではなくなっていることなど変化があるが、中でも顕著なのは句数の増加である。全句数から見ると約五倍であるが、これは

第二章　作品の花束

	『春雪』	『汀女句集』	（伸び率）
〈熊本〉	12　大8春～10冬	〈湖畔抄〉54　大7冬～9冬	(4.5)
〈横濱〉	96　昭7夏～10夏	〈港〉306　昭7夏～10夏	(3.2)
〈東京大森〉	30　昭10夏～11春	〈八景坂上〉117　昭10夏～11春	(3.9)
〈仙臺〉	41　昭11春～12秋	〈秋ふたたび〉146　昭11春～12夏	(3.6)
〈東京北澤〉	54　昭12秋～14秋	〈西　郊〉505　昭12秋～18夏	
	計 233	計 1128	(4.8)

『汀女句集』の場合『春雪』より収録年数が四年伸びているからだけではなく、各章毎に増えている。『春雪』との句数の比較及び句数の増加の割合を表に示した。最も伸び率が高いのは最終章を除くと第一章である。

タイトルが〈熊本〉から〈湖畔抄　江津〉となったところに江津湖及び湖畔の村での生活という意識が強く打ち出されたとみてよい。

　　床下に湧く水暗き生洲かな

江津湖は瓢簞形をした湧水湖で、阿蘇からの伏流水がこの辺りで清水となって湧くのである。どこからも水が湧き出る水郷の村には各家に「突き井戸」といわれる背の高さほどの大きな孟宗竹の筒からあふれ出る噴き井があって、村人たちはこの水を飲料水にし、米や野菜を洗い、物を冷やし、洗濯にも使った。生洲は生きた魚を、水中に生かしたまま貯えておく生簀のことで当時、ほとんどの家にあった。あえて生洲と表記しているところ、更に「水暗き」と言っているところは水を生き物と捉える一種の無気味ささえ感じられるが、さながら水の上に浮かんだような水郷の村での水（自然）に対する一種の畏敬の念が表現されているとみることができる。

月に刃物動かし烏賊を洗ふ湖

この句には晩春の頃の水郷の村の生活の一齣が詠まれていて美しい。

　四つ手あぐるや網目張る水輝かし

　投網首に掛けて人来る彼岸花

江津湖はこの時代も禁漁区であったが、駐在の目を盗んで、鮒や鯉を銛で突くのは村人たちの楽しみであった。江津橋の下には四つ手網の座があり、梅雨の頃は掛け小屋が設けられた。四つ手は、父が以前、湖の下手に、四つ手の場を持って、泊りがけ、小学生の私は、母が作った黒塗りの古風な弁当箱を父に運んだ。網が揚がると、水玉がきらきらこぼれて、網底にあばれる、鮒や鯉の金色が見えた。それを思い出して作った。

（「汀女自句自解抄」、『汀女俳句集成』所収）

汀女の豊かな感性を育んだのは江津湖畔の豊かな自然とその中で営まれる生活であった。多くの生物を育む豊かな湖は汀女の詩心の原風景であり、汀女の全生涯を支えていた精神の支柱であったとみてよい。

室生犀星の〝故郷は遠くにありて〟を持ち出すまでもなく、いつもなつかしいふるさとの人たちの面影につつまれている。／塘の上に青々ともえ出る草、それに夕陽が当って絶え入るような、あのふわりとした静かさ。れんげが咲き、つばなも出ていた道、すべてなつかしい。私は、そのような自然に抱かれながら生れ育った。

　乞へば茅花すべて与へて去にし子よ

　出水後の蘆色もどる泳ぎかな

（『汀女自画像』）

第二章　作品の花束

長谷川櫂氏は「嵐のときでも静かに水かさが増して静かに引いてゆく」、「荒々しい野性の素顔を見せること」がない江津湖のたたずまいと、汀女の「たおやかな句風」との係りを指摘しているが、原風景としての江津湖は汀女にとって詩嚢であったばかりでなく、台風や梅雨の大雨の時も決して暴れることのない、人を包むような豊かさで、それは汀女の人柄そのものであったといってよい。

文は人なりというが、句も人なりである。汀女の句が江津湖の自然と生活の中で培われたことが〈湖畔抄〉に読みとれる。

　跌けば襲ふ麦の香や蛍追ふ

蛍を追いかけていた子供達が刈り取った麦の束に跌いた拍子にあたり一面にむっと漂う熟れた麦の香、湿気を含んだ生臭い空気があたりを領する。蛍狩りというと美しい場面を想起するが、この句は、蛍の頃の水郷の生活の一齣を詠んだ句で嗅覚による表現が句の世界を深みのあるものにしている。

『汀女句集』の〈湖畔抄〉は『春雪』の〈熊本〉に較べ江津湖及びその生活を詠んだ句が増加したことで、江津湖が多面的に読みこまれているが『汀女句集』では他の章にも江津湖を詠んだ佳句は多い。

　　江津五句
　うき草のよする汀や阿蘇は雪
　水を出る刈藻まさをや冬麗ら
　麦の芽に艪の音おこり遠ざかる

枯芭蕉草生ふ水のあたたかく
ながれゆく水草もあり冬日暮る

　掲句は昭和八年帰省の折に詠んだもので、他にも「堤の榎は更に高く、湖面のさまも変りしやうなれど、尚流れつぐ水葱、萍、青葦のあたり、浮べる藻刈舟、釣舟、やがて夕暮は向ふ岸よりほのぼのと靄たちこめて、すべて舊の湖にかへりぬ」という前書で「麦舟の着きし舳のやさしけれ」「蜻付きしまま麦束となりにけり」とか「水葱流る心はるばる来し如く」「萍を逃るるさまに漕ぎ離れ」「遊船をめぐりて水葱は流るべく」など江津湖の様が写生的に詠まれている。また、湖畔での生活を思い出して詠んだ句もある。

　　　幼き日江津湖の塘にて盆踊しぬ　五句
　踊歌やむとき塘は藻の匂ふ

　子供たちの踊りの輪は華やかであるが、踊りの終った後の塘に夜の静寂が戻ってくると、どこからか藻の匂いが漂いはじめる。芭蕉の「おもしろうてやがて悲しき鵜飼かな」の世界に通じるものがあるが、盆踊りの後の寂しさを藻の匂い（嗅覚）で表現したところにこの句の妙味がある。

　鳳仙花咲くくらがりを来て踊

　汀女の生家は塘のすぐ下にあったが、家の前庭や塘に登る土手には鳳仙花や彼岸花が咲いていた。暗がりに咲く鳳仙花は幻想的である。汀女はお盆の頃の江津湖畔での生活を単なる幼い頃の思い出や、過去の郷愁としてでなく現実のものとして再現しているのである。

　曼珠沙華抱くほどとれど母恋し

第二章　作品の花束

　掲句は昭和七年汀女三十三歳、横浜時代のものである。この時汀女は既に三人の子供の母親であった。曼珠沙華を手折りながら、汀女の脳裏をとっさに横切ったのは江津湖畔に咲いていた曼珠沙華であった。ふるさとの母への愛慕の情が曼珠沙華を摘むという行為によりかきたてられるのである。胸に抱く曼珠沙華の赤さが手折る毎に、母を慕う汀女の思いをつのらせるのである。
　汀女は「この句のもとにはこうしたささやかな釣場も加わる」といい、「私は船に乗らねばならぬ釣よりも、もっと手軽な岸で釣竿をさし出したり、堀川と呼んでいた水田の間を流れる小川の、石橋に行って一人で釣った。そこにちらちらと見えているビンタを何匹か釣ればよいのである。その小川の岸には秋早く数珠玉が揺れ、曼珠沙華が群れ咲いた。」といっている。この句は母恋の句であると同時に望郷の句でもある。
　から「母恋し」には江津湖畔への望郷の思いが重なっていることが解る。注3
　汀女の母テイは気丈もので、てきぱきと采配をふり、訴えごとに力を貸したり、村内の縁談のとりきめや、逃げた嫁さんの連れもどしなどにも積極的にかかわるような人であった。一人娘であった汀女の新婚当時の母や湖畔への恋情を一方では厳しく叱りながら、その様子を案じて屢々上京しているのである。汀女もまた機会をつくっては帰省している。注4

　　柿若葉老い給ふとはいふまじく
　　たらちねの蚊帳の吊手の低きまま

　掲句は「帰省二十八句」五年振りにて、父母しきりに待ち給ふよし、五月なかばになりて立つ」の中の二句、昭和十七年の作である。家の新築や引越し、その他の事情での五年振りの帰省は汀女にとって感慨深いものがあったことは「老い給ふとはいふまじく」に窺える。久しぶりに

会う父母の姿に老を感じてしまふ自分のけぶりを父母に感づかれまいとする汀女の温かい気遣いが漲っている。

この昔、私が子供時代そのままに、つり手にカヤをかけて、私を手放したあと、二人きりになった父と母は、こうして幾夏かを重ねているのだった。低い、すぐ手のとどく吊手に気づいたとき、私は涙をこぼした。

『汀女自画像』

ふるさとに残した父母、ことに母親に対する思いは一人娘であるだけに年を経るに従って汀女を捉えて離さないものがあった。

炎天を歩けばそぞろ母に似る

九州の目覚ましい盛夏、ぴんと張り切った日中、遠くの山々があまりに大きく鮮やかに浮き出ているのに驚いた。私の日傘の端に雲の峰が立ちかけ、道はぽくぽくと小さな土埃があがる。しんと静まりかえった両側の草むらでしきりに虫が鳴いている。（中略）一歩一歩の足音に、深々とした日傘の影がひき添うているのを見て、私はあっと母を感じた。自分の姿に母の土地を、母の生涯を感じた。

（「日傘」『汀女自画像』所収）

汀女は〈湖畔抄〉の前書きで「父母尚在します江津湖畔に私の句想はいつも馳せてゆく。」といっているが、処女句集『春雪』上梓後四年の間に汀女は自分の句想の原点がふるさとの湖、江津湖にあることを自覚したとみてよい。それはまた自分を生み育てた母及び母なる湖の自覚でもあった。

第二章　作品の花束

二

『汀女句集』は汀女十八歳から四十三歳迄の作品を収めているが、そこには年齢及び生活環境による句材の変化が見られる。〈湖畔抄〉注5は前章で見たように句材はふるさとの江津湖畔での娘時代のもので「若々しく伸びやか」である。その後の結婚、上京、子育て、夫の転勤（横浜・大森・仙台・世田谷）は句の世界に変化と広がりを与えた。

　船蟲に忽然としてヨットかな
　地階の灯春の雪ふる樹のもとに
　みつしよんの丘じやがたらの咲く日かな

異国情緒の漂う横浜の町は汀女の天真爛漫な性質とも通うところがあり、星野立子氏は「横浜時代の句が何か明るくて斬新で生々としてゐる汀女さんに一番似合つてゐるのではないか」と言っている。注6

　北の町果てなく長し春の泥
　なお北に行く汽車とまり夏の月
　目をとどく秋の夜汽車はすれ違ふ

仙台時代の句は横浜時代のハイカラで明るいものとは対照的にどこか哀感が漂っている。汀女は昭和十一年三月末北二番町局長官舎に入ったが、「北の町」の句にはこれから始まる北国での生活への感慨が「果てなく長し」に込められている。「私たち九州人は、どうも旅は東京までが限度のように思われ、それから北は、大げさだが漂泊の気さえするのだった。」といっている。注7

― 63 ―

上野を出た汽車が仙台に着いた停車しばらくの、人も汽車も一息ついたようなざわめきとくつろぎに、この夜を夏に北に向かう列車であるという感傷を覚えたのは、これは旅住みの、いつまでも東京恋しく、故郷恋しい私であったからか知れない。

（『自選自解　中村汀女句集』）

しかし、半年もすると仙台での生活にも慣れ、気の向くまま俳句手帳を持って町筋を歩くようになる。

はこべらや川岸の名の澱町
あひふれし子の手とりたる門火かな

雪に閉ざされた生活、春の訪れの遅い北国の様子が「澱町」という地名にうまく表現されている。東北地方のお盆など、南国育ちの汀女は仙台での体験を通し日本人の生活に広く参入し、句材を広げていったといえる。

引いてやる子の手のぬくき朧かな
おいて来し子ほどに遠き蟬のあり

こうした句にみるように汀女は母親の子供に寄せる情愛を詠む第一級の俳人とされているが、『汀女句集』の中では子供を詠んだ句は最終章〈西郊〉になると、減少し心境句が詠まれるようになる。それは子供の成長に伴う親離れ、子離れによるものであろうと考えられる。注8

芝の火のおもひとどまるところかな
わが心ひそかに聞ゆ鉦叩
凍蝶を見し身の如くかへりみる

— 64 —

第二章　作品の花束

枯芝に火をつけると一時はぼーっと燃え進むが、ある所までくると踏ったように火の勢が弱くなる。そうした様を「おもひとどまる」といっているが、それは自らの心の様でもあるのである。また、鉦叩の鳴き声に自らの心を聞いている汀女の思いは確実に内に向っている。三句目の「凍蝶」の句は自らを凝視した句とみられる。凍蝶を見た時の戦慄は自分の内に巣食っている凍てたものの凝視で、深い内省の句となっている。

このように『汀女句集』には母親の子供に対する情愛を詠んだものだけでなく、心境句や自然を詠んだ写生句など句域は広い。

　枯蔓の太きところで切れてなし
　沸きし湯に切先青き菖蒲かな

こうした細かい観察に支えられた写生句は勿論のこと、虚子選による『汀女句集』における句風は句材が何であれ虚子の説く写生の精神に基づいている。

虚子先生が題字と序文を書いて下さった。いただいた半紙に、先生は別に一度、題字を書いてみて、更に書き直して下さってあるのを見て感激した。

虚子は処女句集『春雪』には娘立子の『鎌倉』と同じ序文を送り「清新なる香気、明朗なる色彩」と高い評価を与えた。

あらゆる先入的情趣を絶った、うぶうぶしい的確な写生と、女性独自の繊細な情趣の滲透によって、日常生活の中から軽快明朗なみずみずしい詩情を発掘してゆく句風である。幸福な中流家庭の主婦ないし母としての「女らしき叙情」の典型が示されており、昭和女流俳人に広範な影響をあたえた。

（俳句の里にしあれば）

《『日本文学大辞典』講談社　昭59・10》

後年、汀女の俳句はこのように評されたが、汀女俳句の特質といわれている「女らしさ」や「抒情」の顕現が『汀女句集』にはある。

稲妻のゆたかなる夜も寝べきころ

汀女の代表作といわれている掲句は、昭和九年、横浜、西戸部町の官舎でのもので同時作に「刈込みの庭木の梢稲光」がある。稲妻というと、夏の夕立の時、空中放電する際に発する火花を思い浮かべるが、この句の稲妻は晴れた夜、雷鳴はなくただ電光だけ走る現象である。稲妻は稲の夫の意で「いなつるび」ともいい、雷電と稲とがつるんで稲が穂をはらむという古代人の考え」があり、『古今集』等にも稲のみのりと関連して秋のものとして出ている。汀女は「見果てぬ大きな眺め、美しい夢、そして夜涼。しかし夜も更けて、もう寝につかねばならない。私はひどく素直に、この気持に従ったことを覚えている。」と自解しているが、そこには子供らも寝入っている傍で「ゆたか」な稲妻を見ながら夫婦語らいの「ゆたか」な光景が彷彿とする。

この句に対して『ホトトギス』(昭9・12)の「雑詠句評会」で赤星水竹居は「こんな鋭くしかも柔らかな行届いた描写は男では真似が出来ん」といい、中村草田男は「つまり女独特の肉体を通しての感覚の弾力性に有るのだと思ふ（中略）読者にこの稲妻の尚ほ豊かに煌めいてゐる、健康に夢一つなく寝る者の快さをほのかに感ぜしめるのである。」と評している。また虚子は草田男の評に対して「天然の現象に愛情を感じるが、さりとて強ひて執着を持つでもないゆとりのあるところがある。草田男君の肉感的云々の感じは私には無い」といっている。草田男は「肉感に近いほどの感受性の弾力性が快く」とか「稲妻の豊かな夜気の快さを単に頭の中だけでなく、肉体と共に享受して」といっ

第二章　作品の花束

ているのであって、いわゆる「肉感的」の意味で言っているのではない。
このように三人がそれぞれの立場から評を戦わせていることは注目に価するが、三人の論を合わせるとこの句は前掲した汀女俳句の特質[注11]——女性の感覚でもって（草田男）、健康な（草田男）、女性でなければ表現できない（水竹居）世界を、ゆとりをもって（虚子）表現している——を備えた句ということができる。

汀女は妻として母としてこの日常を多く句材にしているが台所臭はない。例え都会を素材にしても深刻さや翳はない。このことを松井利彦氏は「ガソリンと街に描く灯や夜半の夏」「アンテナの竿をのぼりし月涼し」「煤煙の今日うつくしや銀杏散る」と同時代の新興俳句の作家、特に山口誓子、西東三鬼などとの違いは、汀女が虚子の「花鳥諷詠論」の「眼前に見た景色とか事実に依って叙」してゆくという方法に従い「浅くしかしながら愉快に、軽く、しかしながら有趣味に取扱ふ」という態度を女性的な感受性を生かしながら伸長していったからであるといっている。

柴田白葉女も汀女の俳句を「平易でものやはらかく、明るく澄んで、まことに健康なをんなの俳句」といっている。このように汀女は「をんな」であることの現実でその特色を出しているのである。ここで白葉女があえて「健康な」といったのは、汀女の人生（生活）そのものが極めて健康であったことの反映であるとみてよい。これまで女流俳人といわれる人は夫に先立たれたり、不幸であった人生、寂しい人生を送った人が多かった。同時代の女流をみても橋本多佳子は亡き夫を句材に「夫恋へば吾に死ねよと青葉木菟」と詠み、「罌粟ひらく髪の先まで寂しきとき」と寂寥感を詠んだ。また夫や虚子との仲がうまくいかず苦悩した杉田久女は「足袋つぐやノラともな

らず教師妻」「虚子きらひかな女嫌ひのひとへ帯」といった句を詠んだ。しかし、大蔵省官吏の妻として、三人の子供の母親として幸福な家庭を営んだ汀女は、そうした女の日常を淡々と明るく詠んだ。そこには橋本多佳子にみるような女の情念の激しさや、内面の悲しみ、寂しさの吐露、杉田久女のような意地や感情をむき出しにした自己高揚的な、情熱的なものはない。

水上勉氏は「平常心の道」で汀女は「常凡な家庭の生に腰をおちつけ」、「日常心」を自覚した俳人であるといい、「人の見のがすような足許の些細に、人生の一大事はある。汀女に激しさはないが、といって軽いのではない。」といっている。注13

処女句集『春雪』で「ひとりの女の明け暮れ」(『汀女自画像』)をのびやかに詠み自らの世界を開示した汀女は『汀女句集』によって自分の句の源泉が生まれ育ったふるさとの湖・江津湖にあることを見据え、更に自分の句の世界の特質をはっきりと打ち出したのである。それは「女らしき抒情」であり、いわゆる日本詩歌の特質としての「抒情」(湿った鬱の世界)とは異なった健やかな明るさがある点、近代日本詩歌史上注目すべき句集であるといえる。

注1　最終章を除いたのは『汀女句集』では期間が四年延びているから。
注2　「中村汀女の句」《俳句創作鑑賞ハンドブック》学燈社
注3　『汀女自画像』(主婦の友社　昭49・9)
注4　注3に同じ。
注5　星野立子「汀女さんの句」《中村汀女俳句集成》東京新聞出版局　昭49・4
注6　注5に同じ。
注7　「俳句の里にしあれば」《中村汀女俳句集成》東京新聞出版局　昭49・4

第二章　作品の花束

四　『花影』論

『花影』は昭和二十三年三有社から出版されたもので、昭和十八年から昭和二十二年までの作品（十八年十七句、十九年三十六句、二十年三十句、二十一年百四十四句、二十二年百十八句）三百四十五句を制作年代順に収めている。

養徳社から出した『汀女句集』以後、最近までの句から選んで『花影』といたしました。私の第二句集といへると思ひます。（傍点筆者以下同じ）

『花影』を「第二句集といへる」と言っているのは、汀女には処女句集『春雪』の句も収めている『汀女句集』を第一句集とする思いがあり、注1『花影』の場合は第三句集（昭22）『春暁』第四句集『半生』（昭22）の句も総て収めている為、実際は『汀女句集』に次ぐものという意識に依

注8　昭和十三年、長女十四歳、長男十二歳、次男九歳。
注9　『日本大歳時記』（講談社　昭58・11）
注10　『自選自解　中村汀女句集』（白鳳社　昭44・5）
注11　『日本文学大辞典』（講談社　昭59・10）
注12　『日本文学鑑賞辞典』（東京堂出版　昭35・6）
注13　『中村汀女・本野立子集』（朝日新聞社　昭60・3）

ると考えられる。

巻頭には「夏、信州富士見に行く、秋、母上京」の詞書に続き「遊船はさかのぼるえご散り溜る」が置かれている。戦中から戦後にかけての作品を纏めた『花影』でまず目につくのは昭和二十一年に急に句数が増えていることと、帰省の句が多いことである。十八年には帰省の句はないが、十九年には「帰省四句」「父逝く五句」「湖水抄四句」、二十年には「故郷へ十一句」、二十一年には「帰省十一句」「津奈木五句」、二十二年には「七月郷里にて二十一句」、合計六十一句、全体の十八％を占めている。

二十一年以降の句数が増加したのは、戦時下においては空襲警報など命を守ることに必死であった日々が、敗戦とはいえ一応決着を見たことでの安堵感からと考えられる。また帰省の句の増加に関しては十九年に郷里の父親が亡くなったこと、またその後に一人残った母親を訪ね年に一度は必ず帰省し生活を共にすることが習わしとなった為であると考えられる。

　窓を開け幾夜故郷の春の月

これまでも汀女は帰省の度に「柿若葉老い給ふとはいふまじく」「たらちねの蚊帳の吊手の低きまま」（『汀女句集』）など父母を詠んだ名句を残している。掲句はリューマチスで不自由な体だった父との最後の帰省生活の中での句である。

この帰省、ふわりと柔らかな湖畔の温みをよろこんだが、そのあとすぐ父が亡くなった。昔、私が嫁いだあと、私の部屋の前を通りたくないと寂しがっていたという父を思って胸が痛んだ。ひとりっ子というのを私はべつに寂しがった覚えはない。はじめからそういうもの

第二章　作品の花束

として育っているのだから特別に考えたことはなかったが、このときばかりはその悲哀を知った。棺側に座る子は私一人しかいないのであった。

　　　　　　　　　　　　　　　　　　　　　　　『汀女自画像』

　　父逝く

父在しし梢のままに夏の月
夕焼も知らでや母は只ひとり
子を遠く大夕焼に合掌す

その後の母とある夜の蛍かな

　父の死を契機に母を詠んだ句が多くなる。これまでも一人娘を遠く東京へ嫁がせた母親の娘への思いと、湖畔の村で年を重ねていく両親（特に母親）への気遣いは互いに並々ならぬものであったが、父亡き後はその思いは更に高じ、年に一度は決って帰省し、一月余の滞在になることもあった。それは汀女にできる唯一の、最高の親孝行なのであった。

　　故里へ十一句

みぞそばに沈む夕日に母を連れ
鵙高音母の仕事は何々ぞ
子は母に右手をあづけて夕落葉

　「只今」と母の前に手を突き」、帰省の挨拶を交わす度に「母の齢を痛感」（『汀女自画像』）する。とりわけ、昭和二十一年十一月の帰省は危うく戦災を逃れたお互いの無事を喜んだ。汀女の帰省は「母の言いつけ通りに、親戚を一巡し、近所の誰彼にも顔を出すと、帰省の役目の大半は終る」が、母に代って用達しに出かけたり、父の墓参など帰省の日々は忙しい中にも二人きりの

世界に母も娘も心充たされる日々なのである。そこで、母はそっと、手伝いさんの愚痴を洩らしたり、出入りの人に対する感想などを、さも大事げに、そっと告げるのだった。子供のときから見馴れた稲田、溝そばの咲く畦、彼方の部落の木立、西の山を染める入日は、母を染め、私もその中にいた。私は母といる一刻ずつが惜しまれた。

こうした帰省は戦後の交通事情も悪い中、山陽本線と鹿児島本線に乗り継ぎ、一昼夜かけての長途の旅であった。

延着といへ春暁の関門に

小郡・岩国を過ぎる頃夜明けを迎えるが、汀女の心は関門海峡を渡るとはや熊本へ走っている。山陽本線の車窓からの風景を詠んだ「藁塚の三つが身を寄せ春の霜」に汀女は、「まだ二月も末の早暁、車窓に馳り来るきびしい冬の風景の中、霜白い田んぼの畦に、濡れて傾き合った三つの藁塚があった。そのようすは、人の或る姿に似通うようで、ほろりとするものを覚えた。」(『自選自解』)と言っている。汀女は三つの藁塚に自分達親子三人の姿を重ねているのである。そうした汀女に汽車の遅れはもどかしい。掲句には長途の旅でやっと九州に着き得た喜びが「延着といへ」に余すところなく表現されている。関門海峡を渡り九州の地に足を入れた時の安堵感は母との一体感でもある。

鳰の子のおくるるに親泳ぎ寄り

川の香といふは藻の香や後の月

江津湖畔での帰省の日々は心豊かに流れていく。湖に浮かぶ鳰の親子は汀女母娘の象徴であ

(『汀女自画像』)

第二章　作品の花束

当時江津湖には藻刈舟が多く出た。村人たちは湖水の藻を刈り、塘に干して肥料にした。折から美しい月が照らす湖面一帯にはどこからともなく藻の香りが漂ってくる。それは汀女にとってはなつかしい故郷の匂いであり、名残り惜しまれる帰省の日々でもある。

　　母を思ふわれ子を思ふ石蕗の花

掲句には帰省またはそれに類する前書はないが、前後の句からすると「石蕗の花」を見るにつけては熊本以外の所のものであると思われる。「石蕗の花」を見るにつけ、汀女は湖畔の庭に咲いていた石蕗の花を思い起こし、そこに母への思いが絡まって蘇るのである。汀女にとって自然の風物はその大部分が故郷への思いを喚起させ、そこに母のイメージを彷彿とさせるのである。『汀女句集』の序で「江津湖畔に私の句想はいつも馳せてゆく」と言っているが、『花影』では、江津湖畔への思いが母への思いに強く重なっている。『花影』で母への思いが多く詠まれていることはこれまで『汀女句集』に母親の子供に対する情愛を詠んだ句が多かったのとは明らかに違った傾向であるといえる。

　　　　　　　　　　長男
　　厳寒や手玉のごとく戸を繰りて
　　冬鏡子を嫁がせし吾がぬし

第一句目には凍てつくような寒さの中で安々と雨戸を戸袋に入れる長男の逞しさに見惚れる母親の感慨が「手玉のごとく」に余すところなく表現されている。ここにあるのは子供の成長を頼もしく思う母親の満足感である。

長女濤美子氏が結婚したのは昭和十九年（二十歳）であるが、そのことに関して汀女は「娘を

— 73 —

手放したあと、自分ながらがっかりするほど、しぼんだ顔を鏡に見つけたりした」(『自選自解』と言っている。娘を嫁がせた後の母親の心の様を写し取る鏡に汀女は自らの心の中を覗き見ているのである。子供の成長は母親にとって喜びであると同時に親から離れていく寂しさ、悲しさでもある。こうした句は子供への情愛というより、母親としての自分の心境を詠んだものであるが、『花影』では次第に母親として子供を思う気持を詠んだ句は少なくなっていくのである。

　　いつしかに悔も残らず菊枯れし
　　夕鵙の心右にし左にし
　　夜の衾心にはかにとらへかね

菊の花は咲いている時は勿論、枯れた菊もそれなりの風情がある。そうした枯れてゆくものの中にある美を「悔も残らず」と言ったところに生を生きる者の潔さが表出されている。枯れていく菊に年を重ねていく自らの姿を凝視しているのである。「夕鵙」の句は、主婦の日常の慌しさ、とりわけ夕暮時は片付けねばならないことや、夕食の準備など気が急く時間であるが、そうした気忙しさを「心右にし左にし」と擬人法で表現したところが面白い。三句目は一日の仕事を終えほっとする就寝前の一時を詠んだものである。寝床を前にし、まだすっかり自分の時間に戻っていない瞬間の心の様を「にはかにとらへかね」と言っているところに、主婦の時間からひとりの女の時間へ戻る時の心の様が的確に捉えられている。主婦の作る俳句は「台所俳句」と言って軽く見られていたが、汀女は「私たち主婦の職場ともいえるのは台所である」と居直ったのである。
これらの句には主婦の日常生活の事実そのままではなく、主婦の日常の心境が詠まれている。汀

第二章　作品の花束

女がこうした主婦の心境を詠む境地へと心を開いていったことは注目すべきである。日常生活の中で詠まれる俳句は自己の人生の歴史のみでなく、社会の事件や歴史の事実が詠み込まれるものである。

火事明りまた輝きて一機過ぐ
一脚の運び残せし藤椅子かな

戦局も悪化の一途を辿り、東京は連日空襲警報に明け暮れる日々ではあったが、そんな中にも汀女の感性は「火事明りに見えるB29は残念ながら美しいと思った。」と敵機の明りを美と捉えている。しかし、近所の人たちが疎開されるとさすがに心細さを禁じえないものがあったと思われる。そうした心境が運び残された一脚の籐椅子に投影されている。

手袋の手にはや春の月明り
炎天や早や焦土とも思はなく

戦争の険しさの中にも確実に巡ってくる季節の移り変わりに心を和ませ、そこに生きる喜びを感受している。八月の東京空襲では庭に落ちた焼夷弾を息子たちが消し止めたため、中村家は焼けなかったが、次の通りから燃えはじめた火の手は見る見る燃え広がり、東京はたちまち焼土と化した。戦火は免れたものの、大蔵省退職後、金融公庫に勤めていた夫がパージを受けたため、経済的にはその柱を失ってしまう。敗戦後の食糧難、耐乏生活の中で近所にいた作家大谷藤子氏の紹介で知り合った宮本一枝氏と共に神近市子氏の家を中継にし、そこから三里も離れた農家へリュックをしょって買出しに出かけたり、結婚した娘のいる千葉寺町へも南瓜を買出しに行くような日々が続いた。しかし、そうした状況下にあっても、汀女には戦後の悲惨さや生活苦などを詠

んだ句はほとんどない。戦後の食糧難の中、子供と離職した夫を抱えながら「常凡な家庭の生」に止まらず主婦として母親としての感性を益々開示させていく。

　蜻蛉生れ覚めざる脚を動かしぬ

翅もまだ濡れ、光っている今生まれたばかりの蜻蛉、初夏の柔らかい日差しの中で無意識裡に脚を動かしている蜻蛉への限りない情愛がここにはある。この句は、子供を生んだ母親の目が捉えたもので、命あるものへの感動、生命讃歌である。

　真っ白く冬木はじきし斧入るる
　とどまれる陽に花あげて芦枯るる

第一句目は、厳寒の中に凛と立つ冬木に斧を入れた瞬間を詠んだものである。まっ白い切り口からはあたり一面に木の香が迸る。冬の林の様が視覚のみでなく、聴覚、嗅覚で感受でき、臨場感を与える。斧を入れられた冬木の命の叫びが寒林に谺する様は凄絶である。二句目は河畔に枯れている芦を見て詠んだものであるが、「とどまれる陽」には、ゆったりと、滅んでゆくものを労るようなやさしさが感じられる。そんな日差しに包まれて芦は高く花を掲げたまま枯れてゆくのである。ここには「日差しに見守られつつ枯れゆくものの美しさ」は勿論、生きとし生けるものの生の哀れさがある。こうした命あるものへのまなざしは汀女の生の豊かさである。

　外にも出よ触るるばかりに春の月

山本健吉氏が「目がさめるばかり明るい抒情的作品である」という掲句は汀女秀句中の一つとして人口に膾炙している。町中で四、五人の集いがあり、その家を辞して出た折、目にした「むこうの家の入口の屋根を今のぼり、まさに離れようとしている月」を見て詠んだものである。「外にも

第二章　作品の花束

出よ」とは今しがたまで話をしていた家の中の人への呼びかけであり、この言葉により春の月を見た作者の感動が拡大されている。昇ったばかりの月への感動が何の虚飾もなく平明に詠まれていて「いかにも軽やかで快適で素直[注5]」な句である。またこの句が高く評価されるのは、多くの日本人がまだ自ら生きることのみにあくせくしていた時、いち早く自然の中に日本美の再発見をしたところにある。そこにあるのは人生を肯定的に生きようとする汀女の姿である。この時期汀女はいわゆる「台所俳句」の域を完全に脱して本格派俳句を生む域に達したといってよい。

こうした自信が俳誌創刊への決意を促したものと思われる。終戦後の人の心の悲しさから何か拠り処を求めたいという思いから俳誌発行の話が持ち上ったのは昭和二十一年の末頃であった。富本一枝氏と二人で編集に当たり創刊号が出たのは昭和二十二年の五月であった。印刷用紙の欠乏、印刷所も復興途上にあるという極めて困難な状況の下、創刊号は四十二頁、ザラ紙、誌代は十八円、表紙は富本憲吉氏の筆になった。内容は俳句を中心に一般文学論や、詩もあり、俳誌というよりは綜合雑誌といった方がよく、筆者も、武者小路実篤、室生犀星、本多顕彰、中河與一、春山行夫、成田陽一、河盛好蔵、石田波郷、野尻抱影など文壇の一流人が名を連ねている。

汀女選の「風花集」は号を重ねるにつれ、投稿者が増え、「一段組では載せきれなくなるやうで、このことも只今、考へ中でございます。」（《風花》第九号「後記」）と言っているが、「いい加減の句をたくさんよりも、最上のもの一句の方がどんなに大切か、これは作句する自分たちの心が一番よく知ってゐることではないでせうか。『風花集』をいつも清新なよい句のみで埋めたいと存じます。」（《風花》創刊号「後記」）と厳選の態度を提示している。また「技術的にもの馴れたといふ作品より稚拙であつても詩精神の高いものが、明日を、日に新たに

感じとる気魄の激しいものが風花編集に溢れたら——」とその抱負を語っている。こうした汀女の「江津湖畔に私の句想はいつも馳せてゆく」という『汀女句集』の序の言葉は『花影』においてさらに発展、転換させたのである。

『花影』が『風花』の創刊から七ケ月後の昭和二十二年十二月に刊行されたことは、汀女にとって一つの節目としての意識があったと考えられる。

『風花』には女性の俳誌といってよい程、多くの女性会員が集まった。の婦人に多くの共感を与え、昭和二十三年頃からは各地に支部が出来はじめるの「風も花もその日その日に新しいといふ心」で日々の生活を前向きに生きる生き方は特に家庭

汀女は『汀女句集』で確立させた世界を『花影』においてさらに発展、転換させたのである。「江津湖畔に私の句想はいつも馳せてゆく」という『汀女句集』の序の言葉は『花影』においては父の死後は殊に、一人江津湖畔に残された母への思いを今迄以上に強くしてゆく。これまでも汀女には母を詠んだ句はあったし、「曼珠沙華抱く程とれど母恋し」(『汀女句集』)という母恋の秀句はあるが、母を素材に詠んだ句が量的に多いのが『花影』の特色である。それは父の死という要因の他、子供の成長に伴う親離れ、子離れもある。このようなことから『花影』で汀女が母親の子供に対する情愛を詠む作家から母への思いを詠む作家へと転変していっていることは注目すべきである。また、子離れは自ずと汀女を自らの内面に向わせることになり心境句が詠まれるようになる。このことも『花影』の特色の一つである。

心境句といってもそれはあくまで「ホトトギス」(高浜虚子)の写生に学んだ姿勢に支えられている。虚子は娘の『立子句集』(昭12)の巻頭に「立子によって拓かれた」と題する文章の中で「自然の姿をやはらかい心持で受取つたまゝに諷詠するといふことは立子の句に接してはじめ

第二章　作品の花束

て之ある哉といふ感じがした。写生といふ道をたどって来た私はさらに写生の道を立子の句から教はつたと感ずることもあつたのである。それは写生の目といふことではなくて写生の心といふ点であつた。其柔かい素直な心はやゝもすると硬くならうとする老の心に反省をあたへるのであつた。女流の俳句はかくの如くなくてはならぬとさへ思つた。」と言っている。そういう虚子が立子の『鎌倉』と汀女の処女句集『春雪』を「姉妹句集」として「清新なる香気、明朗なる色彩あることは共通の風貌である。」と賞讃したのは、汀女の句にも女流俳人としての「写生の心」をよみとったからである。

汀女の句には才走った理智の勝った句は少なく、対象を素直な心で捉え、平易な言葉で表現し、そこに柔らかい抒情的世界が醸し出されているのである。『花影』というタイトルはこうした汀女の世界を象徴していると言ってよい。

昭和二十三年、戦後の復興もままならぬ殺伐とした時期、このような抒情的な句集が生まれたことは注目に値する。『花影』は敗戦後多くの人が食べることに懸命で心の余裕をなくしていた時、生きる明るさを与えたと言ってよい。汀女は俳誌のタイトル「風花」を「今日の風　今日の花」と言い換え、「今日心新しくあれば、風も新た、花も新た」と「自戒の言葉」にしているが、戦時下の敵機の明りを美と捉えそうした汀女の前向きの姿勢が句に表出されているのである。汀女の大らかさ、「外にも出よ」の句にみるような余裕をもって自然を感受する豊かさは多くの人の心を捉えるものがある。

汀女四十三歳から四十七歳までの句を収めた『花影』は、汀女が母親として子供への情愛を詠む作家から自分の心情（『花影』の場合は母親への思いが多い）を詠む作家への転換期であり、

それが「自己をみつめる中年過ぎの女性の感情」を「写生を通してわかりやすく淡々と」詠んだ『都鳥』[注7]（昭26）へと発展させていく。この時期が、父の死、娘の結婚、敗戦、夫の失職と汀女の生涯の中で最も苦労の多い時期であったにも拘らず、出発の時から既に見られた汀女のみずみずしい感性に満ちた抒情の世界は、『花影』においてその豊かさを一段と増したのである。

注1 「処女句集のころ」（『アサヒグラフ　女流俳句の世界』昭60・7）
注2 水上勉「平常心の道」（『中村汀女・星野立子集』朝日新聞社　昭60・3）
注3 『自選自解　中村汀女句集』（白鳳社　昭44・5）
注4 『山本健吉全集』第七巻（講談社　昭59・6）
注5 注4に同じ。
注6 〈阿蘇〉主催水竹居忌に参ず〉という前書きのある「照影も殊に故郷の花の蔭」はあるが、「花影」の語が用いられている句はない。
注7 『研究資料現代日本文学⑧俳句』（明治書院　昭55・7）

　　　　　五　『都　鳥』論

『都鳥』は昭和二十六年三月、書林新甲鳥より刊行された第六句集である。昭和二十三年から二十五年までの三百八十句を〈新年〉二十九句、〈春〉九十三句、〈夏〉百七句、〈秋〉九十一句、

— 80 —

第二章　作品の花束

〈冬〉五十九句に分けて収められている。これまでの句集の章立ては総て制作年代順に並べられていて、季節に依ったのは初めてである。小倉遊亀画伯の装画が〈〈新年〉〉梅、〈春〉つくし、〈夏〉蛍袋、〈秋〉犬たで、〈冬〉白菜〉入っている。

一

　朝顔や掃除終れば誰も居ず
　子にかかる思ひを捨てぬ更衣

朝食の準備、後片づけ、掃除と主婦の朝は慌しいが、それらを終えてほっと我に返ると自分の廻りには誰もいない。子供たちもそれぞれ自分の道を歩きはじめたのであるが、母親とは、いつまでも子供に対する思いを捨てきれるものではない。「人に会っているときも、また、ほんとに夜を眠っている間にも、気がかりはわが子のことであろう。と言っても、限りなく手のとどくものではない[注1]。」といった母親の内実を「更衣」という季語で切り捨てたところに二句目の潔さがある。しかし、こうした子供を詠んだ句も『都鳥』になるとほとんど見られなくなる。

　　留守の用意もあれこれ、いよいよ明朝母のもとに発たんとす　四句
　松蟬にいたくも延びし旅出かな
　長旅の黒き日傘もととのへし
　旅遠き雲こそかかれ栗若葉
　短夜の櫛一枚や旅衣

この時期も年一回の帰熊はくり返された。子供に手はかからなくなったものの、「風花」の編

集、句会と多忙を極める中での帰省は思うに任せないものがあった。

　　麦秋の母をひとりの野の起伏

　　つつじ咲く母の暮しに加はりし

　　野茨や母は齢を日に重ね

　汀女の帰省は一人住む七十歳を越えた母の暮しに加わることであった。母の住む江津湖畔一帯には野茨の花が咲き乱れ、周辺は一面の熟れ麦の畑である。「黄金色に波打つ麦秋のゆたかさに、母が小さくまぎれ去っている気さえしたのだった。これはやはり母の齢に対する気づかいが、私にそう思わせたのであろう。」と年を加える毎に母への思いは密度を増してゆく。

　　母に書く銀河の端の夜とは言はず

　この句には遠く離れていても常に母を思う汀女の心と、母親に自分の孤独を見せまいとする決意が詠まれている。

　　コート着て母のさからふ風も見し

　気丈ものであった母は、村長の妻として村の人たちの世話をきりりと果し、もめごとの相談なども乗った。そうした母親の生き様の中から汀女が受け継いだものは大きいが、この句で汀女は自分の中にある母親の血（生き方の強さ）を客観視している。『都鳥』には子供を詠んだ句と同様、母を詠んだ句も少なくないが、そうした句も母親や母恋讃歌ではなく、そこに自己の内省が働いているのである。この句には、自らの中に母親の生き方の芯の強さを取り込んでいることの自覚、一人立ちした女の生き方の強さの自認がある。

　　雨降れば雨も行くべし草萌ゆる

第二章　作品の花束

なでしこや人をたのまぬ世すごしに
やはらかに金魚は網にさからひぬ

　一句目は冷たく寒い早春の雨の中、約束を果たすべく出かける時の心境を詠んだ句である。汀女は「草萌ゆる日、大地に沁みゆく雨のよさは、くじけることを許さぬものがある。」と言っている。この言葉からすると「雨」は必ずしも現実に降っている雨の意だけではない。「雨もゆくべし」と「雨」を重ねているところに、敢えて困難なことの中に身を投じていこうとする汀女の決意が実感できる。二句目には、汀女の生き方が詠まれている。多事多忙を極める「風花」の主宰者としての現実は多くの人に支えられているわけであるが、ここで言う「人をたのまぬ世すごし」とは、自分をしっかり持って生きるという汀女の生き方と重なっている。三句目は単なる写生の句ではない。「金魚」は容姿端麗であった汀女自身であり、金網に掬い取られまいとして身をかわす金魚の姿を「やわらかに」と表現したところに、決して荒々しく逆わない汀女自身の身の処し方が見えてくる。この句には内に自己の強い意志や決意を持って行動するたおやかな汀女の人柄、生き様が感じ取れる。

　初富士にかくすべき身もなかりけり

　巻頭に置かれた掲句について汀女は「年明けて、打って変わった日差しの中に、これはまた真白に輝く富士が真むこうにあった。一点の曇りも映し出されるような玲瓏たる山の姿の前に、心たじろぐ思いがしたのだった。」と言っている。しかし雄大な全き富士と対峙している汀女は決してひけを取ってはいない。鶯谷七菜子氏は「初富士の姿の前に、わが身が透明化してゆくような

感をうける。それによって初富士の形容しがたい気高さが出たと思う。」と言うが、日本の美の象徴として厳然と存在する富士と真っこうから向きあう汀女の姿は丈高い。この句は「風花」の主宰者として歩み始め、『花影』により句風もいよいよ豊かに開示されたことへの俳人としての雄姿が富士の玲瓏たる姿に重なっている。

この時期、汀女の子供や母への関心は自分自身の方へ動いてきたといえる。

二

　声あげて蟬夕風にさからひぬ
　人波にしばしさからひ秋の暮

夕風が吹く頃になると蟬の鳴き声も納まるものであるが、まだ声高に鳴いている蟬にふっと我が身の存在を感じた。「さからふ」に内面の一瞬の孤独が見えてくる。二句目に関して汀女は「人波にしたがふのは気安いが、さからふとは妙な抵抗があって、さびしさも感じられるのだった。しかし、さからふ人波とてもしばらくであって、そこを抜ければひとりきりの道の幅、秋の夕暮の色はそこで急に深まっていたのである。」と言っている。この句は実際町中を歩いている時の実感を詠んだものであろうが、さからった後に残る一抹の「さびしさ」が伝わってくる。

　春蟬やひとり日傘をかざすとき
　松蟬やひとりしあれば松匂ひ
　秋燈にひとり背きて書く句かな

『都鳥』には「さからふ」の他、「ひとり」の語の使用が目につくが、それは当時の汀女の心境

第二章　作品の花束

の現れで、ここには主宰者（女王）の孤独が垣間見られる。

　　噴水は心のほかにくづれつつ

　　北風に闇にまぎれぬまかすべし

一句目は単なる叙景ではなく、汀女自身の内面（陰の面）が詠まれていると言ってよい。勢いよく水を吹き上げる噴水の穂の崩れをあたかも内なる思いの崩れであるかのように見、自分の意思とは係らぬ形で頽れようとする心の揺らぎを旨く表現している。「北風に」の句には「さからふ」ことの反面として「まかす」姿が詠まれているが、またこの句には、自ら判断し、任せていいものは任せるという汀女の身の処し方が見えてくる。『都鳥』には「虹高く思へることのまぶしけれ」「夏雲の湧きてさだまる心あり」などのように外に向って果敢な生の高揚を詠んだ句もあるが、「噴水」の句に見るように対象の中に自分の内面を見るような句が前句集に較べて多い。

　　紅梅の花花影も重ねずに

　　紅梅や熱はしづかに身にまとふ

一句目は細かい観察から生まれた「紅梅」の写生句であるが、二句目の「紅梅」は季語として中七下五との取り合わせで一句の叙情的な雰囲気を出しているのである。このように『都鳥』は単なる叙景句より季語が作者自身との係りで詠まれているところに特色があると言える。

　　花そこに白き夜窓に夜の看護

　　枇杷買ひて夜の深さに枇杷匂ふ

一句目は上五、中七までは優雅で美しい雰囲気を出しているが、「夜の看護」で、人生の寂寥

感が持ち込まれたことになる。また、二句目はほのかな枇杷の匂いが「夜の深さ」に匂っているというところに、内面に向っている汀女の沈潜した心が感受できる。これらの句における「夜」の語の働きは大きい。

　　二日ぶり晴れコスモスの花遠目
　　コスモスの花の向き向き朝の雨
　　コスモスの廣きみだれに夜のとばり
　　コスモスの夜の花びらの冷えわたり
　　コスモスの夜は一色に花そむき

他にも「都鳥」には「夜」の言葉が多く使われている。コスモスを例にあげても『花影』と『都鳥』には違いがある。『花影』のコスモスは晴天時や朝のコスモスで、明るく向日的であるのに較べ、『都鳥』の方は夜のコスモスである。しかも、「みだれ」「冷え」「そむき」などの言葉との併用は何か陰を纏っていて、哀感を感じさせる。

　　菊の香や何も映らず夜の鏡
　　袂より木の実かなしきときも出づ

一句目の「夜の鏡」は深遠な世界を感じさせ、不気味であるが、それが「菊の香」という季語を持ってきたことで底なしの暗黒さという感じからは救われている。この句は夜の鏡そのものの写生ではなく、自己の内面の凝視がある句である。二句目は、袂よりころがり出た木の実は生きとし生ける者としての作者の命そのものであり、それが「かなしきときもいづ」とあえて言ったところに、生への凝視がある。

（『花影』）
（『花影』）
（『都鳥』）
（『花影』）
（『都鳥』）
（『都鳥』）

三

　大川にゆかりはひとり都鳥
　都鳥さへ夕ぐれの艫をゆるく
　都鳥はまたたつ鳥や懐手

タイトルの「都鳥」が詠まれている句は三百八十句中右に掲げた三句であるが、「ひとり」「夕ぐれ」「懐手」などの言葉が内に向かう汀女のしっとりとした抒情、哀感を醸している。

都鳥は冬鳥で羽が白く、嘴と脚が赤い鳥で冬の季語である。初めの二句は「春」部に収められている。それは「都鳥」が「シベリア東北部、カムチャツカなどで繁殖したものが、晩秋の頃日本に渡来、春まで各地の海岸、河口、湖などで暮す。」(『カラー図説日本大歳時記』)ため、嘱目としては春にいるものを見たと思われる。二句目は夕暮の隅田川をゆるやかに飛ぶ都鳥の姿を詠んだものである。「さへ」には自分の言動を見つめる汀女の意識が働いている。それは「風花」の主宰者として決してあわてず騒がず、都鳥のように優雅に身を処していこうという自らへの言い聞かせでもあると言える。三句目は重季であるが、この句では「懐手」をしている作者に中心がある。

　「ふところ手こころ見られしどとほどく」「夫と子をふつつり忘れ懐手」など、汀女には「懐手」の名句が多い。汀女は「俳句を作らねばならない時、また何か考えをまとめる時など、両手をしっかり深く胸に組」んだというが、この句には「都鳥」に托する汀女の母への想いが底流している。

「名にし負はばいざ言とはむ都鳥わが思ふ人はありやなしやと」と伊勢物語で有名な「都鳥」は古くは『古事記』や『万葉集』にも詠まれているが、汀女にとって「都鳥」に問う「わが思ふ人」とは江津湖畔に住む母である。このようにみるとこれら都鳥の句想の源泉には日本古典文学の抒情があるといえる。

『都鳥』において汀女は「母親として子供への情愛を詠む作家から自己の心情を詠む作家への転換期」を経て、確実に自己の内面(陰の部分)へ降りていったのである。

『都鳥』に漂う抒情は『花影』に較べると前向きに開放的な明るさではなく、内へ向けられた沈潜したものである。そこにはある時は「さからひ」、またある時は「まかせ」、ある時は自らの心を立て直しながら、しなやかに生きた汀女の内面が詠まれているのである。

『都鳥』は汀女の内面への凝視の深まりを感じさせる句集で、人生の襞から滲み出るものが句集の哀感を生み出しているのである。

注1 『自選自解 中村汀女句集』(白鳳社 昭44・5)
注2 注1に同じ。
注3 注1に同じ。
注4 注1に同じ。
注5 『俳句——大特集中村汀女とその生きた世界——』(角川書店 平成7・2)
注6 注1に同じ。
注7 小川濤美子編『汀女俳句365日』(梅里書房 平4・12)
注8 ⑦『古事記』下 歌謡「その蚢を蜻蛉早咋ひ、かくの如、那爾淤波むとそらみつ大和の国を

第二章　作品の花束

六　『紅白梅』論

　『紅白梅』は汀女の第七句集で、上・下二巻から成り、昭和四十三年十二月二十日白凰社から出版（限定千部）された。あとがきに「思へば久しい間、自分の句をまとめる折を持たず過しました。」とあるが、『都鳥』（書林新甲鳥　昭和26・3）以降、昭和二十六年から四十三年迄の作品千五百八十七句が収められている。

　上・下巻の体裁は上が〈新年〉（四十七句）〈春〉（三百五十句）〈夏〉（四百三十句）〈欧米行〉

蜻蛉島とふ
㈠　『古今集』雑・九九七「神な月時雨ふりおけるならの葉の名におふ言のふるごとぞこれ　屋有季」
㈡　『万葉集』巻十五・三六三八「これやこの名爾於布鳴門の渦潮に玉藻刈るとふ海人少女ども〈田辺秋庭〉」
㈢　『万葉集』巻十一・二四九七「早人の名に負ふ夜声いちしろく吾が名は告りつ妻と頼ませ〈人麿歌集〉」

注9　前節『花影』

㋑・㈢は名前として持つ。その実体を伴ったものとして名を持つの意。㈡・㈢は世間一般にその名とともに評判される。有名であるの意。

（五十九句）、下が〈秋〉（三百十一句）〈冬〉（三百二十八句）〈中国行〉（二百七句）とそれぞれ三章から成っている。上巻は紅色の布製仕立て、下巻は白色で対をなしている。第六句集の『都鳥』に較べると印刷事情にもよるがハードカバー帖入りの豪華本で、隔世の感がある。

一

『都鳥』には「母親としての子供への情愛を詠む作家から自己の内面へ向っていった汀女の姿」が伺えると前述したが、まず「自己の内面」はどのように詠まれているかということから考察をはじめたい。

　　滴りの思ひこらせしとき光る
　　また次の想ひ満ち来て滴れる

「滴り」とは岩や苔などから滲み出た水がじわじわとたまり、一つの粒となってたれ落ちることである。滲み出る水が滴りとなるように自分の思いも内へ内へと向けられ、次第に凝縮させられていく。一粒の水滴の美しさは、凝思の果てに生まれる想念の美しさでもある。季語の「滴り」は清冽な涼味を伴うが、作者の内面も前向きでさわやかである。

　　単帯或る日は心くじけつつ
　　バラ散るや己がくづれし音の中

帯をきりりと締めると心も自ずと引き締るものであるが、汀女は「或る日は」というのは、少々自分をかばいすぎた気がする。」（『自選自解　中村汀女句集』）と言っているが、句としては「或る日は

— 90 —

第二章　作品の花束

の措辞がきいている。帯を締めることで気持をひき立てようとして持って行こうとする作者の心やりがある。汀女の場合、心のくじけに陰惨さはない。二句目はそうした汀女の心のあり様が感受できる。バラの花びらがくずれ散ちる音の中に「自分の心がそこにくずれたような音」(『自選自解　中村汀女句集』)を聞いているところには心ばえの明るさがある。

　　襟巻に心ふつつりつぐむ思ひかな

　　雨音に心ゆるべば桜草

　一句目は襟巻をした瞬間の、身の内に自己の思いを封じ込めてしまったような身体感覚を表現したものであるが、掲句と句想を同じくする句がある。これは「明治座一月狂言に五句」という前書がついている。昭和三十八年一月、明治座では新派の浪花千栄子率いる一座の「青海波」「ゆきしぐれ」「花のいのち」の三作が演じられている。「花のいのち」の内容に関しては現段階で調べが及ばなかったが、演劇を見ての作でありながら掲句の延長線上にある心境句として見ることができる。二句目は「寒さにかたくなになっていた心を、雨音が一刻ずつほぐしていく」(『自選自解　中村汀女句集』)と言っているが、「かたくなになっていた心」は必ずしも「寒さ」の為とも限定しない方がいい。自然のリズムの中に身を置くことによって心の緊張から解き放たれた心の状態を「桜草」という季語によって明るく豊かなものとして提示している。

　　娘の家も憚るものや秋のくれ

　　裾にふる夜露は云はで従ひし

　一句目はどんなに慈しみ育てた娘と言えど一家を構えた娘に対しては無意識裡に遠慮が働くも

— 91 —

のであるが、そうした瞬間、母親の内面をよぎる一抹の寂しさが「秋のくれ」で旨く表現されている。二句目の「従ひし」は『自選自解』によると夜の野道を案内してくれた人に従ったということであるが、この夜の野道を人生の道ととるに、必ずしも明るいことばかりでない人生を、苦にせず伴侶と共に生きていくという決意のようなものが表白されている。しかし、こうした母親や妻としての心境句は、『紅白梅』には多くない。「ストーブに対し己に対しけり」「鳰沈みわれも何かを失ひし」など『都鳥』にみられたように自己の内面に向っている句が目につく。

　ふところ見られしごとほどく

　いささかは己れたのみてふところ手

　ふところ手思ひのほかの気弱かな

「ふところ手」とは冬の季語で寒さのため無意識に手を懐に入れることだが、「大人の場合は、少しだらしなく、有閑な姿に見られる面もある。」（『カラー図鑑　日本大歳時記』）が、汀女にとっての「ふところ手」とは内省の一つのポーズと言ってよい。辛さも寂しさもなにやらやすらぐふところ手であるけれど、これは一人きりのときである。人にそれを見られると、心を見られた思いがして、ほどいたわが手の置きどころもなく、とまどう心のやり場もない気がした。

　　　　　　　　　　　　　（『自選自解　中村汀女句集』）

　ふところ手をすることで汀女は自分の内へ向ってゆくのである。そこでは誰にも見せない、見せたくない内なる自己と体面できるのである。しかし、『紅白梅』時代の汀女のふところ手は、「夫と子をふつつり忘れ懐手」（昭13年作『汀女句集』）にみる他を切り捨てる潔さではなく、自

第二章　作品の花束

己の内面を客観的にみているところに違いがある。そこに、人間としての成長、余裕がみられる。

　蕗の薹互ひに触れぬことを持ち

人はみなそれぞれがふところ手の世界を持っている。「蕗の薹」が冷たい土や雪を割って薄緑色の花芽をのぞかせ、春の光を少しでも多く受けようと思い思いに背伸びするように伸びていく様は、それぞれに一途に生きる人間の生の有り様の象徴であるといってよい。この句には汀女の人間認識の姿勢が提示されているが、それは汀女の生きる姿勢そのものでもあるのである。

こうしてみると『紅白梅』の心境句は『都鳥』と較べ、明るく前向きで、深刻ぶったものがなく、そこに心の余裕がみえるところに特徴があると言える。

二

『紅白梅』の作品は汀女五十一歳から六十八歳までのもので、その間、故郷の江津湖畔に一人住む母親の年齢は六十八歳から九十五歳であった。昭和十九年に父親が亡くなって以来、汀女は努めて年に一度は帰省している。

　雨傘の母の冷たき手に触るる

掲句には「風花誌友大勢に迎えられ熊本に着く母また早くより来たまひしとなり」という前書がある。

　俳句仲間の有難さは、熊本駅に皆さんが私を待っていてくださるのだった。そして私はその

中の四、五人とまたいっしょに湖畔の母の家に行く。(中略)いつかはまだ春寒い雨の日であった。母は早々と駅に出ていたらしい。ぬれた洋傘にその手もぬれていた。母をささえようとしてふれたその手の冷たさが私にこたえた。　　（「老いの住まい」『汀女自画像』所収）

一日千秋の思いで一人娘の帰りを待ち佗びている母、駅頭で母の手に触れた瞬間、その愛情の総てを感受した汀女の思いはその手が冷え切っているだけに辛いものがあるが、こうして短い母との暮しが始まるのである。

　　母のくらしに加はる三句

　母ありと知るしづけさの冬夕焼
　母の家出て野の日和若菜つむ

親子というものは離れ暮らしている時にはそれぞれに思いが募るが、唯互いに元気な姿をその目で確かめ合えばそれだけで心足りるものである。一句目は日々の営みの中に母がいることをその空気の中で感じている安堵感が「冬夕焼」という季語によって旨く表現されている。二句目には帰省の一日を若菜摘みに興じることで心なごむ母のもとでの豊かな時間の流れが感じとれる。

　　二十五日熊本へ着、滞在五句

　夕落葉母の頼みは果たし得し

母のもとでの日々は母の言葉に従って行動する素直な娘に帰る日々であり、それが汀女にとっての最大の親孝行なのである。

やがて母の言いつけ通りに、親戚を一巡し、近所の誰彼にも顔を出すと、帰省の役目の大半は終わる。私が行き渉る家があっても母は一両日して、折りを見て言う。「やっぱり、七郎

第二章　作品の花束

の所にも行っといてくんなはり、薪割りも頼まにゃならんけん」出かけて、私は母の言葉に従ってよかったと思うのである。(『日傘』『汀女自画像』所収)

掲句には母の言葉通りに行動した安堵感がある。「夕落葉」にしみじみした母と娘の充足した時が描写されている。

　　母校創立六十周年記念講堂に招かれ帰省、滞在数日

　はじまりし落葉は母に言はで発つ

掲句は昭和三十八年、汀女六十三歳、母八十歳の時の作である。落葉の始まりも母にとっては、例え人頼みの仕事であっても、なさねばならぬ仕事として、そのことを口にすれば母の気懸りを増やすことになる。掲句にはそうした汀女の母への気配りと時の流れを母に知らせたくないという老いた母への思いやりが込められている。

　　ふるさとに八十九の年を迎ふる母あり

　初富士や母を珠ともたとふれば

　返り花母いたはりて別るる日

「珠」とは一般的には美しいもの・大切なものに例えられるが、汀女にとっての珠は、触れれば壊れるような危うさを孕んだ大事なもの、それは命を刻むように年を重ねていっている母へのいとおしみに外ならない。

母は九十一の春(筆者注　この文章を書いた時点)を迎えてくれた。ありがたいと思いながら、ふと、さわれば曇る珠のようなあぶなさ、大事さを思うと、じっとしておれない心持がする。雪白く、玲瓏とそびえる初富士に、私はただ母の健やかさを念じた。

『自選自解　中村汀女句集』

「初富士」という季語で母の姿を「玲瓏とそびえる」富士に重ねて見ているところに汀女の母親讃歌がある。二句目は昭和四十一年十一月、山口支部大会出席の後、二十三日に熊本滞在の時子邸での句碑建立（「一本の竹のみだれや十三夜」）の後、句友と天草などの旅におうとする庭先にみつけの句である。熊本の十一月のほっかりとした陽気の中、これから冬に向おうとする庭先にみつけた「返り花」に汀女は健やかで美しい母の姿を重ねあわせ、湖畔の家に一人老いた母を残して旅立つ心の痛みをさりげなく詠みあげたのである。

以上みたように、『紅白梅』時代の母を詠んだ句の特色は、母への思いやり、母親讃歌にあると言ってよい。

　　　　　三

汀女は母親の子供に対する情愛を詠んだ作家としては第一級の俳人と言われている。しかし、第三期になるとそこに変化がみえることは前述したが、『紅白梅』ではどうなのかみてみたい。

　蜆汁はや子も揃ふことまれに

『紅白梅』の時代は子供たちも家庭を持ったりして既に母親の手を離れている。[注2]

　子を愛づる言葉ひたすら水温む
　子にかける嘆きあきらめ初紅葉

これらの句に詠まれている「子」はいずれも自分の子でなく、人の子である。一句目は「通りすがりのよその窓の、母と子」の「むつまじい声や姿」に接してできた句で、[注3]二句目の「初紅

第二章　作品の花束

葉」は「話がまたわが子にふれた人を送り出し」た時目に触れたものであると言っている。一句目は季語の「水温む」に母親の愛のあり様が感受できる。「子を愛づる」言葉が大げさな讃辞でないことは、「母親は子をかたえにすればそれでよく、子はまた見えるところに母がおればただ安心なのである」という「自解」の言葉から察せられる。一方、親は子供への愛情から子供に対して大きな期待も持つものであるが、この句ではそうした「嘆き」を「あきらめ」に切りかえている。そこに親の悩みが生ずるわけであるが、この句ではそうした「嘆き」を「あきらめ」に切りかえている。この句の「初紅葉」は、我が子を嘆く人を送り出した折、門辺で目にしたものであると言うが、澄んだ秋の空に映える初紅葉のすがしさは、そうした心の転換をはかった母親の心のすがしさなのである。

『紅白梅』には母の子に対する気持を詠んだ句は極めて少ないが、それも我が子への情愛が句材でなく、他人の母と子のあり様を見て、世の母親に共通した心情として詠んでいる。そこには汀女自身の子育てを終えた母親体験が心の余裕となって句に表われているといっていい。

　　　四

『紅白梅』時代は旅の句が多いことも特徴の一つである。昭和二十二年俳誌『風花』が創刊され数年経つと日本各地に支部ができ、地方へ出ることも多くなっている。そうした折、その土地で多くの句材を得、句を成している。

　　大鯒の籠打つ尾鰭春の暮
　　夜目青き蕗の裏戸を出漁す

掲句には「母を訪ふ帰省の途徳山市櫛ケ浜の風花山口支部大会に出席、県下遠くより集まられし句友に会ひ瀬戸内の古く美しき漁りの町に沈む夕日を見たり 四句」という前書があるが、都会の生活では仲々目にできない生きた鯆の姿や夜の漁師町の風景が美しく詠まれている。
また「芦屋支部句会　崇信幼稚園」「風花八王子支部発会　聖蹟桜ケ丘対鷗荘にて」「いとう句会　銀座はせ川」など前書の付いたものが多いが、佳句は地方でのものに多い。

　　生きてなほめばる手鈎におとなしき
　　鯖売りの路地の車の朝まだき
　　子を背負ひ鯖三四十さばくらし
　　　　　　山口支部大会　草女居に二泊　三句

これらの句は前掲の「大鯒の」「夜目青き」の句から一年後（昭29）の作であるが、汀女の魚や漁師町への関心が伺える。また、三句目には、子育てをしながら働く女のたくましさが詠まれている。

また、この時期は文芸春秋社主催の文壇句会もよく開かれている

　　猿と人冬日の檻に向ひ合ひ
　　　　　　文芸春秋主催文壇句会　上野動物園に赴く　三句

などの句もあるが佳句は少い。また、句会の吟行、同人会の吟行などにも出向いている。
その他、夏期大学講師として高知市へ行ったり（昭37・8）、中央公論社主催の講演会の講師として丹羽文雄氏、犬養道子氏等とともに福岡、久留米、熊本を廻り、雲仙、長崎を廻ったり（昭37・11）している。

第二章　作品の花束

羽黒三山神社宿坊に泊す

獅子独活は出羽あけぼのの神の花
酒田を過ぎ遠く象潟に走り蚶満寺に詣づ。

「象潟や雨に西施がねぶの花」の句碑あり

つつじ咲き散り象潟の古寺病むは誰ぞ

汀女は昭和三十九年十月、芭蕉祭俳句大会の選者として宮城県松島町を訪れているが、掲句は昭和四十一年六月に、おくの細道羽黒山全国俳句大会の選者として羽黒山に行った時のものである。その折、尾花沢、大石田、最上川など芭蕉ゆかりの地を訪ね句をなしている。熊本の江津湖畔生まれの汀女は夫の転勤により日本の風土の四季に多く接することで句域を広げたが、この時期は風花の主宰者として、また俳人という仕事の上で多くの日本を体験し、句域は更に広まった。更にこの時期は日本だけでなく海外にも足を伸ばしている。

昭和三十一年九月中国人民文化協会からの招きを受け、文化訪問団の副団長として、四十七日間に亙る旅をした。この時の二百七句が下巻に収載されている。

黄河蛇行して秋天の打ち霧らひ

笛吹くよ大花火尽きんともせずに

大花火首相周氏の白皙に

この句の前書に、「十月十六日、北京。朝五時起床（中略）七時四十分離陸。すでに万寿山眼下にあり、朱壁の反りは機上より見下ろしては果敢なくさびし。一木も見えず、赤土そのままにきそひそびゆる山あひを流れ出で馳せ寄る白銀の先は黄河上流の、すさまじくも自由なる水の姿

なり。」とあるが、中国大陸の自然のスケールの大きさへの感動が写生句として多く詠まれている。文化協会主催の催しに参加する他、十月一日の国慶節の夜は慶祝の花火に団長とともに天安門楼上に招かれ、毛沢東主席、インドネシア・スカルノ大統領と握手を交わしている。

　　蹄立て白菜車驢馬が曳く
　　四つ割に北京白菜切り干す日
　　白菜舟舟べり沈み漕ぎ連るる

その他、水上生活者の姿や、綿採りの風景など日常生活の仔細を悉く句にしている。驢馬や舟で白菜を運搬する風景は中国独特のもので、スケールの大きい大陸的な生活の様が詠まれている。

　　綿採りの日影くまなき邑に入る
　　冬菜畑山峡遠き急斜面
　　前こごみ負ふ荷は何ぞ紅葉岩

遠々と続く綿畑、そこで働く人、急斜面の冬菜畑の遠望、峨々とした岩山を前こごみに荷を運ぶ人の姿、そこには自然の中で共存している人間の生の営みが見えてくる。

汀女はこの旅の期間中、着物で通した。「きもの姿の私に子供たちが集まったが、私はきものであることに安心さと誇りも感じていた。」(「訪中」『汀女自画像』)と言っている。この中国訪問で汀女が俳句を日本の文化として紹介し、海外での関心を高めた功績は大きい。

昭和四十年六月には羽田を発ちアンカレッジ経由でコペンハーゲン、ロンドン、パリ、イタリー、スイス、東ドイツを歴訪、ニューヨーク、ハワイを経て帰国という旅をしている。この間の

第二章　作品の花束

句五十九句を上巻に収めている。

 短夜のうつつを包む白き闇
 睡魔来る白夜の冴えの極りに

一般に「闇」という言葉からは暗黒をイメージしがちだが、白夜の光のない状態を白き闇と捉えたところに白夜体験の新鮮な感動がある。また、二句目の忽として襲いくる睡魔と白夜の冴えのとりあわせは鬼気迫るものがある。

 西日載せセーヌ流るるたゆしげに
 遊船や鉄積む船やライン荒れ

一句目はゆったりとしたセーヌ河の様が「西日載せ」という措辞で絵画的に描出されている。二句目は、荒天下のライン下り、しかも「鉄積む船」を詠み込んだことでセーヌの句とは対照的な雰囲気が出ている。この欧州旅行は前掲の訪中のように公的なものでなく、「風花」会員約三十名たちの旅で、「滝垂直われ等も旅をひたすらに」と詠んでいるように心ゆくばかりの観光の旅であったようである。

旅の句として『紅白梅』中見逃せないのは、帰熊の折の旅での句である。

 天草行　三句

 湯島、天草四郎等ここにて策を立てしと、一名談合島

 われも旅人霞める島をなほも指す
 麦熟るる島の碑の文字すべて悲話
 麦秋の島々すべて呼ぶ如し

年譜によると昭和三十七年、母を訪ねた折、熊本の風花同人たちと初夏の天草を訪ねている。掲句三句は春の部に収められているが、夏の部には「天草行　七句／ゆう二、八重子、達、豊子、公子、敏、智恵子同行」の前書で次の七句があることから、同じ旅の時の作であると思われる。

夏潮や長崎通ひ先づ発ちて
船室の畳の冷えの夏の航
初蟬や人恋はしむる島の道
　　大江岬の神父館にはスヰートピー盛りなりき
遠く来ぬ日傘たためば心澄む
松蟬や天主堂へは岩根踏む
陶土出す小さき波止や島も夏
天草に橋が架かる前の船旅で、畳のある船室、そのひんやりとした肌触りにほっとした緊張感や、陶石の多い天草での、どこの港でもよく目にする積出しの様子など、天草独特の風物を詠んでいる。

昭和二十九年には人吉へ旅をしている。この時は母を伴っての旅であったことはその時成した七句の中に「麦熟るるまどろむ母を旅に連れ」の句があることから解る。当時汀女五十四歳、母七十一歳であった。

　　母を伴ひ阿蘇内牧温泉へ、つゝいで登山す　七句
草芳し湯宿といふもとびとびに
爆発の経過聞き捨て阿蘇の春

第二章　作品の花束

　　雲雀鳴きさへぎるもなき阿蘇の風

これは昭和三十八年の時のもので汀女六十三歳、母八十歳であったが、翌三十九年にも母を旅に連れ出している。

　　　母を伴ひて阿蘇戸温泉へ赴く　二句
　　阿蘇外輪いくつ立ちけむ雲の峯
　　夏蝶に舞ひ立つ白き火山灰

阿蘇を詠んだ佳句には「山の威のふつとにはかや夏薊」がある。これは昭和三十年の作で「阿蘇二句」の前書があるが、もう一句は「頭を垂れて阿蘇の代馬よく励む」である。

（前略）阿蘇高原の道をたどりながら、煙噴く阿蘇中岳は全くきびしい山容をもって、ふっと、なにかの気配を感じ、前方を仰いだら、山を忘れていたようなとき、私たちを見おろしていた。山の心、山の威に打たれ、ひるみもした足もとに咲いていた薊の花の色の濃さ

『自選自解　中村汀女句集』

阿蘇五岳は季節や時間によって種々の表情を持つものであるが、噴煙を上げる中岳に、居竦められたような感じが全身を走るのは山の威力、天啓のようなものであると言ってよい。そうした瞬間、足もとの薊の花の濃き紫を見つめている目には、作者自身の存在の確認がある。夏薊は山の威に対峙していて決して負けない存在の力がある。

旅吟といっても、旅先での単なる風景描写の句や旅日記のような句もあるが、汀女の句集中、『紅白梅』は最も多く旅の句を成しているところに特徴がある。そこには句材の広がりだけでなく、日常の枠を越えたところでの感性の発露や、自己認識があり、それがいろんな形で句に反映

し、この時期の句世界を多彩にしていると言えるのである。

五

汀女は昭和四十三年五月、急な痛みに襲われ、救急車で東京女子医大に運ばれたが、検査の結果、心臓に異常はなく、胆石と判明、即刻入院した。

　五月雨担架に臥せし面打つ
　夏服の守衛一瞥救急車
　夏雲に数ふならねどわが鼓動

掲句にはその時の様子が悉に詠まれている。三句目は、心臓の発作ではないかという不安がとり除かれた後の安堵感が「数ふならねど」という措辞に旨く表現され、それが生を誇るかのような湧き上がる夏雲のたくましさと対照をなしているところがいい。

　明け易し視線外づしつみな病者
　薔薇くづれ夜干に乾くものと病む
　さすがに不安もありぬ

お互い病む者同志、内に命に対する不安を抱えながら、それぞれが内部に入り込むことをしない病者同志の内面が「視線外づしつ」という表現に旨く表現されている。この句にはそうした同病相憐むとはアンビバレンスな人間の哀しさも読みとれる。二句目は薔薇の花と洗濯物のとり合わせに病院生活の一齣が切り取られているが、「乾くもの」と共に病んでいるというところに、自己の病を客観的に捉える視線がある。

第二章　作品の花束

見つづけし夢は捨つべく明け易し
日曚す市の栄えに耐えんとす

病気の身はいろいろと取り越し苦労的な夢も見るものであるが、そうしたものとの決別を「捨つべく」と強く言い放っているところに汀女の前向きに生きようとする明るさがある。二句目には「退院許さる」の前書があるが、躍動的に動く日々の生活に戻る汀女の決意が詠まれている。早く日常の生活に身を置きたいという汀女のけなげさが心を打つ。急病、入院、病院生活、退院と時間の流れに添って十八句詠んでいるが、そこには人生のドラマがあり、作者の生への姿勢が感受できる。入院や病気を素材に詠んだ句は汀女の作品の中では珍しい。句域の広がりと言っていい。

六

初紅梅下枝秀つ枝に花わかち
軒の梅風どうどうと花得たり

掲句は『紅白梅』上巻の巻頭及びそれに続く句である。『紅白梅』中、梅を詠んだ句は十九句（紅梅八句、初紅梅二句、梅八句、白梅一句）である。題名に関して汀女が言及したものはないが、汀女の紅梅とのかかわりは次の一文に明らかである。

過日、私の句集に挿絵をいただいたが、好きな花は？と聞かれて、春は紅梅、夏は鉄線、秋は萩、冬は山茶花ということにしてもらったが、肥後の生家で紅梅は、よく祖母が縁側から目を細めて眺めていた。それもいつか消えた。そのかわりにと、父亡きあとの家を一人で守

る母のために紅梅しだれを植えた。昔の濃き紅梅でなかったが、その枝も盛りの頃は地に着く長さになる。いつくしんでいた母もすでにない。今の私の住居の東京・世田谷。庭の木にまずたのんだのは紅梅であった。

『花句集』序　求龍堂　昭58・6

祖母、母、汀女と紅梅との係り、生家の紅梅は斎藤家の女たちの守り神のようなものであったと言ってよい。また、世田谷では、二階に寝ている風邪の子にものを運びながら眺めた紅梅、戦時中、庭に掘った防空壕の「生なましい」廃土の上に「むざむざとこぼれた紅い蕾」、雪の朝二輪開いた紅梅、煙雨の中の紅梅など、中村家の歴史は紅梅と共に刻まれてきたのである。

　紅梅や人待てば長く夕映す

　夕日愛づ紅梅を愛づ声あげて

二句共、夕暮時の紅梅を詠んだものである。人を迎える前の軽い緊張感を伴った穏やかな気分が、夕ばえの中の紅葉というシチュエーションを得て豊かで美しい時の流れを醸し出している。二句目はそうした一句目とは対照的に動的である。歓声が耳に聞こえてきそうで、「愛づ」のくり返しがリズム感を出している。

　軒の紅梅、まことにも二、三輪の花ひらく

　初紅梅十一月の蒼穹に

　　皇孫誕生　この夜NETテレビにて池田潔氏等と奉祝座談会

　親王生れぬこの白梅の夕景色

一句目は「新聞社の求めによりて皇太子妃定まられし奉祝の句を作る　をりから稀なる日和つづく　七句」という前書きがあって詠まれたものの中の一句である。美智子妃決定、及び浩宮様

第二章　作品の花束

の御誕生の奉祝の句に紅梅、白梅が使われていることに注目したい。十一月というのに庭の紅梅が二、三輪花をつけた。それはこぞっての祝意の表明である。青い空に映える紅梅、色彩的に清澄さがある。二句目はその日句会場であった鎌倉山のN氏の別邸で詠んだものである。広い邸内からは鎌倉の海山が一望に眺められ、梅が満開であった。「夕べいよいよしずかな梅、丘をこめてといいたい白梅が、私たちの春祝の心持をになっていてくれる思いがした。」(『自選自解　中村汀女句集』)といっているが、白梅にはこの世に命を授けられた親王の清らかで高雅な品格が重ね合わせられている。

　　りんりんと梅枝のべて風に耐ゆ
　　　　　　　　　清水市村松　石川武美邸　三句
　　満開の梅なり風もふれしめず

汀女が梅の花を好んだのは、その清楚さと寒に耐えて凛と咲き初む花の姿にあるのではないかと思われる。五弁の花びらを持つ梅の花は決して豪華な花ではない。しかし、その花芯の力強さは意志の強さの表象であるといってもよい。一句目はそうした梅の花の姿を、二句目は咲き満ちた花の風のそよぎにも動じない毅然たる様を詠んでいる。

書名と内容(テーマ)との係りは文学作品の場合、問題にされるところであるが『都鳥』にも「紅梅の初花すでに軒をはなれ」「紅梅の花花影も重ねずに」「頬白来る何かくはへて紅梅に」「紅梅や春ふたたびの日を約し」などの句もあり、『紅白梅』に限って梅を詠んだ佳句が多いという訳ではない。(『紅白梅』千五百八十七句中梅を詠んだ句は十九句で一パーセントである。しかし、白梅に関しては汀女が学んだ県立第一高等女学校の精神が白梅に象徴されるものであったこ

以上、『紅白梅』を一、心境句　二、母を詠んだ句　三、子供を詠んだ句　四、旅吟　五、病気入院の句　六、題名についてと六章に亙って考察してきたが、第三期はまさにこの句集に極ったと言える。

七

まず挙げられるのは句域の広がりである。それは『紅白梅』が昭和二十六年から四十三年迄の十七年間にも及ぶ作句活動の集大成であることにもよるが、そこには汀女の俳人としての活動の範囲の広がりがある。『風花』の主宰者として各支部への旅、文化使節副団長としての中国への旅など、国内外への旅により多くの句材を得たことは彼女の視野を広げたのである。

『紅白梅』には『汀女句集』に顕著に見られた、子供に対する母親の情愛を詠んだ句はほとんどなく、母と子のあり様を客観的に捉えた句がある程度である。

また心境句は、前句集の『都鳥』とは違い、内面的に深刻にならないものが多く、自省の句もさらりと前向きに詠んでいる。

　　また何ぞ言はれおる身を浴みする
　　聞き置くと云ふ言葉あり菊膾

何千人もの会員を持つ俳誌の主宰としての気苦労も多かったと思われるが、いちいちこだわり悩んでいたのでは身が持たない。一句目は自分に対する批判や取沙汰を浴(ゆあみ)をすることで洗い流し

第二章　作品の花束

ている。また、二句目の「聞き置く」とは真正面から取り組まず、余裕を持って事に当たる方法で、上に立つ人の賢い身の処し方が伺える。このように汀女自身の生き方がさりげなく詠みこまれてるところに余裕が感じとられる。

また病気入院や、故郷で一人生活する年老いた母親への思いなど多くの人情の機微の中での感慨を詠んだ句があるのも魅力である。

『紅白梅』の特徴は何と言っても句材の多彩さにあるが、句風としては客観性があり、紅梅・白梅に象徴されるように、毅然とした意志と清楚な彩りをもって生きようとする汀女の明るく前向きの生が詠われているところにあると言える。

注1　『朝日年鑑』(朝日新聞社刊　昭39年版)「狂言」で何が演じられたかは不明。
注2　長男、昭和三十一年に結婚。次男、昭和三十三年に結婚。
注3　『自選自解　中村汀女句集』(白凰社　昭44・5)
注4　注3に同じ。
注5　注3に同じ。
注6　『中村汀女俳句集』(東京新聞出版局　昭49・4・11)

七 『薔薇粧ふ』論

一

『薔薇粧ふ』は昭和五十四年四月、主婦の友文化センターより刊行された汀女の八番目の句集である。昭和四十三年から五十三年までの作品を、「一路なり」(二十三句)、「欧州行」(一二〇二十六句)、「雨一過」(九十二句)、「よき夜風」(百二十九句)、「蝶生る」(百十八句)、「雲の照り」(百十一句)、「港のありか」(百十六句)、「風まとふ」(百十句)、「薔薇粧ふ」(百三十七句)、「市の音」(百三十五句)、「紅梅の空」(百四十六句)と、一年毎の章題で計千三百四十三句と、巻末に〈銘菓四季〉と題する昭和四十一年から五十三年までの作品百五十一句、総計千四百九十四句が収められている。装画は堅山南風画伯著『花』(日本放送出版協会)から採られている。

句集名に関して汀女は「序」で「五十年の歳末から翌五十一年春まで、胆石手術のため入院し、幸ひにも元気になつて退院いたしました日は、薔薇粧ふ、いかにも新鮮な街であつて、再生の思ひを深くいたしましたところから名づけました。」と言っている。

　行きまじる軽羅の街は薔薇粧ふ

句集中、「薔薇粧ふ」という言葉が使われているのはこの句のみであり、前書には「五月十八

第二章　作品の花束

日、晴れし日に恵まれて退院の七句」とある。この「五月十八日」と序の「五十一年春まで」という表現にはズレがあるが、序の後の文章からすると、「春」は「夏」または「初夏」の間違いではないかと思われる。

汀女は昭和四十三年にも胆石で東京女子医大に入院しているが、五十四年には四月、十二月と入院を繰り返した。一月十二日の手術後、五ケ月ぶりの退院を許されたが、「薔薇粧ふ」という季語には既に羅の季節になった街中を歩く汀女の安堵感と軽く弾むような喜びが托されている。『薔薇粧ふ』の期間は汀女六十八歳から七十八歳までにあたるが、「七十を過ぎてからは何度も病気をしました。持病の胆石、気管支炎。七十六歳では大腸癌の手術をし、一さい口外しなかったが、その手術で人工肛門をつけた。」というように、身体的には不如意の時期もあった。汀女自身もこの『薔薇粧ふ』の十年間を、「何かしらあわただしいうちに過ぎてしまつた日数」と言い、「顧みて恥かしい作品が多いのでありますけれど」（序）と言っている。

二

　　八つ手咲きつづく日和の母のもと
　　次の間へしきりに用や花八つ手

掲句はいずれも昭和四十三年のものである。年譜には帰省のことは記されていないが、この年も、慣例となった年に一度の帰省はなされていたものと思われる。母のもとで過ごす数日間、母にとっては娘だからこそ頼める用もあり、汀女にとってはこの間に果しておきたいこともあることであろう。二句目の「用」はどちらからのものであるかは判然としないが、そうした細々の用

— 111 —

を片づけることが母と娘の気兼ねない間でとりなされていく様子が、「八つ手咲きつづく日和」から伺える。

　　母九十六の齢を重ぬ
　初暦したがへ機嫌有難し
　窓細目母愛でたまふ初景色

　母が急ければつづき急ぎぬ冬の星

新しい年を迎えることができた九十六歳の母を愛でる気持と安堵感が、「初暦」や「有難し」という言葉に余すところなく表現されている。二句目の「窓細目」には母の命の糸が次第に細っている様を気遣う作者の細かい心の襞が伺え、「初景色」を「愛でる」命の輝きがあってすがすがしい。

　降り暗む新樹の雨の老の家
　袖ふれて故旧とありて春惜しむ

掲句は昭和四十四年熊本日日新聞社主催の俳句大会に出席した時の作である。新樹の頃の熊本の雨は抒情的な降り方ではないが、「降り暗む」は、そうした雨の降る様子の写生というよりは、江津湖畔に一人住む九十六歳の母を思いやる汀女の気持ちが感情移入されている。この時は風花支部大会や同人句会、熊本春宵句会などが開かれたが、二句目はそうした間にできた句である。この年は八月にもまた帰省し、五月の欧州旅行のみやげに母を喜ばせ、風花熊本支部の人たちとやまなみハイウェイをドライブしたりして熊本滞在を楽しんでいる。昭和四十五年は四月と九月と十月と十一月四度帰省している。

第二章　作品の花束

帰郷とは何ときめくぞ水温む
古時計たのみの暮し水温む
たのみある如く花の道遠く来ぬ

いくつになっても母そのもとへの帰省は心ときめくものである。できた老いた母そのものであるかのような古時計が相変らず時を刻んでいる。そうした母の歳月、いのちの燈は汀女にとっての歳月であり、命そのものでもあり、汀女はそれを頼みに生きているのである。

九月の帰省の折は風花熊本支部会長の岩下ゆう二氏宅を訪ねたり、藤崎宮大祭を見たりしている。十月の帰省は全国小学校家庭科研究大会熊本大会の講演のためであり、十一月は県の近代文化功労者としての顕彰式出席のためであった。この夜、風花支部の祝賀会が催されている。

木犀の匂ひて久し夕茜
冬日和芭蕉玉巻く新たにも

一句目はお祝いに集った風花会会員諸氏との久闊の思いが、「匂ひて久し」という表現によく出ている。「木犀」の香のすがしさが祝意の表現となっている。二句目は冬枯れの芭蕉を詠んだ写生句であるが、芯にさ緑の玉の華やぎをさりげなく込めている。一歩への清新な心ばえが感じられる。いずれの句にも受賞の喜びを抱いているところに新たな汀女の人柄が見えてくる。押さえて表現しているところに汀女の人柄が見えてくる。

三月また母を見舞ふ　二句

初蝶も夕映え空も母のもと

前書の「また」がいつのことを指すか判然としないが、昭和四十六年はこの句を詠んだ三月に続く八月、九月と帰省している。前回はTBSの「モーニングジャンボ」出演のためで、九月は母校の画図小学校の校庭に「浮草の寄する汀や阿蘇は雪」の句碑が出来た除幕式出席のための帰省であった。この折の句はない。

　　十二月三日母近く

　　冬の雨なほ母たのむ夢に覚め

一人娘の汀女を生き甲斐に九十八年間を生きた母テイは昭和四十六年十二月にこの世を去った。臨終の母のもとに駆けつけた汀女は手を握りあって最後の語らいをしたという。汀女七十一歳。最愛の母を失った汀女の心は計り知れないものがある。「夢に覚め」にはまだ母の存在を頼みに思う子供としての心情が詠まれている。「冬の雨」は汀女の流す涙と重なって切ない。

　　母七七忌に帰郷す　　六句

　　冬日あたたか母亡き家に急ぎゐし
　　その後のぽかりと暇炭つげど
　　委すべき家ととのふる二月かな
　　煮こごりや故郷は急ぐ梅椿

母の忌を修するための帰熊は一月であったが「母亡き家」は汀女にとっては脱け殻のようなもので、そこには「用」を言いつける母はいないのである。そうした空虚感が「ぽかりと暇」という措辞に旨く表現されている。しかし、いつまでも母を亡くした悲しみに浸り、湖畔の生家に滞在することも許されない汀女は、家の管理その他を人頼みして帰京したに違いない。季語の「煮

第二章　作品の花束

こどり」は、まだし残した仕事や母への思いが閉じ込められているという思いと重なり季語が効果的である。

　四十八年の八月には母の三回忌をしている。また十一月には母校第一高等学校七十周年式典参列のため帰熊しているが、その折の句はない。

　投げてある瓦屑へも蜘蛛の糸

掲句は昭和五十二年NHKスポットライト「肥後朝顔」に出演のため熊本へ帰った折りのもので、「生家の修理終りしところなり」という前書がある。人に任せているものの汀女にとっては母亡き生家は帰るべきところ、魂の憩う所なのである。

　生家に三泊　四句
　日向ぼこ温しといへば母に似む
　山茶花に対しひとりの暇に対す

　生家の縁側の日溜まりに身を置くと、これまで張りつめていた気持も一気に弛み、総てを許してくれる母のような温みに包まれる。そうした中に身を委ねながら、ふと自分の中にありし日の母の姿を重ねるのは至福この上ない時である。そうした生家でのくつろぎは世の喧騒から解き放され、自分の存在を自覚する時でもある。「暇」とは何もすることがないという意味でなく、限りなく自己と対峙し母を偲う時間なのである。『薔薇粧ふ』における母を詠んだ句は、汀女にとって最大の哀しみであったであろう母の死とその前後の母への思いがしみじみと沈潜した形で詠まれているところに特徴がある。

　「曼珠沙華抱くほど取れど母恋し」という句に見られるような激しさや慟哭的なものがないの

は汀女自身の年齢的なものがあるといってよい。

　園丁が枯れゆく庭に集むもの

　身に温き日差の中に枯るるもの

一句目は園丁が「枯れゆく庭」を掃いている情景を詠んだものであるが、結句の「集むもの」には汀女の老いの心境が感得できる。二句目も単なる写生ではなく、「枯るるもの」とは汀女自身のことであり、そうした自分を客観視している句である。この時期こうした老いた自覚が詠まれ出したのは胆石による東京女子医大への入院などが影響していると考えられる。

　亀鳴くや心の置処たのむ如ト

　枯るるもののやさしや嘆きさへ遠く

現実には亀は鳴かないが、春の夕、どこからか聞こえてくると思われる物音、そうしたあるかなきかのものに心を頼む心境はナイーブである。また「枯るるもの」にやさしさを感受しているところには年を重ねていく自分へのいたわりがあるといってよい。

　花氷痩せわれは今日何なせし

　北窓をふさぎ己れをかくしけり

花氷が時間の経過とともに融けていくのは当然のことであるが、「花氷」を若い頃から美人といわれていた汀女自身と見ると、それを自らの上にかぶせ「われは今日何なせし」と言っているところに強い自省がある。そうした自省の気持が高じていったのが二句目である。もはやそこには世の雑事、雑念から逃避しようとする姿さえ感じられる。この時期の汀女は病気や母の死などで心身共に明でなかったことは推察できるが、こうした気の弱りにどう対していったのであろう

第二章　作品の花束

今日に処す足袋の真白をはきにけり
寒の水ふくみぬたのみのある如し
霜白し己れひそかに制すもの

真白い足袋をはくことで身を引き締めて事にあたろうとする汀女の潔さが伺える。また「寒の水」をふくんで自らに新たな決意を促すのである。汀女は決して自分を「制すもの」を失ってはいないのである。

春暁をさめし己れのありどころ
白玉や己れひとりの丸さとも

母の気丈さは汀女の血の中にもあり、「己れのありどころ」を見失うような汀女ではない。「春暁」には、冬の暗さや寒さを破る明るさがあるが、そこに自らを見据えて生きようとする前むきの姿勢がある。また「己れ」の自覚も母なき今、「ひとり」の自覚である。にもかかわらず、自分の存在を「白玉」の丸さに例えているところに汀女のたおやかな矜持があると言える。

寒の水ふくみておのれ信ずべく
強東風の街にあらがひ誰もひとり

一句目は前掲の「寒の水ふくみてたのみあるごとし」に比べると「おのれ信ずべく」という言い方に強さと前向きの気迫がある。二句目はこれも前掲の「北窓をふさぎ己れをかくしけり」とは対照的で外に向っている。しかも強東風の中をあらがって生きようとする自覚は「誰もひとり」という言葉によって一種の諦観さえ感じさせる。

— 117 —

紅梅の初花何をうたがはむ
　春灯や次の日よりも今日を長く

凛と自らの生をひたすら生きている紅梅に鼓舞され、また、「今日の風　今日の花」を「自戒の言葉」とし、今を精一杯生きようとする汀女の姿はすがしい。

　自然薯がおのれ信じて横たはる
　土を出て蕪一個として存す

一句目には「長与善郎先生の画を拝見　二句」という前書があり、実物を見て詠んだものではないが、蕪や自然薯の姿を「一個として存す」とか「おのれ信じて」という言い方で表現しているところに生きとし生けるものとしての蕪や自然薯の存在そのものが強く印象付けられる。土の中から掘りおこされた蕪の白い肌、くねくねとねじ曲がった自然薯、それらは蕪であり、自然薯以外の何ものでもない。しかし、生きとし生けるものは自分の与えられた生を生きる他に道はないのである。自分の人生も含めて、そうした悟りにも似た心境が詠まれた佳句である。

　地球こそ其処に涼しく照るといふ
　月よりの声アカシアに花白く

一句目には「この朝、月着陸成りしと伝ふ」二句目には「ＮＨＫアポロ番組に招かれて赴く、早朝の青き並木の街まだしづかなり」の前書がある。これらの句はアメリカの宇宙船アポロ十一号が月面「静かの海」に着陸し、アームストロング大佐とアルドリン大佐が月面活動をした事を句材としている。地球も他の惑星から見ると土星や金星や火星のように照り輝いているわけであるが、「といふ」という表現には飛行士の感動を自らのものとして再確認する形でその感動が表

第二章　作品の花束

現されている。二句目は月からのメッセージをすがしく受け取っていることがアカシアの花の白で感覚的に表現されている。こうした人類の最初の月着陸の歴史的なニュースを句材に詠んでいる所に着目したい。

　　紅葉照り竜顔咫尺(しせき)風も絶え

この句には「十一月十日、赤坂御苑の園遊会に参入、思ひもかけぬ陛下のお言葉をいただく」という前書がある。

「俳句を作っているの」/「はい、一生懸命にいたしております。」/「そんなにいるのかね」/「家庭婦人が大変ふえてまいりました。」/「俳句をよむ人いるの」/「はい、女の人たちが多くなり、いっしょに一生懸命でいたしています。」

「竜顔」とは天子の顔、「咫尺」とはわずかの距離の意味である。身近ではからずも陛下のお言葉をいただいた緊張感が「風も絶え」に実感として表現されている。「紅葉照り」の季語には赤坂御苑の実景であろうが、「照り」には汀女自身の昂ぶり、並びにそこに集まった人々の華やかな雰囲気を伝えて余りある。

(『風花』昭45・十月号)

　　息づける青葉や屋根や雨後の巴里
　　読物もなき巴里の夜の夏毛布
　　ナポレオンロード斜めにバラ出荷

掲句は昭和四十四年五月、風花会員三十八名とヨーロッパ旅行へ行った時の作である。最初の国がオランダで次の国へ飛ぼうとする寸前に汀女は倒れた。そこで娘の濤美子氏とあと一泊した後、パリの病院(クリニック・ド・パッシー)へ入院している。

我々は一と言もフランス語がわからず、すべて身ぶり手ぶりで、病院生活をすごした。院長はじめみな親切にして下さり、四階の病室からは軒を接した巴里の市民の暮らしが見えたのだった。

(小川濤美子『汀女俳句365日』)

一句目、三句目は病窓からパリの街の風景を詠んだものであるが、「息づける」には病状も落ち着いた後の安堵感が感じ取れる。旅先での入院は娘と一緒であるとはいえ、心もとないもので、「読物もない」というところに孤絶感が感じられ、心細さが伝わって来る。季語の「夏毛布」にそうした思いが托されている。『薔薇粧ふ』における旅吟は『紅白梅』に比べると、年齢や体調不良のためか、生彩を放つものは少ない。

とりわくる今川焼に器量あり
冷えきつてゐて鯛焼の太さぶてと

腹に餡のいっぱい詰まった焼きたての鯛焼はみるからに堂々としていておいしげである。「腐っても鯛」という言葉があるが、それを「冷えても鯛焼」と言ったところで「太テぶてと」と捉えたところが面白い。二句目は「今川焼」にも、「器量」「無器量」があるという見方に滑稽味が感じとれる。こうした鯛焼や今川焼きなど庶民生活の中にあるものを採り上げてさりげなく詠んでいる所に汀女の本領が発揮されている。

こうしてみると句材としては日常生活の中でのあらゆる出来事や身近の物事を自在に句材としていることが解る。

第二章　作品の花束

三

蟬しぐれ水輪百千みな清水
返り花地に何事ぞヘリ騒ぐ

一句目には「TBSモーニングジャンボのため熊本へ赴く　水前寺公園」の前書がある。水前寺公園は湧水をみごとに配した桃山式の庭園で、築山と流水の配合は見事である。池のあちこちから豊かな水が絶えることなく湧き出ているが、それを「水輪百千」とさりげなく言い、更に「みな清水」と畳みかけて言うことで、湧水の美しさを描出している。また「水輪百千」は「蟬しぐれ」の持つ動・騒と対照的な静・澄の表現となっている。一方時節はずれに咲いた花は何かしら心安らぐものを感じさせる。そうした天と地、騒（動）と静のとり合わせに巧まざる表現の妙がある。

　　枯蔓の引きのとりたる虚空かな

一句目において作者がまず目にしたのは鳩である。鳩の歩みを見ているうちにその足元の土に目が行ったわけである。暦の上では春を迎えたとは言え、これまで冬の厳しさにさらされた土に「荒れ」を見、そこを歩く鳩の足のか細さを取り合わせたところがいい。また、二句目で、作者がまずかかわったのは枯蔓を引くということであるが、その後、汀女がそこに発見したのは虚空である。蔓が引き下ろされた後改めて空の広さを実感した感動が素直に伝わってくる。これらの写生句は平面描写でなく、動きがある所に特徴がある。

鳩降りて歩く二月の土の荒れ

芍薬や花弁忘れて咲き呆け
一寸の風もとがむる秋すだれ

一句目は満開の芍薬の花を詠んでいるが、咲き誇っている様をそのまま叙するのではなく「忘れて」とか「呆け」とか擬人化して表現しているところに軽い諧謔味が出ていて、俳諧的である。また、二句目は残暑の頃のちょっとした風にも秋の気配を感じ取ろうとする思いが、「とがむる」という言葉使いで見事に表現されている。こうした写生句は平面描写でなく、擬人化することで立体的な表現となっている。

　　　　四

『薔薇粧ふ』の十年間は、汀女の人生にとって母の死や胆石の手術など大きな出来事があった。そこには無意識裡の年齢の自覚などもあったと考えられる。それは『薔薇粧ふ』の世界が決してタイトルの「薔薇」のイメージから受ける華やかなものではなく、静謐であるところにある。それは前述したことからも解るように心境句が多く詠まれていること、写生をしながらそこに自己の内面や生き方を重ねている句が多いことなどによる。

写生句もこの期のものは、平面的な描写でなく、表現に動きや深みが出てきていること。また、技巧的にも擬人化や対照的な表現など句世界の拡がりを感じさせるものがある。そこには汀女の俳人としての老成がある。

しかし句風は沈静していて湧き上がるような歓喜はない。ともすれば沈みがちな気持ちを詠んだ句とそれを奮い立たせようとする心境句がない混ぜになっているところに生のバランスをとろ

第二章　作品の花束

うとする汀女の姿が垣間見られる。ここに「粧ふ」の意味があると考える。第三期の『紅白梅』の多彩さに比べると、「暗愁」が染み出ているところに『薔薇粧ふ』の特徴があると言える。

注1　中村一枝「中村汀女（水のあるくらし）」大和印刷『火神』第15号　平10・3
注2　『中村汀女俳句集成』所収年譜（東京新聞出版局　昭49・4）

八　『軒紅梅』論

一

『軒紅梅』は昭和六十年七月、求龍堂より刊行された句集で、前句集『薔薇粧ふ』（昭和四十三年から五十三年迄）以降、五十四年から六十年迄の作品を年毎に並べた後に、銘菓四季を加えた千三百五句を収録した生前最後の句集である。

句集の題名に関して汀女は「朝明けの軒紅梅の情かな／紅梅の南枝の低き情かな／この二句が続いて出来たとき、『軒紅梅』と初めから定めてゐた句集の名をうれしく思つたのでございます。」とあとがきで言っている。この二句は句集最終章の最後から六句目と五句目のものである。その後「朝の雨紅梅花を正しうす」「雨幾日紅梅軒にかく存す」「見下ろせば軒紅梅はやや反むく」「客

― 123 ―

人に軒紅梅は夕日溜め」と「(軒)紅梅」の句で終っている。「初めから定めてゐた」という表現には汀女のどのような思いがあったのだろうか。

句集中「紅梅」を詠んだ句は十九句で、うち「軒紅梅」は五句(「紅梅軒に」も含む)である。世田谷下北沢の汀女の家の庭には紅梅の木があり、二階の書斎からは枝ぶりのいい老梅が見下ろせた。汀女と「紅梅」の係りについては前述したが、ここで詠まれているのは総て庭の梅である。何ものにも先がけて花をつける梅、花から青葉へ、青葉の陰からのぞく実、葉を落した枝振り、四季折々起き伏しを共にしてきた紅梅はいわば中村家の一員であったと言ってよい。

　　二月三日主人みまかりぬ二句

　その後の幾日紅梅散りて濃し
　紅梅を弔問客の愛でらるる

汀女の夫、重喜氏が亡くなったのは昭和五十四年二月三日である。一月二十五日朝、主人、例日の如くわが身なり整へゐて倒れてゐた。高血圧といふ診断にてそのまま河田町、女子医大に入院、二月三日夜果つ。咲きはじめゐし庭の紅梅の、殊に花むらがる一枝も棺に入れた。

　　　　　　　　　　　　　　　『軒紅梅』

大蔵省の官吏であった重喜氏との結婚生活は五十九年に及んだ。誠実ではあったが、肥後モッコスであったという重喜氏との結婚生活は時には波風の立つこともあったようだが、汀女は終戦後、夫のパージによる失職時には食糧難と闘いながら家計を支えたりもした。その当時、重喜氏は階下の離れの二部屋に、汀女は、二階の書斎というように別れ別れの暮しをしていた。食事も重喜氏は一人で、それも、六時という定時にきちんと食べる。/仕事

第二章　作品の花束

や来客で食事の時間の不規則な汀女とはいつしかまったく食事を共にしなくなった。

(中村一枝「中村汀女―水のあるくらし」『火神』15号　平成10・3)

ここには、女流俳人として「風花」の主宰者としての仕事に明け暮れる汀女と重喜氏との生活のズレが伺えるが、二階の書斎から紅梅を見下ろす度に、汀女は階下にいる夫への思いを気遣っていたに違いない。棺に紅梅の一枝を入れたところに紅梅に夫への思いを托する汀女の心情が伺える。「その後の幾日紅梅散りて濃し」にも、紅梅の落花に重ねて亡き夫の死をしみじみと思う汀女の感慨がある。『軒紅梅』の前の句集『薔薇粧ふ』の最終章は「紅梅の空」であるが、このことからも、汀女が日々の営みの中で軒下の紅梅への心を寄せていたことが伺える。次の句集のタイトルを「初めから」「軒紅梅」と「定めてゐた」というのは、日毎眼下にみる紅梅への思い入れがとりもなおさず階下にいる主人への思いと重なっていたと考えることができる。

　朝の雨紅梅花を正しうす
　雨幾日紅梅軒にかく存す
　見下ろせば軒紅梅はやや反むく

「正しうす」は寒を突いて紅梅が一輪二輪きっぱりと間隔を置いて咲いて行く様を言ったものであるが、それは実直であったという重喜氏の姿に重なる。梅の枝の「やや反むく」様には頑固で肥後モッコスである重喜氏の姿が重ねられているとみられる。

二

『軒紅梅』の期間、汀女は、昭和五十四年には顎下炎、五十六年には発熱、五十七年には肺炎

で入院をしたりしているが、五十八年（八十三歳）まではほとんど毎年（五十五年のみ不明）帰省している。

　きりしまの古色の紅と草餅と
　秋水に緋鯉加へぬ母のため
　肌寒し何やら足らず旅鞄

一句目は昭和五十四年四月帰郷の時のものである。汀女はきりしまつつじが昔と変らず咲いているのを眺め、しみじみ母なき庭への感慨に耽っているのである。草餅との色彩的取り合わせが美しい。二句目は十月、熊本市の名誉市民顕彰式に出席した折に生家に滞在した時の作である。緋鯉を自分の分身として池に放つことで亡き父母に自分の晴れの顕彰を伝えんとする汀女の心遣いが読みとれる。三句目は十一月五日ＮＨＫ「俳句入門」のため、熊本城と水前寺公園を訪ねた時、実家での作であるが、「何やら足らず」には父母なき家への帰省の心境がさりげなく詠まれている。昭和五十四年にはもう一度、ＴＫＵテレビ熊本「ふるさと人国記―江津湖と汀女」のため帰熊し、湖畔や小学校を訪ねている。

　父母呼べば秋色まさる故山かな
　沈むため一連の鳰かけりきし
　すぐ平ら鳰の潜りし水もまた

これらの句は昭和五十六年熊本市庁舎新築落成式に名誉市民として参列した後、父母の墓に参った時のものである。

二句目三句目には「小春日の江津湖の水平らなり」の前書きがあるが、これらの句は江津湖の

第二章　作品の花束

写生句で、いずれも初期作品と変わらない。すぐ後に続く「日向ぼこしんとぬくさよ手を膝に」「輝きて迎ふ小菊と日向ぼこ」の二句も生家の縁側などで詠んだものと思われるが、この瞬間汀女はまさに至福の時の中にいるのである。

五十七年五月には熊本県立第一高等学校の同窓会（清香会）によって校内に建てられた「夏雲の湧きてさだまる心あり」の句碑の除幕式に参列のため帰省、十一月には熊本市立図書館落成式に参列してテープカットをしている。また、五十八年十一月には熊本県立第一高等学校の創立八十周年記念式典に参列のため帰熊している。こうした公的な行事や仕事の他、両親の忌を修するため昭和五十八年、五十九年二回帰省している。

　夏川の河口別状なかりけり
　川尻も人の家裏夏の雨
　北窓を塞ぎて何を守るべき
　北窓を塞がんとして旧木立

掲句はいずれも昭和五十九年のものであるが、一、二句目には「帰省一日、江津湖の末を見たく、塘沿ひに下る　二句」という前書がある。「江津湖の末」を見たいというところに汀女の「母郷」への思いが吐露されている。「川尻」は字の通りに江津湖の水が川となり更にそれが海へ流れ入る所で、地名となっている。家々は川に裏側を見せる形で建っている。汀女はそこにみるいろんな人たちの生活を細叙してはいないが、人生の諸相が伺える。二句目、三句目は仏事のための帰省の時のものので、これが生涯最後の帰省となった。「北窓を塞ぐ」というのは冬の季語で、内省的なイメージがつき纏う言葉である。この年汀女は八十四歳であったが、この句には今は亡

き母が守った家も離れ住む自分がどれほど深い感慨が込められている。また、四句目の「旧木立」には生家の歴史やそれに纏わるいろんな思いが絡まっていて句に奥行が感じられる。この二句にはそうした生家に対する絶ち難い思いが詠まれているのである。

『軒紅梅』の六年の間に、何度か入院などもありながら、公的な行事や仕事がらみのこともあったとはいえ、十二回も帰省しているということは、汀女の中に老いて益々故郷への思いが募っていったことを証すことでもあるのである。

　　湖村の童として育ちたる　三句

すかんぽも嚙みけり友におくれじと
すかんぽを嚙むや清水に足さらし
蛍火の照るすかんぽの紅濃さよ

これらの句は江津湖畔の幼少期の思い出を詠んだものであるが、伸び伸びした幼少の日々が活写されている。もはや汀女は思い出の中に生きる年齢になったのである。五十六年には「思ひめぐらすは、ふるさとの日々なり」という前書きで八句詠んでいる。

一点の日傘の影をただ歩む
島一歩日差し日傘の四方より
薯を干す磯拾はしむさざれ石

一句目は暑さの厳しい熊本の夏の景を詠んだもので、その他にも日傘の句を二句詠んでいるが、「日傘の色も褪せて」しまう程の熊本の強い日射しを少しでも避けようと歩いている人の姿が旨く表現されている。二句目には「天草本渡市殉教公園の句碑『麦秋の島々すべて呼ぶ如し』」

第二章　作品の花束

を偲ぶ」という前書がある。昭和三十七年「風花」熊本支部長岩下ゆう二氏らと天草に行った時のことを思い出して詠んでいるのだが、島に一歩足を下すや否や囲りの者が期せずして誰彼となく差しかけてくれた日傘、そうした人々の思いやりもさることながら、ここに詠まれているのは天草の暑さである。三句目には「富岡海岸もなつかし」という前書がある。

　板の間の艶横たはる長茄子に
　かきもちのほの甘かりし夜なべかな

一句目には「母の楽しみ給ひし小さき菜園なり」という前書がある。幼少の頃から厳しく躾けられた汀女の日課は拭き掃除であった。「板の間の艶」にはそうした幼い頃の母の躾のことやはじめて句ができた時のことなど汀女の脳裏を掠めることが多くあったに違いない。そうした生家の思い出の中の一つである磨き込まれた板の間、そこに無造作に置かれている長茄子の瑞々しさが生彩を持って描かれている。二句目には「ねんごろに母の焼きたまひし」という前書がある。

　蝗の句も秋水の句も、幼き頃の故里の、それも私をわが子よりいつくしみくれし手伝ひの丸山つるの家への径が浮かぶ。それも母の声のとどく距離である。花咲けば今年も完つたき思ひ育ちしことを今もなほ有難く思ふ。／石蕗は生家につづく花。／水郷、農家に囲まれつつがするのだった。

（『軒紅梅』）

五十八年の句の最後にある右の一文から「秋水のしばしば激しく去りにけり」や「蝗等もわれもしばらく困惑す」の他、蝗の句二句、「必ずやひとりの道の曼珠沙華」の他、曼珠沙華の句三句、その他、桔梗、菊、柿、白山茶花、石蕗などの句はいずれも瞼目の句でなくふるさとでかつて見

たものを思い出して詠んでいることがわかる。

父母との日なつかし

雑炊や天窓明り古き座に
都鳥波は己れにすぐ戻り
一行の返書心に都鳥
渡りたき橋こそ彼方都鳥

一句目は生家のありし日の食事の様を詠んだものである。「古き座」にはかつての父母ありし頃の親子の時間の思い出の中に浸っている汀女がいる。「雑炊」の句に続く三句はいずれも「名にし負はばいざこと問はむ都鳥わが思ふ人はありやなしやと」を踏まえて詠んでいるとみると、これらの句にも前書きの思いが及んでいるとみられる。要するに「わが思ふ人」とは父・母のことである。二句目にはどんなに都鳥に「わが思ふ人」のことを問うても答えてくれない虚しさを「己れにすぐ戻り」と言い、三句目ではかなわぬ父母からの返信を切望する気持を、四句目ではいっそのこと父母のもとに行ってしまいたいがそれもできない心のあり様が詠まれている。

病棟の宵しづか

枇杷甘し子らよりも亡き母を恋ひ

掲句は昭和五十四年（七十九歳）顎下炎で東京女子医大に入院した時の作である。
病人でなくとも夕暮れ時は何となく人恋しさを覚えるものであるが、そんな折、口にした枇杷のほのかな甘さは汀女をなつかしい母の思い出の世界へ誘うのである。ここで注目したいのは汀女にとっては子供たちよりも何よりも母の存在の方が優位を占めていたということである。「子

第二章 作品の花束

とゐても或る日は淋しあやめ咲く」(昭59・八十四歳) は一般的な母親の心情として読めるが、「枇杷」の句には一人っ子であった汀女のとりわけ母との絆の強さとが伺える。

こうして見ると『軒紅梅』の時期 (七十九歳～八十五歳) の汀女の心は既に湖のほとりの母の元へ還っていたといってよい。

三

『軒紅梅』で目につくのは同じ季題の句が数句並んでいることである。

　霜柱消ゆあでやかに傾ぎあひ
　霜柱消ゆさざめきの聞こゆなり
　霜柱一隅残る孤影かな
　土くれの荒びに沈む霜柱

前二句は霜柱が消える瞬間を詠んだものであるが、朝日に輝きながらはかない命を終る霜柱の様を視覚では「あでやか」と捉え、一方、その崩れる音を「さざめき」と聴覚によって捉えている。また、三句目では「孤影」を発見しているところ、四句目では霜柱によって盛り上った土の様を「土くれの荒びに沈む」と表現しているところなど、いずれも汀女の細かな観察によって生まれた句である。

　泣初や長泣の子と捨ておかれ
　泣初やできる限りの口開けて
　泣初の何貰ひしやはたと止む

これらの句は泣く子の様子と回りの状況が三句あることでよりリアルに把握できる。

春暁の失ふものもなく覚めし
春暁の真玉の如き水の冷え
灯ともせば春あけぼのに消ゆるもの
春暁の涙一滴何故ぞ

「枕草子」を待つまでもなく春の暁のしらじら明けは情趣深い。そんな中での豊かな目覚めを詠んだ一句目は「稲妻のゆたかなる夜も寝べきころ」を想わせる。そうした満ち足りた中にありながらこぼれ出る涙はどうした心ばえから出てくるのであろうか。それは八十四歳という歳を思う時、生かされていることのしみじみとした実感であろうか。何度も入院を繰返しながら「年重ねきていやまさる初景色」「一樟に秋水ぐんとしたがへる」と汀女の前向きに生きんとする姿勢は少しも変っていない。この他にも「水中花」を詠んだものが三句、「火の恋し」でも三句詠んでいる。こうした同じ季語で何句か詠むというところには習作的な姿勢も伺える。

夏帯やその日その日に心決め
石蕗咲けばひとつ整ふ思ひあり
また思ひつくことばかりしづり雪

汀女は昭和三十一年、中国訪問の時も着物で通したが、帯を締めることでその日その日の自分の心をきりっと引き立てているのである。二句目には一つまた一つと花を開く石蕗の花と対峙しながら、自分の生を律してゆく汀女の姿がある。三句目の「しづり雪」とは木などに積った雪が落ちることを言うが、一つ落ち、次のが落ちるまでにはちょっと間があり、その間隔は一定して

第二章　作品の花束

いない。時としてはっとするような音を立てることもあるが、それが新たなおもいを呼び起こす契機ともなるのである。これらの句は『紅白梅』所収の「単帯或る日は心くじけつつ」「雪しづか愁なしとはいへざるも」「また次の思ひ満ち来て滴れる」などと句想は同じであるが、そこには常に自分の内面と向き合っている汀女がいる。

　消えんとす露一粒の光満つ
　己れにもかくるるごとく籐椅子に
　籐椅子を正し何かを待つごとく

　　　　　毎日縁先の眺めにも移りゆくものあり　三句

この時期の汀女は公的な行事や仕事、帰省以外は積極的に吟行することも少なくなり身辺を詠んだ句が多くなるが、平凡な日常の中にあって凝視の目は内にも外にも鋭くなっていく。縁先の籐椅子にじっと座っている汀女が見ているものは露であるが、それは同時に自分でもあるのである。「消えんとす」には、自分の体力の衰えを実感した汀女の気持が表出されているが、消えんとしながら最後の瞬間まで露のように光に満ちているところに汀女の前向きの姿勢が伺える。

　行く道はいつも一筋水草生ふ

掲句は『軒紅梅』の最後に置かれた句である。水草の生えている道はふるさと江津湖の水辺であり、そこを歩んでいる自分の姿を彷彿とさせながら、老いてなお前向きに一途に凛と歩んでいこうとする汀女の姿が清しく詠まれている。

四

『軒紅梅』の期間は、昭和五十四年十月熊本市名誉市民として顕彰、昭和五十五年十月文化功労者として顕彰、昭和五十六年一月宮中歌会始に陪席、五月には赤坂御苑遊園会に参入。昭和五十九年四月日本芸術院賞受賞など数々の栄誉に輝いた。そうした華やいだ席へ出席する他、昭和五十四年には「風花」記念大会を開き、五十七年には「風花」創刊三十五周年記念祝賀会を開いている。こうした対外的な場への出席の他、毎年の帰省の他は山荘などへ出かけている。

　富士暮れて互ひに霧に失すもの
　朝冷の机も遠し読まむ書も
　夏掛にさして寝ねつぐこともなし

一句目は「山中湖山荘に滞在五句」中のものである。雄姿を誇る玲瓏とした富士も暮れて、今や霧に包まれている富士は汀女の姿と重なるものがある。「失すもの」にはこれまでの人生に対するしみじみとした感慨が托されている。二句目には「思ひ立ち山中湖の荘に赴く」の前書がある。三句目は「山中湖畔に数日六句」の中の一句である。これらの句にはいずれも静かな時間の流れの中に身を置いている汀女の姿がある。

『軒紅梅』に「……を偲ぶ」とか「思ひめぐらす」という前書の句が多いのもこうして山荘で身を癒す他はもっぱら、下北沢の紅梅の見下せる二階の書斎を中心とした生活の明け暮れであったと考えられる。

　とりあげるほどのことなし隙間風

第二章　作品の花束

パン割きて暮春二三の心組み
冷蔵庫留守重ぬればよそよそし

日々の生活の中には時には隙間風が吹いたり、小波が立ったりすることもあるが、「とりあげるほどのことなし」とさらりと言っている所に日常の瑣事を前向きに処理していこうとする汀女の姿勢が伺える。二句目は、パンを千切りながらも次への思いを馳せている夕餉の一駒。季語の「暮春」に軽いアンニュイが漂っている。かつて「台所俳句」という言い方に反論した汀女であるが、三句目はまさに台所を預かる女性ならではの句である。「よそよそし」という言葉使いは家事から離れていたことへの自責の念が大変旨く表現されている。大野林火が、汀女は「女性であることで俳壇で評価された」と言っているが、汀女のそうした所は初期の頃から晩年まで変っていないのである。

　　　　五

こうしてみると『軒紅梅』は、日々の生活を共にする眼下の紅梅というタイトルにふさわしく、日常茶飯を多く詠んでいる句、及び「(父母尚在ます)江津湖畔に私の回想はいつも馳せてゆく」(『汀女句集』序)という言葉の体現がなされている句が多いところに特色があると言える。写生句も、その眼が自己の内面へ向けられていて「今日の風　今日の花」に生きた汀女の晩年がしっとりと詠いあげられている句集である。

注1　本文の六『紅白梅』論

注2　中村一枝「中村汀女─水のあるくらし」(『火神』第十五号　平10・3)
注3　はじめてできた句は「我に返り見直す隅に寒菊赤し」である。

九　『芽木威あり』論

一

　『芽木威あり』は汀女の遺句集で、長女濤美子氏により平成四年五月に風花書房から出版された。昭和六十年の夏から六十三年の春まで俳誌『風花』に掲載されたものを纏めたもので昭和六十年百二十五句、六十一年百四十三句、六十二年百八句、六十三年二十句の他、「伝統の名菓」として『栄養と料理』一月号～八月号に発表した六句と病床の作句ノートより中村汀女遺句として「春暁や今はよはひをいとほしみ」が載せられている。
　タイトルの『芽木威あり』は昭和六十一年三月初め肺炎の病状ありということで東京女子医大病院に入院したが、汀女の病棟と隣の病棟の間の小庭園に三米程の灌木があり、それを詠んだ句から採ったものと思われる。

　　烈風に細雨の揺れに芽木育つ
　　春雪と芽木のささやき聞く如し
　　雪募る芽木それぞれにうなづきつ

第二章　作品の花束

　芽木いとしたわわの雪に誇りあり
　芽木強したわみも見せず大雪に
　はぐれ雪とどめつ落とす芽木の冴え
　春雪の夜闇に芽木は枝ととのへ

　暦の上では春を迎えても冴え返る日や雪の日もある。そうした中で、やがて来る春に向けてたゆまず命を育てている「まづしき灌木」を病窓から見て詠んだものである。烈風や雨、大雪の中に立っている灌木に汀女は病気と闘っている自分を重ねて見ているのである。三句目は降りしきる雪の中でその重みに揺れている灌木のしなやかな強さを「うなづきつ」と表現している。そこには自然に逆らわず生きている灌木のしなやかな強さに対する共感がある。
　「芽木威あり」という言葉は汀女の句の中にはない。それは、病室から共に眺めた灌木が、時ならぬ雪に見舞われた時「逞ましく、それらに立ち向うごとき力を感じさせた」[注1]ことから濤美子氏が「芽木威あり」というタイトルにしたものではないかと思われる。氏は「夏蝶やわれは今日待ち今日去らせ」の句をあげ、「病を得てからの母は、あらゆるときと言っては言葉が大袈裟になるが、『明日はきっとよくなる』と、自分に言い聞かせて色々な辛いことに耐えまた励まして来た日々であった。まさしく、『今日去らせ』『今日待ち』[注2]なのであった。しかしその待った日も呆気なく過ぎてしまうのを『今日去らせ』と歎いている。」と言っている。
　本論では汀女八十五歳から八十八歳まで汀女最晩年の句の世界を見てみたい。

二

　春暁やわが身たしかめ今日たしかめ
　一つづつ事叶ふべし遊蝶花

　春の暁は空気も光も澄んでいて明るく、そして生きとし生けるものをしっぽりと包む柔かさを持っている。一句目にはそんな春の朝に目ざめ、今、自分が生かされていることを実感し、今日一日が安らかであらんことを祈る思いが詠まれている。二句目は「郷里より賜ひし苗あまた育つ六句」の中のものである。年を重ねると何事も若い時のようには運ばないものであるが、汀女はそうした日々を決してあせらず、慌てず一歩ずつ事が叶えばよいとしているのである。一つ一つ納得しながら生きている汀女のたおやかな生が遊蝶花に象徴されていて美しい。

　梅は実にうかと失念誕生日
　明け易し己れ忘るるたまゆらに
　冬夕焼身辺思ふことにはか
　われのみか日々の早さよ青木の実

　年を重ねると誕生日はこれまでの生きてきた日をしみじみと回想させるものがあるが、そうした誕生日もうっかり忘れてしまうことがある。これらの句には年月の流れの早さを嘆いたり、一瞬自分を忘れたり、急に自分のことが気になったりする老の姿がさりげなく詠まれている。

　明易しなにものもなき枕上

　そうした老の現実を詠みながらもそこには湿っぽさや暗さは感じられない。それは汀女が何物

第二章　作品の花束

にも捉われていないからである。現実を受け止めながらこだわらない汀女の生のあり様は清しい。

　　秋の雨隣は早き湯浴みの灯
　　頭を寄せて早桃はいまだ語りたげ
　　一と通りの貌して金魚泳ぎ寄る

しとしとと秋雨煙る中にともる灯には人なつかしさが感じられる。とりわけ「湯浴みの灯」は温もりがあって美しい。普段より早く灯った隣家の灯に目をつけたところに、身辺の瑣事を見逃さぬ感性の鋭さがある。二句目はまだ幼い（若い）桃のかわいらしさを「語りたげ」と捉え、三句目では金魚の泳ぎ回る姿を「一と通りの貌」と捉えたところが面白い。これらはいずれも写生句であるが、虚子に学んだ汀女の写生の姿勢は晩年まで少しも変ることはなかったのである。

　　紅差せる実梅落ちゐる雨情かな
　　夜明けたり梅の実太るさ揺れつつ

梅は汀女の好きな花の一つで、生家の庭にも世田谷の庭にも植え、日常の卑近な句材の一つとしてこれまでも多く詠んでいる。夫が亡くなった時には紅梅の枝を棺に入れ「その後の幾日紅梅散りて濃し」の句を詠んだが、とりわけ、病床の身にある汀女は何かにつけて思いを馳せたものと思われる。美しく熟れた梅を叩き落とす雨を「雨情」と言っているところに汀女の万物に対する暖かい眼ざしがある。また、二句目では夜明け方の葉擦れの音に梅の実の太りつつあることを感知しているところに汀女の繊細な感受性が実感できる。

　　物を干す日の幸椿咲き満ちつ

汀女はかつて「台所俳句」と言われたことに反発し、主婦であることに居直ったが、この句にも何でもないことに幸を感じる主婦の実感が何の衒いもなく詠まれている。また、二句目では筍の先端部を「えぼし」と捉えたところに、永年台所を預ってきた主婦の筍に対する親しみと愛情が表出されている。

　　初霜やわが母なれど面冴え

掲句は昭和六十一年汀女の生涯最後の帰熊の折の一句である。『風花』昭和六十一年十一月号の「四囲静か」の中の一句。この句の「母」は仏壇の遺影の中の母であろう。凛とした母の眼ざしには幼い頃の母の躾の厳しさや毅然とした生き様などを思い起こさせ、汀女はそうしたことに改めて鞭打たれる思いをしているのである。それが「わが母なれど」という言葉から読みとれる。この句には「曼珠沙華抱くほどとれど母恋し」にみるような切ないまでの母恋いや、「枇杷甘し子らよりも亡き母を恋ひ」にみる母への甘えもない。季語の「初霜」でそうしたものが切り捨てられている。

　小学校のときから日曜ごとに縁側の拭き掃除をいいつけられた。なんとなくうらめしく、冬の縁側は冷えきっていたことか、雑巾をとおして冷えが伝わるのだが、そのお陰で、今、私は雑巾がけが好きである。素足にあたる板の間の感触に母の思いがつながる。

　汀女が俳人として歩むそもそものきっかけは、母にさせられた縁側の拭き掃除であった。遺影の母との対面は過ぎし日の様々なことを思い出させ、今更、自分を見守ってくれる母の存在の大

(主婦の友社刊『家庭の教育全集』)

第二章　作品の花束

きさと有難さを実感しているのである。

共に来し道なりいよよ草芳し
明日ありと友ありとのみ花の道
行く方にまた満山の桜かな

掲句は昭和六十二年四月に『風花』創刊四十周年の祝賀会及び米寿のお祝の時のものである。「風花」の会員の中には家庭の主婦が多いが、共に来し」には自分もその中の一人だという意識が込められている。それに「草芳し」という季語を配し、「いよよ」と言ったところに、これからのゆく先の清しさが感じ取れる。こうしたところに汀女の自負心がさりげなく詠まれている。また、二句目には千人を超える会員と共に明日を生きようとする意欲が「花の道」という語で華やかに描出されている。「行く方に」の句には八十八歳にして行く手に満山の桜を見ている汀女の華やぎが感じられる。日本の美の象徴である桜に向って進もうとする意気込みは何物も寄せつけない威風堂々とした勁さの美がある。

落椿歩み寄る辺もなかりけり
花落とし終へし椿の男ぶり

一句目は昭和六十三年五月号の『風花』に掲載されたものである。汀女は赤い大輪の肥後椿が好きであったという。この頃は自宅の一室で病臥の状態であった。足を踏み入れるところもない程の幻の落椿。その敷きつめられた赤さの中にある自分をおっしゃりたかったのだと思う。それはまた、故郷熊本へつながる先生の思いでもあったのであろう。

（『汀女俳句365日』大津希水）

二句目は同じ六十三年の六月号に発表されたものである。ここでの椿も大輪の肥後椿と思いたい。椿は花が首からぽとりと落ちて縁起が悪いと言われている。漱石の『草枕』では那美さんが画工に椿の散り敷く中に自分が死んで横たわっている所を絵に描いて欲しいと頼む場面がある。しかし、汀女の詠んだ椿にはそうした死の陰はない。とりわけ掲句では落花の後を「男ぶり」と見ているところに注目したい。江津湖のほとりの村長の一人娘として両親に温かく厳しく育てられた汀女は三児の母として、大蔵省官吏の妻として、また、女流俳人として千数百人の「風花」会員の主宰者としてその頂点に座している。そうした汀女の姿は、濡れたような緑の葉を繁らせ亭々と聳える大木の椿であり、その花は汀女の輝かしい業績の一つ一つなのである。こうしてみると椿は汀女の生き様を象徴しているといえる。

椿の木の肌は、素直に育った幼木の場合、いとおしいほどに美しい。しかし、古木になるにつれ、死闘、挫折、復活等々、その木の歴史をまざまざと見せる肌に変わって行く。／椿の男ぶりとは、まさにその点を詠んだものに思えたのだ。でないとすれば、もう一点、椿ならではの特徴を詠んだものなのか。／それを俗に胴ぶき芽という。幹の中途に突然芽ぶきを見せることである。それどころか、地に這っている根からも芽ぶくことがある。それらは枝になり葉をつけ、立派に花を咲かせる。男は日々新たなものだというが、椿こそがまさに日々是新たな木なのである。

　　　　　　　　　（高橋治「をんな彩探帖」、『俳句』平成十年四月号）

高橋氏はこの句が「老木を詠んだものかどうかは明瞭ではない」が、そこに「一見生物である樹木の役割りを果たしたと読めるところに、ある種の老い」が感じられるという。詠まれた年齢からすると確かに老いという言葉は出てくるが、そこには、女流俳人としてこれまでの人生を顧

第二章　作品の花束

みての自負とも言える感慨がある。一方「日々新たな木」としての椿に「今日の風　今日の花」と日々新たに進んでいこうとする汀女の思いが重なっているのである。掲句は高橋氏の言う椿の持つ特徴がうまく句の中に生かされていて、それが「最後までセンシブルに生きた汀女の見事な立像」[注3]となっているのである。幾多の栄誉に輝いた汀女の生涯は燃えるような志に支えられていたし、常に前向きに歩んできた汀女の姿には男性的な逞しさがある。「花落とし」の句には汀女の生き様が読みとれる。

大野林火は汀女は女であることで男性に伍してきたと言うが、彼女は、女であることの甘えや妥協を許さない、情に流されない面を持っていたのである。それは彼女の身に備った肥後椿の花芯のような火の国の女の勁さなのである。いくつになっても衰えない気品に満ちた美しさは、まさに椿の大木の如き毅然とした背骨を持って生きたことによるものであるといえる。

　春暁や今はよはひをいとほしみ

掲句は中村汀女遺句として『風花』の昭和六十三年十、十一月合併号に載せられた。「病床作句ノート」から長女濤美子氏がとり出したもので、「判読もむつかしい字」[注4]の中で「掲句が読みとることのできる句」であったと佐藤修一氏は言っている。春の暁の美しい中での目ざめ、一日の始動を待つ瞬間――雑念を払った空の時間（とき）――そんな中で今のいのちをみつめている汀女の意識は澄んでいる。動じることもなく、春の暁の中に自分の命を客観的に見つめているところは、解脱の域に達した汀女の内面の表出であるといえる。

― 143 ―

三

　『芽木威あり』はそのタイトルにふさわしく女流俳人としての気骨と品格と静謐さがある。それは年を重ねるにつれていよいよ研ぎ澄まされていった感性の豊かさである。病臥の日が多かった中、嘱目の句でないものもあるが、それらにも写生に学んだ汀女の俳人としての姿勢は生きていて、それが深い内省から出てきているところに特徴がある。いのちを見つめ、その時々を全開して生きている汀女の生は最後まで前向きで明るく、清新であった。そこから生み出された句には毅然とした汀女の生の美学の勁さが漲っているのである。

　　注1　『汀女俳句365日』（梅星書房　平4・12）
　　注2　注1に同じ。
　　注3　上野さち子著『女性俳句の世界』（岩波新書　平1・10）
　　注4　注1に同じ。

第三章　俳句の特色と評価

あらゆる先入的情趣を絶った、うぶうぶしい的確な写生と、女性独自の繊細な情趣の滲透によって、日常生活の中から軽快明朗なみずみずしい詩情を発掘してゆく句風である。幸福な中流家庭の主婦ないし母としての「女らしき叙情」の典型が示されており、昭和女流俳人に広範な影響をあたえた。

『日本文学大辞典』、講談社　昭59・10

これは『汀女句集』の解説であるが、汀女といえば、一般的には前掲のような初期作品の評語でみられている傾向が強い。しかし、今回汀女の作品を習作期から最晩年に亙って考察してみていえることは、こうした言葉では括れないものがあるということである。

中学校や高等学校の教科書には汀女といえば「咳の子のなぞなぞあそびきりもなや」とか「あはれ子の夜寒の床の引けば寄る」など子供や子供への母親の情愛を詠んだ句が多く採用されている。他の女流俳人に較べると母親の子供に対する情愛を詠んだ佳句は確かに多い。そのことは勿論汀女俳句の特色の一つとして挙げることはできる。しかし、こうした母親の子供に対する情愛を詠んだものは第二期（昭和七年～昭和二十年）には多いが第三期になると少なくなっているのである。

　　冬鏡子を嫁がせしわれがゐし

─ 145 ─

昭和十九年十一月には長女濤美子氏が結婚するが、子供の成長に伴い自分の子供を直接詠んだ句は少なくなるのである。

　　初七日
　子にかかる思ひを捨てぬ更衣
　子にかける嘆きあきらめ初紅葉

掲句は子供のことを心配する友人を門辺まで送り出した時、澄んだ秋空にみた紅葉の美しさに触発されての句であるが、『あなたも、もういい加減に心配はおやめなさい。』とその日、私は友人にこんなことを言ったように思うが、それはまた、自分にも強く言い聞かせている文句であった。」「子を持つ親の弱さ。あわれさとも言いたい。誰もが背負う子にかける嘆きは、同時にあきらめに変わっている。」注1と言っている。ここには一般的な母親の心情が詠まれていると同時に、母親としての身の処し方が前向きに明るく詠まれている。

第三期のものとしては以上の句の他は子供を詠んだ句で取りあげる程のものはない。要するに汀女が母親の心境を詠むことにおいて第一級の俳人であるというのは汀女俳句の特色の一つであるが、それは第二期における評価でしかない。

その他汀女の句には実母を詠んだものが多いのもその特色の一つである。

そうした句が多くなるのは、昭和十九年の父の死以降である。

　掲句の「その後」というのは父の死のことであるが、それから毎年一回は必ず帰熊し、母とと
　その後の母とある夜の蛍かな

第三章　俳句の特色と評価

　　故里へ　十二句

みそばに沈む夕日に母を連れ

もに過している。

　　帰郷　十四句

つつじ咲く母の暮しに加はりし

野茨や母は齢を日に重ね

麦秋の母をひとりの野の起伏

仕事や招待による帰熊もあったが、汀女は毎年江津湖畔の生家に帰ることを怠らなかった。

ふるさとに八十九年の年を迎ふる母あり

初富士や母を珠ともたとふれば

掲句は昭和五十七年（汀女六十二歳）の作である。離れ住む母への思いを「ふと、さわれば雲る珠のようなあぶなさ、大事さを思うと、じっとしておれない心持がする。雪白く、玲瓏とそびえる初富士に、私はただ母の健やかさを念じた。」と言っている。[注2]

　その後のぽかりと暇炭つげば

　母と行きし道は一筋青き踏む

汀女は昭和四十六年十二月最愛の母（九十八歳）を亡くす。その悲しみの深さは量り知れないものがあったであろうが、句にはそうした情に溺れるようなものはない。

母亡き後の空虚感を乗り越え、母との思い出を拠に前向きに進んでいこうとする汀女は折にふれて母を詠んでいる。

病棟の宵しづか

枇杷甘し子らよりも亡き母を恋ひ

掲句は昭和五十四年顎下炎で東京女子医大に入院の折の句である。七十九歳にして「子らよりも亡き母を恋ひ」とストレートに自分の感情を表出している所に注目したい。汀女の母恋は加齢や病気によるとは断言できない。「曼珠沙華抱くほどとれど母恋し」が詠まれたのは横浜時代、汀女三十二歳の時である。眼にした曼珠沙華は江津湖畔での光景を思い起こさせるのである。掲句の「枇杷」もそのやわらかい橙色の枇杷の薄甘い味わいは、おそらくふるさとの母を思い起こさせるに充分なものであったと思われる。

「父母尚在ます江津湖畔に私の句想はいつも馳せてゆく。」（『汀女句集』序）といっているが、汀女にとって母は江津湖畔と切り離せない存在であり、また、江津湖畔の風物の総てが母を想起させるものなのである。

室生犀星の〝故郷は遠くにありて〟を持ち出すまでもなく、いつもなつかしいふるさとの人たちの面影につつまれている。／塘の上に青々ともえ出る草、それに夕陽が当って絶え入るような、あのふわりとした静かさ。れんげが咲き、つばなも出ていた道、すべてがなつかしい。私はそのような自然に抱かれながら生まれ育った。

（『汀女自画像』）

汀女の豊かな感性を育んでくれたのは江津湖畔の自然と母親の愛情であった。多くの生物を育む豊かな湖の存在は汀女の詩心の原風景であり、汀女にとって母なるみずうみ、江津湖の存在は大きいものがある。

汀女の句に母を詠んだものが多い。とりわけ母恋の佳句があるのは母イクォールふるさとの湖

第三章　俳句の特色と評価

ということで、汀女の母恋は望郷の思いと結びついていたということができる。

　水葱流る心はるばる来し如く
　萍を逃るるさまに漕ぎ離れ

芭蕉林まこと蛍火綾に飛ぶ
　川の香といふは藻の香や後の月

江津湖を詠んだ句には佳句が多い。二十歳にして郷里熊本を離れたにもかかわらず江津湖の句が多いのは年に一度の帰熊により母との生活を共にし、そこから句材を得ていることによる。それは母亡き後もくり返されたし、東京にいても「蝗の句も秋水の句も、幼き頃の故里の、それも私をわが子よりいつくしみくれし手伝ひの丸山つるの家への径が浮かぶ。」と汀女の句想は終生江津湖畔に馳せていたのである。汀女の意識は生涯江津湖畔から離れることはなかった。

　秋の水やはらかに手によみがへる

掲句は昭和十二年帰熊の時の作であるが、水の感触によってよみがえるのは「菜の花に囲まれ、青田に、そしてまた黄金に熟れる麦畑をかたえにした運動場を走り、のどが渇けば、噴きあふれる『突き井戸』と言っていた噴井の水、背の高さほどの大きな孟宗竹の筒から、あふれ出る水」の感触なのである。それは即ち、幼い日の豊かな自然と、暖かい母の愛情なのである。

長谷川櫂氏は「嵐のときでも静かに水かさが増して静かに引いてゆく」、「荒々しい野性の素顔を見せること」がない江津湖のたたずまいと汀女の「たおやかな句風」との係わりを指摘するが、原風景としての江津湖は汀女にとって詩嚢であっただけでなく、台風や梅雨の大雨の時も決して暴れることがないところなど汀女の大らかな人柄はこの江津湖に育まれたといってもよい。

— 149 —

汀女が江津湖の精と言われるのもこうしたことによると言える。

帰郷四句

春の夜の古き秤に湖の魚
遠目にも春水透ける夜振りかな
春水の木陰の濯ぎ阿蘇日和

こうした句には湖畔の生活が悉に詠まれているが、帰省の折の旅や吟行などで阿蘇や天草なども詠んでいる。

阿蘇二句

山の威のふつとにはかや夏薊
頭を垂れて阿蘇の代馬よく励む

天草行

麦熟るる島の碑の文字すべて悲話
麦秋の島々すべて呼ぶ如し

キリシタンの島天草には、それにまつわる哀史がある。眼前の豊かに実っている麦を見て、かつて痩地に唐芋しかとれなかった農民たちの苦労とその戦いの歴史への感慨が「すべて悲話」の語にこめられている。二句目は松島の景を詠んだものである。松島といえば仙台の松島を想起するが、芭蕉が「兒孫愛すがごとし」といったのに対し、汀女は「呼ぶ如し」と言っている。ここには豊かな実りの時を迎えた天草の人たちの人情味豊かさが感じられる。

このように汀女の句には江津湖だけでなく郷里熊本を句材に多く詠んでいることもその特色の

第三章　俳句の特色と評価

一つにあげてよい。

虚子の「ホトトギス」で育った汀女において花鳥風詠は勿論その特色の一つにあげるべきであるが、それが単なる叙景に終っていないことに注目したい。

　　夏雲の湧きてさだまる心あり

日本人の生活も文化も四季の変化の中で営まれているところに特色があるが、そうした四季の変化は日本人独特の感性を培うばかりでなく、私たちの日常を支えている。汀女はいち早く実感した「夏雲」に到来する夏の厳しさを思うが、かえってそれによって汀女の生は鼓舞されるのである。そこには「夏に踏み入る」、要するに人生を前向きに生きる決意の果敢さ、潔さがあるのである。

　　単帯或る日は心くじけつつ

生のエネルギーが漲っている前句に比べ、掲句にはそこに潜む人間の弱さがほの見えている。帯をきりりと締めることで、時に戸惑い、くじけようとする心を引き立てんとする汀女の意志が前句に劣らぬ心意気として感得できる。

　　ふところこころ見られしどほどく

汀女はこのふところ手は「一人きりのとき」のもので、「辛さも寂しさもなにやらうすらぐふところ手」といい、「人にそれを見られると、心を見られた思いがして」と言っている。更に、「懐手のひととき」とは「何も彼も忘れているとき、夫や子のことを、まったく忘れていたと気づくまでの、ひととき」とも言っているが、それは汀女にとって裸の自分と対峙している時と言ってよい。

— 151 —

雪しづか愁なしとはいへざるも

降る雪を眺めていると、その目がいつしか自分の内面へ向っていることに気付くものであるが、そこに発見したかすかな愁い、それを降る雪が「消し去り、追いや」ってくれると汀女は言う。[注8]

バラ散るや己がくづれし音の中

これは「まさに、己がくずれた音[注9]」バラを見て詠んだ嘱目の句であるが、その音に包まれ、おさまるままに、ぱらっと一枚も残さずほどけ散った」バラを見て詠んだ嘱目の句であるが、汀女はその音に「自分の心がそこにくずれたような音」を思いおこすと言っている。心のくずれ様をバラの散る様に重ねたところに汀女の世界の華やかさが開示されている。

また次の想ひ満ち来て滴れる

掲句では岩間や草の葉先に水がしみ出でそれが水滴となるまでの時間を、一つの想念が生まれ繞る時間とみているわけであるが、「滴り」という季語が大変効果的に使われている。

汀女の俳句の枯れることのないみずみずしさは、そこに内在する「滴る」ものであると言ってよい。それは明日を新たに感じとる気魄であり、詩精神でもある。汀女の句に「清新なる香気、明朗なる色彩[注11]」があるのは、汀女が命の水の一滴一滴を句にしたからである。

こうした心境句は子供への情愛を詠んだ句が少なくなるのに反比例して多くなり、晩年までその傾向は変らない。句歴を重ねるにつれて単に風景を叙すだけでなく季語によって己が心中を叙す句が詠まれるようになったのである。これらの句はいわゆる台所俳句の域を脱している。汀女に心境句の佳句があるということもその特色の一つと言える。

第三章　俳句の特色と評価

地球こそ其処に涼しく照るといふ
　　　NHKアポロ番組に招かれて赴く

この朝、月着陸なりしと伝ふ
　　　早朝の青き並木の街まだしづかなり

月よりの声アカシアに花白く

掲句はアメリカの宇宙船アポロ十一号が月面に着陸した時の模様を放ずるNHKテレビの特別番組出演の時の作である。「月よりの声」とはアームストロング大佐の「この一歩は小さいが、人間にとって偉大な躍進だ」という言葉であろうが、青い地球へのメッセージはアカシアの白い花とみごとに照応している。宇宙と地球という取りあわせ、また青と白と色彩的にも美しい世界となっている。

北風の波止ソ連材ののしりつ

平和願ふはすべての人なり

誰がために水澄み木の実熟るる日ぞ

波止場に荷上げされたソ連からの輸入材に対する憤りや反戦の思いを詠んだ句など、いわゆる時事句も数的にはそう多くないがある。

このようにみると、汀女は台所俳句に終始した人ではないことがわかる。

汀女の句は殊更ひねったり、意識して軽妙洒脱をねらったものはなく総じて素直で解りやすい。汀女自身「俳句は、もともと子供たちにも一応はわかるものであるべきだと思ふことが、今も変らない。」（『軒紅梅』昭60・7）と言っているように平易であるということは生涯を通して

— 153 —

変らなかった。

　とどまればあたりにふゆる蜻蛉かな

　掲句は日本のどこでも誰でもが体験するようなことを、やさしい言葉で淡々と表現している。

　咳の子のなぞなぞあそびきりもなや

　この句も平易な言葉で、風邪をひいた子供と母親のなぞなぞ遊びの情景を素直に表現しているが、ここにはわが子を慈しむ母性が溢れている。また、これらの句は「言葉のリズム」という点でも注目すべき句である。

　私はよく句をつくるのに声に出して言ってしまつてゐます。頭ばかりで考へるよりも声に出して言つてみることで、思ひがけなく、なだらかな表現が出来る気がいたします。うまく声にのぼせず、言葉にならない俳句は、これまたあるひは読む人に、しぜんに伝はらないのではないかと考えます。ことにちかごろのやうに、目で見る俳句だけでなく、電波にのる俳句の盛んになつたことを考へるならば、平易いひ言葉、快きリズム、さういふことをやはり考へに入れておかねばなりますまい。

　汀女が「平易な言葉」と「快きリズム」を意識していたことに注目したい。殊更ひねったり、軽妙洒脱をねらったものもなく、言葉遣いが旨い。

　芍薬や花弁忘れて咲き呆け

　芍薬真顔とつとと田畦行く

　寒鴉真顔と呼べど田畦行く

　芍薬の花の満開の様子を「花弁忘れて」と言ったところに、花の爛漫とした美しさが強調されている。また、寒鴉が「真顔」で、しかも「とつと」と歩くという捉え方にはユーモアがある。

（「私の句法」『紅白梅』所収）

第三章　俳句の特色と評価

　　自然薯がおのれ信じて横たはる

はこべらや川岸の名の澱町

自然薯のくねくねした様を「おのれ信じて」と表現したところは、放り出されるようにして置かれている様に生のしたたかさを感じているのである。二句目は仙台時代の句であるが、「はこべ」と町の名のとりあわせが面白い。澱町というと何となく春の訪れの遅い北国の様子が彷彿とする。

汀女はこのように自分の感得したものを何の誇張も粉飾もない言葉で表現することを基本姿勢としたのである。そこにあるのは無技巧の技巧である。

「文は人なり」という言葉があるが、特に短詩型の文学にはその人柄が如実に反映するものである。

熊本市江津湖畔に生まれ育った少女時代、官吏の妻として転勤のたびに知った土地土地の風物や人情、そして現在につながる生活の中には、人並の苦労もありましたし、喜びや哀しみもありました。／思いかえしてみますと、その都度に私は必要以上に思いわずらうことはしなかった気がいたします。というのは過ぎた今にして言えることでありますが、そして倖せな性分と言わるればそれまでですが心を向け変える─流れにまかせるすべを知っていたおかげでしょう。これからも「明日は明日の風」をたのんで、明るく生きたいと思っています。

　　　　　　　　　　　　　　　　『汀女自画像』はじめに

汀女は物にこだわらない心のおおらかな性格であり、そのことが、句柄に反映しているといえる。

今日のこと今日忘るれば雁渡る

「必要以上に思いわずらうことはしなかった」、「心を向け変える――流れにまかせるすべを知っていた」汀女の「明るく生きたい」という思いは汀女俳句の向日性となって現われている。

    外にも出よ触るるばかりに春の月

掲句は終戦後、多くの人がまだ食べることにあくせくしていた時期の作である。「外にも出よ」とはそうしたことを総て切り捨てた世界への誘いである。「心を向け変える」生き方はこうした句にも現われているのである。

    水餅は水に沈みて夕明り

この句は日野草城の「ところてん煙のごとく沈み居り」とは対照的な句である。同じく水に沈んだものを詠んでいながら、草城の句には人生の鬱屈したもの、暗さがあるのに対して、汀女の句はさらりとして明るい。

    手渡しに子の手こぼるる雛あられ
    掘り進む土しつとりと日脚伸ぶ

一句目には子供への慈しみの情が溢れているが、雛あられの彩りの美しさだけでなく、「こぼるる雛あられ」には春の光のこぼれまでも彷彿とさせるものがあって、句全体が明るく輝いている。二句目はどのような所を掘り進めているのかは判然としないが、「日脚伸ぶ」という季語からは、春先の畑か、道路工事などの場面が想起される。いずれにしても掘り起こした土に春の歩みを感じとっている汀女の姿勢は明るい。

    ゆで玉子むけばかがやく花曇

第三章　俳句の特色と評価

これは仙台時代の作であるが、長く厳しい冬を生きてきた東北の人たちの春の到来への歓喜がむいたゆで玉子の輝きによって表現されている。人生の流れの一駒を明るい抒情で切り取る姿勢は晩年迄変らなかった。

　　行く方にまた満山の桜かな

掲句は昭和六十年（八十七歳）、米寿の祝の折、内祝として贈られた扇子に揮毫された句であるが、八十八歳にしてなお人生の行く手に満山の桜を見る汀女世界の何と明るくて豊かなことであろうか。

汀女の俳句に関して、柴田白葉女は「まことに健康なおんなの俳句」であると言っている。白葉女があえて「健康な」といったのは、江戸時代の女流俳人には千代女のように十六歳で寡婦となり、五十二歳で剃髪して素園と号するなど夫に先立たれたり、不幸な人生を送った人が多かったとや、同時代の橋本多佳子も夫に先立たれているし、杉田久女は教師である夫との仲がうまくいかなかったが、汀女は大蔵省官吏の妻として、三児の母として生涯幸福な家庭を維持したことによるものと思われる。注12

女性が女性らしくというふのは当り前のやうだが事実はさうではない。堂々たる男子に伍して之と競ひ立つためには余程の強い個性がいるらしく、俳壇に於てこれを挙げても橋本多佳子、東鷹女、竹下しづの女の諸氏など、その句は女性らしさといふより男子の句としても可笑しくない程勁く逞ましい。その中で汀女氏は正にその作品が女性の感情で詠はれてゐる。しかもその女性らしさで堂々男子に伍してゐる。私は寧ろ女性には女性らしさを望む一人だ。こんな事を書いてゆくと当然「女性らしさ」といふことが問題になってくるのだが、こ

汀女の魅力は家庭夫人という立場にいながら「女性らしさで堂々男子に伍し」て「勁く逞ましく」生きたことにある。

　志摩芳太郎氏は橋本多佳子の真摯敢闘ぶりと星野立子の練達洒脱さを指摘した後「汀女俳句はこの両閨秀の中道をゆくものであろう」と言っているが、俳人として汀女は極めて幅の広い作家であったと言ってよい。幅が広いということは汀女においては人間性及び句材の両面にわたって言えることである。豊かな江津湖の自然の中で育まれた感性と一人娘に対する父母の限りなき愛、とりわけ母の娘に対する女性としての厳しい躾が汀女の人格及び文学形成の基盤としてあったことの意味は大きい。その後、高級官吏の妻として三児の母として人生の中で人間としての豊かさが培われていったが、それらが自ずと俳句に滲み出ているのである。汀女の俳句が「健康なおんなの俳句」といわれるのもその根は、生まれと育ちと、その後の人生にかかわるものであるが、女流俳句の中でとりわけ注目したいのは、終始、家庭の主婦の座を守ったところである。

　ひたすら自分の詩の完成のみを思って妻子を顧みなかったため、虎と化してしまった中島敦の『山月記』の李徴にみる様に、芸術か家庭かで悩んだ人は多い。しかし、結局のところ家庭や人間の情愛を切り捨てたところに真の芸術の完成はないのである。家庭が芸術の源泉であるということに気付かずに自らの芸術の完成のため、ともすれば排斥し、犠牲にして

（大野林火「中村汀女」『汀女自画像』所収）

れはむづかしく考へないで唯常識的に感受されるものが――といふ訳である。唯なんとなく女性のうるほひを与へてくれるといふのでもよいのであり、正直のところ私は矢張その女性らしい事で汀女氏の句に女流作家中、尤もひかれるのである。

第三章　俳句の特色と評価

きた幾多の芸術家たちとは違って、汀女は日常の生活、そこから感得したものを句にしたのである。杉田久女のように夫や芸術（俳句）の問題で狂気と思われる様な言動に走ることはなく、また、多くの芸術家につき纒う家庭を切り捨てることもなく、前向きに、常に心を明るく持って生きたのである。

「風花」の会員に家庭の婦人が多いのもそうした汀女及びそこから生まれた俳句への共感があったと言える。汀女の俳人としての業績をみる時、そうした家庭婦人へ俳句を広めたこと、要するに俳句を国民的な文学として裾野を広げたことにも注目すべきである。それは汀女がラジオやテレビの講座を持ったり婦人雑誌の投句の選にあたったことにもよるが、もう一つは先述した様に汀女の俳句が平易で解り易いというところにある。このことが汀女の俳句の普遍性の一つの要因でもあるのである。

初期作品から遺句集まで（汀女十八歳から八十八歳）の句を句集毎に見て、きて本章の冒頭でも述べたように改めて汀女の世界は「主婦といて母としての家庭の日常をゆたかな感性で詠む叙情のみずみずしさに独自性がある。」注15などという評語では括れないものがあるし、また、台所俳句という言葉にも収まり切れないものがあることを強調したい。

汀女の世界にある豊潤な感性と抒情、女うたとしての清新さはこれまでの日本の伝統的な詩歌の湿った抒情とは趣きを異にしている。

こうした汀女の世界を支配している大らかさと向日性、それを貫く芯の勁さは汀女が火の国の女であるところに拠るところのものであるといえるのではないだろうか。

— 159 —

注1 『自選自解 中村汀女句集』(白凰社 昭44・5)
注2 注1に同じ。
注3 『軒紅梅』(求龍堂 昭60・7)
注4 『汀女自画像』(主婦の友社 昭49・9)
注5 「中村汀女の句」(『俳句創作鑑賞ハンドブック』学燈社 昭63・10)
注6 「ホトトギス」の赤星水竹居(陸治)がそういったと山崎貞士『新熊本文学散歩』(熊本日日新聞情報文化センター 平6・10)に記されている。
注7 注1に同じ。
注8 注1に同じ。
注9 注1に同じ。
注10 注1に同じ。
注11 髙浜虚子『春雪』序
注12 「中村汀女」(『汀女自画像』)所収
注13 『現代俳句・人と作品』(西垣修編 昭55・6)
注14 上野さち子『女流俳句の世界』(岩波新書 平1・10)
注15 『現代日本文学大辞典』(明治書院 昭40・11)

中村汀女　季題別作品集

凡例

一 『春雪』(三省堂 昭15・3)『春暁』(目黒書店 昭22・2)『半生』(七曜社 昭22・9)『芽木威あり』(風花書房 平4・5)は初版本、「初期作品」『汀女句集』『花影』『都鳥』『紅白梅』『山粧ふ』『余花の雨』は『中村汀女俳句集成』(東京新聞出版局 昭49・4)に、『薔薇粧ふ』『軒紅梅』はいずれも主婦の友社刊(平元・2)の普及版に依った。ただし、「汀女芝居句集」「銘菓四季」は省いた。

一 表記はすべて底本に依った。同じ句が複数の本に掲載されている場合、表記の異なる場合のみ別に記載した。ただし、踊り字、新旧字体の相違、送り仮名の相違のみの場合は、繁雑になるので省いた。

一 一句中に季題が二つ以上あるもののうち、いずれとも定めがたいものは、各々の季題に重出した。

一 季題は『俳句歳時記』全五巻(平凡社 昭34・5〜12)『カラー図説 日本大歳時記』(講談社 昭58・11)高浜虚子編『新歳時記』(三省堂 昭9)『大歳時記』(集英社 昭54年・5・8)に依り、これらにないもので「春密柑」など季節が明らかなものは雑に纏めた。また、「ブーゲンビリヤ」「グッピー」など歳時記にないもので季節を定め難いものは無季に収めた。「花火」などのように季語によっては、二つの季節に重出したものもある。

一 初期作品=初。『春雪』=春。『汀女句集』=汀。『春暁』=暁。『半生』=半。『花影』=花。『都鳥』=都。『紅白梅』=紅。『山粧ふ』=山。『余花の雨』=余。『薔薇粧ふ』=薔。『軒紅梅』=軒。『芽木威あり』=芽。

季題別作品集

新年

明けの春
更に見よ鶴は丹頂明けの春 「芽」

裏白
裏白や父が飾れば青まさり 「薔」

絵双六
吾子等はやくはしきかなや絵双六 「紅」

恵方道
行く水にわれも従ふ恵方道 「春」

お飾り
お飾りふるる小部屋に揃ひたる 「軒」
遠目にもお飾り出来し祠見ゆ 「暁」
お飾りの心得つつも髪に触る 「汀」
お飾りをくぐる若水畏さよ 「芽」

大賀玉の木
ひた守る木蔭みつでもをがたまも 「芽」

お降り
お降りや薄れつこめつ田靄立ち 「山」
お降りの幼の筆にたやすく呼びゐしに 「薔」

書初
書初や曾孫とたはやすく呼びゐしに 「軒」

賀客
賀客送りて火鉢片寄す夕明 「初」

飾海老
飾海老派手ににわかによそよそし 「余」

賀状
たんねんな賀状の責をいつ果たす 「薔」

門松
門松も見て不忍に来て温くし 「汀」
門松にこぼれてありぬ龍の玉 「都」

元朝
元朝のはばたく鶏に餌箱置き 「山」

切山椒
切山椒浅草はかく去りがたき 「紅」

今朝の春
ひとたびは聞きし身の上切山椒 「薔」
老い母につづけりし日向今朝の春 「暁」「汀」「春」

御形

去年今年

独楽

猿曳
猿廻し
歯朶

四方拝

注連

注連飾
すずしろ
すずな
雑煮

立松

手毬

かくれ貌鴨もまたよし今朝の春 「軒」
今朝の春されど子の字のむづかしや 「都」
ここにぞとつくれる御形かな 「軒」
去年今年氷らぬ軒に金魚飼ふ 「紅」
焚き添へし炭壺薫じ昨年今年 「紅」
おのがじし炭斗満たし去年今年 「紅」
ただ逢へば足る幾人ぞ去年今年 「半」
去年今年わが寒椿花無尽 「軒」
何万といふ肥後独楽の轆轤とて 「紅」
子がまはす独楽のうなりや風邪禽 「紅」
猿曳の唄ふ真上の高架線 「汀」
猿廻し聞けば聞かるる低き唄 「芽」
歯朶束に雪片二三夜空より 「軒」
いささかは歯朶をえらむの歯朶買ひぬ 「薔」
若人の粗末に呉るる歯朶を許さるる 「紅」
父にならび四方拝してふと女身 「芽」
四方拝阿蘇置く空は遠しとも 「軒」
豊年の注連新しき水の神 「軒」
注連あふる裏戸の風をうべなひぬ 「薔」
注連飾吹かれ浮雲光り去り 「余」
すずしろの勢ひの伸びに暮雪ふと 「軒」
すずしろが七草籠に抜きん出る 「紅」
露けさの朝あけ方のすずなかな 「軒」
カナリヤの高音雑煮の国ぶりに 「紅」
国ぶりの雑煮ともどもたがはず 「山」
松立ちし町瓦斯工の来て掘れる 「紅」
人のつく手毬次第にさびしけれ 「都」

手毬唄　人のつく手毬のほどを唄ひけり　　　　　　　　　　　「暁」「汀」「半」「都」
　　　　手毬唄覚えし頃の任地かな　　　　　　　　　　　　　　　　　　「汀」「紅」
　　　　毬唄のいづれも長しよくつづく　　　　　　　　　　　　　　　　　　「紅」

年立つ　たらちねに年立ちにけり鶴の軸　　　　　　　　　　「暁」「汀」「春」「薔」

屠蘇　　屠蘇注ぐや袂の隙に炭火赤し　　　　　　　　　　　　　　　　　　「薔」
　　　　次の子も屠蘇を綺麗に干すことよ　　　　　　　　「暁」「汀」「春」「紅」
　　　　屠蘇の香を抱くみどり児にはばかるか　　　　　　　　　　　　　　「紅」
　　　　日当りの縁にねぎりぬ屠蘇の酔　　　　　　　　　　　　　　　　　「紅」
　　　　夫に子に屠蘇なみなみと注ぐ間かな　　　　　　　　　　　　　　　「紅」
　　　　かくぞとて幼なに持たす屠蘇の杯　　　　　　　　　　　　　　　　「紅」
　　　　大盃の屠蘇の納めは父の役　　　　　　　　　　　　　　　「余」「薔」
　　　　屠蘇干して何かいふべき眉のほど　　　　　　　　　　　　　「余」「薔」
　　　　屠蘇の座に膝正す児は吾子のもの　　　　　　　　　　　　　「余」「薔」
　　　　夫婦たり屠蘇なみなみと注ぐ暇　　　　　　　　　　　　　　　　　「薔」
　　　　金盃の重み消えしよ屠蘇注げば　　　　　　　　　　　　　　　　　「紅」
　　　　屠蘇の座に子に従ふはこころよし　　　　　　　　　　　　　　　　「紅」

鳥総松　つぶさなる訃報至りぬ鳥総松　　　　　　　　　　　　　　「余」「芽」
　　　　わが影のすぐよぎりけり鳥総松　　　　　　　　　　　　　　　「汀」「芽」
　　　　泣初の子に京の菓子と捨ておかれ　　　　　　　　　　　　　「汀」「紅」

泣初　　泣初や長泣の子もたいなや　　　　　　　　　　　　　　　「軒」「紅」
　　　　泣初やできる限りの口開けて　　　　　　　　　　　　　　　　　　「軒」
　　　　泣初の何貰ひしやはたと止む　　　　　　　　　　　　　　　　　　「軒」

薺　　　薺摘む頬にしたがへる雪の阿蘇　「暁」「汀」「春」「軒」「芽」
　　　　ひとり摘む薺の土のやはらかに　　　　　　　　　　　　　　　　　「芽」

七草籠　雪かきに七草籠のかそけさよ　　　　　　　　　　　　　　　「汀」「芽」
　　　　暖にはか七草籠に消ゆものも　　　　　　　　　　　　　　　「汀」「芽」

縫初　　縫初の針ほめくれし人いづこ　　　　　　　　　　　　　　「暁」「汀」
　　　　縫始今暖めて来し手かな　　　　　　　　　　　　　　　「暁」「汀」「春」「薔」

羽子板　羽子板はまだ父の手に紙包　　　　　　　　　　　　　　　　「紅」「軒」

初明り　早や父母の布団たたまれ初明り　　　　　　　　　　　　　　　　　「軒」
　　　　初明りして文鳥は寝間の鳥　　　　　　　　　　　　　　　　　　　「軒」

初鏡　　人のうしろに襟合せたり初鏡　　　　　　　　　　　　「暁」「汀」「紅」
　　　　初鏡すでにあらそふ子をかたへ　　　　　　　　　　　　「汀」「春」

初竈　　ひややけく神おはしけり初竈　　　　　　　　　　　　「暁」「汀」「紅」

初髪　　初髪を子にかばひけり声あげて　　　　　　　　　　　　　　　「紅」「軒」
　　　　カトレヤと初髪の子といづれぞや　　　　　　　　　　　　　　　「紅」「汀」

初鴉　　初鴉西へ西より鴨雀　　　　　　　　　　　　　　　「余」「薔」「軒」

初句会　初句会コート柔らか脱ぎかさね　　　　　　　　　「余」「薔」「紅」
　　　　夕茜いよおだやか初句会　　　　　　　　　　　　　　　「薔」「紅」
　　　　ねんごろな言伝とどき初句会　　　　　　　　　　　　　　「薔」「軒」

初景色　坂落し鴨来る庭を初景色　　　　　　　　　　　　　　　　「紅」「薔」
　　　　窓細目母愛でたまふ初景色　　　　　　　　　　　　　　　「薔」「軒」

初暦　　年重ねきていやさまる日差あり　　　　　　　　　　　　　　　　「紅」
　　　　初暦掛けて及べる日差あり　　　　　　　　　　　　　　　「薔」「花」
　　　　初暦したがへ気嫌有難し　　　　　　　　　　　　　　　　「紅」「汀」

初芝居　初芝居に逢うてふたたび遠き人　　　　　　　　　　　　　「紅」「薔」
　　　　どの部屋となく初暦たしかめし　　　　　　　　　　　　　　　　　「軒」

初雀　　初雀円ひろがりて五羽こぼれ　　　　　　　　　　　　　　「紅」「薔」

初刷　　初刷に厨のものは湯気立つる　　　　　　　　　　　　　　「紅」「軒」
　　　　初刷に立ち迫るかな富士の絵は　　　　　　　　　　　　　　　　　「紅」

初空　　初空にしだれ桜を庭の心　　　　　　　　　　　　　　　　　　　「紅」
　　　　いづくともなき合掌に初御空　　　　　　　　　　　　　　　　　　「軒」

季題別作品集

初旅
　風雨注意報初旅はいさぎよし　　　　　　　　　　　　「軒」

初便り
　汝が数ふ年はわが年初便り　　　　　　　　　　　　　「軒」

初手水
　初手水父も母よと二男の子　　　　　　　　　　　　　「薔」
　初手水博多細帯身に叶ふ　　　　　　　　　　　　　　「軒」

初泣
　初泣のすべては姉を恨みかな　　　　　　　　　　　　「薔」

初凪
　初凪の遊覧船の高浮び　　　　　　　　　　　　　　　「汀」
　つつかつと浪打ち際の初凪に　　　　　　　　　　　　「薔」
　初凪のどの岬々にある人か　　　　　　　　　　　　　「汀」
　初凪や一路来たりて返す歩に　　　　　　　　　　　　「薔」
　蜜柑むく初凪の馬の鼻がしら　　　　　　　　　　　　「山」

初荷
　初荷船着く横波のあふりかな　　　　　　　　　　　　「山」
　初荷撒餌あらそふ雛とあれば　　　　　　　　　　　　「山」

初日影
　初日影着く潮満ち来れば手渡しに　　　　　　　　　　「都」

初富士
　初富士にかくすべき身もなかりけり　　　　　　　　　「紅」
　初富士や母を珠ともたとふれば　　　　　　　　　　　「紅」
　初富士や門清らかにわれも掃き　　　　　　　　　　　「薔」
　昏れなんとして初富士の完たけれ　　　　　　　　　　「薔」
　初富士や小窓ひとりの開け閉てに　　　　　　　　　　「余」
　初富士をたたへていよよ癒えたしか　　　　　　　　　「紅」

初詣
　初詣ませて昼を久しとも　　　　　　　　　　　　　　「紅」
　初詣終へ来て坐る小座布団　　　　　　　　　　　　　「山」
　崖かけて実生の松や初詣　　　　　　　　　　　　　　「山」
　人波に得し笑顔かな初詣　　　　　　　　　　　　　　「余」
　初詣社頭の冬菜皆が誉め　　　　　　　　　　　　　　「薔」
　初詣頼みしあとの暇かな　　　　　　　　　　　　　　「芽」
　初詣済ませし眉宇と見かけたり

初湯
　初詣終へて機嫌の身内かな　　　　　　　　　　　　　「薔」
　初詣終へしと告げてまた外出　　　　　　　　　　　　「山」
　町は早や初湯の太き煙上げ　　　　　　　　　　　　　「山」
　初湯出し機嫌かくせず座にまじる　　　　　　　　　　「芽」

初結ひ
　初湯出し機嫌や優しどの子にも　　　　　　　　　　　「紅」
　初結ひのかざしの珠も古りにけり　　　　　　　　　　「紅」
　告ぐべくもなく初嵐のみじかさよ　　　　　　　　　　「都」

初夢
　初夢のほのぼのと子に遠きかな　　　　　　　　　　　「紅」
　初夢を縁の日差に疾く忘れ　　　　　　　　　　　　　「紅」
　まなざしにほの初夢の浮びたる　　　　　　　　　　　「薔」
　初夢は昔めかしきの初夢の浮びたる　　　　　　　　　「薔」
　初夢を語るも今朝の初夢のきれぎれに　　　　　　　　「芽」
　スヰートピーわが初夢のきれぎれに　　　　　　　　　「軒」
　初夢のちらちら残る客設け　　　　　　　　　　　　　「軒」
　初夢も今朝の思ひも掻き消しつ　　　　　　　　　　　「薔」
　初夢もなくよき食軽かりし　　　　　　　　　　　　　「薔」
　日向よし初夢づづる間なし消ゆ　　　　　　　　　　　「余」
　初夢筑紫に数ふ誰やぞ　　　　　　　　　　　　　　　「余」
　あるときの羽子待ち遠く落ちもする　　　　　　　　　「余」

羽子
　雪空のところもかへず羽子をつく　　　　　　　　　　「軒」
　つく羽子の音のつづきに居る如し　　　　　　　　　　「軒」

初若菜
　羽子ついて落すばかりの子もまじる　　　　　　　　　「芽」
　羽子つけば四方の笏に松秀ちて　　　　　　　　　　　「薔」

春衣
　真つ白き朝のハンカチ羽子の音　　　　　　　　　　　「紅」
　風なし羽子をかつきとつく娘かな　　　　　　　　　　「紅」

春着
　静やかなタンスの軋み春衣着る　　　　　　　　　　　「初」
（春著）
　足もとの子につまづきて春着見る　　　　　　　　　　「紅」
　ぢやんけんに今日の春着の長袂　　　　　　　　　　　「都」

— 165 —

福寿草

ばら黄なり春著いよいよ薄色に
春著着てチーズやはらか昼はひとり
カナリヤの朝の機嫌に春著の子
陛下ぞと高く抱き上げ春著の子
連れ立てば春著の裾に日影さす
すぐ春著脱ぎし機嫌の母囲み
父に母にまだ遠く居る春著の娘
一言は春著にふれて笑洩らす
春著着て子等がもっともよそよそと
春着とて子等がもっともよそよそし
鉤裂きの春着は母にいたましき
いさぎよく中座し給へ春着人
今は手許に娘の在す幸の春着かな
千すぢの春着にゆるす紅の帯
梅もどき挿して春著は店に満つ
福寿草もかごとも日向福寿草
文書くもかごとも日向福寿草
福寿草持てば従ふ日差あり
福寿草に日の当り居り言ふことなし
かからはず居て福寿草置いてあり
おくれじと肩寄す花や福寿草
たしかめし日差のなかへ福寿草
福寿草今日新たなる祈ぎごとに
おくれじと肩寄す花や福寿草

仏の座

りんりんとこはたくましや仏の座

松納む

松納む月明かかりし一夜明け

松飾る

音もなき暮しの門に松飾る

[紅] [薔]
[紅] [軒]
[紅] [軒]
[紅] [芽]
[紅] [軒]
[余] [薔]
[紅] [薔]
[紅] [軒]
[汀] [紅] [薔]
[紅] [薔]
[紅] [薔]
[紅] [紅]
[山] [紅]
[山] [軒]
[軒]
[軒]
[薔]
[余]
[軒]
[軒]
[紅]
[紅]
[紅]
[汀]春
[紅]
[余]

松の内

朝時雨松の内なるしづかさに
裾わけは菓子の二三や松の内

餅花

大安好日餅のうまさに工夫あり
餅花にふれたる髪をまだかばふ

藪入

藪入りに来て居る噂聞えけり

読初

読初や幼に文字を指にさし
声添へて子に仮名文字を読み始め

嫁が君

振り返る暇も惜しけれ嫁が君

若木

西安の若木の木蔭朝清ら

輪飾

輪飾に朝靄夜霧畏しや
輪飾を掛け何ほどか完うす
輪飾を頼む古釘しかとあり
若菜籠土をこぼして目出度しや
この丘の若菜若菜風も落し
まぎれなき若菜若菜土筆も親王祝ぎて

若菜

若菜摘む人を恋ほしく待つ間かな
母の家出て野の日和若菜つむ
呼びあへばわが畦ぬくし若菜つむ
若菜摘むわが野のほかはなき如く

若水

若水は汲みあふるるや子のために
若水を供へ終りし身の軽さ
お飾りをくぐる若水畏さよ

新年雑

いそいそとちゃんけん勝ちし毬をつく

[紅] [薔]
[紅]
[汀]
[軒]
[薔]
[紅]
[都]
[軒]
[紅]
[山]
[軒]
[紅]
[都]
[山]
[紅]
[軒]
[芽]
[芽]
[都]

季題別作品集

春

青き踏む

青き踏む窓あり見られ居るごとし ［紅薔］
青き踏み己おどろく帰心かな ［紅薔］
ふるさともひとりの道ぞ青き踏む ［紅薔］
踏青の傘にあまれる煙雨かな ［紅薔］
ほそぼそと残れる畦の青き踏む ［余薔］
母と行きし道は一筋青き踏む ［余薔］

青海苔

忘るれば船も消えゐる青き踏む ［紅薔］
したがへる人ある如し青き踏む ［紅薔］
己にもぬすめる暇の青き踏む ［軒薔］
青海苔のよき町とのみ子を育て ［余薔］
鶴鴒は去りつつ鳴くや青き踏む ［余薔］
いまさらに目覚むばかりの青海苔も ［花半］

青麦

星白の馬青麦に立ち向かせ ［花半］
青麦の丘の低さにさへぎられ ［暁花］
揚羽飛びすぐ雨雲や三国山 ［暁花］

揚羽

ともどもに揚羽寸分同じきが ［暁軒］
色変り次の揚羽も間なく来る ［暁花］
去りがての百合の揚羽の他にもまた
どの窓も簾さがれる揚羽蝶
雨近し揚羽にはかに飛びちがひ
山揚羽己が早さを忘れ現れ
すいかづらたまの揚羽の長くゐず

朝顔蒔く
　揚羽来て去りそうめんも冷えにけり ［余］
　揚羽来て去り素麺も冷えにけり ［都紅］
　平らかに揚羽が過ぎて花ぎぼし ［紅］
　揚羽蝶奇岩に現れて荒瀬越ゆ ［紅］
　瑠璃揚羽よぎりて更に泉噴く ［紅］
　揚羽蝶よぎりて更に泉噴く ［紅半］

朝顔を蒔きめぐる忌を待つ心 ［紅薔］
朝顔を蒔きし機嫌に忙しき日 ［軒薔］
朝東風や人にまかせぬ拭掃除 ［軒薔］

朝東風
　惜しみなく使へる水に朝寝かな ［軒薔］
　道草の薊いたどりすでに手に ［軒薔］

朝寝
　円形墳あり濃薊に裾をひき ［軒花山］

薊
　蚯蚓とふ野薊とに濃かりけり ［汀花］

浅蜊
　わがために浅蜊量れる手もとかな ［余］
　柔かに岸踏みしなふ芦の角 ［暁］

芦の角
　小さなる浅蜊も一個とし交る ［余薔］
　縦横に芥しりぞけ芦の角 ［暁花］

馬酔木の花
　芦の角昔の水の流れ来る
　水際には行きがたけれど芦の角

畦焼く
　啓蟄の蛇に馬酔木は花を垂れ ［春半］
　沼の面がわれを見て居り田畦焼く ［余薔］

暖か
　畦焼きて家路決して近からず ［汀花］
　暖かや石段降りる歩の揃ひ ［暁半］
　石の上に子等寝て見せぬ暖かし ［暁半汀］
　見下ろして犬に吠えられ暖かし ［暁半汀］
　暖かに言葉もかけず手もからず ［暁花汀］
　暖かや背の子の言葉聞きながし ［暁花］

アネモネ

芹洗ふ流のなかが暖かし　　　　　　　　　　「暁」「汀」
暖かに電車よく来る傾しぎつつ　　　　　　　「花」
あたたかく髪もろともに目を結はへ
暖かや市電の影もさまたげず
植木屋の名も聞き覚え暖かし
あたたかに雛々を学校へ　　　　　　　　　　「都」
暖かや汽車発着もさりながら　　　　　　　　「都」
あたたかに辞す人送り暖かし　　　　　　　　「都」
ひたぶるに珠かんざしの挿しどころ　　　　　「都」
暖かや臥所の文字の乱るるに　　　　　　　　「紅」
暖かしさだかならねど船音か　　　　　　　　「紅」
暖かや幹事の動き是非なけん　　　　　　　　「薔」
暖かやさて誰彼が集まれる　　　　　　　　　「薔」
街音の末たしかめつ暖かし　　　　　　　　　「軒」
暖かや橋見えそこに来る川か　　　　　　　　「芽」
暖かと去りがての人つぶやきつ　　　　　　　「汀」
あたたかや日向ぼこりのまたたきの　　　　　「薔」
アネモネの紫深きたのみかな　　　　　　　　「薔」
アネモネや心のこりは辞してより　　　　　　「軒」
アネモネや逢ふ人ごとをたよりつつ　　　　　「軒」
アネモネは紫深く夜を得たり　　　　　　　　「軒」
各々の一刻アネモネの紅一刻　　　　　　　　「軒」
ひとり来てまたアネモネに執着す　　　　　　「軒」
アネモネの壷動かせば部屋変ず　　　　　　　「芽」
アネモネにわかつ風邪寝の灯影かな
むらさきのアネモネが好きゆゑもなく

虻　　　　　　虻まとふ野薊ことに濃かりけり　　　　　　　　　「軒」
蟻穴を出る　　蟻出でし穴は日照りて濃紫　　　　　　　　　　　「紅」
　　　　　　　蟻出でむ不思議はなけど畳かな　　　　　　　　　「半」
　　　　　　　蟻出さまとして畳の目　　　　　　　　　　　　　「紅」
　　　　　　　われ先に木戸出し女磯あそび　　　　　　　　　　「紅」「余」
磯あそび　　　磯あそび姉妹はいつかそばに寄る　　　　　　　　「薔」
　　　　　　　磯あそびいつかそばに寄りたがる　　　　　　　　「薔」
磯菜つみ　　　磯菜つむ間も話したく歩み寄り　　　　　　　　　「薔」
　　　　　　　磯菜つむふつつり去りし波しぶき　　　　　　　　「紅」
　　　　　　　磯菜つみ告げたきことに後を追ひ　　　　　　　　「軒」
いたどり　　　道草の薊いたどりすでに手に　　　　　　　　　　「紅」
一の午　　　　教はりし道が野に出て一の午　　　　　　　　　　「紅」
糸桜　　　　　衿巻はみちのくの露深く　　　　　　　　　　　　「暁」「汀」
　　　　　　　糸桜夜久しきままに糸桜　　　　　　　　　　　　「汀」
犬ふぐり　　　糸桜去りがたくみて擔りく鐘に　　　　　　　　　「暁」
芋の芽　　　　犬ふぐりラジオは早やも昼の歌　　　　　　　　　「汀」春
　　　　　　　惜春や聞けば見し花いぬふぐり　　　　　　　　　「半」
鶯　　　　　　芋の芽のとりどり青く主とあり　　　　　　　　　「暁」「汀」春
　　　　　　　お手玉に遠鶯やあきらかに
　　　　　　　鶯や四囲またひそと子も覚めず
　　　　　　　鶯やお七夜まこと日の溢れ　　　　　　　　　　　「春」
海髪　　　　　鶯や母をかたへにパン切れば　　　　　　　　　　「花」
薄氷　　　　　鶯や雨降り籠めて火を恋へば　　　　　　　　　　「山」「紅」
　　　　　　　海髪抱くその貝殻も数知れず　　　　　　　　　　「紅」
　　　　　　　薄氷や返書一つは果たし得し　　　　　　　　　　「紅」
　　　　　　　薄氷の枝にもまとふ猫柳　　　　　　　　　　　　「花」「紅」

季題別作品集

梅

梅

手を痛め折り来し梅の花すくな　　　　　　　　　　　　「初」
剃刀持ちて出る日向梅ふくらみぬ　　　　　　　　「暁」「汀」
夕焼や梅も桜も固けれど　　　　　　　　　　　　「汀」「春」
梅の村高圧線をここに受け　　　　　　　　　　　　　　「半」
凍蝶に遭ひし如くに梅にまた　　　　　　　　　　　　　「汀」
紅白の梅の真昼の尾長鳥　　　　　　　　　　　　「汀」「春」
お手玉の殊に上手や梅椿　　　　　　　　　　　　「花」「半」
梅盛り過ぎ居つきたる小婢かな　　　　　　　　　　　　「都」
梅早き大都の眺め菓子の艶　　　　　　　　　　　　　　「都」
軒の梅風ごうごうと花得たり　　　　　　　　　　　　　「紅」
りんりんと梅枝のべて風に耐ゆ　　　　　　　　　　　　「紅」「軒」
梅早しポンプ一突き水溢れ　　　　　　　　　　　　　　「紅」
満開の梅なり風もふれしめず　　　　　　　　　　　　　「紅」
この庭の昔語りに梅早し　　　　　　　　　　　　　　　「紅」
ともかくも逢ふ日定まり梅椿　　　　　　　　　　　　　「紅」
梅も紅白学ぶことのみ逢ひ得ては　　　　　　　　　　　「紅」
膝掛の所望を許せ梅の宿　　　　　　　　　　　　　「余」「紅」
煮こごりや故郷は急ぐ梅椿　　　　　　　　　　　　　　「余」
梅咲かす庭ゆるされて石に腰　　　　　　　　　　　　　「薔」
梅の里艶めきよぎる山鴉　　　　　　　　　　　　　　　「薔」
消灯に素直にあれば梅匂ふ　　　　　　　　　　　　　　「薔」「軒」
用心といふ欠席に梅白し　　　　　　　　　　　　　　　「薔」「軒」
梅置きて戸締め改む猫を入れ　　　　　　　　　　　　　「薔」「軒」
たたへあふ日差ありそめ梅椿　　　　　　　　　　　　　「薔」「軒」
なほざりの鉢もろともに梅蕾む　　　　　　　　　　　　「薔」「軒」
梅一枝それのみに身も新たなり　　　　　　　　　　　　「薔」「軒」
梅祭詰所の人のみな若し

うらら

うららなり足下の水の川千鳥　　　　　　　　　　「暁」「汀」
うららかに他を言ひ給ふ母尊と　　　　　　　　　「暁」「汀」
うららかや長崎人のこれも贅　　　　　　　　　　　　　「薔」

絵踏

浪青し絵踏行かせし渡守　　　　　　　　　　　　　　　「都」
小いさなる小いさなる主を踏まさるる　　　　　　「暁」「芽」
まだよべの雨たつぷりと花豌豆　　　　　　　　　「汀」「都」

豌豆の花

花豌豆われも同じき夕心　　　　　　　　　　　　　　　「紅」
大田螺

大田螺にして従へる豌豆あり　　　　　　　　　　　　　「紅」「軒」
紅毛の館をあげて遅桜　　　　　　　　　　　　　　　　「紅」
遅桜

紅毛の館をあげておそ桜　　　　　　　　　　　　　　　「都」
構内の一角夜業おそ桜　　　　　　　　　　　　　　　　「都」「芽」
遅桜かくて新樹のさかんなる　　　　　　　　　　「暁」「春」
ともかくも家離るれば遅桜　　　　　　　　　　　　　　「薔」「汀」
大田螺

大田螺にして従へる豌豆あり　　　　　　　　　　　　　「薔」「汀」
花豌豆われも同じき夕心　　　　　　　　　　　　　　　「薔」「汀」

落椿

落椿雨たちまちに濁流す　　　　　　　　　　　　　　　「半」
落椿歩み寄る辺もなかりけり　　　　　　　　　　　　　「紅」
紅毛の館をあげて遅桜　　　　　　　　　　　　　　　　「薔」
引いてやる子の手のぬくき朧かな　　　　　　　　　　　「余」

朧

門出れば即ちひとり坂おぼろ　　　　　　　　　　　　　「汀」「薔」
おぼろ夜のさだまる灯影母の窓　　　　　　　　　「暁」「汀」

蛙

みどり児と蛙鳴く田を夕眺め　　　　　　　　　　　　　「汀」「春」
母に次ぎ好きな婢と居て鳴く蛙「暁」　　　　　　「暁」「山」
蛙田の夜のひろがり水流れ　　　　　　　　　　　　　　「汀」「花」
蛙鳴く月の田畦はそこに消え　　　　　　　　　　　　　「汀」「花」
泳ぎ来し水に沈みし蛙かな　　　　　　　　　　　　　　「余」「薔」
蛙鳴き夜空へ山は秀いでつつ

梅祭断行雪の投句箱　　　　　　　　　　　　　　　　　「軒」
行き合うてへだたる堤うららかな　　　　　　　　「暁」「汀」

蛙の子
阿蘇を出づ車圧して田の蛙
早生みかん伊豆のなぞへは蛙鳴き
二三匹泳げばいとし蛙の子
今日は処かへてかたまる蛙の子
我が気勢知ると知らざると蛙の子　「軒」「薔」

陽炎
押し曲げる生木の匂ひ垣繕ふ　「初」「薔」
広庭のただもの遙か陽炎へる　「初」「薔」
垣繕ふ
母の手を取るだけ取る子陽炎へる　「山」「薔」

霞
さらさらと聞えてまはる風車　「汀」「紅」
風車忙し船音更にまた　「春」「薔」
風車
霞濃し海のありかを指ししより　「暁」「薔」
忽ちに霞める船とこれもなり　「余」「薔」
たちまちに霞める船とこれもなり　「紅」「薔」
われも旅人霞める島をなほも指す　「紅」「薔」
霞草
阿蘇霞む帰京言伝てして居れば　「紅」「薔」
うち霞み山頭の火ぞあきらかや　「山」「薔」
富士見えぬ日も気安けれ岬霞む　「余」「薔」
風光る
霞みつつ大阿蘇たしかマスゲーム　「余」「薔」
ふれまじく夜半こそ真白霞草　「暁」「薔」
蝌蚪
風光る鴉は何ぞまたくはへ　「半」「薔」
あたたかき誰彼となく水辺かな　「汀」「薔」
あたたかき昼餉やすみや蝌蚪の水　「汀」「薔」
かなたまで蝌蚪のおどろき及びけり　「汀」「都」
掬はれし蝌蚪は落花と網に乗り　「紅」「都」
一斉に蝌蚪は濁りをさかのぼり　「紅」「紅」
思ひつくことたちまちに蝌蚪泳ぐ　「汀」
ややあれば蝌蚪も心を取りもどし

蝌蚪の水跨ぎ山守若大婦
水に蝌蚪満ち地梨咲く深山かな　「薔」
亀鳴くや心の置処たの如　「薔」
亀鳴く
亀鳴くや葉書一枚出さぬまま　「薔」
亀鳴くや反して舟に乗る　「紅」
寒明ける
川柳を弾き反して寒明けぬ　「紅」
折詰の掛紙派手に寒明けぬ　「初」
木苺の花
木苺の花などの店も英語の名　「山」
帰雁
おのづから花園にある日や帰る雁　「薔」
この町に会ひたる人や雁帰る　「軒」
厨房の火の燃えつづけ帰る雁　「薔」
雁帰る川風荒く人遠く　「薔」
町とてもひとりゆく道雁帰る　「余」「薔」
暮るるまでとは女のひまや雁帰る　「暁」「紅」
時経ちぬ帰雁の声と知りしより　「紅」
疾く消えし帰雁の声をたしかむる　「都」
暮れどきをわれも惜しめば雁帰る　「芽」
雁帰るわれ等には街をひたに抜け　「汀」
菊苗
菊苗を盗む心も久しかり　「薔」
式場の今歌となる紀元節　「薔」
紀元節
石蕗の絮如月の軒捨つる　「薔」
如月や蜆は濡れて店頭に　「軒」
如月に逢ひ水引草にまつはるる　「薔」
雉子
雉子に羊蹄や引けば抜けきて舟寄らず　「薔」
羊蹄
突風や算を乱して黄水仙　「初」
黄水仙
四月馬鹿とや黄水仙庭に満ち　「紅」
木の芽
木の芽谷なほ雪嶺のつきまとふ　「汀」

季題別作品集

木の芽雨
　夜を青き木の芽に點る隣家の灯　　　　　　　　　　　　「紅」
　木の芽雨まづ姉上に逢はんとす　　　　　　　　　　　　「紅」

切山椒
　切山椒浅草はかく去りがたき　　　　　　　　　　　　　「紅」
　ひとたびは聞きし身の上切山椒　　　　　　　　　　　　「薔」

金糸梅
　金糸梅昼の屋台をあづけられ　　　　　　　　　　　　　「薔」

金鳳華
　だんだんに己がかがやき金鳳華　　　　　　　　　　　　「紅」
　陽昇り来たちまち泣ぶ金鳳華　　　　　　　　　「暁」「汀」「春」「半」
　島の陽の刻々強し金鳳華　　　　　　　　　　　　　　　「都」
　こぼれ菜のいづれそれぞれ茎立ちぬ　　　　　　　　　　「紅」

茎立
　くたくたや一と日は雨に打ち暗み　　　　　　　　　　　「紅」
　茎立やパアスタンドの葉牡丹の　　　　　　　　　　　　「汀」

拘杞飯
　拘杞飯のいそぎし君も病み捨てよ　　　　　　　　　　　「軒」
　旅人に極地空港草青む　　　　　　　　　　　　　　　　「紅」

草青む
　茎芳しお城は西に夕焼に　　　　　　　　　　　　　　　「紅」
　草芳し湯宿といふもとびとびに　　　　　　　　　　　　「紅」
　草芳しもっともあそぶ咳する子　　　　　　　　　　　　「汀」

草芳し
　その母の仔といふ牛に草芳し　　　　　　　　　　　　　「芽」
　共に来し道なりいよよ草芳し　　　　　　　　　　　「暁」「汀」

草摘
　草摘女人るを許すも許さぬも　　　　　　　　　　　　　「紅」
　したがひて野にも出で来し草も摘む　　　　　　　　　　「暁」「都」

草木瓜
　草木瓜にどうと響きて若葉風　　　　　　　　　　　　　「暁」「花」
　きりしまの古色の紅と草餅と　　　　　　　　　　　　　「暁」「軒」

草餅
　街の音どぎれる間あり草萌ゆる　　　　　　　　　　　　「春」「半」

草萌ゆる
　草萌ゆるほとり灯入りぬアーク燈　　　　　　　　　　　「汀」

　雨降れば雨も行くべし草萌ゆる　　　　　　　　　　　　「都」
　もの縫ひや何やら安し草萌ゆる　　　　　　　　　　　　「紅」
　草萌ゆる丘のなぞへに娘も住ませ　　　　　　　　　　　「薔」
　ぬすむ暇もらひし暇か草萌ゆる　　　　　　　　　　　　「軒」
　水辺ゆき故旧たしかめ草若葉　　　　　　　　　　　　　「紅」

草若葉
　原稿紙裏がよく書け暮遅し　　　　　　　　　　　　　　「軒」

暮遅し
　故里にとどってものや暮遅し　　　　　　　　　　　　　「薔」

暮の春
　小盆栽ひた打つ雨も暮の春　　　　　　　　　　　　　　「余」

黒揚羽
　雨意にはか茂り馳せ交ふ黒揚羽　　　　　　　　　　　　「薔」
　朝涼のまづたかむら〜黒揚羽　　　　　　　　　　　　　「薔」
　風立てば飛ぶ黒揚羽楠若葉　　　　　　　　　　　　　　「薔」
　風立てば飛ぶ黒揚羽楠落葉　　　　　　　　　　　　　　「薔」

クロッカス
　クロッカスも咲き朝戸出もひとしきり　　　　　　　　　「半」
　編笠に桑の葉絶えずさはり居り　　　　　　　　　　　　「半」

桑
　啓蟄の蟻と廁に午笛なり　　　　　　　　　　　　　　　「薔」
　啓蟄の蛇に丁々斧こだま　　　　　　　　　　　　　　　「余」

啓蟄
　啓蟄やしひそかに期すものも　　　　　　　　　　　　　「薔」
　啓蟄や懸念一切払ふべく　　　　　　　　　　　　　　　「薔」
　啓蟄のすぐ失へる行方かな　　　　　　　　　　　　　　「薔」
　啓蟄や夕日に何かあづければ　　　　　　　　　　　　　「薔」
　啓蟄やわれらは何をかく急ぐ　　　　　　　　　　　「汀」「春」
　啓蟄の日をほしいまま小松原　　　　　　　　　　　　　「半」
　啓蟄の蛇に馬酔木は花を垂れ　　　　　　　　　　　「余」「花」
　一日の欅の芽吹きしやぼん玉　　　　　　　　　　　　　「薔」

欅の芽
　相ともに坐り残せしげんげ摘む　　　　　　　　　　　　「汀」
　げんげとて今日の心のほかの花　　　　　　　　　　　　「紅」

げんげ
　げんげ田に横たふ長さ竹出荷　　　　　　　　　　　　　「紅」

げんげ田

恋猫

恋猫に思ひのほかの月夜かな
恋猫に大きなドアを開けもする
恋猫の走りこみたる家に戻る

黄塵

早梅や黄塵あがるこれよりぞ
黄塵やわれはわづかな傷かばひ
追ひかけてしかむことや黄塵裡
黄塵の町のこなたに接木する

紅梅

枝垂れ枝の八重紅梅の裏表
山裾の日に紅梅の盛り過ぎ
紅梅の一輪二輪風邪つづく
紅梅の蕾の中の花一つ
紅梅の初花すでに軒をはなれ
紅梅や春ふたたびの日に約し
紅梅に仕事終りの焚火上げ
紅梅やたまたまあがる二階より
紅梅の小さき社を詣で去る
紅梅や熱はしづかに身にまとふ
紅梅の花花影も重ねずに
紅梅のこの真盛りの子を抱かな
紅梅や人待てば長く夕映す
紅梅や風もまた定めなきままに
初紅梅下枝秀つ枝に花わかち
紅梅にやや暇残す旅の果
夕日愛づ紅梅を愛づ声あげて
来る人は来て紅梅の雨も晴れ
紅梅や百歩奥庭靄こめて
ここに立ち紅梅愛でしかと思ふ

夕明り紅梅ひたと花揃へ
暮がたの風なり揺るる紅梅に
紅梅の初花何やうたがはし
紅梅は真向きそむきに色を濃はむ
雷光は消えて紅梅の色残る
雷光と夜の紅梅といづれ濃き
雷光や紅梅の空あますなく
紅梅の日差に内と外の猫
その後の幾日紅梅散りて濃し
紅梅を弔問客の愛でらるる
こちにこそ濃き紅梅と指して仰げば花ふゆる
紅梅や膝掛ぬくき件に
鳩も呼びわが紅梅は枝しなひ
紅梅のいつも払ひたる煙雨かな
紅梅の狭庭の雨後の微光かな
雪積もりゆく紅梅の花惜しむ
紅梅に降り止まんとす雪惜しむ
眺めらる軒紅梅をいたみけり
老紅梅花太々ととどめつつ
朝明けの軒紅梅の情かな
紅梅の南枝の低き情かな
朝の雨紅梅花を正しうす
雨幾日紅梅軒にかく存す
見下ろせば軒紅梅はやや反むく
客人に軒紅梅は夕日溜め
座をわけて初紅梅はすでに四花

「都」
「都」
「都」
「紅」
「花」
「紅」
「都」
「半」
「都」
「汀」
「汀」
「花」
「暁」
「都」
「都」
「都」
「都」
「都」
「都」
「都」
「紅」
「紅」
「紅」
「紅」
「紅」
「紅」
「薔」
「紅」
「薔」
「薔」

「山」
「薔」
「余」
「薔」
「薔」
「薔」
「薔」
「軒」
「軒」
「軒」
「軒」
「軒」
「軒」
「軒」
「軒」
「軒」
「軒」
「軒」
「軒」
「軒」
「軒」
「軒」
「軒」
「芽」

季題別作品集

仔馬

- さきがけの紅梅開きつて雪　　「芽」
- 紅梅にとつぷり暮れし闇柔ら　「芽」
- 紅梅のためらふ枝もなかりけり　「芽」
- 紅梅に夕告げ鳥か汝れもまた　「芽」
- 安らなり紅梅も散り終るべし　「芽」
- 安らなり紅梅もまた花終るべし　「芽」
- 雛菓子も軒紅梅も祝ぐしるし　「芽」
- 初紅梅十一月の蒼穹に　「紅」
- 頬白来る何かくはへて紅梅に　「都」
- 焼芋車行く紅梅は枝に満ち　「紅」
- 仔馬駈けみちのく低き牧の柵　「薔」
- 小綬鶏や次の田畦のかげろふに　「都」
- 噴水や東風の強さにたちなほり　「半」

小綬鶏

東風

- われもまた人にすなほに東風の街　「汀」
- 東風の犬銭をふことに倦むことも　「春」
- 征く人の御父尊と東風の駅　「汀」
- みいくさに東風に靴紐新しく　「汀」
- 東風の波舳走りて艫沈み　「汀」
- 俥屋のすぐうなづきて東風の道　「花」
- おもむろに大枯蔓の東風に揺れ　「花」
- 東風の扉の幾重の奥にありし人　「紅」
- 一片の名刺や東風に逢ひ別れ　「紅」
- 遠洋漁船行くは行かせて東風の浜　「山」
- 一筋の東風の町並友二三　「暁」
- 整地成り東風に青竹投げ出され　「余」
- 寄進奉る旗竿東風にきしむなり　「薔」

桜

子猫

- 吹き散れば夕刊も反古東風荒るる　「軒」
- 口むきて一声づつの仔猫泣く　「紅」
- むきむきに歩む子猫を拾ひ寄せ　「紅」
- 故里に発つべかりしを辛夷散る　「花」
- 信ぜよと辛夷も急ぐ湿地路も　「薔」

子夷

- 子持鯊間遠ながらも釣りたまる　「余」
- 冴え返る人にたしかめ身にたしかめ　「紅」

辛夷

- 呼びもどす心急ぎに冴え返る　「半」
- 囀りをやめて居る間の枝渡り　「半」
- 囀にぼそと人語をさしはさむ　「都」
- 囀りのおひ冠ぶさるる道に出し　「花」
- 囀りのおひかぶされる道に出し

冴え返る

- 囀りの左移りや右移り　「紅」
- 囀りのしばらく前後なかりけり　「紅」
- 囀りの高音高音にうながされ　「山」
- 囀りの高音に切れて家事雑事　「山」
- 囀りの高音おさめし影はずむ　「薔」
- 囀りや朝明けすでに母は覚め　「薔」
- 囀や朝明けすでに母は覚め　「薔」

囀り

- きしむ戸を人は出で入り囀れる　「薔」
- 囀りや風邪の子叱りいたりけれ　「薔」
- 囀のまたたちまさる高音かな　「軒」
- 囀の高音をさめし影はづむ　「軒」
- 囀や朝明けすでに母は覚め　「春」
- 囀や遊鯉をみだすものもなく　「都」
- 囀の一天占む山残り初桜　「汀」
- 囀の去り山残り初桜　「春」
- 揺れてゐる人がのぼりし桜かな

— 173 —

桜

飛行機が飛んでとどろく桜かな
病床や桜手折りし子がよぎる
桜かざして掛時計止まり居り
桜奪ふ夜風聞えつよく寝ねし
桜咲くまづ真向の川風に
奥庭を老桜一樹空占むる
川霾のほかりとつつむ桜かな
行く方にまた満山の桜かな
夕焼や梅も桜も固けれど 「暁」「汀」
浜の砂まだ冷たけれ桜貝

桜貝

離りきて松美しや桜貝
おのおのにひとりの渚桜貝
桜貝秘めし粗末な小箱かな
掘り当てし井のよき水や桜草
雨音に心ゆるべば桜草
少女等やいつもささやき桜草
桜草夕焼たたへし窓も昏れ
ハイウエーの今よき流れ桜草
桜草よろこぶ犬は連れ去られ
共にする雨の愁ひや桜草
桜草巷の春は馳せて過ぐ
桜草静か一句のひまよりも

桜鯛

庖丁も厨もゆだね桜鯛
今更の指図ならねど桜鯛
薄紅梅の色をたたみて桜鯛
思ひ入る横顔見たり桜鯛

桜餅

夕まけて日和ととのひ桜餅
さくら餅帰心そのまま甘かりし
すぐ人にとらるる話桜もち
一寸の枝も大事に挿木畑

挿木

挿木告げその後の別れ早かりし
早蕨にうちこむ神鼓阿蘇の宮

早蕨

町住や残花の宮に夕詣

残花

庭木立残花あるらし吹き放ち
庭木立あり残花吹き放ち
川幅や残花の街のよき日暮
夕神楽三月の空げに明るし

三月

かりそめの雨も横降り四月尽

四月尽

四月馬鹿とや黄水仙庭に満ち

四月馬鹿

シクラメンはシクラメンのみかなしけれ
部屋のことすべて鏡にシクラメン
帰京せりシクラメン置くビルの窓
シクラメン都心いよいよ雨はらみ
シクラメン己れ忘れて花競ふ
向きかへてまた花こぞるシクラメン
いち早き今日の暮色ぞシクラメン
シクラメンすぐさまに占む日向かな

シクラメン

憚りつ裏戸通れば蜆殻

蜆

如月や蜆は濡れて店頭に
蜆汁はや子も揃ふことまれに

蜆汁

しじみ蝶まづはる石蕗に日とどまる
旅さびし蜆舟とぞ夕眺め

蜆舟

下萌や石は大地に根を沈め

下萌

季題別作品集

春　暁

しゃぼん玉

地虫穴を出る
芝焼く
芝　火
しどみ
しだれ桜
歯朶萌ゆる

行きはわが足袋の真白く下萌ゆる 「江」
下萌や砂塵たちまち面打ち 「都」
下萌に落ち散る枝や松手入 「汀」
下萌や母にばかりにものいはせ 「江」
下萌ゆる鴨も何やら声残し 「暁」「汀」「半」
歯朶萌ゆる降れば降る日もよし歯朶の萌ゆ太さ 「暁」「紅」
しだれ桜もつとも風に耐へんとす 「余」「薔」
しだれ桜風を忘れて幾刻ぞ 「紅」「薔」
しだれ桃花を終りて安らげに 「紅」「薔」
しだみ丘を行きわが折るしどみ人も折る 「暁」「花」
シネラリヤ明日あり更によき日とて 「暁」「軒」
シネラリヤ明日あり更によき日とて 「暁」「芽」
椅子捨てし坐り心地に芝青し 「汀」「半」
芝青む芝の火のおもひとどまるところかな 「暁」「汀」
芝焼く美しき火の燐寸かな 「暁」「半」
芝を焼きつつ紫果てしシネラリヤ 「汀」「半」
あるものをすべて地蟲の置き去りに 「暁」「都」
地蟲出てその一角を行き交へる 「薔」
庭下駄はきまりに脱げば地蟲出づ 「薔」
飛石を拾ふ面倒辞げば地蟲出づ 「紅」「薔」
ふるさとや別辞急げば地蟲出づ 「紅」「薔」
しゃぼん玉吹くや一つの窓領し 「汀」「薔」
各々に大き青空しゃぼん玉 「暁」「汀」
一日の欅の芽吹きしゃぼん玉 「汀」「紅」
春暁を被きて高き布団かな 「暁」「汀」
春暁を出てうれしさよ花舗覚めず 「汀」
春暁や水ほとばしり瓦斯燃ゆる

春　禽
春　月
春　光

ききとめし春暁の言葉忘れけり 「暁」「汀」「春」
春暁の眠れる子等を二階にし 「暁」「汀」「半」
春暁の厨しづかに意のままに 「暁」「汀」
延着といへ春暁の関門に 「暁」「汀」「半」
春暁のパセリ一把や俎板に 「暁」「汀」「半」
春暁の臥床そのまま海明り 「暁」「花」
春暁を覚めし己のありどころ 「暁」「半」
春暁をさめし己のありどころ 「暁」「花」
夢さめて春暁の人みな遠し 「暁」「半」
春暁のカーテン開けぬ盗むごと 「薔」
春暁やまだ怖づるなし庭雀 「薔」
春暁の驟雨つぶさに聞き忌日 「薔」
春暁を急き華やぎつ雲移る 「紅」
春暁の失ふものもなく覚めし 「紅」
春暁の真玉の如き水の冷え 「紅」
春暁の涙一滴何故を 「紅」「軒」
春暁やわが身たしかめ今日たしかめ 「薔」
春暁を今はよはひをいとほしみ 「薔」
春禽や煤け雀もとびまじり 「軒」
春禽の瞬時をさめし赤き翅 「軒」
絶間なく春禽こぼす父祖の山 「軒」
春禽のひそみに同じうする間かな 「軒」
春月の坂ゆるやかにしたがへる 「暁」「芽」
春月の一夜は暗き丘とのみ 「暁」「芽」
春月や雨一日に田の濡れし 「花」「軒」
刻々に春光まさる雨後の庭 「余」「薔」

春江

春江に添ふまぎれなき母の傍　　　　　　　　　　［紅］
春愁の一人二人よ青畳　　　　　　　　　　　　　［紅］

春愁

春愁や一と日夕空街に澄む　　　　　　　　　　　［紅］
春愁や発つは発たせぬ賑かに　　　　　　　　　　［山］
春愁ひ管玉の数知るは誰ぞ　　　　　　　　　　　［軒］

春宵

春宵や駅の時計の五分経ち「暁」「汀」「春」　　［半］
春宵のとりて揺らるる吊革に　　　　　　　　　　［汀］
春宵のほとほとおそき使かな　　　　　　　　　　［花］
春宵の読むこと暗き客間かな　　　　　　　　　　［都］
春宵の何れの席の何れの座　　　　　　　　　　　［都］
春宵の暖刻々に炉を消さず　　　　　　　　　　　［都］
春宵の一筋道や会ひぬべし　　　　　　　　　　　［都］
誰ぞとなく春宵の墨濃にしつゝ　　　　　　　　　［都］
春宵の声はばからぬ厨夫たち　　　　　　　　　　［紅］
春宵の一枚の紙瞬時の句　　　　　　　　　　　　［紅］
春宵の一刻一刻をたのみつつ　　　　　　　　　　［紅］
数幹の竹春宵の記憶にす　　　　　　　　　　　　［紅］
浚渫船春宵暗き町川に　　　　　　　　　　　　　［紅］
春宵の雨は止むまじ急くことなし　　　　　　　　［都］
フロントガラスにまづ春宵の雨太し　　　　　　　［余］
フロントガラスにまづ春宵の雨二条　　　　　　　［薔］
春宵のひとりは筆の早き人　　　　　　　　　　　［薔］
談笑をやめ春塵の客の靴　　　　　　　　　　　　［薔］

春塵

春塵や逗留のものいささかに　　　　　　　　　　［薔］
春塵や一人もよろし行かしめよ　　　　　　　　　［薔］

春水

一歩早や春塵の町初桜　　　　　　　　　　　　　［半］
春水のただ一線の汀石　「暁」「汀」「春」　　　［半］

春水のただただ寄せぬかへすなき　　　　　　　　［汀］
走り来し子に春水の汀石　　　　　　　　　　　　「花」［半］
かへりみて春水ゆたか人のひま
春水の油も塵も河の幅　　　　　　　　　　　　　［花］
春水の底ひに沈む山の砂　　　　　　　　　　　　［都］
峡の昼春水はゆく身のほとり　　　　　　　　　　［都］
春水の水音ひとつ峡を行く　　　　　　　　　　　［紅］
春水を飲んで叩いて阿蘇の子等　　　　　　　　　［薔］
春水に仮橋低しすれすれに　　　　　　　　　　　［軒］
名石に湧く春水に煙雨かな　　　　　　　　　　　［軒］
貸舟といふ春水の舳かな　　　　　　　　　　　　［軒］
先んじて立つ春水の照り返し　　　　　　　　　　［花］
春水の奥玉巻ける芭蕉かな　　　　　　　　　　　［半］
春水や乱るる葦にわかちなく　　　　　　　　　　「汀」［半］
春水の高き軸が真向ひ来　　　　　　　　　　　　［汀］
春水にしわり細り櫂をあげ　　　　　　　　　　　「暁」［汀］
春水に透ける夜振かな　　　　　　　　　　　　　［半］
遠目にも春水透ける夜振かな　　　　　　　　　　［半］
春水の一筋ならず馳せて来る　　　　　　　　　　［紅］
春水や乱るる葦にわかちなく　　　　　　　　　　［薔］
春水の木蔭の濯ぎ阿蘇日和　　　　　　　　　　　［紅］
春水の人踏み入ればあらがふも　　　　　　　　　［薔］
春水やその日もたしか人を待ちし　　　　　　　　「余」
春水に抜羽浮羽や水禽舎　　　　　　　　　　　　［山］
春水の白く抗ふ子等の脛　　　　　　　　　　　　［山］

春雪

うたがひもなき春水の一平ら　　　　　　　　　　［余］
身を語りぬて春水の川明り　　　　　　　　　　　［汀］
春雪の夜に熱の子をまかせおき　　　　　　　　　［紅］
ロータリー降る春雪の夜をこめて

季題別作品集

春暖

春暖の夜闇に芽木は枝ととのへ 「芽」
春雪と芽木のささやき聞く如し 「汀」
街も春暖薔薇ひらくなり目に見えて 「暁」「花」
去にがての春暖の人にまじりけり 「紅」「半」
エレベーター春暖いよよ人に逢ひ 「紅」
一夜さに来し春暖の河岸に窓 「薔」

春昼

春昼の奥の築地の奥の墓碑 「紅」
金魚入れてすぐ春昼の水平ら 「都」
春昼の噴煙白し間をおきて 「紅」
春昼をはばからず泣く耳病む児 「薔」
かくのごと春昼の句座重ねしか 「軒」

春潮

春潮を越えいつまでも鵜の黒く 「花」
春潮の心こまかに岩に触り 「暁」
傘させば春潮傘の内にあり
とつぷりと春潮昏れし酒肴かな
春潮のまぶしさ飽かずまぶしめる 「山」
春潮の飛沫がくれに船いゆく 「半」
春潮や歩くは人とへだつこと 「汀」「春」
春潮や甲に新らし草鞋紐 「汀」
春泥のバスの疾駆をゆるすのみ 「暁」
春泥や男の子おみな子みんな馳せ 「汀」
春泥や赤い足袋の子馳せおくれ 「暁」「半」
春泥に振りかへる子が兄らしや 「暁」「半」
春泥にふりかへる子が兄らしや 「暁」「半」
春泥やわが影ぞぞぐうち踏まれ 「暁」「半」

春泥

春泥につづき煌く星もあり

春灯

春泥や高炉はすでにそばだてる 「汀」
春泥に行きくれてゐて暖かし 「暁」「花」
春泥の人中にして今日終る
春泥と地下道口の突風よ 「暁」
春泥や遠き日のごと踏み迷ひ 「紅」
春灯や借りたるペンを使ひ馴れ
春灯や次の日より今日を長く
春灯のはや丈のみは高き娘も
深夜放送まだ春服も脱ぎあへず

春服

春服や地階工事は地に沈み 「暁」「紅」
春服や雷降らす谷したがへて 「汀」
春眠に花ほどきけり玉椿 「軒」
春眠に嘆きくづれたる壺のばら 「薔」

春眠

春眠の覚めてさだかに遠き人 「花」
春眠に屋上園の樹々の伸び 「紅」
春雷の稲妻走る湯の繁華 「半」

春雷

春雷に屋上園の樹々の伸び 「暁」「花」
春雷や記憶次第によみがへる 「都」
春蘭や人去りぎはのさびしさに 「花」
春蘭や雪後一天晴れわたり 「紅」

春蘭

春蘭に友ひきとどむ負ひ姿かな 「薔」
白魚をつかみ量りの男の手 「紅」
白魚やまじりたる藻の透きとほり 「汀」
もてなしに素直にあれば白魚汁 「薔」

白魚

吾子の眼のすなほといふや山迫り 「紅」
白魚舟かかるといふや楽しお白酒 「軒」

白魚汁

白酒

白酒の瓶子づかりと座を占むる 「暁」「軒」

白椿

白椿昨日の旅の遙かなる 「汀」「半」
白椿ひそやかなるは人語かな 「暁」「紅」
白椿昼森閑と風も落ち 「汀」紅」
滞留は数へつ減るや白椿 「余」「紅」
白椿今日一念を果し得し 「薔」「紅」
こごえゐし雨滴こぼしぬ白椿 「余」「薔」
手をふれて夜雨に冷え切る白椿 「余」「薔」
夜を白き椿心をおさむ刻 「余」「薔」
住み古りて夜雨の沈丁白椿 「紅」「薔」

蜃気楼
沈丁花

蜃気楼われはわづかに句帳持ち 「余」「薔」
沈丁や夜を行きたりし薬とり 「余」「薔」
沈丁花あちこちにあり夕まぐれ 「花」「軒」
沈丁花鳩の羽風はややきびし 「暁」「半」
沈丁にはげしく降りて降り足りぬ 「汀」「薔」
沈丁をくぐりて落つる霰かな 「汀」「薔」
沈丁や夜はまだ寒く人黙し 「汀」「紅」
住み古りて夜雨の沈丁白椿 「暁」「紅」
沈丁やうからといへど母ひとり 「汀」「都」
沈丁に雷雲走る夜空かな 「余」「芽」
沈丁さびしき人にもの言はせ 「余」「軒」
沈丁や四隣等しく灯しあひ 「薔」「薔」
沈丁や葉牡丹はさまぐ\づし伸び 「暁」「紅」
蔓伸びて伸びてスヰートピーつけて 「暁」「紅」
花揺れてスヰートピーを束ね居る 「都」
おのおのに話相手やスヰートピー 「軒」
家中の時計まちまちスヰートピー 「軒」

スイートピー

スイートピー水満たしグラス透き通り 「薔」

劣るなきxx紅寄せあひてスイートピー 「薔」
妻たちのすでに軽装スイートピー 「軒」
スヰートピー置きて行き先いそぎけり 「軒」
スヰートピー出向けば用もすぐに済み 「軒」
スヰートピー書けば書きたきものつづく 「芽」
スヰートピーはなれんとして吾もさびし 「芽」

すかんぽ

すかんぽを嚙むや清水に足さらし 「軒」
すかんぽも噛みけり友におくれじと 「軒」
忘れぬものに杉菜のさみどりぞ 「軒」
立ち寄れば日差濃くなる杉菜かな 「軒」
限りなく落花来る日の杉菜かな 「軒」

杉菜

末黒野の雨を横ぎる傘をかざし 「暁」「汀」
末黒野

気忙しの巣立ちの影ぞ街の上 「暁」「汀」
巣立ち鳥

親にまさる巣立ちの鳥の疾き影ぞ 「暁」「汀」
巣立つ

巣立つしかかすめる影もはや間遠う 「暁」「汀」
巣立つらし壺の牡丹は汝がためぞ 「芽」
巣燕

巣燕に昼のラヂオが楽送る 「暁」「汀」

ストック

ストックを挿しその蔭に見舞ひくれ 「春」「芽」
スノードロップ

スノードロップかの雪嶺の街いかに 「暁」「汀」「春」
菫

目はなせば樅に菫また隠る 「暁」「汀」「春」
すみれ育てカルストは言葉失はす 「紅」「薔」
すみれ濃し部屋の温度にかかはれば 「薔」
父と母の記憶のほかの壺すみれ 「薔」
菫つむ吾子よりもまづ声あげて 「薔」
菫野のなぞへの遠き月日かな 「軒」
ささやけばそれも聞きたげ花すみれ 「軒」

季題別作品集

惜春
山みやげ朝発ちすみれいたはりつつ　「暁」「汀」
惜春や聞けば見し花いぬふぐり　「暁」「汀」「芽」
惜春の雨しみじみと旅半ば　　　　　「暁」「汀」「半」
惜春の雨の細さをくぐりつつ　　　　「暁」「汀」「軒」

芹
向岸に屑葉溜るや芹洗ふ　　　　　　「暁」「軒」
芹の水棚田を落つや左右より　　　　「暁」「初」
芹洗ふ流のなかが暖かし　　　　　　「暁」「都」

芹田
芹ぞといとけなき葉をととのへつ　　「紅」「汀」
照影や土筆も芹もこれよりぞ　　　　「暁」「薔」
風除をして町中の芹田かな　　　　　「紅」

芹摘
北の町芹田みどりに小春凪　　　　　「紅」
春待ちの芹田の育つ一囲ひ　　　　　「紅」
芹摘みし籠のかたちを忘れたる　　　「暁」
なかなかに母のいでたち芹摘へ　　　「暁」
村人のまだしといへる芹も摘み　　　「暁」「汀」
芹摘に渡る我等に鳰が見る　　　　　「暁」「軒」
芹摘の一人二人を鳰忘れ　　　　　　「暁」「汀」

ぜんまい
興じけりぜんまい採りの人数とし　　「暁」
ぜんまいのほどけし肩の落花かな　　「暁」「紅」

早春
談笑の中早春の一句づつ　　　　　　「余」「薔」

卒業
卒業を祝ふ一人を忘れぬ　　　　　　「暁」「花」
卒業や丘は斜に欅立ち　　　　　　　「暁」「汀」
朝の坂夜の坂今宵卒業す　　　　　　「暁」「都」

そら豆
めつきりと伸びしそら豆周防なる　　「暁」「半」

大根の花
大根の花母がりへ遠く着く　　　　　「暁」「紅」
引き残す大根の花実を急ぐ　　　　　「暁」「軒」

大試験
この道のかかる傾斜の大試験　　　　「汀」

凧
家出づるにはや凧の尾の振れそめし　「暁」「汀」
燭のごと凧しづかなる西日かな　　　「暁」「汀」
大ぶりに絵凧の影の舞ひ落ちぬ　　　「汀」「半」
落ちし絵凧は軽くすぐ上る　　　　　「暁」「都」
凧降ろし輝く雲も散りゆきぬ　　　　「紅」「都」
凧の吹き過ぐ方に吹かれ立ち　　　　「汀」「都」
凧糸につまづく母を歎く子よ　　　　「暁」「山」「紅」
如何ばかり歩きて取りし田螺かな　　「紅」

田螺
鉄も花白玉椿粧ひに　　　　　　　　「紅」

種売
種売はまだふごの中真上の　　　　　「暁」「汀」
種売の小さき袋を用意かな　　　　　「汀」「紅」
種売のとり出す種の多からず　　　　「汀」「紅」

種芋
種芋のとり出す種の多からず　　　　「汀」「紅」

玉椿
春眠に花ほどきけり玉椿　　　　　　「軒」「薔」
花あげて白珠椿粧ひに　　　　　　　「紅」「紅」

たんぽぽ
たんぽぽや日はいつまでも大空に　　「紅」「軒」
たんぽぽの絮息づいて尚高く　　　　「暁」「汀」「春」「半」
たんぽぽや忽ち蜂の影よぎり　　　　「花」「汀」
たんぽぽの花には花の風生れ　　　　「花」「半」
たんぽぽの花の低さよ蜂を呼ぶ　　　「花」「都」
たんぽぽの花も蜂とも短く日にまとも　「都」「紅」
行春や波止場草なる黄たんぽぽ　　　「汀」「紅」
駅遅日遠の方にも汽車が居り　　　　「暁」「汀」「春」「半」

遅日
家ごとに縁側仕事遅日かな　　　　　「暁」「汀」
地球儀をもてあそびつつ書舗遅日　　「軒」「汀」
来て渡る軍馬を待つて橋遅日　　　　「紅」「汀」

大き荷を遅日のバスに乗せんとし 「江」
野の祖母は遅日の孫を後へにし 「江」「半」
黒板の遅日の文字の消し残し 「暁」「汀」
事務終へてしばし遅日の卓に読む 「汀」
一本の遅日の燐寸燃ゆるひま 「花」「都」
一隅に遅日の厨つかさどり 「汀」
あそびや泣いてもどるよ遅日の子 「紅」「薔」
ちらと見し甍の好み遅日かな 「都」
美酒扁壷遅日を永久に祈りけむ 「山」
言云ふと笠紐しまる茶摘かな 「軒」

茶摘

茶摘ぞといふなり逢はで発つべかり 「初」
茶畑に飴ふくむやの談義かな 「余」

茶畑

母親に閑チューリップ昼ひらく 「余」「薔」

チューリップ

遺作展会場広しチューリップ 「汀」
チューリップ終日思ひを同じうす 「紅」
チューリップ夜をわれに伸ぶ黄も誘ひ 「軒」
チューリップきそふ日差のかたへかな 「軒」
大志なりチューリップ咲くわれに向き 「芽」
チューリップ明日にをさめる小櫛かな 「芽」
ヒーターの湯の沸くひまとチューリップ 「半」
葉桜のかぶさつて来るチューリップ 「汀」
煽られ来し蝶に面引きぬこころも 「汀」
貝蝶にはつしと光る渚かな 「汀」
かけりたる蝶おほらかに返し来る 「暁」
ペリカンとそれの人輪に蝶低く 「汀」
蝶の昼子と海渡るこころざし 「暁」
水上のその水の上を蝶去らず 「半」

蝶

蝶白し目かくしの鬼あはれめば 「都」
人声をよろこぶものに深山蝶 「紅」
かかる間もいくたびかの蝶立ちにけり 「紅」
マッチ摺ればマッチもよき香蝶の昼 「紅」
一蝶やカルスト遠く天に伸び 「紅」
松手入れ打ち晴れし天黄蝶生む 「薔」
百年の槙垣添ひに蝶生れ 「薔」
刻を惜しめばデイゴ蝶を呼ぶ 「薔」
石蕗すがれ蝶つどふ日は過ぎてなし 「薔」
茶を給ふといと返し来る蝶と 「薔」
蝶の昼家伝のものの貧しとも 「薔」
雲一塊丁字の面さと変る 「薔」
手伝へば庭珍しき接木かな 「薔」
接木するうしろ姿の昼となる 「薔」

接木

今更に月日数へじ丁字咲く 「初」
雪折の丁字の瓩の真新し 「芽」
丁字早や開き昼は夜の川明り 「薔」
そこすでに外出丁字の香 「薔」

丁字

黄塵の町のこなたに接木する 「暁」「汀」「春」「都」「半」
遂に日傘畳みて土筆摘み入れり 「初」
振りかへり消ゆる土筆もありにけり 「汀」
うち交る草も見覚え土筆籠 「汀」
一本と乞へば一本土筆くれぬ 「汀」
照影や土筆も芹もこれよりぞ 「薔」

土筆

この丘の若菜土筆も親王祝ぎて 「紅」
真円き夕日霾なかに落つ 「花」「紅」

霾

季題別作品集

躑躅

袷着て山吹が散るつつじが散る「暁」「汀」「半」
真っ白き船の浮める躑躅かな「汀」春
船影がつつじの上にふとくなる「江」
舟影がつつじの上にふとくなる「暁」
一株のつつじ隠れの船もあり「汀」
つつじ咲くさらでも子等は走り居り「汀」
這ひ渡る蟻に躑躅は花ばかり「花」
つつじ咲き仏と母も呼び給ふ「都」
炎暑来ところどころに遅つつじ「都」
つつじ咲く母の暮しに加はりし「都」
踏み入りて手にふるるものみな躑躅「紅」
全山に移るつつじをうたがはず「紅」
つつじ散る濁れる池に櫂を入れ「紅」
風は疾風わが行く街につつじ咲き「紅」
グリル入口花を尽してつつじ枯れ「紅」
夕つつじまだ仮だたみ祝ぎの帯「紅」
夕雀つつじ深々花を抱き「紅」
風塵や一枝あまさずつつじ咲く「山」
つつじより紅絹よりも濃き鉄が馳す「山」
長兄として母大事夕つつじ「余」
昨夜よりの疾風に落ちぬ夕つつじ「薔」
上京のこの日この会つつじ満つ「薔」
三十年とは大躑躅のみならず「薔」
グリンベルト眼下につつじ點じ初む「薔」
青葉隠れつつじ隠れの友待つ間「薔」
袷着て筑紫は急ぐつつじの緋「薔」

椿

つつじ燃え富士見失ふ瞬時かな「薔」
昨日の旅ありてぞゆたかつつじ咲く「花」
つつじ祭は雨いち早く阿蘇は消え「紅」
今日のためつつじ百鉢ゆるぎなし「都」
また次のつつじもまさる川下り「芽」
暮れにけり紅あらそひしつつじらも「初」
この蕾開けりと椿活けにけり「薔」
満山の椿や咲かむ神の山「紅」
肥後椿深井ゆたかに汲みこぼし「薔」
風も落ち満枝の椿欝々と「軒」
父よりはよき椿その伝へのみ「軒」
真っ向に温き椿や肥後椿「軒」
肥後椿雨夜風を捨てて急ぐ「軒」
肥後椿雨夜風を落ちて大きさよ「軒」
幹しぼり満枝の椿吹かひ耐ふ「芽」
落ちは落ち花加へしば肥後椿「芽」
山椿わが如月の朝の花「芽」
ぐんぐんと椿は花を揃へ見す「芽」
うつうつと椿も花を捨て急ぐ「芽」
花落とし終へし椿の男ぶり「軒」
物を干す日の幸椿咲き満ちつ「都」
肥後椿いち早きかわが家にも「紅」
お手玉の殊に上手や梅椿「花」
たたへあふ日差ありそめ梅椿「余」
ともかくも逢ふ日定まり梅椿「薔」
煮こごりや故郷に急ぐ梅椿「薔」
羽ばたきて椿を鴨の踏みたわめ「花」
名にし負ふ椿花見せ冬日和「薔」

茅花
　鴟の巣の椿は上に上に咲く 「花」「半」
　握り得ぬ茅花こぼさじと抜ぎ加ふ 「初」
　乞へば茅花すべて与へて去にし子よ 「江」
強東風
　来て逢へば茅花の風に子の合図 「暁」
燕
　燕乱舞噴水広場暮れかねつ 「軒」
　強東風やともかくも路地出でんとし 「紅」
デージー
　強東風にあらがひ誰もひとり 「薔」
　強東風に揺るる街にあらがひ誰もひとり 「花」
出替り
　デージーにふとカーテンを引き惜しむ 「暁」
鳥曇
　デージーにもおろそかならず出替りぬ 「薔」
鳥帰る
　ひそめる町の長さに苗売来 「薔」
鳥貝
　舟音の絶え間はさびし苗売来 「紅」
苗市
　雨降れば昨日も遠し鳥帰る 「紅」
苗木
　鳥貝は獲れ砂まみれ春時雨 「山」
苗床
　一本の苗木を老はとみかうみ 「都」
苗売
　市に出し苗木の床は欠けてあり 「紅」
苗札
　苗木市の人出肩組む若者ら 「薔」
永き日
　苗木のほかなる土の甘草の芽 「薔」
梨の花
　苗床は筵はね上げ富士も晴れ 「都」
夏近し
　苗床や人も日差も動かずに 「紅」
　葡萄苗黒紫と名札結ひ 「薔」
　永き日の遠ちにも部屋や歌時計 「紅」
　永き日を華やぐ硫黄火口底 「薔」
　永き日ぞポピーも薔薇も咲き尽くす 「紅」
　梨の花ふるさと人の早寝かな 「薔」
　水に蝌蚪満ち地梨咲く深山かな 「薔」
　夏近し涸井守りて著我木賊 「山」

菜の花
　菜の花や去る師を囲み舟を行る 「初」
　菜の花の暮るるや人を待ち得たり 「江」
二月
　菜の花や彼の家のこと吾も知る 「暁」
苗代
　菜の花にばけつ叩いて子の合図 「都」
苗代水
　菜の花や雲はしづかに死火山に 「江」
苗代寒
　菜の花やお使ひ出来る子に育ち 「芽」
入学
　苗代や苗代寒の如く月明かく 「暁」
葱の花
　老たちや苗代水に畦とぎれ 「紅」
韮
　なつかしや苗代水に畦とぎれ 「都」
猫の子
　鳩降りて歩く二月の土の荒れ 「紅」
　必ずや初句は届き梅二月 「江」
猫の恋
　掃き切りし二月の庭の鳩雀 「軒」
猫の夫
　これなるや入学の靴小さきよ 「暁」
猫柳
　韮剪ると幾筆幾歩くり返し 「余」
　葱の花居眠りに来る法座かな 「余」
　葱の子の泣いて見上げてなぐさまず 「汀」
　猫の子のすぐ食べやめて泣くことに 「暁」「汀」「半」
　山こむる霧の底ひの猫の恋 「暁」「汀」「春」
　おもむろに雨にまた出づ猫の夫 「余」
　ちょんと切る芽一つこぼる猫柳 「紅」
　ときをりの水のささやき猫柳 「初」
　猫柳ここに到りて道さだか 「山」
　人遠く水また細り猫柳 「紅」
　薄氷の枝にもまとふ猫柳 「花」

季題別作品集

野遊
　野遊の誰もの声を瀬が奪ひ
　野遊の舟借る話まとまりぬ
　野遊びに荒瀬あらがふ舟見ゆる
　すでにして声とどかざる野に遊ぶ　　　　　　　　　　「江」
　おのおのの野火の向へる炎かな　　　　　　　　　　　「江」

野火
　その中の野火の一つのはげしさよ　　　　　　　　　　「紅」
　どの船も長崎通ひ野火のもと　　　　　　　　　　　　「都」
　あがりたる野火の行方にちりぢりに　　　　　　　　　「花」
　野火走る消すことのみにかかはれる　　　　　　　　　「花」
　野焼掘る手つきまつたく信じけり　　　　　　　　　　「紅」

野焼き
　野を焼きて離れ離れの家にあり　　　　　　　　　　　「都」
　高々と馬車駆り去りし焼野かな　　　　　　　　　　　「軒」

海苔
　海苔舟の今はも戻る細江かな　　　　　　　　　　　　「軒」
　遊船の波牡蠣棚へ海苔粗朶へ　　　　　　　　　　　　「紅」

海苔粗朶
　梅林の鳩や追ふ子に翔つて見せ　　　　　　　　　　　「暁」

梅林
　指さしつ来て梅林の真中なり　　　　　　　　　　　　「紅」

蝿生る
　蝿生る玻璃戸も未だ汚れなく　　　　　　　　　　　　「軒」
　親王生れねこの白梅の夕景色　　　　　　　　　　　　「軒」

白梅
　白木蓮の花今日ひらく苞の落つ　　　　　　　　　　　「江」
　白木蓮の散るべく風にさからへる　　　　　　　　　　「暁」

白木蓮

はこべ
　はくれんの咲ける花ある苗木かな　　　　　　　　　　「江」
　はこべらや川岸の名の濃町　　　　　　　　　　　　　「暁」
　遮断機にはこべは去年の座をひろげ　　　　　　　　　「軒」
　安らかと言ひつはこべも長けにけり　　　　　　　　　「軒」
　幾日かもはこべら花をふやしゐし　　　　　　　　　　「薔」
　水温むはこべら岸に冬越えし　　　　　　　　　　　　「芽」

蜂
　小蜂来しゆらぎやいよよ石蕗も寂び　　　　　　　　　「芽」
　灯火も人にもらひて初蛙　　　　　　　　　　　　　　「花」

初蛙
　われらにも宵さだまれば初蛙　　　　　　　　　　　　「紅」

初東風
　初東風に豊川詣でかくは果たす　　　　　　　　　　　「薔」

初桜
　初桜長き日にあづかりし
　一歩早や砂塵立つ町初桜　　　　　　　　　　　　　　「紅」
　一と月の暇よし癒えむ初桜　　　　　　　　　　　　　「軒」
　栄えの報聞こえ折しも初桜　　　　　　　　　　　　　「芽」
　そこまでと友を送れば初桜　　　　　　　　　　　　　「薔」
　一歩早や春塵の町初桜　　　　　　　　　　　　　　　「都」
　囀りの去り山残り初桜
　初桜や朝より庭にありし子に

初蝶
　初蝶も夕映え空も母のもと　　　　　　　　　　　　　「春」
　初蝶や帚目に庭よみがへり　　　　　　　　　　　　　「薔」
　思ひつき初蝶たたす渓の石　　　　　　　　　　　　　「薔」
　初蝶の黄の確かさの一閃す　　　　　　　　　　　　　「薔」
　初蝶や尋ね辺に雲が湧き　　　　　　　　　　　　　　「薔」
　初燕忘れし初音かな　　　　　　　　　　　　　　　　「半」

初音
　雨一過竹林深き初音かな　　　　　　　　　　　　　　「余」
　初音ぞと投薬口の中の声　　　　　　　　　　　　　　「余」
　膝の子に飯やしなひや花の下　　　　　　　　　　　　「汀」

花
　初蝶や夕映え空も母のもと
　花昏し今しけはしき雲よりも　　　　　　　　　　　　「汀」
　紋付の紋しみじみと花の下　　　　　　　　　　　　　「汀」
　満開の花の沈める夜にふるる　　　　　　　　　　　　「暁」
　花の種土のうさにはや見えね　　　　　　　　　　　　「汀」
　照影も殊に故郷の花の蔭　　　　　　　　　　　　　　「花」
　賑かに花の小路を子等とざす　　　　　　　　　　　　「都」

— 183 —

花杏

花そこに町白き夜窓に夜の看護 「都」
花に発つ心づもりもあと幾日 「都」
行くところ満山の花忌に参ず 「紅」
たのみある如花の道遠く来ぬ 「薔」
花の上に大声鴉うとまれつ 「余」「薔」
小手かざし歩めばいよよ花たわわ 「余」「薔」
町裏の住みなし花の昼 「余」「薔」
飯出してあとかまはずよ花の宿 「余」「薔」
競輪の日とみなが云ふ花の町 「余」「薔」
若人の仰ぐでもなく花の道 「余」「薔」
杉山も花挙げておのれ明るうす 「余」「薔」
わが逢ひし花やもつとも吹かれねむ 「余」「軒」
花の下なり添へくるる手の柔らかや 「軒」

花楓

心安げ花の集ひの傘用意 「軒」
面影をつつみあまれる花影かな 「軒」
明治の駅も紅提灯や花の山 「軒」
明日ありと友ありとのみ花の道 「紅」
いささかの今日の手順に花明り 「芽」
花杏たまの便りの情濃く 「軒」
客とても退けどき同じ花楓 「軒」
空覆ふ木立より降る花楓 「軒」
一連れの笑顔まづ過ぎ花楓 「軒」
花楓傘ふれあふもなが友 「汀」
花楓ふくみし水のひややけく 「汀」
花曇昨日の船の今日は無き 「汀」
ゆで玉子むけばかがやく花曇 「暁」「汀」「春」「半」

花衣
花大根
花散る

三河島へ乗換をきき花曇 「汀」「半」
病院の静かに混める花曇 「都」
花曇古き指輪を指にはめ 「都」
水栓に来てゐるし水や花曇 「紅」
口笛のみな旧き歌花曇 「紅」
花曇戻るまでなし忘れもの 「紅」
ややありて筆も素直に花ぐもり 「山」
谷深く木を挽く音や花曇 「薔」
花ぐもり江の島は灯を急ぐ島 「紅」
まつすぐに母を訪ふ道花曇 「紅」
電車轟音何も聞えず花曇 「紅」
花ぐもりここもきびしき磯の荒れ 「薔」
たまにタクシー素直花ぐもり 「芽」
一信も二信も消さむ花曇 「芽」
花曇万太郎先生誰が迎ふ 「芽」
小人数の揃ふゆたかさ花曇 「軒」
一歩すぐわれも行人花曇 「軒」
花ぐもり三人の子に姉は姉 「軒」
花ぐもり用の一つはいつも落ち 「軒」
共に愛で共にうなづき花ぐもり 「薔」
花衣脱げばさらりといさぎよし 「軒」
花大根老いて面輪のやさしさよ 「紅」
花散るやひそかにそだつ雪の下 「汀」
花散るや小金魚どつと市に出で 「軒」
散る花の句も詠むべくと急ぎしか 「紅」
散る花に上古の情のなほ及ぶ 「汀」
花疲泣く子の電車また動く 「汀」

花疲

季題別作品集

花菜

夕ざれば水より低き花菜ぞひ
額縁の金やはらかに花菜挿し 「暁」
母と行く一筋道の花菜かな 「汀」
浪速出て花菜は低く麦高く 「春」

花の雨

花の雨濡れて鴉のかけりけり
せきとめし巡査と濡るる花の雨 「汀」
大いなる汽関車濡るる花の雨
駈け抜けてよきほどの距離花の雨 「紅」
その人もつき添ふ人も花冷えに 「蕾」

花冷え

花冷や音をあらはに温風器
花冷や耳底の声に心澄む 「汀」
花冷や外着の羽織まづ落とし
花冷や持たするものもなく別れ 「軒」
花冷や帰す安堵も山峡に 「軒」
花冷も落花の水に呼びかはし 「軒」

花人

花人や落花の水に呼びかはし 「軒」
花人に北の海蟹ゆでひさぐ 「暁」
西海の風花人はまだ唄ふ 「汀」「春」
せつせつとわれも花人急ぐのみ 「半」
花人やただの岬の突端に
花人を突つ切る構へ郵便車 「紅」

花吹雪

花吹雪通れ通れと声揃へ 「軒」
花吹雪おくれ従ふ二三片 「紅」

花埃

しばらくやものも言はせず花埃 「都」
もろともに一時に咳や花見連れ 「蕾」

花見

一連れは広帽や花見茶屋 「余」「汀」
花見弁当荷くづれふせぎつつ運ぶ 「蕾」

花りんご

まどろみの覚め白さびし花りんご 「余」
息深く己れととのへ母子草 「蕾」

母子草

母子草うつむく花を見せつ説く
母子草またたはりの指ぶれつ 「暁」
つはものとなり春の丘下り行きし 「汀」
一塊の春の朝雲欅立つ 「春」
爆発の経過聞き捨て阿蘇の春 「半」
火口壁に春おとなしき阿蘇白馬
引き返すには仲見世の春は派手
足早に行き何採るぞ磯の春 「紅」
疾風裡舗道の春のにはかなる
山深きなぞへ安らぐ春の邑
鉛筆の握り心地に春ただす
指にふとしかと鉛筆吾にも春
寄せ潮も春の西日も濃き丘ぞ 「紅」
くもるとき港さびしや春浅き

春浅し

旅のことたづねず言はず春浅く 「暁」「汀」「春」「半」
春浅し暮色きびしき波がしら
春浅し人の伏目の久しさよ
春浅し外着寒しと替へ急ぎ
にほやかに都大路春浅きまま
ともかくも旅信一葉春浅し 「芽」

春衣

春浅し書く句はいかに小鉛筆 「蕾」
静やかなタンスの軋み春衣着る 「蕾」
春惜しむ水をさなき浮葉かな 「暁」「汀」「半」

春惜しむ

村の子の名を覚えつつ春惜む 「花」「半」

春風

春惜しむ舳の波のさからひに 〔紅〕
袖ふれて故旧とありて春惜しむ 〔紅〕
春惜しむ眼下灯を得し高速路 〔薔〕
春惜しむ眼下灯を得し高速路 〔芽〕
記念撮影すみてにはかに春惜む 〔軒〕
思ひなく別辞告げつつ春惜しむ 〔薔〕
春風に船は煙を陸にひき 〔紅〕
春風に朝より掲げ出帆旗 〔汀〕
春風に人に向ひて歩を早め 〔紅〕
行くところ春風更にたしかさよ 〔紅〕
句碑として注連ありがたし春風に 〔紅〕
ともかくも返書果して春風に 〔都〕
ばら活けて春こたつ火をたしかめつ 〔薔〕
春炬燵それぞれに旅果し来て 〔軒〕
春寒やすぐ手につきし焚火の香 〔紅〕

春炬燵

春草や右に左に子をかばひ 〔汀〕
春草に濃き朝影も祝ぐ心 〔紅〕

春草

母娘だけの話も少し春炬燵 〔紅〕
一語早や用件すみし春炬燵 〔薔〕

春寒

葱負うて馬入の橋の春寒を 〔花〕
春寒や外出のものを手渡して 〔都〕
春寒や出でては広く門を掃き 〔都〕
春寒の帰路をつぶさになど告ぐる 〔山〕
かばはれてゐて春寒の磯の町 〔余〕〔軒〕
犬猛り春寒人は声ひそめ 〔汀〕
控室春雨ときに吹きしぶく 〔汀〕

春雨

昨日より顔見知る子も春雨に

春雨の三時も過ぎぬ四時近き 〔汀〕
春雨の旅のポストの色褪せて 〔都〕
春雨の止む明るさに蜘蛛の糸 〔汀〕
春雨や帰郷といひて荷一つ 〔汀〕
春雨に莫短かく吸ひて捨つ 〔山〕
電光ニュース春雨しぶく肩かすめ 〔軒〕
春雨にかばはるるまま濡るるまま 〔軒〕
春雨濡らさで帰すそれのみや 〔薔〕

春時雨

春雨傘ぬらさで帰らすそれのみや 〔紅〕
みちのくの子の寒むがりよ春時雨 〔紅〕
縦横に舗道退けどき春時雨 〔汀〕
春しぐれ万の植木の匂ひ立ち 〔紅〕
子等さへも夕ぐれあはれ春しぐれ 〔薔〕
春時雨こよなき旅の野に得たり 〔軒〕
大病棟開く窓女の春時雨 〔余〕〔紅〕
春時雨ことさらに猫愛でること 〔紅〕
鳥貝は獲れ砂まみれ春時雨 〔薔〕

春驟雨

春驟雨馳せ来る丘の上の臥床 〔都〕
積みあげて造花鮮やか春驟雨 〔薔〕
積み投げし造花捨てられ春驟雨 〔薔〕

春障子

春障子山の眺めを人に許し 〔薔〕
春障子海の暮色をたしかめつ 〔紅〕
春障子遠くおほかた閉めし春障子 〔余〕〔山〕

春ショール

春ショール誰に急ぐとなけれども 〔薔〕
春ショール出では人にしたがひつ 〔薔〕

春蟬

春蟬やひとり日傘をかざすとき 〔都〕
春蟬や小松の丘のしづまりに 〔薔〕

春田

夕焼や伊勢の春田の水染まり 〔紅〕

季題別作品集

春立つ
　鶺鴒や春田濡れゆく雨の中　　　　　　　　　　「紅」
　女出てうち眺めゐる春田かな　　　　　　　　　「汀」
春灯
　鴨の枝わが朝の椅子春立ちぬ　　　　　　　　　「軒」
　友はまた子にやさしさよ春灯　　　　　　　　　「花」
　今別れ来りしばかり春灯　　　　　　　　　　　「汀」
　揺り籠は母に添ふ向き春灯　　　　　　　　　　「紅」
春菜
　一句とはペン惜しむひま春灯　　　　　　　　　［余］
　春菜を投ず鼎と知るはよし　　　　　　　　　　「薔」
　春菜や心づかひも長姉とし　　　　　　　　　　「軒」
春のあけぼの
　灯ともせば春あけぼのに消ゆるもの　　　　　　「薔」
　春の雨乳屋は乳をかず持てる　　　　　　　　　［余］
春の雨
　なかなかに父がゐたはり春の雨　　　　　　　　「暁」「汀」「春」「半」
　少年のかくれ莫れ春の雨強し　　　　　　　　　「汀」
　傘させば銀座の春の雨強し　　　　　　　　　　「紅」
　会ふべしや夜を徹し降る春の雨　　　　　　　　「汀」
　春の雨声かけて一家早寝かな　　　　　　　　　「半」
　春の雨病棟つなぐ廊に斜め　　　　　　　　　　「汀」
春の海
　ショール着て旅急く心春の湖　　　　　　　　　「紅」
春の湖
　旅に居て春の嵐を行く支度
春の嵐
　春の海のかなたにつなぐ電話かな
　香焚けば情こまやかや春の海　　　　　　　　　「暁」「汀」「春」「半」
春の蚊
　雨二夜春の蚊過ぎぬまのあたり　　　　　　　　「紅」「都」「紅」「山」
　春蚊出づ見舞のばらの束抜けて
春の風
　旅支度春蚊出て過ぎおもむろに
　泣いてゆく向ふに母や春の風

春の風邪
　船室のカレンダ土曜春の風　　　　　　　　　　「汀」「都」「紅」「汀」
　子をとろの末の末の子春の風　　　　　　　　　「紅」「都」
　見えて来る汽車を待つなり春の風　　　　　　　「汀」「汀」
　木戸出来てまだ開け放し春の風　　　　　　　　「都」「紅」
　きもの究む心の張りに春の風　　　　　　　　　「薔」「余」
春の雲
　今日はまた昼の断水春の風邪　　　　　　　　　「薔」
　雪浮び何か明るし春の風邪　　　　　　　　　　「薔」
　ぬばたまの闇に灯消して春の風邪　　　　　　　「紅」
　荘番の客と見上げて春の雲　　　　　　　　　　「汀」
　誰彼のまめまめしさよ春の雲　　　　　　　　　「薔」
　旅の句はまだ成らねども春の雲　　　　　　　　［余］
　春の雲一人二人は遅れなん　　　　　　　　　　「薔」
　春の雲消えぬ心置きしまま　　　　　　　　　　「薔」
　春の雲薄れぬ心置きしまま　　　　　　　　　　「薔」
　春の雲さだまるままの座にあれば　　　　　　　「紅」
春の暮
　一患者なり照りつ行く春の雲　　　　　　　　　「都」
　春暮るる町もかたへの昼鴉　　　　　　　　　　「薔」
　摩周さへところ見ず波春暮るる　　　　　　　　「薔」
　大鯛の籠打つ尾鰭春の暮　　　　　　　　　　　［余］
　海の中道とて絶え絶えや春暮るる　　　　　　　「薔」
　礼深うして別れつつ春の暮　　　　　　　　　　「軒」
　いよいよに辞し難く出て春の暮　　　　　　　　「軒」
　また次の服薬届き春の暮　　　　　　　　　　　「軒」
　まだ話したき人送り春の暮　　　　　　　　　　「軒」
春の潮
　引き返し述ぶいたはりや春の暮　　　　　　　　「軒」
　消息も雨夜まぎれや春暮るる　　　　　　　　　「芽」
　近けれど旅三時間春の潮　　　　　　　　　　　「半」

春の霜　藁塚の三つが身を寄せ春の霜　「暁」「花」「半」
春の空　目覚むれば風満つ春の空無限
春の月　落松葉焚いて炊ぎて春の月
　　　　さきほどの違へし道も春の月　「暁」「汀」
　　　　窓を開け幾夜故郷の春の月　「暁」「汀」「軒」
　　　　手袋の手にはや春の月明り　「暁」「花」「半」
　　　　外にも出よふるるばかりに春の月　「暁」「花」「半」
　　　　春の月大きかりける庭伝ひ　「暁」「花」「半」
　　　　会ふ人ももとよりあらね春の月　「暁」「花」
春の土　町並もややもとのまま春の月　「暁」「花」
　　　　春の土掘りてかたへに移すなり　「暁」「都」
春の泥　一杓の水に春土新たなり　「暁」「花」
　　　　買物の似し風呂敷や春の泥　「花」「薔」
　　　　北の町の果てなく長し春の泥　「暁」「汀」「春」
　　　　君少し歩けば春の泥少し　「暁」「汀」「春」「半」
　　　　緬羊の汚れて駈る春の泥　「花」「汀」「半」
　　　　宵すでに輝く月や春の泥　「汀」「半」
　　　　門先きの如く春の泥　「汀」「半」
　　　　朝戸出の人々のみに春の泥「暁」「汀」「春」「半」
春の虹　春の猫もどり来しかば迎へけり　「汀」「都」
春の猫　目かくしてにはかに春の野ぞ暗き　「暁」「初」
春の野　春の灯に箪笥こぼれし扱帯かな
春の灯　春の灯に頬らに当るかな　「暁」「紅」
春の日　春の日にあらわ山鼻競ひ噴く　「汀」「紅」
春の昼　第二第三火口はしづか春の昼　「紅」

春の星　着くとして落とす船脚春の昼　「紅」
　　　　女一人を守りて春の舟行けり　「初」
春の舟　いつかに春の星出でわれに添ひ　「都」
　　　　母がりの裏木戸暗く春の星　「半」
　　　　旅さびし汐満つ音と春の星　「汀」
　　　　春の星夜に入る大き阿蘇の上に　「紅」
　　　　料亭の汐枯れ松や春の星　「紅」
　　　　春の星たたむ露店の手順かな　「紅」
　　　　旅人は去るまた早し春の星　「紅」
春の水　枯蓮の折るるは折れて春の水　「紅」
　　　　ペリカンや何をめざして春の水　「暁」「汀」「半」
　　　　堀割に思ひ思ひに春の水　「春」「半」
　　　　叉手かつぐ子に縦横の春の水　「汀」「半」
春の山　春の水心平らに会ひに行く　「花」「半」
　　　　春山をいただくバスの馳せて来し　「半」
春の闇　振分けに湯里したが入春の山　「暁」「汀」「半」
　　　　潮の方春の闇より白蛾来る
　　　　馴れし道の人送る道春の闇　「紅」
春の夕　叉手かはらずに住むといふこと春の闇　「紅」
　　　　川の香とわかれしよりの春の闇　「薔」
春の夕焼け　手探りの枕頭のもの春の夕　「余」
　　　　女坂のぼれば春の夕焼け町　「薔」
　　　　風車止まりし色や春の夕　「薔」
　　　　湖染むる春夕焼ぞ杯受けむ　「紅」
　　　　一切の記憶なき町春夕焼　「紅」

季題別作品集

春の雪
　地階の灯春の雪ふる樹のもとに
　いつしかや手のあたたかく春の雪　「暁」「汀」「春」「半」
　春の雪子を呼びとめし手に払ひ
　いつしかに産み満ち積むか春の雪
　春の雪このねんごろの姉妹かな　　　　　「薔」
　春の雪煉瓦病棟つぶさにす　　　　　　　「薔」
　春の雪封書をひらくいとまなし　　　　　「軒」
　春の雪柿の巣箱にすでに積む　　　　　　「軒」

春の夜
　春の夜の港を持てる木立かな　　　　　　「軒」
　アパートや春の夜時雨外梯子　　　　　　「花」「薔」

春の炉
　春の夜の古き秤に湖の魚
　美しき春日こぼるる手をかざし　　　　　「汀」
　尾長鳥春の疾風の篠竹に　　　　　　　　「花」「都」
　言葉交すまでなし春の炉に親し　　　　　「余」「紅」

春疾風
　春の爐の山の巨木を伐る話　　　　　　　「春」「半」
　春の爐の障子一重の暗がりに　　　　　　　　「汀」

春日
　子の声のいきいきと春日暮れ落ちぬ　　　　　「暁」「汀」

春日影
　家紋とはなど心沁む春日中　　　　　　　「紅」
　父母ありぬ春日横たふ阿蘇ありぬ

春日傘
　人の心やすさよ春日影　　　　　　　　　「花」「汀」
　春日傘にさへぎり歩む明るさよ　　　　　「暁」「汀」

春火鉢
　金屏の晶子百歌や春火鉢　　　　　　　　「暁」「都」
　春火鉢手相読ませし手をかざす
　姉妹思ひ同じく春火鉢　　　　　　　　　「紅」
　人の死の小さき活字春火鉢

　春火鉢話は外れてもどらざる　　　　　　「紅」
　春火鉢しづかに話終りぬし　　　　　　　「紅」
　たしかめてすべてやあはれ春火鉢　　　　「紅」
　春火鉢母家も今日はしんかんと　　　　　「紅」
　一言は故郷にふれつ春火鉢　　　　　　　「山」
　父の言葉夫の思ひ出春火鉢
　明日は発つ水亭の夜の春火鉢　　　　　　「余」
　こころ待ちとは春火鉢をたしかめ　　　　「芽」
　たのみあるごと春吹雪降りつづく　　　　「汀」

春めく
　春帽子母に向つて冠り来　　　　　　　　「都」
　地下一階二階春めく夜をまどふ　　　　　「薔」

春夕べ
　春夕べ木を挽く音の少しして　　　　　　「薔」
　犬も去り春夕ぐれの沖の浪　　　　　　　「薔」
　古きよき渡仏の話春夕べ　　　　　　　　「薔」
　父に母に子らはしづまり春夕べ　　　　　「薔」
　集れば生るる句かな春夕べ　　　　　　　「薔」
　病衣みなさらりと乾き春夕べ　　　　　　「薔」

パンジー
　パンジーと早戸締りの夜を共に　　　　　「薔」
　パンジーと声かけ見れば色まさる　　　　「芽」
　パンジーの失ふまじき今日の花　　　　　「芽」
　パンジーをかばはんとして四方の凍て　　「軒」

飛燕
　子を守りて母うつつなき飛燕かな　　　　「汀」

彼岸
　男手やお花かい抱き彼岸寺　　　　　　　「軒」

彼岸詣
　主従かも共に老人彼岸道　　　　　　　　「紅」
　木影はや彼岸詣での肩袂　　　　　　　　「薔」

ひこばえ
　ひこばえの空を占めたる鳥語かな　　　　「暁」「紅」

雛あられ
　水鳥の今日ひろひたる雛あられ　　　　　「汀」

雛市
　手渡しに子の手こぼるる雛あられ
　雛市とまづ伊勢丹が屋に触るる　「紅」
　年頃の似て雛市に肩触るる　　　「汀」
　或るときの子のおとなしさ雛納め　「山」
雛納め
　くけ台の引き糸さげて日永かな　「余」
日永
雛菓子　　　　　　　　　　　　　「暁」「汀」「春」「薔」
雛祭
　病早や遠し雛菓子わかちあひ　　「暁」「汀」
　雛菓子も軒紅梅も祝ぐしるし　　　「紅」
　雛飾る暇はあれど移るべく　　　　「汀」
　雛座敷朝戸夕戸のきまりかな　　　「薔」
　数つくす雛の調度の隠し紋　　　　「薔」
　白樺の月日の今日の雛の昼　　　　「薔」
　内裏雛お顔のぞきて桃こぼれ　　　「薔」
　雪止まじ雛段屏風たださしむ　　　「薔」
　雛段の豆ぼんぼりの照らすこと　　「軒」
　豆雛の面の冴えに灯を消さな　　　「軒」
　雛に桃の太枝似合ふ見よ　　　　　「芽」
　雛のすし巻きし手つきのまま賜ふ　「芽」
　雛座敷火鉢抱へて案内かな　　　　「紅」
　雲雀鳴きさへぎるもなき阿蘇の風　「紅」
雲雀
ヒヤシンス
　ヒヤシンス犬聞いてゐしわかるらし
　幼またかがむ背を見せヒヤシンス
　われとわが許せし暇やヒヤシンス　「暁」「汀」
　母の声子の声まじりヒヤシンス　　「半」
昼蛙
　昼蛙甘藍は葉をひろげ合ひ　　　　「紅」
蕗の薹
　蕗の薹おもひおもひの夕汽笛　　　「汀」「春」
　　　　　　　　　　　　　　　　　「紅」「半」

藤
　蕗の薹窓の使丁は眼鏡越し
　蕗の薹泊るときめて庭に出て　　「汀」
　一日の厨あづかり蕗の薹　　　　「花」
　たまたまの便り待つのみ蕗の薹　「暁」
　蕗の薹届けし人も雪に去る　　　「薔」
　蕗の薹互ひに触れぬことを持ち　「紅」
　山は疾く戻るといへど蕗の薹　　「紅」
　藤に立つや傘の先にて砂に文字　「初」
　藤揺れて朝な夕なの切通し　　　「薔」
　かへりみてなど藤棚のあるべしや「花」
　藤懸けて荒瀬へ真直ぐ木馬道　　「都」
　風いなし藤は己れに立ちもどる　「余」
　花四方にこの誇りかな藤老いじ　「紅」
　藤に風心許せし日も夕べ　　　　「薔」
仏生会
　はらはらと真昼の雨や仏生会　　「軒」
ふらここ
　ふらここを揺りものいはずいつてくれず　「軒」
　　　　　　　　　　　　　　　　「暁」「汀」「春」
フリージア　　　　　　　　　　　「半」
　フリジヤも如月白き花のなか　　「紅」
頬白
　子の如くかば花束フリージア　　「軒」
芳草
　子等のぼる土手芳草ものぼるなり「汀」
　芳草に馬こそ主いたはれ　　　　「汀」
　芳草を舟かぎりなく遡る　　　　「暁」「汀」
　頬白や下枝下枝の芽ぐむ間を　　「半」
　頬白のためらふ枝もなかりけり　「汀」
　昼寝児に母の小閑頬白来　　　　「花」
　今頃を頬白か一羽頬白失すはかりごと「余」
　頬白らがちらつき失すはかりごと　「薔」
　　　　　　　　　　　　　　　　「山」
　　　　　　　　　　　　　　　　「紅」

季題別作品集

木瓜

天よりも二三羽加へ頰白去る　　　　　　　　　　　「薔」
頰白来る何かくはへて紅梅に　　　　　　　　　　　「都」
小使は明日の待受け木瓜の窓　　　　　　　　　　　「半」
構内の暮春の電話もて別れ　　　　　　　　　　　　「汀」

暮春

子のために暮春の汽車の旅少し「暁」　　　　　　　「都」
齢いふ暮春の文や奥地より　　　　　　　　　　　　「汀」
ふつくらと葛湯ぞ甘き暮春かな　　　　　　　　　　「紅」
園暮春声を惜しまず夕鴉　　　　　　　　　　　　　「紅」
日比谷暮春紅茶に投ず砂糖かな　　　　　　　　　　「薔」
見送らる肩に暮春の雨斜め　　　　　　　　　　「余」「薔」
いつも誰か寝ねつがんとし暮春かな　　　　　　　　「薔」
闇やはら暮春の窓の椅子にひとり　　　　　　　「余」「軒」
パン割きて暮春二三の心組み　　　　　　　　　　　「軒」
十四編鐘秘めし暮春の調べかな　　　　　　　　　　「軒」
呼びとめて暮春のうすき夕焼かな　　　　　　　　　「軒」
賜ひたる膝掛愛でつ暮春かな　　　　　　　　　　　「芽」
雨衣しかと暮春の街にまぎれたる　　　　　　　　　「春」

牡丹桜

アンテナを牡丹桜の上にわたし「暁」　　　　　　　「紅」
揺れもどる牡丹桜に朝雀　　　　　　　　　　　「汀」「汀」

松蟬

松蟬や乳房ふくむもふくますも　　　　　　　　　　「都」
松蟬や裸身の火山別に立つ　　　　　　　　　　　　「都」
松蟬にいたくも延びし旅出かな　　　　　　　　「汀」「半」
松蟬やひとりしあれば松匂ひ　　　　　　　　　　　「汀」
松蟬や火口真白き照り返し　　　　　　　　　　　　「紅」
松蟬や天主堂へは岩根踏む　　　　　　　　　　　　「紅」
松蟬や臨海工区伸びに伸び　　　　　　　　　　　　「紅」
松蟬や踏む木蔭さへつつしめば　　　　　　　　　　「薔」

松の芯

松蟬やすでに月日はなき如し　　　　　　　　　　　「薔」
松蟬や明日にすべてをゆだねれば　　　　　　　「余」「薔」
松蟬や踏む木蔭さへつつしめば　　　　　　　　　　「薔」
松蟬やすでに月日はなき如し　　　　　　　　　「余」「芽」
松の芯摘みみて失意とも見えず　　　　　　　　「余」「薔」
松の芯切られしと庭を垣囲ひ　　　　　　　　　　　「都」
松の芯削がれし庭を仮囲ひ　　　　　　　　　　「暁」「花」
今日さへも遠しとあれば松の芯　　　　　　　　　　「都」
起居にも心を秘めつ松の花　　　　　　　　　　「余」「薔」

松の花

さすが駿府の甍ゆたかに松の花　　　　　　　　「余」「薔」
一日の薄暑我等に帰る子豆の花　　　　　　　　「余」「薔」

豆の花

溝に落ちて泣いて帰る子豆の花　　　　　　　　　　「薔」
足音も土に消え去り豆の花　　　　　　　　　　　　「都」
来し方も日差したしかに豆の花　　　　　　　　「暁」「初」
借りてさす日傘は派手や豆の花　　　　　　　　　　「花」
いち早く蜻蛉よぎりぬ豆の花　　　　　　　　　　　「薔」
豆の花山の根に根に寄り畑に　　　　　　　　　　　「紅」
これよりのことは委せや豆の花　　　　　　　　　　「紅」
行く道はいつも一筋水草生ふ　　　　　　　　　　　「軒」

水草生ふ

水草生ふ変る流れに片寄りつ　　　　　　　　　「暁」「汀」
案内とてわが好きな道水草生ふ　　　　　　　　　　「紅」
餌を終へし鴨すげなさや水草温む　　　　　　　　　「紅」
水温む寛も松も砂も出で　　　　　　　　　　　　　「半」
先々の道の見覚え水温む　　　　　　　　　　　　　「汀」
子を愛づる言葉ひたすら水温む　　　　　　　　　　「紅」
いつしらず店も女手水温む　　　　　　　　　　　　「紅」
ゆで玉子むく店も老夫婦水温む　　　　　　　　　　「山」

蜜蜂

　帰郷とは何ときめくぞ水温む　　　　　　　　「余」「軒」
　古時計たのみの暮し水温む　　　　　　　　　「余」「薔」
　鳩来れば日差しもどり水温む　　　　　　　　「余」「薔」
　水温む最終便に発つ暇　　　　　　　　　　　「余」「芽」
　快方のしるしくさぐさ水温む　　　　　　　　　　「芽」
　ことさらの指す辺なけれど水温む　　　　　　　　「芽」

三椏の花
都忘れ

　水温む恋ふ昔菓子なになにぞ　　　　　　　　　　「芽」
　水温む阿蘇見えずふ旅信にも　　　　　　　　　　「紅」
　水温むはこべら岸に冬越えし　　　　　　　　　　「紅」
　蜜蜂の見まはられつつ忙しき　　　　　　　「暁」「花」「紅」
　身をよけぬどの蜜蜂も一途なる　　　　　　　「汀」「半」
　三椏の花の白さの幾朝か　　　　　　　　　　「紅」「半」
　都忘れに雨もよかりし逢ひ得たり　　　　　　　　「薔」

茗荷竹
麦青む
麦踏
メーデー
目借時
芽木

　都忘れ挿してよき色深雪宿　　　　　　　　　　「紅」
　都忘れその他を寳戸の庭の花　　　　　　　　　「薔」
　茗荷竹昔請も今や音こまか　　　　　　　　　　「花」
　母とも伯母も老いまし麦青む　　　　　　「花」「半」
　山の名はただ向山や麦青む　　　　　　　　　　「花」
　麦踏の遠目うちに未だあり　　　　　　　　　　「都」
　敷藁の日数みだれて苺の芽　　　　　　　「花」「余」
　メーデーに誰れ彼れ行きし麦の蝶　　　　　「花」「余」
　メーデーの歌は聞えね雪柳　　　　　　　　「薔」「余」
　目借時物持ち込みて部屋狭め　　　　　　「薔」「余」
　いち早く床几片づき芽木の雨　　　　　　　　　「紅」
　芽木暮るるかの小禽舎しづまらん　　　　　　　「紅」
　わが今日の朝戸引き開け芽木の空　　　　　　　「紅」
　学びなむ外苑の芽木照りそへる　　　　　　　　「芽」

芽ぐむ
目刺
めばる
芽吹く

木蓮
ものの芽
桃の花

　湯の客に芽木吹き乱す富士嵐　　　　　　　「山」「紅」
　拡声機しかじかと芽木暮るるまで　　　　　　　「芽」
　烈風に細雨の揺れに芽木育つ　　　　　　　　　「芽」
　雪募る芽木それぞれにうなづきつ　　　　　　　「芽」
　芽木いとしたわわの雪に誇りあり　　　　　　　「芽」
　芽木強したわみも見せず大雪に　　　　　　　　「芽」
　はぐれ雪とどめつ落とす芽木の冴え　　　　　「汀」
　春雪と芽木のささやき聞く如し　　　　　　　「紅」
　芽ぐみ来し木々と思ほゆ夜道かな　　　　　　「紅」
　刻々に榛芽ぐめるもとに会ふ　　　　　　　　「紅」
　ぼうぼうと燃ゆる目刺を消しとめし　　　　　「紅」
　生きてなほめばる手鉤におとなしき　　「山」「薔」
　屋上園雨寒くして芽吹くもの　　　　　　　　「軒」
　滞留の或朝芭蕉つと芽ぶく　　　　　　　　　「薔」
　きびきびと座もとり拡げ柿芽ぶく　　　　　　「紅」
　誘はるる故郷の芽吹き汝が恋へば　　　「余」「紅」
　行く汽車に要芽を吹く籬して　　　　　　　　「汀」
　木蓮もすでに青葉やストも解け　　　　　　　「半」
　さきがけの雨二三条紫木蓮　　　　　　　　　「薔」
　飛んで来る小姉ものの芽をわたり　　　　　　「花」
　ほぐれんとして傾ける物芽かな「暁」　　「汀」「紅」
　内裏雛お顔のぞきて桃こぼれ　　　　　　　　「薔」
　桃咲きて鳩それぞれにふくみ声　　　　　　　「紅」
　桃の花晴曇のみがたくして　　　　　　　　　「紅」
　声かけて過ぐ桃咲けば桃越しに　　　　　　　「芽」
　桃咲きぬ小さき別とはいへず　　　　　　　　「芽」

季題別作品集

桃畑
桃の枝持ち告ぐまでの決意かな 「芽」
その後の咲き満ちたりし桃告げむ 「芽」
桃の花一気に語る旅話 「芽」
染糸のきらと水走り出づ桃畠 「芽」

八重桜
漕艇のきらと一文字八重桜 「薔」

柳
対岸の人もゆるやか柳の芽 「軒」
行き行きて何なすべかり柳濃し 「紅」
芽柳にやがて再度の電話かな 「紅」

山桜
神苑に兵来て叉銃山桜 「紅」
山桜かざしし馬車をまた抜きし 「半」
忽然とヨットハーバー山桜 「紅」

山椿
雨来ると人またしづか山椿 「紅」

山火
母の頬にはるけく動く山火かな 「江」

山吹
山吹や暦かためてめくる人 「都」
山吹に友はやさしく涙ぐみ 「初」
山吹の走れる枝の長さかな 「紅」
山吹にあがれる蝶のもと行き来 「紅」
行くところ八重山吹も照り合へる 「紅」
山吹や夕風出でてあきらかに 「都」
山吹や一人は発ちぬ娘に逢ひに 「汀」
山吹や大気冷え切る朝明けに 「余」
袷着て山吹が散るつつじが散る 「暁」「半」

山藤
歳月や植えし山藤濃にす 「余」
歳月や植えし山藤色尽す 「花」

弥生
露座仏にアラセイトウや彌生盡 「都」

夕蛙
呼びに来てすぐもどる子よ夕蛙 「紅」
夕蛙心して過ぐ人の門 「花」「暁」

夕東風
夕東風や買はねど町に桜草 「紅」
夕東風や少し歩けば知らぬ町 「軒」

夕桜
帰るべき細道見えて夕桜 「都」
われらにもまだあります暇夕桜 「軒」
宮城野の蝙蝠翔ける夕桜 「汀」

遊蝶花
遊蝶花長雨共によしとせむ 「芽」
一つつづ事叶ふべし遊蝶花 「芽」
遊蝶花この朝呉れぬ遊蝶花 「芽」
色増してこの朝呉れぬ遊蝶花 「初」
遊蝶花わが起き臥しに花せめぐ 「都」
かぞへねば花去る如し遊蝶花 「紅」
明易し声秘めあひて遊蝶花 「半」

夕雲雀
東京と十日隔てぬ夕雲雀 「江」
夕雲雀二尾釣りし魚放ちけり 「汀」

雪解け
雪どけの道のぬかるみ戸に迫り 「初」
町も裏ネオンも裏や雪解風 「暁」

雪柳
かくはある一刻大事雪柳 「紅」
メーデーの歌は聞えね雪柳 「花」

行雁
行雁の二つほどなる声のひま 「汀」

行春
行春や別れし船のなほ沖に 「春」
行春や句作にはかに匂にはげみ 「汀」
行春の旅の手帳のところ書 「江」
行春や今日青麦の吹きなびき 「汀」
行春の運河突つ切る芥船 「花」
行春の櫛比す町のとある部屋 「半」
行春の噴井に寄りて老の用 「花」「紅」
行春や木を挽く音の川原風 「山」「山」

余寒

　行春や波止場草なる黄たんぽぽ　　　　　　　　　　「汀」
　かなしみも余寒も去らむ臥したまへ

夜桜

　夜桜の更くればまはる夜番かな　「暁」　　　　　　「汀」
　夜桜の道を教へて行かせつつ

嫁菜

　嫁菜摘む雪をまろめて雪つぶて　　　　　　「暁」　「汀」春
　蓬萌えおほばこの葉も遅速なく

蓬菜

　帰りしと見え蓬かご置いてあり　　　　　　　　　　「都」
　わが摘みし蓬手柄の届けもの　　　　　　　　　　　「薔」

夜半の春
ライラック

　娘らあればいつを消す灯ぞ夜半の春　　　　　　　　「芽」
　ふれし指否む紫ライラック

落花

　中空にとまらんとする落花かな　　　　　　　　　　「紅」
　わが胸をよぎり音せし落花かな　　　　　　　　　　「軒」

　哀へし落花ぞ人を行かしむる　　　「暁」「汀」「春」「軒」
　肩にある落花の色は濃かりけり
　輝きし落花花間にまぎれたり　　　　　　　「暁」　「汀」
　蕗の風落花わづかに地に白き　　　　　　　　　　　「江」
　夕べ晴れ落花も敢へて始まらず　　　　　　　「汀」　「花」
　吹かれゆく落花のつむじわれ人に　　　　　　「汀」　「都」
　夕心落花の落花斜めに家手入れ　　　　　　　　　　「紅」
　昼ひそと料亭落花吹き抜けに　　　　　　　　「余」　「紅」
　雨来ると先立つ落花三三片　　　　　　　　　　　　「薔」
　掃き寄する落花の嵩や奥の庭　　　　　　　　　　　「軒」
　ただひて行く方待つ間の落花かな　　　　　　　　　「軒」
　高きより落花右より左より　　　　　　　　　　　　「軒」

リラの花

　掬はれし蝌蚪は落花と網に乗り　　　　　　　　　　「汀」
　ぜんまいのほどけし肩の落花かな　　　　　　　　　「花」
　限りなく落花来る日の杉菜かな　「暁」　　　　　　「汀」
　待ちし日ぞリラあればリラもとり挿しぬ
　リラ入れて水もリラ色チェコグラス
　行き過ぎて尚連翹の花明り　　　　　　　　　「暁」「花」

連翹

　連翹の寒さいま新屋もいま煙雨
　連翹の黄も新屋もいま煙雨
　連翹や旅の話のある端に坐し
　子を頼む磯の若布の土産もの
　首尾よしとすべてを思ひ若布汁
　若布干すべたりと縄に短かきも　　　　　　　　　　「山」

若布

　勿忘草いゆきし道は何処なりし　　　　　　　　　　「薔」
　仮の日の仮の庭かも勿忘草　　　　　　　　　　　　「余」

若布汁

　ひた愛でし勿忘草をなど具ふ　　　　　　　　　　　「軒」

若布干す

　勿忘草別るるきはに見よと告げ　　　　　　　　　　「軒」

勿忘草

　勿忘草君にも記憶ありやなし　　　　　　　　　　　「軒」
　鳥海のそびえにきそふ蕨かも　　　　　　　　　　　「軒」

蕨

　甘藍を刻み和琴のわらび添へ　　　　　　　　　　　「山」
　甘藍に添ふは和琴の野のわらび　　　　　　　　　　「薔」

春雑

　春扇やすでに蜘蛛の囲軒に二座　　　　　　　　　　「薔」
　ちらちらと春扇白き夜の地階　　　　　　　　　　　「山」
　かたくなにまで春扇の風辞しぬ　　　　　　　　　　「軒」
　頬杖や春セーターの腕若く　　　　　　　　　　　　「紅」
　春雛の声も噴井もひそけさに　　　　　　　　　　　「軒」
　厨あづけて主おろおろ春苺　　　　　　　　　　　　「薔」

― 194 ―

季題別作品集

城内といふ夏迫る夕座敷　　　　　　「薔」
灯を加へ給ふ座にして春蜜柑　　　　「軒」

夏

アイリス
　アイリスも癒えうたがひし日も過ぎぬ　　　「薔」
青芦
　青芦に吹き込む雨の淀渡る　　　　　　　　「紅」
　青芦も寝ねしや細り月澄める　　　　　　　「花」
　おはぐろに水の青芦揺れ止まず　　　　　　「都」
青嵐
　青嵐残る鴉が歩み出づ　　　　　　　　　　「紅」
　青嵐言葉足らざりしと思ふ　　　　　　　　「紅」
　青嵐住みなすといふ日数かな　　　　　　　「薔」
　青嵐昏れて華やぐ夜景得し　　　　　　　　「薔」
　黙々と青嵐の階神父さま　　　　　　　　　「軒」
　青嵐三春白駒馳すとこそ　　　　　　　　　「薔」
青梅
　青梅や濡らさじものを軒に入れ　　　　　　「芽」
　青梅のこなたにつづるたつきかな
　青梅や話にまじりたき夕べ　　　　　　　　「薔」
青蛙
　地を打ちて青梅動じなかりけり　　　　　　「薔」
　雨寒き日はみなあはれ青蛙　　　　　　　　「軒」
青桐
　青桐や母家は常にひつそりと　　　　　　　「都」
　倖せにあるらし茂る青桐も
青草
　今音西日の海や青草や　　　　　　　　　　「余」
青胡桃
　子に遠しとは思はねど青胡桃　　　　　　　「紅」
　青胡桃朝発ち早き旅の身に　　　　　　　　「紅」
　青くるみ最上川幅拡げつつ　　　　　　　　「紅」
　初嵐吹きつのるかな青胡桃　　　　　　　　「紅」

青歯朶

青胡桃ハンケチ一と日汚れずに
昨日より今日影ひろげ青胡桃
青歯朶もおのれのととのへ露地に添ふ

青芝

青芝の刈らるる芝のすぐ変り
青芝や棕櫚ふく風は別にあり
青芝を行きやや話すこと得たり
青芝のさへぎりかねし暮鴉かな
如何なる日もひとりはさびし青芝「暁」
青芝掃除もとどくひとり居に
あやまたず声とどきけり青芝
青芝霖雨に欝と己れ持す
青芝隠し井ぞとは思はねど
青芒さゆらぐ葉先揃へつつ
癒ゆべしや剪りられし青芒

青嶺
青梅雨
青田風
青すだれ

青すだれ家埋むほど吊りて住む
旅遠き青田風なり古書を吹く
青梅雨や隣はすでに酒席たり
心また奪ひし雲が青嶺閉づ
しばらくは青嶺に心定まらず
雨後の青嶺定まりて癒え定まれる
夕冷や心あづけし青嶺より
われらにも青嶺の神慮及ぶ幸
何に増し人里恋し青野行く
すでにして青野の川瀬澄むが見ゆ

青野

青葉冷万太郎忌の夜のネオン
石段の一つ一つの青葉冷
青葉冷今更ながら故人の句

青葉

息づける青葉や屋根や雨後の巴里
里人の一人詣でや青葉寺
青葉冷今更ながら故人の句
青葉ストールにすぐにあたたか青葉冷
青葉ひつつじ隠れし友待つ間
よみがへる青葉の坂の一隈も
ふるさとに果すべきこと青葉木菟

青葉木菟
青鬼灯
アカシヤの花

青葉木菟われも想ひをくり返し
トラックの青鬼灯が更に着く
月よりの声アカシヤに花白く
アカシヤの花行くほどに浜さびれ
明易き夜を漕ぐ舟の孤燈かな
しかとおく眼鏡の置場明易し

明易し

明易くかくて鉄打つ音の中
千の匙揃へる音に明易し
明け易し視線外づしつみな病者
見つづけし夢は捨つべく明け易し
明易き夜を手渡すや莨の火
失ふはなし母はなし明易し
明易し何も残らずバラくづれ
花終る菖蒲のみだれ明易し
雨音の障子柔らか明易し
明易し母の端座をまなうらに
明易し小障子明りたのもしや
明易しなにものもなき枕上
明け易し己れ忘るるたまゆらに
住みなせる一隅に覚め明易し

季題別作品集

朝顔市

明易し声秘めあひて遊蝶花　　　　　　　　　　「芽」
朝顔市まだ横抱きのみどり児も　　　　　　　　「紅」
朝顔市の短信ともに頼り合ひ　　　　　　　　　「芽」
朝曇しめやかにかくるはたきかな　　　　　　　「紅」

朝曇

朝曇港日あたるひとところ　　　　　　　　　　「汀」
一列に家鴨も出向く朝曇　　　　　　　　　　　「紅」
朝曇朝刊しかと折りもどし　　　　　　　　　　「軒」

紫陽花

掃除機に追はるる椅子や朝曇　　　　　　　　　「軒」
朝涼の湖の放ちたる一汽艇　　　　　　　　　　「紅」

朝焼

朝涼の霈やガウン老夫人　　　　　　　　　　　「軒」
船々の朝焼早き操舵かな　　　　　　　　　　　「都」

鯵

向山とのみ朝焼に夕焼に　　　　　　　　　　　「薔」
山小屋の皿に適ひし小鯵かな　　　　　　　　　「初」

紫陽花

山は晴小鯵食べぶり賞めくるる　　　　　　　　　　　
紫陽花の濡葉に小さき蝸牛　　　　　　　　　　「山」
紫陽花の藍はまると見る日かな　　　　　　　　「紅」

汗

あぢさゐを撒けば直壇あぢさゐ色　　　　　「暁」「紅」
武蔵野の夕日夕風濃あぢさゐ　　　　　　　　　「芽」
紫陽花や離れ家までの朝露に　　　　　　　　　「紅」
かくありて紅あぢさゐの幾よさぞ　　　　　　　「山」
よき笑顔見せ別れしよ濃あぢさゐ　　　　　　　「薔」
濃あぢさゐ扇をねたむ日なりけり　　　　　　　「芽」
夏服やあぢさゐすでに二番花　　　　　　　　　「薔」
かつ動く額の汗のきらりとす　　　　　　　　　「薔」
汗の子の額の髪をかきわけつ　　　　　「汀」「汀」
座をわけて貰ひ汗の身通しけり　　　　　　　　「汀」「紅」

まだ何も云はずに汗をひた押へ　　　　　　　　「紅」
合掌す人波抜けし汗のまま　　　　　　　　　　「紅」
汗ばみて訥々と述ぶ見舞かな　　　　　　　　　「紅」
汗ばみて汗しひた行けば　　　　　　　　　　　「紅」
風浪の島根や汗しひた行けば　　　　　　　　　「紅」
汗おぼゆ間なくに鉄の走り寄る　　　　　　　　「紅」
はなやかな照明しかと汗を見す　　　　　　　　「紅」
しばらくは人にそむきて汗おさへ　　　　　　　「山」
はふり落つ汗おさへけり目をつむり　　　　　　「薔」
汗を恥つこれ失ふ如くにも　　　　　　　　　　「余」
汗ぬぐふ人の話を待つ間かな　　　　　　　　　「薔」
すでに汗おん前と知るそれのみに　　　　　　　「芽」
夜半の汗拭きて決して強からず　　　　　「汀」「春」
汗ばみて来て香水のよく匂ふ　　　　　　　　　「半」
汗ばみて誰も美し紫蘇茂る　　　　　　　　　　「薔」
押し拭ふ汗を涼しと見交しつ　　　　　　「汀」「余」
熟睡して汗疹赤らむ兒のあはれ　　　　　　　　「紅」
やうやくに暑さおとろふ立鏡　　　　　　　　　「半」

汗疹

暑がれる子をなぐさめの空言葉　　　　　　　　「紅」
ねむたさがからだからへぬ油蟲「暁」「汀」「春」
ねぶたさがからだとらへぬ油蟲　　　　　　　　「半」

油虫

ねむたさの灯の暗うなる油蟲　　　　　　「汀」「春」
ねぶたさの灯の暗うなる油蟲　　　　　　　　　「紅」
夜の臥床のべたる後の油蟲　　　　　　　　　　「暁」
ひたすらにもてなし居れば油蟲　　　　　　　　「紅」
油虫影ぴつたりと歩み出づ　　　　　　　　　　「紅」

雨蛙

幔幕に鳴いてやめたる雨蛙　「暁」「汀」「春」「半」
山の子のいつもひとりで雨蛙　　　　　「暁」「汀」

網戸

雨蛙子に夕暮の戸を閉めて 「花」
飛機過ぎし谷戸のとどろき雨蛙 「紅」
雨蛙川風よしと思ふとき 「花」
バラ科種鳴きまぎれたる雨蛙 「山」
雨蛙鳴き己が座をたしかにす 「紅」
やうやくに網戸洗へば火の恋ひし 「薔」

あやめ

そこここに憩ひの石と早あやめと 「軒」
さきくして次もと約す鮎の宿 「紅」

鮎

初鮎とまだ明けやらぬ戸に届け 「芽」
子とゐても或る日は淋しあやめ咲く 「芽」

鮎釣

鮎釣のふつつり去りし暮靄かな 「薔」
鮎釣の大事に呉れし鮎大小 「余」

洗い髪

洗髪月に乾きしうなじかな 「余」
洗ひ髪今ぞ涼しく闇に梳く 「汀」

蟻地獄

美しき砂をすぐりて蟻地獄 「汀」
わが心いま獲物欲り蟻地獄 「暁」「汀」

袷の道

赤石にきづくホテルの蟻の道 「暁」「春」
袷きて山吹が散るつつじが散る 「汀」「山」

袷

袷きて発つが発つまで傍にいし 「汀」
袷きて小さきリラも花附くる 「花」
袷きて筑紫は急ぐつつじの緋 「薔」
袷きて雨さぎよし小倉なり 「初」

生簀

舟生簀足裏見せて覗く人 「初」
生簀覗くや陽の縞に瞳定まらず 「紅」

泉

床下に湧く水暗き生洲かな 「汀」
泉湧く青銅古き大鉢に 「山」「薔」
碧眼の笑みて寄り来る泉掬む 「山」

苺

泉噴く千万の音退きけむ 「暁」「薔」
心ふとうつろにつぶす苺かな 「紅」「軒」
手影さへ石垣苺はばかられ 「紅」「軒」
朝摘の苺届きてやや経ちし 「紅」「薔」
ただ苺つぶし食べあふれでよし 「紅」「余」
苺心のこりは何処にも 「余」「薔」
苺皿かの大雪も夜に入らむ 「芽」「薔」
苺皿大雪山も夜に入らむ 「薔」
苺皿しづまる句座に色点ず 「薔」
旧知たり苺杯しとうなづかせ 「薔」「軒」
とりくれし苺ゼリーに合点かな 「薔」「軒」
すべてなど街に苺の味まさり 「暁」「都」

井守

茨咲く水の迅さよ旅をゆく 「汀」「春」
井守手を可愛くつきし土の色 「暁」

茨の花

茨や月夜さだかにかすかにも 「暁」「花」
萍のすぐ道とざす家鴨の子 「暁」「汀」
萍はそぞろに青み母の老い 「余」「紅」

萍

親とみて萍まみれ家鴨の仔 「余」
萍もなく湧く池を怖れけり 「花」「軒」
萍の花の一途の水平ら 「薔」「汀」

羅

羅や青無花果は太り居り 「暁」「山」
羅の肩をおほへる稲光 「暁」「汀」
羅や思ひ刻々ひらけつつ 「紅」「薔」

季題別作品集

羅

羅や素直に人に立ちまじり　「薔」
羅に北の小窓の風貰ふ　「薔」
羅に畳の冷えもお家元　「薔」
羅に否応もなき上座かな　「薔」
羅にさからひかねし睡魔かな　「薔」
羅に何たしかむる歩みかな　「薔」
羅や抱え出て襟しめなほし　「余」

打水

打水の長柄の杓や旅の町　「薔」
キネマすぐ夜の部打水少しする　「薔」
ふるさとやかぼりがぼりと打つ水も　「薔」
ふるさとやかぼりかぼりと打つ水も　「余」
打水の踏分石はよろめかす　「薔」
打水をする住吉に来て薄暑　「軒」
もてなしの団扇の風のやや及ぶ　「薔」
うかうかと団扇の風を貰ひなし　「暁」「汀」「春」
奥の間の暗きに使ふ団扇かな　「薔」
朝顔に句は書くまじく白団扇　「薔」
人の背のなど淋しもや夜の団扇　「余」
たちまちの懸念の眉が団扇置く　「薔」

団扇

新しき団扇異国の旅を終へ　「紅」
残りゐる団扇の向きの端居の座　「紅」
団扇まではや退院の荷にまじる　「紅」

空蟬

空蟬も拡大鏡も子に大事　「紅」
獅子独活は出羽ぼのの神の花　「薔」

独活の花

独活の花に息もつかせぬ雨も来る　「薔」

卯の花

羽織るもの卯の花白き門に借り　「紅」
卯の花の白さ再びたしかめし　「軒」

梅酒

壺にして卯の花はすぐ夜にも散る
心して卯の花散ると文終へぬ　「軒」
みな大事梅酒の梅の一つづつ　「薔」
注ぎわけて否応梅酒とろりと山の冷　「紅」
梅酒梅酒騒ぎいつしかをさまりし　「薔」
梅ちぎりしかと隠れし一粒も　「芽」

梅の実

声かけて行人機嫌梅ちぎり　「紅」
梅打つて額汗ばむ女かな　「薔」
梅の実のいま少しほどふとりぬき　「紅」
梅の実に懸念に開く文もあり　「暁」「汀」「春」
梅の実に誰も目ざとく誇らかや　「半」
梅の実に櫛一つなる朝仕度　「薔」
梅の実にうかと失念誕生日　「軒」
梅の実の拾ひ寄せある家に戻る　「芽」
梅は実に打つて変れる荒天に　「芽」
夜明けたり梅の実太さ揺れつつ　「芽」
梅干して人は日蔭にかくれけり　「芽」

梅干す

梅干すし冷し瓜揺れ別れたる噴井かな　「暁」「汀」「春」
すし冷ます絵うちは有無を言はず取り　「汀」

瓜

瓜もみに来る市の音快し　「花」

絵うちは

エーデルワイスと声に乗せけりたのしげに　「軒」

絵扇

絵扇をあげて早打ちよろこべる　「紅」

衣紋竹

衣紋竹に危ばかりつつも垣間見し　「初」
衣紋竹に危ばかり釘を叩きけり

炎暑

衣紋竹夜更の衣吊るとして　「汀」「汀」
衣紋竹西日逃るるすべもなや
衣紋竹睡りを急ぐ夜の壁に
衣紋竹夜風にしける夜の孤独かな
衣紋竹にあづけしもの裾に渡る　「余」「薔」
炎暑来ところどころに遅つつじ
足あとや炎暑涸れたる沼底に
一瞬の神立山の炎暑の威　「暁」「都」
筱の音炎暑の京に消え消えに
起上り炎暑の街に手渡され
炎暑を歩けばそぞろ母に似る　「暁」「軒」

炎天

炎天や仮に設けし出札所
炎天や早や焦土とも思はなく
炎天の飛石を踏む一つづつ　「暁」「薔」
炎天の今たしかなる楡大樹
炎天下ぼつりと明日を約しけり　「暁」「花」
行く方やふと人途絶え炎天下
炎天の機械も何かつかさどる　「余」「薔」

遠雷

遠雷や睡れば いまだいとけなく
遠雷といひ夏菊の咲くといひ　「花」「紅」
遠雷や泳ぎ子よりも低き辺に
遠雷の上昇するや昇降機　「暁」「紅」
かの扇わが失くしたる舟あそび

扇

白扇を止むる間なしに頬こそげ
客席の暗きに風の扇黒　「暁」「汀」
目を病めば扇使ひも忙しなく

隣席の扇使ひは絶えてつづく　「暁」「汀」
烈日に開きて固き扇かな　「汀」「花」
鯛焼を食ぶ銀扇ははなさずに
銀扇や話いよいよさかのぼり
人の蔭扇使ひする
わが使ふ扇の影が乱すもの　「余」「薔」
ひろげたる扇のままにあづけられ
濃あぢさゐ扇をねたむ日なりけり
ささやきや銀扇の風遠ざけつ
時計見てふたたび使ふ扇かな
秘めごとの如く使へる扇かな

樗の花

筒に樗の花の散る日かな

おはぐろ

おはぐろの舞ふとも知らで舞ひ出でし
おはぐろや旅人めきて憩らへば　「花」「薔」
おはぐろに水の青芦揺れ止まず
ほしいまま茂る木の間を親燕

親燕

阿蘇の田に水滴ち忙し親燕　「軒」「薔」

泳ぎ

泳ぎ子に大和の山は藍を引き　「汀」「薔」
夜泳ぎの浜の真白き小石かな　「花」「薔」
夜泳ぎの何淋しけんひた沖へ
呼ばれぬる声そのままに泳ぎ切る　「紅」「薔」
遠雷や泳ぎ子よりも低き辺に　「花」「薔」

オリーブの花

ふと仮睡花オリーブに母の夢　「山」「紅」
夜鶯鳴く花オリーブに螢飛び　「山」「紅」
オレンヂも花満ち厳と香を放つ　「山」「薔」

蚊

病室をうちといふ子に来る蚊かな　「余」「花」
伴待の蚊の大きさや葛隠れ　「暁」「都」

季題別作品集

蛾

蚊を払ふ顔のまともを見られけり 「紅」
蚊を追ひし顔をもどして聞く話 「紅」
蚊を打ちし母におどろく幼かな 「紅」
新しき障子に失ひし山の蛾をへだて 「都」
月明の今宵も多し避暑終る 「都」
山の蛾の今宵も多し白蛾かな 「紅」
月祀り芝めぐりし蛾の行方 「紅」
舞ひ下りし山蛾も我も霧の底 「紅」
白蛾くる辞書の重さのわが窓に 「薔」
友来たり白蛾しばらく灯に遊ぶ 「軒」
十薬を揺すぶり去り し夕蛾かな 「花」

カーネーション

灯を寄せしカーネーションのピンクかな 「半」
巨大工場カーネーションを挿す小籠 「花」「紅」
見晴かしカーネーションは殊に紅し 「山」
カーネーション真紅相ふれ白と競ひ 「薔」
夜白めばカーネーションも今日の花 「薔」
カーネーション壺にあふれしめ寝酒とや 「薔」

ガーベラ

大花市カーネーションは殊に紅し 「軒」
ガーベラを住み馴れたりし街に愛づ 「軒」
行く水も海芋の照りも旅のひま 「江」

海芋

蚕棚

蚕棚より見覚え顔の久しぶり 「紅」
音もなくひとりめぐりし火蛾もあり 「紅」
更けにけりいつよりしづかなる火蛾ぞ 「花」

火蛾

しばらくは火蛾を払ふに他意なかり 「余」「紅」

かき氷

小さき翅ひろげし火蛾もいつ去りし 「軒」
かき氷話さつぱり打ち切られ 「薔」
言ひのこす用の多さよ柿若葉 「半」

柿若葉

柿若葉老い給ふとはいふまじく 「暁」「汀」「春」
小鏡をかけて用足り柿若葉 「暁」「汀」
柿若葉一語一語をうなづける 「汀」
小男の身だしなみかな柿若葉 「山」「花」
しんしんと月の夜空へ柿若葉 「余」「薔」
柿若葉ふるさとすでに雲の照り 「薔」
柿若葉隣にもよき来信か 「薔」
一朝のひまゆるさず柿若葉 「余」「薔」
しろ水を流して居りぬ蚊喰鳥 「軒」
米洗ふ母とある子や蚊喰鳥 「軒」
河が呑む小石どぶんと蚊喰鳥 「暁」「汀」

蚊喰鳥

明治より古りし官舎や蚊喰鳥 「暁」「汀」
鏡台も古官舎の備品蚊喰鳥 「暁」「汀」
淀川の河明かりより蚊喰鳥 「春」「都」
門司に着き書きし便りや蚊喰鳥 「暁」「都」
へらへらとネオンまづ点き蚊喰鳥 「暁」「紅」
蚊喰鳥小駅重ねて着きし町 「暁」「薔」
蚊喰鳥水の面はすでに昏れたがる 「余」「薔」
留守なりし蜘蛛ももどりぬ蚊喰鳥 「紅」

河鹿

樫若葉

河鹿鳴く宿の鏡に代りあひ 「江」
樫若葉夏はじめての雲が湧き 「花」
子等の声朝はやひびく樫若葉 「紅」

柏餅

人遠き愁ひはあれど柏餅　［汀］
柏餅逢はざりし日はなき如し　［紅］

片蔭

片蔭の一寸がほど鉄扉かな　［余］
片蔭をもとめてすでに海の風　［汀］
片蔭の今は及びし松の幹　［汀］
一寸の片影得つつ市長し　［都］
救急車片影ややにビルに生れ　［紅］
片影もぐんぐん早し暇乞ひ　［紅］
片蔭の及ばぬ辻に来てわが家　［軒］
みえもなく片蔭拾ふばかりなり　［軒］

蝸牛

壁に壁ローマ僧院片蔭り　［紅］
蝸牛われは夕の火作れば　［紅］
かたつむり声も洩らさぬ隣かな　［余］

帷子

紫陽花の濡葉に小さき蝸牛　［蕾］
黄帷子着てデンタのあとをとぼとぼと　［汀］

郭公

郭公や霧また海を奪ふとき　［初］
藻の蔭に蟹の脱殻揺れ居たり　［余］
秋汐の岩をめぐりて蟹を捕る　［初］

蟹

蟹の穴いつしか子等の手のとどき　［都］
はさみたる鋏のままに蟹とられ　［都］
引汐の時をたがへず蟹とりに　［都］
蟹捕りに先づ先づ濡らす上着かな　［都］
蟹の岩残りの汐の寄せ返し　［都］

蚊柱

蚊柱のわれを呑みて傾ける　［紅］
蚊柱をくぐりて粗朶を運び入れ　［紅］

黴

末の子が黴と言葉を使ふほど　［暁］［汀］［春］［半］

兜虫

夜は夜の灯のとどかずに黴畳　［汀］
黴煙上がりしなかの己かな　［暁］［汀］［春］
たらちねの母の御手なる黴のもの　［汀］
指触れし黴は斜めに消えにけり　［暁］［汀］
婢が捨てて食パン厳と黴存す　［暁］［都］
ひとときは黴を仔細に見んとなし　［紅］［蕾］

南瓜の花

いづこへか兜蟲やり登校す　［暁］［汀］
昼寝宿南瓜の花のほしいまま　［紅］［蕾］
箸触れわづかに動く墓も居り　［暁］［汀］

墓

物を煮て出て夕墓の歩き居り　［暁］［汀］

髪洗う

墓歩く到りつく辺のある如く　［暁］［汀］
髪洗ふ湯は耐へがたく熱く好き　［暁］［汀］
雨すでに過ぎたる雷のさわやかに　［汀］［半］

雷

迅雷やまたみどり児は睡るなる　［山］
激雷の後青し北の海　［都］
激雷やまたみどり児は睡るなる　［汀］
ただ黙し老や小婢や雷のもと　［暁］［汀］
コペンラッシュ雨も一興雷も派手　［山］
激雷や北欧の海色失し　［山］［蕾］

亀の子

亀の子の歩むを待ってひきもどし　［汀］

蚊帳

雨さやか蚊張正しく我に垂る　［暁］［汀］
蚊帳青く母は座敷に臥床たぶ　［暁］［汀］［半］
たらちねの蚊帳の吊手の低きまま　［暁］［汀］

かやつり草

初嵐ふるさと大き蚊帳吊れば　［暁］［余］
種茄子にかやつり草の映るなり　［汀］

季題別作品集

川狩
　川狩の子供ばかりに人だかり 「暁」「汀」
　川狩の子にこの朝の幸なくも 「暁」「花」

翡翠
　翡翠や水際水が細むる杭 「花」「初」
　翡翠が掠めし水のみだれのみ

川開
　川開屋上未だ雨意去らず 「暁」「花」
　鋭声して翡翠とつてかへすまで 「暁」「汀」「春」「半」
　翡翠が雨の遠くをよぎるのみ

閑古鳥
　閑古鳥別るるにやや閑のこす 「暁」「汀」「春」
　かかる間も茂りふふ樹々閑古鳥
　病人を負うて一里や閑古鳥 「余」「山」

萱草の花
　萱草咲く豪雨みだるる葉を抜けて 「余」「山」
　萱草や昼しんしんと夏淋し
　萱草が咲くひとり暑気うべなへば

甘藍
　甘藍を刻み和琴のわらび合ひ 「軒」
　甘藍に添ふは和琴の野のわらび 「余」「紅」
　昼蛙甘藍は葉をひろげ合ひ

喜雨
　今はただ喜雨に打たるるものばかり 「余」「紅」
　ぬばたまの闇にきらめき喜雨つのる 「汀」「都」
　スエーデン見え喜雨返す猛然と 「薔」「都」
　若者の歩幅や喜雨はしぶき上げ 「芽」「都」

祇園会
　祇園会の長者なればの心やり
　鱧釣に寄せ来る波の真一文字

鱧釣
擬宝珠の花
　擬宝珠またかざせる花に白絣
　平らかに揚羽が過ぎて花ぎぼし 「山」「紅」

キャベツ
　祝言やキャベツ畑を見廻はれば
　手伝ひのしきりに刻むキャベツかな 「紅」「芽」
　早立ちを告げれば刻むキャベツかな 「薔」「芽」
　男手に行水の場をたまひけり 「薔」「紅」
　行水や柿の葉影のさざめきに 「薔」「芽」

行水
夾竹桃
　どの船も唯々と岸去り夾竹桃 「薔」
　湧く雲に夾竹桃の一路かな 「薔」
　それぞれの早き船脚夾竹桃 「薔」「汀」

桐の花
　桐の花子等が遊べば路地清ら 「余」「汀」
　住み馴れしてふ文かなし桐が咲く 「余」「汀」

金魚
　朝支度死にし金魚を捨つことも 「暁」「都」
　あるときの我をよぎれる金魚かな 「都」「山」
　水澄むや一夏飼ひて金魚二尾 「薔」「紅」
　窓の風金魚は別に泳ぎ居り 「薔」
　やはらかに金魚は網にさからひぬ 「薔」
　人ごみに燈火加へぬ金魚店 「薔」
　手網嫌ふ小金魚跳ねて金魚の中 「薔」
　夜の部上映金魚もすでに片寄れる 「薔」
　金魚よく泳ぐ家を鍵し出づ 「薔」「軒」
　忘れ居し金魚の放つ緋色かな 「薔」「紅」
　雨寒き池に金魚のよく泳ぐ 「花」

金魚鉢
　一と通りの鋭して金魚泳ぎ寄る 「薔」
　金魚鉢に映る小いさき町を愛す

草いきれ
　草いきれ秋より滋き昼の虫
　草いきれ草を渡れる南瓜かな

草刈る
　草刈りきれ草を渡れる南瓜かな
　草刈るや桃色上衣幼き娘

草茂る
　逢ふ日まですべてたむ草茂る

草取り
　一ふしの草取る老の低き唄

くず桜
くず桜雨は街音遠くする 「軒」
農閑の仕事は何ぞ楠若葉 「半」
ここにして天草恋し樟若葉 「都」

楠若葉
樟若葉して夜の雲の険しさよ 「都」
膝交じえうからや老いぬ樟若葉 「山」
風立てば飛ぶ黒揚羽楠若葉 「余」
伴ひてゐてなど淋し楠若葉 「軒」
夜の雲険しさ増しつ樟若葉 「紅」
楠若葉雷雲はらむ日比谷かな 「都」

山梔子の花
八重くちなし先代よりの出入かな 「半」
頬寄せて八重くちなしの香を借りし 「紅」
山梔子の香が深き息ながらしぬ 「紅」
山梔子の香に着て上布紺まさる 「薔」
くちなしの香の間近なるピアノかな 「薔」
逗留や山梔子どつと咲きつ消え 「薔」
山梔子の花の晴間へ乳母車 「紅」
雨くぐり剪るくちなしの朝の花 「薔」

蜘蛛
留守なりし蜘蛛もどりぬ蚊喰鳥 「汀」
夕蜘蛛のつつと下り来る迅さ見る 「汀」
蜘蛛歩むからだを揺すり月の窓 「軒」
脚のべて囲を守る蜘蛛も芭蕉林 「紅」
かかる間も網たしかむる軒の蜘蛛 「紅」
行達ひてはつと網引く蜘蛛のあり 「紅」
祖師堂へ小蜘蛛座を守る露地を借る 「薔」
飛んで見せ小蜘蛛は見事かくれけり 「半」
朝露の蜘蛛の網まだやさしけれ「暁」「汀」
大櫨の雨後の一樹の蜘蛛の網 「暁」「半」

蜘蛛の網
帰宅せり小蜘蛛の網も行き届き
蜘蛛の囲やわれらよりかも新しく 「芽」

蜘蛛の囲
蜘蛛の囲や朝日射しきて大輪に 「春」
蜘蛛の囲の重なり簀の重なれる 「半」
構へあり一直の蜘蛛の囲も 「都」
春扇やすでに蜘蛛の囲軒に二座 「暁」「汀」
投げてある瓦屑へも蜘蛛の糸 「汀」

蜘蛛の糸
屋根の上の異国の旗や蜘蛛の糸 「花」
母の家玄出づるより雲の峯 「花」
枚正も出づ日と知りぬ雲の峯 「紅」
雲の峯町の行手に忘じ去り 「紅」

雲の峰
雲の峯夕べ育ちて人は帰路 「紅」
阿蘇外輪いくつ立ちむ雲の峯 「薔」
雲の峯生贄のものを搦ひ上げ 「薔」
振り向けばせめぐ家々雲の峯 「紅」
いとしみし鉢を移せば雲の峯 「薔」
うなづきて聞きゐるひまも雲の峯 「薔」
久しやと赴くところ雲の峯 「薔」
雨の粒グラヂオラスに流れ濡れ 「薔」

グラジオラス
ろくろ細工は数ものや栗の花 「薔」

栗の花
薫風に楽うながすは鳥たちぞ 「余」
薫風の人とたたへて泪あり 「紅」
薫風もたのむ故郷もなきごとし 「薔」
薫風の中おことばを近々と 「軒」

薫風
薫風や切り幣五彩夢ならず 「軒」
薫風に着御や四辺音を絶え 「軒」

季題別作品集

罌粟の花

見らるるを眼伏せて過ぎぬ罌粟の花 「初」「紅」
夜を紅き野芥子の丘ぞ旅の連れ 「山」
一瞬の白き雨あし芥子残り 「紅」

月下美人

月下美人そびらにすれば落つかず 「薔」
月下美人灯影は闇を深うする 「薔」
月下美人更けてぞ今日を惜しむなる 「薔」
月下美人呼ぶ人来ねば周章す 「薔」
月下美人失ふままの夜と昼に 「薔」
月下美人に胸さわぐなり人並みに 「薔」
熟睡せり月下美人に明け離れ 「薔」

香水

香水の坂にかかりて匂ひ来し 「暁」「軒」
汗ばみて来て香水のよく匂ふ 「汀」「半」
香水の香のあきらかに身をはなる 「暁」「紅」
香水や袂もぐんと切りちぢめ 「暁」「紅」
気が急けば香水の香がふわと去る 「紅」「薔」
香水に鏡の顔のまことかな 「紅」「薔」

紅蜀葵

夕立の前ぶれ雨や紅蜀葵 「暁」「汀」
沖の帆にいつもの日の照り紅蜀葵 「暁」「軒」

鯉幟

真上なる鯉幟ふとの幸聞こゆ 「軒」
鯉幟相競ふとの幸聞ひけり 「暁」「半」

河骨

河骨やしんと日傘を透す日に 「汀」「半」
走り来る水河骨のさかのぼる 「汀」「半」
河骨と二声三声して暗き──
河骨も踏むばかり蓼も踏むばかり 「汀」「半」

蝙蝠

蝙蝠と二声三声して暗き 「暁」「山」
宮城野の蝙蝠翔ける夕桜 「汀」「春」
蝙蝠の翅のうすさよ河岸に冬 「花」「江」

氷水

蝙蝠を放ちて門司の山が立つ 「都」
蝙蝠の翼をつけし人に片空に 「紅」
蝙蝠や列車は人をあふれしめ 「都」
蝙蝠や酒肴おほかた出で尽くし 「薔」
蝙蝠におそき風呂の火炊ぎの火 「初」「薔」
グラスに透く我が手醜くや氷水 「薔」
提灯に顔をそむけて氷水 「暁」「汀」
噴水の玉とびちがふ五月かな 「余」「薔」
お笛添ふ五月碧天有難や 「薔」

五月

賭けとはおほよそ知らず聖五月 「薔」
火山灰の縁清めきあげ阿蘇五月 「余」「薔」
雪山仰ぐ赴任家族に五月尽 「山」
声低き老の声援五月場所 「薔」

五月尽
五月場所

まづ上衣がばと脱ぐ人五月場所 「汀」「江」
ぶつかるは灯けと急ぐ途の金亀子 「暁」「初」

金亀子

蝉鳴ける幹のぼりゐし金亀子 「暁」「汀」「春」「紅」「都」
苔の花踏まじく人恋ひ居たり 「都」

苔の花

花苔が夕づくときの陽を貰ふ 「暁」「薔」
胡蝶蘭まこと一指もふれがたく 「暁」「紅」

胡蝶蘭
子燕

子燕のさざめき誰も聞き流し 「暁」「汀」「軒」
今年竹旅のさざめ誰の吹き降りに 「暁」「汀」「半」

更衣

更衣ひとの煙草の香の来るも 「暁」「紅」「春」
今年竹二声三声して暗き 「暁」「半」
衣更へて遠からねどぬ橋ひとつ 「暁」「花」
小説のヒロイン死ぬや更衣 「暁」「花」
子にかかる思ひを捨てぬ更衣 「花」「紅」
衣更して昼火事や町の中 「紅」「都」

今更のこの舟音や更衣
行きまじる疾風の町や更衣

桜んぼ
桜んぼ落つ時水に泡一つ
泪おさめくれし友かなさくらんぼ
共にあれば雨いさぎよしさくらんぼ 「余」 「薔」 「紅」
交はらず初さくらんば柄を真すぐ 「初」
柄を跳ねて相侵さずよさくらんぼ 「芽」
さくらんぼ照りきそうふかな柄を立てて 「軒」

杜鵑花
帯止め杜鵑花見よてふ家に戻る 「薔」
あやまちて蜥蜴杜鵑花に乗りもする 「汀」

五月闇
用のなき燈を消し置きて五月闇 「紅」
夜を濡るるレール百条五月闇 「汀」
まだ残る句座をたのみや五月闇 「紅」
五月雨担架に臥せし面打つ 「紅」
一条の煤煙のもと皐月富士 「汀」

皐月富士
かかる間も霧は霧追ひ五月闇 「紅」

早苗取
最上川波立ち老ら早苗取 「紅」
早苗取思ひのほかの深田らし 「花」

鯖
鯖売や首里の話を聞きあれば 「紅」
鯖売りの路地の車の朝まだき 「紅」
子を背負ひ鯖三四十さばくらし 「都」

さみだるる
さみだるる心電車をやり過す 「都」
さみだるる道の真中の傘のもと 「汀」
男またさみだれ傘をかしげさし 「半」

五月雨
さみだれや船がおくるる電話など 「暁」「汀」「春」
濡れそぼつさみだれ傘をひろげ出づ 「汀」「半」

ぬれそぼつさみだれ傘をひろげ出づ 「暁」「汀」
あふれしさみだれ傘の重かりし 「春」
敷きのぶるさみだれの夜の臥床かな

五月雨や窓に隣の煙出 「暁」「半」
さみだれや診察券を大切に
鶯やさみだれ小止みながきとき 「暁」「春」
五月雨や少し抱かれて睡りし子 「汀」「汀」
さみだれの夜半の目覚の御声する 「汀」「汀」
大いなる五月雨傘の故里に 「汀」「半」
五月雨のくだつばかりに降るに恋ふ 「汀」「半」
さみだれや呼ばれて犬のかへりみる 「汀」「都」
さみだれや空を覆へる楠榎 「花」
五月雨の雨音近く物煮ゆる 「都」
金魚屋にわがさみだれの傘雫 「紅」
まどろむやさみだれ傘をひしと寄せ 「紅」
家つつむ夜半のさみだれふと安らか 「薔」
貸植木さみだれくぐり運び入れ 「薔」
安らともさみだれつつむその底ひ 「薔」
さみだれやちらりと窓の顔隠れ 「初」
洋傘の布に陽を見ぬ百日紅 「紅」

百日紅
いつの世も祈りは切や百日紅 「汀」
阿蘇古町昼しんかんと百日紅 「薔」
まだ旅の片便りのみ百日紅 「余」 「軒」
百日紅すだれに点じぬてわが家 「軒」
百日紅古きベッドのくつろぎに 「軒」
残りぬし百日紅は雨はじく

季題別作品集

サルビヤ
　サルビヤを植ゑ湖畔村新役場　　　「芽」
　百日紅険しき風をいなし揺れ　　　「軒」

撒水車
　サングラス若き長身持ちあぐね　　「薔」
　サングラス透けて碧眼スチュアデス　「紅」
　撒水車かなしみ告ぐる人避けさせ　「紅」
　仏滅といふ日の閑や椎落葉　　　「余」

椎落葉
　椎落葉めがけて雀坂落し　　　　「薔」
　椎落葉めがけて雀も逆落し　　　「紅」

椎の花
　椎咲きて矢倉いくつを蔵しけむ　　「紅」
　椎若葉ゆらるるさまたのし　　　「汀」

椎若葉
　椎若葉大愛でらるるさまたのし　　「春」
　音もなき奥より茶菓や椎若葉　　「暁」
　潮あびの溺れし沖を巨き船　　　「暁」

潮浴び
　ややあれば鋸音ありし茂かな　　「汀」

茂
　ビロー樹の茂りが海をひた隠くす　「半」
　菩提樹の茂り死を指す壁はあれど　「軒」

菩提樹
　淋しげに不作の柿の葉の茂り　　「紅」

茂り葉
　裸にも色白き子や紫蘇の花　　　「薔」
　紫蘇己が作る日蔭をたのしめる　　「初」

紫蘇
　紫蘇を過ぐ笠をかむりし身ごしらへ　「都」
　汗ばみて誰も美し紫蘇茂る　　　「都」
　たちまちに萎るる紫蘇の一束ね　　「余」

滴り
　滴りに見えぬし風も落ちにけり　　「花」
　滴りの思ひとらせとき光る　　　「軒」
　滴りの正しく太く岩濡らす　　　「紅」
　滴りに落つ滴りのきびしさよ　　「紅」
　人影に落つ滴りのきびしさよ　　「紅」
　また次の想ひ満ち来て滴れる　　「紅」

　　滴りのしづくの伸びに刻消ゆる　　「紅」
　　滴りのしぶき発止とわかちつつ　　「薔」

芝刈
　やはらかき芝刈る鎌をまがな磨ぐ　「暁」
　やはらかき芝刈る鎌をまがなとぐ　「汀」
　ひとり来て母を恋へりし清水かな　「春」

清水
　棲む魚の砂走りせる清水かな　　「暁」
　来る風のすぢ明らかに清水かな　「汀」
　地下二階にいよ湧き次ぐ清水汲む　「半」
　一歩ごと別の清水の音聞ゆ　　　「都」
　奏でゐる清水の音をみだし掬む　「花」
　隙間なくもの冷やしある清水かな　「紅」

じゃがたらの花
　みつしよんの丘じやがたらの咲く日かな　「汀」
　芍薬と吾ばかりは汗ばむは　　　「花」

芍薬
　芍薬や花弁忘れて咲き呆け　　　「軒」
　芍薬園名札連られて花崩し　　　「薔」
　芍薬や人語も消ぬる真日の下　　「山」
　芍薬の花もつぼみも待つ間無げ　「山」
　白芍薬危ふく残るピンクかな　　「軒」
　いたみ初む芍薬寸暇持ちあへば　「軒」
　ジャスミンの花のひとときわがひととき　「軒」

ジャスミン
　ジャスミンを荒々しくも寄せつ嗅ぐ　「余」
　ジャスミンへすぐ顔寄する人待ちぬ　「余」
　小卓子ありジャスミンの咲くに寄せ　「薔」

驟雨
　青栗に山の驟雨のはげしさよ　「都」

数ふべきタンカーの向き驟雨中
返し来し驟雨は強しフランスへ
驟雨来最上ふたたびいきいきと
驟雨去る交叉陸橋夏の果
驟雨来大花市の屋をつつみ
驟雨来一瞬ひそむホテル群 「紅」

十薬

十薬を抜き捨てし香につきあたる
十薬の正しき花に心触る
十薬を揺すぶり去りし夕蛾かな
没すてふかの十薬の垣根かな
神詞ごと岬の朱夏の浪音に
祝詞ごと岬の朱夏のしづもりに 「汀」「紅」「山」「暁」「薔」「紅」「紅」「汀」「紅」「花」「汀」

朱夏

棕櫚の花また朝影の濃きところ
棕櫚の花やうやく雨を呼びにけり
棕櫚の花港の風も忘れじよ
暑に咲きし花何々ぞ法師蟬 「余」「紅」「都」「紅」

棕櫚の花

暑

山の日のすぐ耐へがたき暑の噴湯
しばらくのひとりの閑の暑に耐ゆる
一杖の簾に除けて見る暑かな
貴賓室純支那風や暑に耐ふる
すでにして接待宴や暑をわかち
旅便り漢口に暑のやや退く
暑を遠くカジノ胴元ふくみ笑み
一穢なく清めて人等暑に籠る
帚木を植ゑてひそかに暑に耐へて
曼珠沙華日傘を焦がす暑に早も
沸きし湯に切先青き菖蒲かな 「半」「都」「都」「都」「花」「紅」「紅」「紅」「薔」「暁」「山」「汀」「薔」「軒」「半」

菖蒲

柔かに菖蒲しをれて子の軒に
葉に沈む花さきがけの白菖蒲
風ややに柳にあれど菖蒲園
菖蒲田や紫百種風拒み
花終る菖蒲のみだれ明易し
父遥か母遠し濃き肥後菖蒲
今日にしてわれには眩し菖蒲園
高々と咲く菖蒲かな心急く
それぞれに己れ定めて白菖蒲
菖蒲しかと咲きたりわれは何すべく
白菖蒲蕾解かんとふときびし
わが影のはや添ふ菖蒲葺きにけり
大手門前の名を負ひ菖蒲葺く
菖蒲葺くひもあへず出づ子等と
菖蒲湯に肩沈め居り明日如何に
海も初夏眺めに欠けし人ひとり 「余」「汀」「山」「紅」「芽」「芽」「芽」「芽」「芽」「芽」「汀」「汀」「汀」「軒」「薔」「軒」

菖蒲葺く

菖蒲湯

初夏

萱草が咲くひとり暑気ぺなヘば
きんきんともの云ひつけて暑気中り
教へやる山寮遠し暑休果つ
白玉や人づきあひをまた歎き
白玉や己れひとりの丸さとも
さからひもなき白玉を丸めつつ
代牛に言ふ声ばかり切にする
頭を垂れて阿蘇の代馬よく励む
筑紫野の代掻く白靴きそふ飾窓
宵はなやか白靴きそふ飾窓
白地着て山の夜霧は言ふまじく 「余」「暁」「山」「薔」「軒」「紅」「軒」「薔」「紅」「軒」「都」「紅」「汀」「薔」「汀」「薔」

暑気中り

暑休

白玉

初夏

代馬

代掻

白靴

白地

季題別作品集

代田
ひろがりで代田流るる水の果て 「都」

白服
白服の手に派手な刷りフラン札 「初」
潮の島に赤旗黒ませて新樹かな 「山」薔

新樹
顔打つて新樹のくだけ散る 「暁」
傘かしげ新樹の風のはげしさに 「汀」
廚着をつけて身軽し夜の新樹 「汀」
ひとり行く新樹の雨のはげしさに 「汀」
夕風の一刻づつの新樹濃し 「汀」
雨すぐに鬱然垂るる新樹かな 「都」
静臥また新樹の庭の父母のため 「都」
城頭のきそふ新樹もうたがはず 「紅」薔
親しさのきこゆ新樹のさかんなる 「薔」
降り暗き新樹の雨の老の家 「軒」
癒えしかも新樹の巷かく馳せつ 「薔」
朝明けの新樹は街に添ひひそか 「紅」
名も艶に古きよき町新樹さこそ 「芽」
遅桜かくて新樹のさかんなる 「紅」
街にして雨をさびしむ新樹かな 「汀」
ただ一語新茶愛でけりよしとせむ 「芽」

新茶
三人が注ぎ並べゐる茶かな 「江」
新緑に染まりて聞きし由緒かな 「軒」

新緑
ひしひしと新緑つつむ神事かな 「紅」
すいかづらたまの揚羽の長くゐず 「薔」
附添の退屈もしつ水中花 「薔」

すいかづら

水中花
水中花淋しさ言はぬ人の部屋 「江」
水中花主もふれず吾もふれず 「花」

睡蓮
水中花急ぎ心が開かしむ 「軒」
睡蓮に子によき朝ぞ雨も晴れ 「軒」

菅笠
菅笠の肩も沈めて沼に獲る 「花」
ピアノまた止まればさびし鮓を押す 「山」

鮓
鮓大皿音立てて降る歯朶の雨 「紅」
鮓押せば何たのしむや孤つ鳥 「芽」
すし冷ます絵うちは有無を言はず取り 「薔」
涼風の裂くばかりなる頁読む 「暁」「汀」
髭振りて蟻も涼しき風にあふ 「汀」

涼風
万太郎先生亡し涼風の吹き抜けに 「紅」
涼風に声奪はれし顔が笑む 「紅」
涼風のひたと吹き曲ぐ帽のへり 「山」
雨のすぢ太きが走る灯の涼し 「汀」

涼し
取り上げしものゆゑ飛びし紙涼し 「春」
芝居小屋客ふゆる扉の開く涼し 「汀」「暁」
芝居小屋殖ゆる扉の開く涼し 「暁」「汀」「春」
突風の涼しさは子の高笑ひ 「半」
涼しけれ歩廊とどまる人もなく 「暁」
川舟を涼しく捨つる人ばかり 「江」
読物の何んにもなくて旅涼し 「汀」
涼しけれ一人旅する手を洗ひ 「半」
わが面日まともなるとき涼し 「半」
浪涼しはじくばかりの錨網 「汀」
女あり物干台に涼ぬすむ 「江」「花」

—209—

納涼

プラタナス闇深くして涼生れ 「紅」
山涼し知りし草の名花の色 「紅」
四万六千日頬かすめたる雨涼し 「紅」
熱鉄にかばかり激す水涼し 「紅」
水路涼しブイ懸けてある並木かな 「紅」
ガイド説く死を涼しげににこやかに 「薔」
国々の涼しき歌の数聞こゆ 「余」
地球こそ其処に涼しく照るといふ 「薔」
船音の涼しく繁くふと睡魔 「薔」
涼しくも舞ひおさむかないとしけれ 「芽」
涼しやと遠近人にただ告げむ 「汀」
遺す句のみな涼しきを如何にせむ 「芽」
消灯や起上り小法師涼しけむ 「軒」
風涼し御池あふるる光より 「薔」
小槌もて叩く涼しさ知りたまへ 「余」
帰すことは残さるると宵涼し 「紅」
風鈴のもつるるほどに涼しけれ 「紅」
洗ひ髪今ぞ涼しく闇に梳く 「山」
涼しさの極みのものを身に受けし 「紅」
明るすぎる納涼園の灯をよぎる 「紅」

涼み舟

涼み舟晩夏川波ややに荒れ 「薔」
手をふれて鈴蘭の花はじきあふ 「紅」
鈴蘭の香をたしかめてそれでよし 「軒」
鈴蘭やうすきゆかりといふまじく 「薔」

鈴蘭

鈴蘭の花束蔭を作りあふ 「軒」
鈴蘭のかたへに子等も明日約し 「芽」
鈴蘭を二ケ所に挿せばゆたかなり 「芽」

簾

昼寝ざめ面に垂るる簾かな 「汀」
どの窓も簾さがれる揚羽蝶 「暁」
一枚の簾に除けて見る暑かな 「都」
簾なす雨くぐり来て扇店 「都」
街も夕風にわかにさわぐ軒すだれ 「紅」
京すだれ遺影のお眼のきびしさよ 「紅」
軒すだれして開きますます市の音 「軒」
初嵐せめぎあふかな軒すだれ 「軒」
長かりし留守なり残る軒すだれ 「軒」
払ひたき軒のすだれを誰に言はむ 「軒」
台風は待つのみひそと軒すだれ 「軒」
軒すだれ宿す露けき二階の灯 「軒」
軒すだれ客も音なく入れ替り 「芽」
百日紅すだれに点じゐてわが家 「汀」

簀戸

晩涼の簀戸の簾をさへもあげぬまま 「汀」
簀戸入れて夕べはなやぐ唄時計 「紅」
簀戸入れて暗き螺鈿の手筥かな 「紅」
簀戸入れその他を簀戸の庭の花 「薔」

砂日傘

砂日傘旅人われにたたむ頃 「芽」
砂日傘ひしと守れる影を借る 「薔」
砂日傘に何守らむぞ夏衣 「余」「山」

雪渓

雪渓に何守らむぞ夏衣 「薔」
雪渓が照るワタスゲをいたはれば 「薔」
目覚よく起きて来る児や蟬の声 「初」

蟬

夜の蟬の起こししかろきしじまかな 「暁」「汀」「春」
このときのわが家しんと蟬高音 「汀」「半」

季題別作品集

ゼラニウム / セル / 線香花火 / 扇子 / 扇風機

おいて来し子ほどに遠き蟬のあり
朝蟬やぽんぽん船は遠く遠く 「暁」「汀」「春」「半」
泳ぎ女の声聞ゆほど蟬静か
暁のその始りの蟬一つ
朝蟬やべより風の絶えしまま
路次の夜子はまだ蟬を鳴かせ居り
声あげて蟬夕風にさからひぬ
蟬鳴ける幹ののぼりぬし金亀子
朝蟬の一つ鳴きつぐ竈の火 「都」「花」「汀」
遠く来ぬ雨に蟬鳴く城址かな 「都」「花」
蟬しづか故山闃然雲を脱ぎ 「紅」
蟬しづか人の寝顔のさびしさに 「紅」
蟬しづか刻移りしよ風立ちし 「紅」
法燈の焰の音か遠蟬か 「紅」
蟬しぐれ水輪百千みな清水 「余」「薔」
一まづの旅は終りぬ蟬しづか 「余」「薔」
あらあらの竹のとぼそを蟬に閉ぢ 「薔」
三十人余にして一刻の遠き蟬 「薔」
桔梗ほか剪り来し花に遠き蟬 「薔」
ゼラニウムの窓掠めしか暁の雨 「山」「薔」
セルを着て玉蟲色の鼻緒あり 「薔」
セルを着て父を敬ふ限りなし 「暁」「汀」「半」
留守の子の線香花火をともすらむ 「暁」「汀」「半」
みづからも開く扇子の美しく 「汀」「半」
扇風器合図の見えて動きけり 「汀」

そうめん / ソーダ水 / そら豆 / ダービー / 大暑 / 田植笠 / 田植 / 滝

扇風機かけてふわつく団扇あり 「紅」
扇風機抱へてどかと現はれし 「紅」「紅」
アンカレヂ毛皮売場の扇風機 「紅」
中座する刻をこころに向けて去る 「薔」
扇風機何も云はずに扇風機 「半」「余」
扇風機さへ未だ風ととのはず 「薔」「余」
揚羽来て去り素麺も冷えにけり 「薔」「軒」
揚羽来て去り素麺も冷えにけり 「軒」
そうめんを冷し昼寝もすすめらる 「軒」
そうめんを冷し昼寝もすすめらる 「軒」
素麺を冷し昼寝もすすめらる 「薔」
目の前に冷やすさうめん呼ばれけり 「薔」「余」
ソーダ水子等は馳せ寄り馳せはなれ 「薔」「余」
発ちたまふお子に触れまじソーダ水 「薔」
そら豆やと出荷や日覆下 「薔」
頬照りダービー説きし人いづこ 「都」「初」
母として大暑旅立つ異国へと 「紅」
田植団子まだ温かし膳曇る 「汀」
ときをりの人声の田を植ゑ去り 「暁」「汀」「春」「半」
田植すみ山河安らふ出羽の道 「暁」「汀」「春」「半」
田植笠紐結へたる声となる 「暁」「汀」「春」「半」
よろこびて落つ水待つて滝走る 「暁」「汀」「春」「半」
滝水のわかれの水に垣を結ひ 「暁」「汀」「半」
滝裏にくぐりし人のなほ究む 「紅」「紅」
滝を見て来てしづかなる人々よ 「紅」

竹落葉

滝音のどっと大きく山西日 「紅」
大滝の激ちの息吹及ぶなり 「紅」
滝垂直われ等も旅をひたすらに 「紅」
作り滝ときに日当り衣裳展 「紅」
竹落葉別れうべなふ老を置き 「余」「薔」
竹や湿る土間にてぎいと剥く 「薔」

筍

筍を捉の如く届けもす 「初」
筍も肴も煮てぞ発たせたく 「紅」
筍も肴も煮てぞ発たせたく 「汀」
筍を掘りころがしてゐる男 「汀」
筍に樽の花の散る日かな 「薔」
筍を看とりのひまに掘る指図 「薔」
筍の重さをまづはねぎらひぬ 「薔」
筍やいよいよ癒えし便り持て 「薔」
汝までが筍狩に勢ふとは 「薔」
筍に与ふ一打の指南かな 「薔」
筍をむきてわが暇失ひぬ 「薔」
大筍むきかけてありむいておく 「軒」
かくまでも幼な筍太々と 「軒」
筍のえぼしふれ合ひ語りたげ 「軒」
ともどもに径ふさぐかな真竹の子 「芽」

筍飯

子育てのただ中筍飯とどく 「芽」
筍飯貰ひ二階へとんとんと 「薔」
三方に蝶のわかれし立葵 「暁」「汀」「春」「紅」

立葵

立葵夜を紅白に町に坂 「半」
立葵憚るのみに人の門 「芽」
見過ごしに花の高さよ立葵 「汀」

蓼

蓼折ればうすき知るべの発つ温泉宿 「汀」

河骨も踏むばかり蓼も踏むばかり 「暁」「汀」「半」

玉巻く芭蕉

春水の奥玉巻ける芭蕉かな 「花」
玉虫の何するすべもなく死にし 「紅」

玉虫

本船へ端午帰りを押す艪かな 「紅」

端午

客入れておくれ端午の御師の宿 「薔」

月見草

松の根も石も乾きて月見草 「花」
朝発ちの莨投げ捨てて月見草 「紅」
月見草夜発ちの船のさみしさよ 「紅」
離陸せり夜を待つ月見草そこに 「紅」
寝惜しみし灯もさすが消え月見草 「紅」
月見草小空港に見送られ 「余」
月見草いつもうしろを汽車が過ぎ 「薔」
或る旅の或る一瞥の月見草 「軒」
入院の火事もある夜や梅雨の雲 「軒」

梅雨

踊り子の二たび三たび梅雨窓に 「暁」「汀」
踊り子のふたゝびみたび梅雨窓に 「半」
梅雨の戸をむげに男の子や開けもして 「春」
梅雨の土間人を待たせて片寄せて 「汀」
また同じ雨が降りゐて梅雨菌 「半」
疾走す梅雨の車中のアナウンス 「都」
濡るる石濡れ得ざる石梅雨の庭 「紅」
梅雨深し見返りて更に石孤なり 「紅」
荒梅雨や石の小ささに名を刻み 「紅」
川波の見れば見らるる梅雨の闇 「紅」
梅雨嵐旅ゆく心直きとき 「紅」
有難し担架平らに梅雨くぐり 「紅」

季題別作品集

梅雨明け

梅雨の窓餌を欲る鳩が暗くする 〔紅〕
渡船場や梅雨の魚函を運び入れ 〔紅〕
映写機のひたすらな音梅雨の窓 〔山〕
キャバレーの海底模様梅雨の街 〔山〕
げに墓石梅雨止むまじき木の根もと 〔山〕
梅雨しぶく琉金の水新たにし 〔山〕
切抜の活字の褪せや梅雨の宿 〔薔〕
梅雨じめる襖に寄せし旅鞄 〔薔〕
飼猫と言ひ得ぬ猫の梅雨の皿 〔薔〕
梅雨の漏り直らず母の代も過ぎぬ 〔薔〕
梅雨傘にエレベーターのありどころ 〔余〕〔薔〕
いち早く流すネオンに梅雨きざす 〔薔〕
そこに富士消ゆ大いなる梅雨の天 〔軒〕
十一階の雲持たぬ空梅雨明けぬ 〔芽〕
梅雨明の雷鬼灯の紅の冴え 〔軒〕
船着に梅雨入りしぐれのあわただし 〔軒〕
それぞれの不参うべなひ梅雨に入る 〔軒〕
厨房の傘の置処や梅雨に入る 〔軒〕
寝ねむとしネオン鮮烈梅雨に入る 〔軒〕
梅雨寒や必ず逢ふの約のまま 〔芽〕
梅雨寒を告ぐ言葉さへたのみつつ 〔軒〕
露涼しひとりに猛き山の草 〔紅〕
ほつつりと羽後の梅雨晴れセーターの子 〔紅〕

釣忍

梅雨の晴マッチは匂ふ火を発し 〔暁〕〔春〕
起重機の見えて暮しぬ釣忍 〔暁〕〔汀〕

釣忍球磨激流の駅舎かな 〔暁〕〔汀〕
釣忍常のまま永別 〔汀〕〔春〕
鉄線花馬蹄の音のさしかかる 〔暁〕〔汀〕

鉄線花

鉄線の花に夜の暇朝の暇 〔汀〕
鉄線も花尽くしけり明日のため 〔薔〕
鉄線の青き蕾も夜を共に 〔芽〕

でで虫

鉄砲百合や灯りて窓のよみがへり 〔紅〕

手花火

手花火にねらうたく眠くおとなしく 〔紅〕
鉄砲百合のこと 〔暁〕〔汀〕
でで虫の蟲や灯りて夕づけば 〔暁〕〔軒〕

出水

出水後の蘆色もどる泳ぎかな 〔暁〕〔軒〕
母が飼ふ出水の鶏の雛のこと 〔暁〕〔軒〕
出水川ひたさかのばる油槽船 〔暁〕〔軒〕

天花粉

天花粉のこぼれ撫でけむ縁白し 〔暁〕〔軒〕

籐椅子

一脚の運び残せし藤椅子かな 〔暁〕〔軒〕
身をあづく夜更けの冷えの藤椅子に 〔暁〕〔紅〕
己れにもかくるごとく藤椅子に 〔暁〕〔半〕
藤椅子を正し何かを待つづくく 〔暁〕〔初〕
水かげろふ藤椅子いつしか夕づけば 〔暁〕〔紅〕
藤椅子をやや引き向けし月の方 〔花〕〔軒〕
藤椅子に隠るる如くあるときも 〔暁〕〔軒〕
ゆるぎなき藤椅子の座と覚えたり 〔暁〕〔軒〕

闘魚

雨冷の夜の藤椅子やみな遥か 〔暁〕〔軒〕
はげしさの闘魚を前の密語かな 〔暁〕〔軒〕
藤筵思ひ返して子に遠し 〔汀〕〔紅〕

蜥蜴

蜥蜴出て遊ぶを見れば常の如 〔暁〕〔汀〕〔半〕
輝ける己おそれて蜥蜴かな 〔暁〕〔汀〕〔半〕
あやまちて蜥蜴杜鵑花に乗りもする 〔汀〕〔半〕

　　　　後脚のひらきし指の蜥蜴かな　　　　　　　　　　「花」
　　　　蜥蜴走る藤椅子夫人に咎められ　　　　　　　　　「山」
　　　　フェニックスの蜥蜴地上へ吾にも昼　　　　　　　「山薔」
時の記念日
　　　　時の記念日街ひとときの夕映に　　　　　　　　　「紅」
　　　　音立てて常磐木落葉母に尽きず　　　　　　　　　「都」
常磐木落葉
　　　　どくだみも売る市日なり旅衣　　　　　　　　　　「紅」
どくだみ
　　　　初トマトまかせられたる世帯かな　　　　　　　　「紅」
トマト
　　　　トマトよしと言ひふくめては食ぶべかり　　　　　「軒」
　　　　トマト食ぶ顔のまともをのぞかれし　　　　　　　「紅」
土用
　　　　またしげき土用落葉に庭雀　　　　　　　　　　　「余」
　　　　何やある土用雀等はらと降り　　　　　　　　　　「紅」
蜻蛉生まる
　　　　蜻蛉生れ花圃みだれなく花終へし　　　　　　　　「花」
苗売
　　　　蜻蛉生れ覚めざる脚を動かしぬ　　　　　　　　　「半」
水葱
　　　　ひそかなる町の長さに苗売来　　　　　　　　　　「山」
　　　　水葱流るはるばる来し如く　　　　　　　　　　　「暁」
　　　　咲き絶えぬらし水葱の花濃紫　　　　　　　　　　「紅」
茄子
　　　　大架橋水葱咲く水は押しつぶれ　　　　　　　　　「汀」
　　　　遊船をめぐりて水葱は流るべく　　　　　　　　　「暁」
　　　　茄子育ちトマトは君に枯れて居り　　　　　　　　「山」
　　　　茄子採ればえんまこほろぎ警戒す　　　　　　　　「軒」
茄子苗
　　　　秋刀魚焼け茄子たつぷりと煮上りし　　　　　　　「軒」
菜種殻
　　　　星とぶや小菜園に茄子太り　　　　　　　　　　　「軒」
　　　　板の間の艶横たはる長茄子に　　　　　　　　　　「軒」
夏
　　　　長茄子としてかがまるはよからずや　　　　　　　「都」
　　　　茄子苗に撒く灰飛ばす旱風　　　　　　　　　　　「汀」
　　　　夕空に此頃燃やす菜種殻　　　　　　　　　　　　「薔」
　　　　この夏もゆく週末の泳ぎ宿

　　　　一焚の壁炉の温み夏すすむ　　　　　　　　　　　「紅」
　　　　土塀して夏さびしさの石を据ゑ　　　　　　　　　「紅」
　　　　陶土出す小さき波止や島も夏　　　　　　　　　　「紅」
　　　　一夏の梢きはめぬ薮からし　　　　　　　　　　　「紅」
　　　　したがへる船影も夏熔鉱炉　　　　　　　　　　　「紅」
　　　　書き添へて投ぞ旅信や巴里の夏　　　　　　　　　「紅」
　　　　古城あり鳶舞ひ飛行雲も夏　　　　　　　　　　　「紅」
　　　　朝すでに山の烈日夏進む　　　　　　　　　　　　「薔」
　　　　二股の荒瀬の夏に旅急かる　　　　　　　　　　　「余」
　　　　船室の畳の冷えの夏の航　　　　　　　　　　　　「薔」
　　　　賑やかに鴉も一興夏館　　　　　　　　　　　　　「山」
　　　　アラスカも夏起重機に来る鴎　　　　　　　　　　「軒」
夏浅き
　　　　雨の日は夏寒むざむと巴里の路次　　　　　　　　「芽」
　　　　雨の日は夏寒ざむと巴里の路地　　　　　　　　　「芽」
夏薊
　　　　花々に窓を与へて夏ひそと　　　　　　　　　　　「軒」
　　　　小田原に夏新幹線はなまめかし　　　　　　　　　「軒」
夏帯
　　　　小田原に夏新幹線なまめかし　　　　　　　　　　「軒」
　　　　上げ潮も鴎も夏ぞ博多川　　　　　　　　　　　　「薔」
　　　　萱草や昼しんしんと夏淋し　　　　　　　　　　　「余」
　　　　なでしこや夏場は集ふ三姉妹　　　　　　　　　　「軒」
　　　　かかるものありてぞ軽さに陸奥の夏短し　　　　　「軒」
　　　　いさぎよき軽さに陸奥の夏短し　　　　　　　　　「軒」
　　　　夏浅き藍一線や声の湖　　　　　　　　　　　　　「紅」
　　　　山の威のふつとにはかや夏薊　　　　　　　　　　「半」
　　　　夏帯やわが娘きびしく育てつつ　　　　　　　　　「薔」
　　　　夏帯や見送りにのみ空港へ　　　　　　　　　　　「汀」
　　　　夏帯やその日その日に心決め　　　　　　　　　　「軒」

季題別作品集

夏終る
夏掛
夏川
夏木
夏着
夏桔梗
夏菊
夏草
夏雲

夏終る山の駅頭雨斜めに　［薔］
肉皿に高原豆や夏終る　［軒］
夏掛にさして寝ねつぐこともなし　［軒］
旅のカメラ夏川太く曲り去り　［薔］
夏川にそばだつ石や旅衣　［紅］
夏川の河口別状なかりけり　［都］
夏川に濯ぎて遠き子と思ふ　［芽］
色淡き夏木描ける吾子いとし　［汀］
鉄階をゆきゆき夏着老う人も　［都］
さはいへど山の日さびし夏桔梗　［紅］
夏桔梗都忘れも忌日とて　［薔］
夏桔梗おん柔らかの仏頭に　［余］
遠雷といひ夏菊の咲くといひ　［半］
夏菊を見ることもまた告げむとし　「花」
夏草や母親のみな衣黒し　［半］
夏草の花や一途にかかはれば　［汀］
夏草の花かきわけて住みに来て　「花」
夏草や夜のさびしさは耐へがたき　［汀］
夏草や城砦にして獄なり　［半］
日本海まじる夏草の錆船も　「花」
夏草にまじる雛芥子廃寺院　［汀］
炊烟と湧く夏雲と相交り　［紅］
夏雲の湧きてさだまる心あり　［紅］
夏雲の高さにちぎれ安全旗　［紅］
夏雲と樅平原とレーダーと　［紅］
きはみなく夏雲立てる島につく　［都］
夏雲に数ふならねどわが鼓動　［紅］

夏来る
夏座敷
夏潮
夏座布団
夏シャツ
夏水仙
夏空

夏雲は湧きつぎ個室入れ替り　［紅］
現場とは殖ゆ鋼材と夏雲と　［薔］
高々と夏蚕のための桑は老い　［紅］
火の国の柾木つややに夏来る　「山」
ふるさとを語りてよりの夏座敷　［紅］
町音も何か支へや夏座敷　［薔］
更にまた叙す久闊や夏座敷　［薔］
車井戸隣りにきししみ夏座敷　［薔］
大歯朶に当てし照明夏座敷　［薔］
川水の行方たしかめ夏座敷　［薔］
夏座敷富士山神符押しいただき　［薔］
頑丈な昔梯子や夏座敷　［薔］
夏座敷居たがる犬は連れ去られ　［都］
富士隠す雲艶麗に夏座敷　［都］
各々がみな世話役や夏座敷　［軒］
座を立ちし夏座布団に吹ける風　［軒］
夏潮の小さき港はまだ覚めず　［紅］
夏潮や大パイプ群雨に濡れ　［紅］
夏潮や長崎通ひ先づ発ちて　［薔］
夏潮にアンデルセンの小さき窓　［薔］
紺碧の夏潮よそに河豚も泳ぐ　［薔］
夏潮にのつと族客機首回す　［薔］
夏潮やわれらも万の客の中　「山」
かがり火を加へ夏潮夜目に見ず　「山」
夏シャツの濯ぎやすさよ大鹽　［薔］
夏水仙古城の町の司祭館　［初］
夏空に宗旦銀杏ふと孤独　［紅］

夏足袋
夏足袋や交番青く垂れ
夏足袋や夜は近々と蛙鳴き
夏足袋や露地園丁にみつめられ
夏蝶
夏蝶の掠めし鉄の裏梯子
夏蝶に舞ひ立つ白き火山灰
夏蝶やわれは今日待ち今日去らせ
夏つばめ
夏つばめ風見立てたるファーマシー
夏灯
夏灯笑まふ写真を淋しうす
夏に入る
火の国の柾木の庭や夏灯
東京駅宵こそ古風夏に入る
夏に入る身辺捨つるものもなく
狭庭今日如露の横向き夏に入る
滞留や今日雲白く夏に入る
デパート京王めぐらす旗も夏に入る
夏に入る門出て晴るる街一筋
夏に入る家鴨もつばら岸歩く
夏に入る異国の便り短さよ
目も彩の異郷のワゴンの市も夏に入る
夏に入るその日の離京べなひつ
夏の雨
高座敷しなぐ廊下や夏の雨
青竹の太き水棹や夏の雨
夏の雨柾木刈込む庭造り
夏の雨寸土あらそひ挿木立つ
ローマ着蛇行の河の夏の雨
出郷のいつしか荷嵩夏の雨
夏の川
川尻も人の家裏夏の川
さす傘にここにも急ぐ夏の川

夏の雲
舟持たで水も遠退き夏の川
出来かかる橋中空に山羊鳴く夏の川
何処からも見えて山羊鳴く夏の雲
夏の雲実験室は水止めず
パルプ材積み上げ夏の雲掠め
夏の雲銀座横丁行けば照る
ケンシントン木立がおさむ夏の雲
沢と指し真白かりけり夏の雲
次なる日約しつつゐて夏の雲
ポピー畑光り発して夏の雲
雨一過みよ港町初夏の景
夏の景
夏の蝶池の面に死ぬ水輪かな
夏の蝶
夏の蝶忘れたるほど風に耐へ
夏蝶の胸打つばかり疾きことも
夏の蝶一顧せし地にわれらあり
ちんどんや疲れてもどる夏の月
なお北に行く汽車とまり夏の月
夏の月
父在しし梢のままに夏の月
我等にも風澄み夏の月ある夜
東京駅のこの片翼の夏の月
夏の月現場それぞれ遙かな地
夏の月廃墟一翼人暮らす
どの窓も疾く夏の月育てつつ
閉めかねし窓夏の月鋭きよ
夏の膚
まじまじと富士五合目の夏の膚
夏の日
夏の日を或る児は泣いてばかりかな
夏の山
指し示す霧うべなひつ夏の山

季題別作品集

夏の夜
シネマ呼込夏夜のをんな声男声
城石垣夏の浅夜の街に延び 「紅」
夏の夜の極地過ぎけん日が当る 「紅」
夏の夜の波止若者等来て占むる 「山」

夏羽織
いふなりに掛けたる肩の夏羽織 「軒」
近してふうから一二の夏羽織 「紅」

夏雲雀
夏雲雀砂利山あそぶ子のひとり 「余」

夏深し
縄切れて竹跳ぬる垣や夏深し
夏深き木々の梢を窓に置き 「花」

夏果
夏果の烈日溜めし声の原 「紅」

夏場所
夏場所に一人は急きし苺皿 「山」

夏服
荒廃の街夏服の裾の風
夏服の守衛一瞥救急車
夏服に異国の相ぞ雪の嶺々
夏服や行人なべて爵々と 「山」
夏服や彼の地の四年わが四年 「芽」
夏服やあぢさゐすでに二番花 「芽」
夏服の贅一通り聞き及ぶ 「春」「汀」
夏服や鎌倉近しと定刻に 「暁」「汀」

夏布団
夏布団病篤ければおとなしく
いとけなく淡き模様の夏布団 「暁」「汀」「紅」
荒海の凪ぎし夜を借る夏布団
矢車草誰が夏帽も新しく

夏帽
夏帽を正し去りけり暗き夜へ
おとがひや児の夏帽の紐のため

夏負け
夏負けてゐて家中の指図かな 「花」「紅」

夏祭
真円き月と思へば夏祭
夏祭夜半の晴着の異国人 「花」「半」

夏蜜柑
夏蜜柑日傘も早き故郷かな 「山」「紅」
夏みかん灯蟲もほのと来初めけり
夏みかん食べ別れけり言ひのこし 「余」「紅」

夏館
鳥影も疾し蝶も疾し夏館 「余」「薔」
朝顔に口笛ひようと夏休 「余」「薔」

夏休
窓の灯のきそひて消えず夏休
朝顔鉢またぎて往来夏休
夏休もなかば夕顔花ふえし 「汀」「紅」

夏痩
夏痩をしてお使ひに顔見せし 「暁」
どの岸も子等が現はれ夏柳

夏柳
夏柳彼岸も旧き町のさま 「汀」「都」「春」

夏山
夏山に向つて並び電車来ず
夏山の裸岩の滝の直下かな 「花」「紅」
夏山に小窓開け子を守り

夏炉
灯を明うして夏山の夜に対す
雪嶺のありかや旅の夏炉焚き 「余」「紅」

夏蕨
夏蕨天草島の山高し 「余」「軒」

業平忌
ただ白き足袋をたのみや業平忌
たまはりしその座受けなむ業平忌 「花」「紅」

南天の花
南天の花の薄日に水見舞
南天の花につけても慕情かな 「花」「半」

南風
南風や纜乾く太々と 「汀」
時ふれば手桶水澄み濁り鮒

虹
赤松も今濃き虹の中に入る 「花」「半」

西日

虹高く思へることのまぶしけれ 「都」「紅」
まざまざと思ひ居ること虹の中
虹立ちてみないきいきと山の草
夕虹や車はすべて過ぎんとし
虹立つとわづかに知らす間を得たり 「薔」
虹立つとわづかに知らす間を得たり
虹仰ぐとき相似たりをとめご等 「薔」
虹ぞとうなづくひまもうすれゆく 「薔」
片虹の消ゆたまゆらにあづかりし 「半」「軒」
虹立つや麦藁帽の庇より 「軒」
大西日にカンナもっとも雨残し
船捨てて西日はいよよ歩にまとふ 「余」「薔」
乗換や親子呼ぶあひ西日中
長かりし西日果てたる衣桁かな 「花」「紅」
先々へ人等西日に向ひ急ぐ 「紅」
大前の西日ぞわれも筑紫人 「紅」
西日載せセーヌ流るるたゆしげに 「紅」
羽黒石段西日しづかにやや久し 「紅」
立ち惜しむ間をさし通す西日かな 「紅」
故郷去る西日に諸車にさからひつ 「紅」
窓細目西日明りに読むは何 「紅」
ふたたびすモナコ町角西日濃し 「山」「薔」
老人年金数へる母に大西日 「山」「薔」
氷川丸もホテルや西日舷に溜め 「余」「薔」
今昔西日の海や青草や 「余」「薔」
日曜の西日にあづく実梅かな
行人裡交す別辞に西日かな

熱帯魚

客去れば西日も強し帰心急
衣紋竹西日逃るるすべもなや
玻璃叩き睡りさまされ熱帯魚
熱帯魚人は己れにもどり去り 「暁」「花」
熱帯魚閃き心いたむもの 「軒」
熱帯魚子供が先に飽きてなし 「薔」
われもまた急く人の中熱帯魚 「薔」
おばしまに動きしものも熱帯魚 「薔」

合歓の花
凌霄花

合歓咲きし夜を来るといふ大蛾かな 「余」「薔」
おばしまに立つ人の殖えふ合歓そよぐ 「薔」
野茨や問ふべくもなき門つづき 「都」「軒」
凌霄花や問ふべくもなき門つづき 「薔」

軒忍
軒菖蒲
鋸草
幟

今日の日の凌霄花にまで傾きし 「暁」「汀」「春」「半」
軒忍けぶるが如し庵の月 「汀」「汀」「初」
髪を結ふ白き腕や軒菖蒲 「汀」「薔」
鋸草も咲けばいとしみ剪り添ふる 「春」
村に住みて幟建つ家数へ知る
はたはたと幟の影の打つ如し

梅天
ハイビスカス
蠅除
麦秋

梅天やさびしさ極む心の石 「暁」「汀」
病棟は延び梅天の市の上
ハイビスカス白砂の海に旅ひと日
蠅打つや人に返事を待たせ置き
蠅除をして病人の皿あはれ 「暁」
麦秋の母をひとりの野の起伏 「暁」「汀」
麦秋の島々すべて呼ぶ如し 「紅」「汀」「軒」「紅」「半」

季題別作品集

薄暑

指し示す麦秋の野の照り返し 「軒」
街の上にマスト見ゆる薄暑かな 「江」
磯薄暑遊覧船はぽつりと来 「余」
一日の薄暑我等にぽつに松の花
二の井手もちらとは残る薄暑道
タクシーの終始不愛想薄暑かな 「花」
若人の文字の気短か薄暑来 「暁」
薄暑来はがき一枚急ぐべく
湖畔の句ながらしてみて薄暑かな 「紅」
引き受けし留守に薄暑の水の照り 「紅」
行きまどふとは思はねど薄暑来 「紅」
後追ふのことづてありて薄暑かな 「薔」
薄暑来まだ三四句ぞ投句函 「都」
打水をする住吉に来て薄暑 「薔」
曝す書門扉に迫る薔薇の数 「江」
薄暑来朝の心につとそびゆ 「軒」
白牡丹暮色見ゆればそよそよし 「軒」

曝書

白牡丹朝の心につとそびゆ 「薔」
葉牡丹のかぶさつて来るチューリップ 「余」
教会は早き葉桜夜の疾風
葉桜を行きたま重ぬ疎遠かな

白牡丹

葉桜に灯を得て池水いきいきと 「余」
葉桜の風葉桜の影自在 「紅」

葉桜

その後の月新しき端居かな 「軒」
端居ふと木がくれ月の鋭さよ 「余」
それぞれの端居の向きに茶を給ふ 「薔」

端居

夜の端居昨日と今日を心にし 「江」

残り団扇

残りゐる団扇の向きの端居の座 「余」
芭蕉玉巻く冬日和芭蕉玉巻く新たにも 「薔」
走り梅雨ゆかりと思ふ門も過ぎ 「軒」
雨衣の人駐車指図や走り梅雨 「薔」

走り梅雨

遥かなるかの蓮池も逢ひ得しも 「紅」
子とあそぶひねもす蓮池も殖ゆる蓮浮葉 「紅」
蓮浮葉失ふものもなく満ちし 「紅」

蓮池・蓮浮葉

かいま見し駅の離別や初袷 「暁」
裸子の駈け抜けし家訪ひにけり 「暁」
裸なる伊豆の昼寝路もどりけり 「暁」
男より高き背丈や初袷 「江」

裸

品川にあれば旅めく初袷 「江」
行くほどに多摩のひろげつつ 「半」
隠くすなき哀へ言はず初袷 「江」
いささかの庭の好みや初袷 「薔」

初袷

初袷街幅ひろげひろげつつ 「薔」
初袷や己れゆるしてまどろめば 「山」
初袷や人恋はしむる島の道 「紅」
初袷やたつきひそかな音のみに 「紅」
初袷や人に莨を許すひま 「薔」

初蟬

かかる日に聞く初蟬と思ひぬし 「薔」
初蟬や思ひ返してみな疎遠 「薔」
初蟬の鳴きつぎ遠きからたち 「山」
朝晷初蟬の句もありなしに 「薔」

花葵

子供等の英語の窓の花葵 「薔」
かいまみし人の厨や花葵 「江」

— 219 —

花あやめ　花葵話は及ばざるままに　　　　　　　　　　　　　　　　　　　　　「芽」
　　　　　花葵高さたしかめ身をたしかめ　　　　　　　　　　　　　　　　　　「芽」
　　　　　ともづなも水も暮れゆく花あやめ　　　　　　　　　　　　　　　　　「軒」
　　　　　おのづから水辺に寄れば花あやめ　　　　　　　　　　　　　　　　　「軒」
　　　　　花茨みどりの湖となりにけり　　　　　　　　　　　　　　　　　　　「紅」
花　茨　　里人の早き簑笠花茨　　　　　　　　　　　　　　　　　　　　　　　「初」
　　　　　花茨馴れては恋ふる荒瀬かな　　　　　　　　　　　　　　　　　　　「都」
　　　　　花茨そぞろ歩きは人目ひく　　　　　　　　　　　　　　　　　　　　「軒」
　　　　　いち早き日傘人かな花茨　　　　　　　　　　　　　　　　　　　　　
花　氷　　三越を歩き呆けや花氷　　　　　　　　　　　　　　　　　　　　　　「薔」
　　　　　花氷痩せわれは今日何なせし　　　　　　　　　　　　　　　　　　　「薔」
花莫蓙　　花氷薄や即ち坐る常の客　　　　　　　　　　　　　　　　　　　　　「薔」
花柘榴　　花莫蓙をつかまり立ちの児が踏まゆ　　　　　　　　　　　　　　　　「春」
花菖蒲　　花柘榴また黒揚羽放ち居し「暁」「汀」「春」「半」　　　　　　　　　「汀」
　　　　　八時まだ故郷暮れざり花菖蒲　　　　　　　　　　　　　　　　　　　
　　　　　座の満ちし間に開きけり花菖蒲　　　　　　　　　　　　　　　　　　「芽」
　　　　　ここに住む幸たまひしよ花菖蒲　　　　　　　　　　　　　　　　　　「芽」
　　　　　今朝の声欲しげ紫花菖蒲　　　　　　　　　　　　　　　　　　　　　「初」
　　　　　開かんとしてのその位置花菖蒲　　　　　　　　　　　　　　　　　　「花」
　　　　　人顔の我が顔に映ゆる花火かな　　　　　　　　　　　　　　　　　　「紅」
　　　　　旅衣花火を揚ぐる門司の空　　　　　　　　　　　　　　　　　　　　「紅」
　　　　　紅提灯破るるばかり花火爆ぜ　　　　　　　　　　　　　　　　　　　「紅」
　　　　　川風のここも及びて花火急　　　　　　　　　　　　　　　　　　　　「紅」
　　　　　早打の花火のほかの町の音　　　　　　　　　　　　　　　　　　　　「紅」
花　火　　大花火こだましつつへば心満ち　　　　　　　　　　　　　　　　　　
　　　　　船頭いよよ艪を立てて待つ花火かな　　　　　　　　　　　　　　　　
　　　　　紫の花火は濃しや夜空なほ　　　　　　　　　　　　　　　　　　　　
　　　　　乗せて来し女ばかりや花火船　　　　　　　　　　　　　　　　　　　「紅」
　　　　　笛吹くよ大花火尽きんともせずに　　　　　　　　　　　　　　　　　「紅」
　　　　　胡笛鳴る花火はかなし如何にせむ　　　　　　　　　　　　　　　　　「紅」
　　　　　大花火首相周氏の白皙に　　　　　　　　　　　　　　　　　　　　　「紅」
　　　　　花火はぜまた坐しかねる人のさま　　　　　　　　　　　　　　　　　「紅」
　　　　　ふと闇の花火に反く艪のきしり　　　　　　　　　　　　　　　　　　「山」
　　　　　大花火母のもつとも機嫌かな　　　　　　　　　　　　　　　　　　　
　　　　　早打や花火の空は艶まさり　　　　　　　　　　　　　　　　　　　　
　　　　　待ち受けし花火の空の響きあふ　　　　　　　　　　　　　　　　　　
　　　　　きざしそむ帰心に花火つるべ打ち　　　　　　　　　　　　　　　　　「余」
　　　　　雲流る花火のあいのややあれば　　　　　　　　　　　　　　　　　　「軒」
　　　　　遠花火見し夜の枕やはらかし　　　　　　　　　　　　　　　　　　　「軒」
　　　　　病む窓の一夜はまさず花火かな　　　　　　　　　　　　　　　　　　「軒」
　　　　　大花火しばし臥床も染まるほど　　　　　　　　　　　　　　　　　　「紅」
　　　　　山冷えに衿かき合す花火かな　　　　　　　　　　　　　　　　　　　「軒」
　　　　　大花火女世帯をあからさま　　　　　　　　　　　　　　　　　　　　「軒」
　　　　　カトレアを花火消えたる窓にかばふ　　　　　　　　　　　　　　　　「薔」
　　　　　雲脱ぎし月をまともに花火消ゆ　　　　　　　　　　　　　　　　　　「薔」
　　　　　鉄道草照らして山の花火消ゆ　　　　　　　　　　　　　　　　　　　「軒」
花蜜柑　　曽て見ぬ人の住ひの花糸瓜　　　　　　　　　　　　　　　　　　　　「紅」
花糸瓜　　花蜜柑つづく道来ぬ宵かけて　　　　　　　　　　　　　　　　　　　「薔」
　　　　　前山はいよよ靄こめ花みかん　　　　　　　　　　　　　　　　　　　「薔」
　　　　　小走りや追はれてばかり羽抜鳥　　　　　　　　　　　　　　　　　　「余」
羽抜鳥　　帚木を植ゑてひそかに暑に耐へて　　　　　　　　　　　　　　　　　「余」
帚　木　　目もあやにかたち作りぬ帚草　　　　　　　　　　　　　　　　　　　「紅」
　　　　　帚草刈り巌山を登る人　　　　　　　　　　　　　　　　　　　　　　「暁」
はまなす　はまなすも咲く町並の朝の市　　　　　　　　　　　　　　　　　　　「暁」

季題別作品集

浜昼顔

きらきらと浜昼顔が先んじぬ 「暁」「汀」「半」
番傘の軽さ明るさ薔薇の雨

薔薇

薔薇にある園丁にまだ別辞せず 「暁」「汀」「春」「半」
薔薇開き今宵の団扇新しき 「暁」「汀」
今日ありて咲き満つバラや黄も紅も 「汀」
ばら開き海光玻璃戸つつみたる 「都」
旅一夜蕾あまさず薔薇ゆるむ 「紅」
紅ばらに鉄打つひびき島の方 「紅」
惜しみなく剪り来てバラの香の新た 「紅」
バラ散るや己がくづれし音の中 「紅」
ばら煽つ閃光燈ぞ救急車 「紅」
すでに夜半灯せばばらの眩しがる 「紅」
ばら黄なり開かんとして黄を重ね 「紅」
薔薇くづれ夜干に乾くものと病む 「紅」
せり台の幾千束のばらは蕾 「紅」
朝すでにふふバラ空輪英仏へ 「山」
見直さす壁の真紅はそれもバラ 「山」
ばらの香も三千といふ香の一つ 「山」
ナポレオンロード斜めにバラ出荷 「山」
バラ挿せばハイウェイの車バラ過ぎる 「山」
ばら挿せば遠チのハイウェイばら過ぎる 「余」
母に来て少女ささやくばらの蔭 「薔」
花束のばらは薔薇の碑に 「薔」
行きまじる軽羅の街は薔薇粧ふ 「薔」
鴨去りて豁然残る花圃のバラ 「薔」
バラくづれ雲夕映えて富士照らす 「薔」

晩夏

ときをりにバラの香強し不参誰ぞ 「薔」
バラを挿し仏具はたのしこまやかや 「軒」
ややあれば犬も立ち去るばら畑 「軒」
バラくづれ百合は開くをためらはず 「軒」
バラに水注しビル群に向かはしむ 「軒」
朝明のビルはひとときバラしのぐ 「軒」
ばら咲きて一つならずは昼の虫 「軒」
水替へしバラも尽きたりあますなく 「軒」
灯を消せば黄ばらと同じ夜が来る 「軒」
寝ねつがなゆるむ黄ばらをとどむべく 「軒」
行く雲は行き壺のバラに今日の水 「芽」
夜のバラをしかめて今日の大事終ふ 「芽」
バラ挿せば新宿ネオンバラのぞく 「山」
連れにのみ言はせてバラを賜ひけり 「薔」
バラ千種鳴きまぎれの雨蛙 「薔」
夕焼は遠く退き薔薇たわわ 「都」
永き日ぞポピーも薔薇も咲き尽くす 「紅」
使ひとて晩夏の町の果に来し 「花」
巨大帝陵荒れて晩夏の鷺二三 「山」
こまごまと辻教へゆて晩夏かな

ハンカチ

涼み舟晩夏川波ややに荒れ 「軒」
旅長し洗ひて乾くハンカチフ 「紅」
ハンカチはたたみて白し旅をつぐ 「山」
ハンカチーフ言荒らげる日もなけん 「花」
晩夏や運河の波のややあらく 「薔」

晩涼

晩涼の子や太き犬いつくしみ 「暁」「汀」「春」「半」

― 221 ―

ビール

晩涼の子の喜びし月その他 「暁」「汀」「春」「半」
晩涼の簾をさへもあげぬまま 「暁」「汀」「半」
晩涼や座敷相似て子供似て 「暁」「汀」「半」
晩涼の空に連らなる出船あり 「暁」「汀」
町教ゆ晩涼来る川風に 「暁」「汀」「花」
舟べりの手に晩涼の水の泡 「花」
晩涼の軸の白波の遠く来る 「紅」
晩涼の船足揃ふ艪音かな 「紅」
晩涼や照影さらにきはやかに 「紅」
晩涼や織して赤き火を運び 「紅」
晩涼や大キャバレーは音を秘め 「紅」
晩涼の機嫌に病舎の灯 「紅」「山」
晩涼の鯉吹き抜けや旅鞄 「紅」
晩涼の轟音のまたよき離陸 「紅」
晩涼や足下大川やや急ぐ 「薔」
城門のある晩涼の橋たもと 「余」
晩涼の街一瞥す車椅子 「余」
晩涼やひとりは去りぬいさぎよく
話しせぬ客に泡立つビールかな 「芽」「初」
大日覆渡さんとする下を行く 「都」
日を失しはたと日覆のおとろへし 「紅」
日覆せし街のうつろを通り抜け 「紅」
日覆なす市の栄えに耐へんとす 「薔」
射干は越古町の昼の花
かたくなの射干をわが夏の花 「軒」
日傘影出でじと草を取りにけり 「初」

射干

日覆

日傘

日盛

緑蔭の置きし日傘も冷え冷えと 「暁」「汀」「半」
色深きふるさと人の日傘かな 「暁」「汀」「半」
舟にさす日傘のうちの花藻かな 「暁」「汀」「都」
長旅の黒き日傘もととのはず 「都」
ふつふつと日傘のひまに泥地獄 「山」
黒日傘急ぐ夫に妻かざす 「紅」
遠く来ぬ日傘ためらば心澄む 「薔」
千条の鋼鉄日傘寄らしめず 「薔」
差しくるる日傘の影を歩むべく 「薔」
われも借る故郷日傘濃き影を 「薔」
日傘さす一人二人に遭難碑 「薔」「余」
日傘しなふ山の風かな避暑期去る 「薔」
魚津見ゆ日傘吹き上ぐ潮風に 「薔」
日傘なる故郷日傘の褪せも故郷かな 「軒」
一点の日傘の影をただ歩む 「軒」
貸し給ふ日傘の褪せも故郷かな 「軒」
島一歩日差し日傘の四方より 「軒」
曼珠沙華日傘を焦がす暑に早も 「軒」
夏蜜柑日傘も早き故郷かな 「軒」「余」
舟にさす日傘のうちの花藻かな 「薔」
冷房に持ちて長さよ日傘の柄 「紅」
日盛を盆提灯の売れてゆく 「江」
おのおのや道さけあひて日の盛り 「薔」
一通り消息つげて日の盛り 「紅」
堀川とのみ日盛りの町川は 「山」
大王松燦然として日の盛り 「薔」
日盛や梅は残りの実を落とす 「軒」

季題別作品集

氷雨

旅衣氷雨たちまち肌に沁む　［紅］

菱

家が建ち出窓が出来て菱の池　［紅］

避暑

避暑終る稲妻ところ違へつつ　［紅］
エプロンの花のぬひとり避暑久し　［紅］
避暑終る白き鞄に菓子鏈に　［芽］
避暑の荷の小犬の籠は膝にのせ　［紅］
避暑期来渚の砂の歩を誘ふ　［紅］
土産もの故国遙けき避暑の町　［薔］
避暑終るぴつたりたたむ葭屏風　［薔］
山の霧ともにうべなひ避暑終る　［薔］
避暑先へ来信二三届き初め　［薔］
何くれと電話しばしば避暑終る　［薔］
音もせで閉ぢ去りし荘避暑期去る　［山］
菓子わけつ客ひき止む避暑の荘　［山］
山の蛾の今宵も多し避暑終る　［山］
日傘しなふ山の風かな避暑期去る　［余］

早田

旱田に水牛の子の水牛色　［汀］

単衣

地下鉄の青きシートや単物　［薔］
野外演奏今宵あるらし単もの　［山］
旅もまた文もすれ交ひ単もの　［余］
旅次ぐと単衣二三をたたみ入れ　［軒］
単衣着て流るるほどに水を打つ
単衣着て記憶のなかの出湯の橋
単衣着て風よろこべば風まとふ
単衣着て泰山木朝の花一つ
藍単衣車窓の雨の斜かな
ひとへ着て誰彼となくたよりゐる

単帯

単衣着て同級といふ永久のもの
単衣着て紵にもそびゆるか
単衣着て菓子手に入りし旅の幸
単衣着る日は心くじけつつ
単帯或る日は心くじけつつ
単帯噂の端にあづかれる
大方はその後平安ひとへ帯
風通しよすぎる座なりひとへ帯
まがふなき港のありか一重帯
朗報の届き取り出す単帯
くじけんとのみに好みの単帯
大宮の駅のはづれの灯取蟲　［余］

灯取虫

灯取蟲かくして早き月日かな　［芽］
ひなげしに修院哀話洩れきぬ　［薔］

ひなげし

夏草にまじる雛芥子席寺院　［薔］
向日葵や如露に残りて沸ぎる水　［紅］

向日葵

たまたまの日も向日葵の失へる　［汀］
向日葵のひらきしままの雨期にあり　［春］
石けりに蜻蛉も高し向日葵　［半］
烈風の街燈に出づ灯蟲かな　［初］

灯蟲

灯蟲来る夜の鏡のうつろかな　［紅］
灯蟲さへすでに夜更のひそけさに　［汀］
かたくなにめぐる灯虫の輪のもとに　［都］
滞留の一夜にふえし灯虫かな　［汀］
京泊り灯虫二三に灯を許し　［半］
引きつづく広場の拍手灯虫の夜　［紅］
おのおのにひとりの暇や灯蟲来る　［山］

姫沙羅　　姫沙羅の幹の艶　　　　　　　　　　「山」「薔」
　　　　　雪富士を得て姫沙羅の所得て

白夜　　　来し方や思ふそこにも姫女苑　　　　「余」「薔」「芽」「軒」「紅」
姫女苑　　英文字の地図はわからず白夜飛ぶ
　　　　　そこなはぬ大地か雲か白夜航く

日焼　　　睡魔来る白夜の冴えの極りに　　　　「暁」「紅」「紅」「紅」
　　　　　日毎日暁けて小さき鼻の光れる子
　　　　　日焼せしままわづらひの肌を脱ぎ
　　　　　二の腕の涼しき日焼のびやかに

冷麦　　　故里の花一日の日焼かな　　　　　　「汀」「薔」「山」「紅」
　　　　　所持金の申告日焼けじじりと
　　　　　冷麦や切にも人を引きとどめ
　　　　　冷麦に呼ぶや児もぬる座をひろげ

冷奴　　　冷奴故郷の月はとく昇り　　　　　　「暁」「薔」「軒」「半」
　　　　　冷奴のぞみといへど何やある
　　　　　冷奴庭の茂りは手に負へず
　　　　　冷奴夜風もすでに別るべく

電　　　　宵月の光はばかり冷奴　　　　　　　「汀」「薔」「紅」
　　　　　電馳する間に樹々を置き石を置き
　　　　　電去りし街の明るさ快しと聞く
　　　　　稲妻のうす桃色や電の空

氷菓　　　電過ぎて紫暮るるえぞつつじ　　　　「余」「都」
　　　　　氷菓食ぶ泣きて別れて来しのみに
　　　　　後ろ髪吹く風のある氷菓かな
　　　　　ゆるみゐる氷菓忘れず話すべく

　　　　　夏みかん灯蟲もほのと来初めけり　　「余」「都」
　　　　　出湯しづか灯虫も山に戻る刻
　　　　　われらより灯虫はしづか所得て

日除　　　煉瓦館日除真紅に老給仕　　　　　　「山」「薔」「紅」
　　　　　水路照る朝の日除を深々と
　　　　　日除を反れし日ざしがまとひ来る
　　　　　睡れてふ手ぶり日除を深うして
　　　　　大方は日除のそとの用ばかり

蛭顔　　　日除していぶせきものを身のほとり　　「余」「薔」「芽」「軒」「紅」
　　　　　しみじみと手洗ひ居れば蛭来る「暁」

昼寝　　　蛭顔やいつかひとりの道となれば　　「汀」「紅」
昼寝覚　　蛭顔は今日のそびらに残す花
　　　　　蛭顔に寄する水輪も真水とて
　　　　　蛭顔や町のあはひの運河べり

枇杷　　　たらちねの昼寝寝入らせたまひけり　　「花」「半」「汀」
　　　　　大事なき眼鏡はねのけ昼寝人
　　　　　はね起きしこれさびしむ昼寝かな
　　　　　昼寝ざめ肌冷たく子の抱かれ
　　　　　現身の何も残らず昼寝覚め

　　　　　子やあはれ泣くにも間ある昼寝覚め　　「余」「薔」「都」「半」
　　　　　昼寝覚風が散らせしもの集め
　　　　　昼寝覚秋めく空の棚雲に
　　　　　昼寝覚何なさんかな身のほとり
　　　　　枇杷を食ぶ完き閑を得んとなし

　　　　　枇杷熟れて銭こぼすほどバス揺れて　　「暁」「汀」「半」
　　　　　枇杷買ひて夜の深さに枇杷匂ふ
　　　　　この宵の枇杷を甘しと誰に言はむ
　　　　　雨音のひつきりなしに枇杷甘し
　　　　　西日早や皿に乾らびし枇杷の種

季題別作品集

枇杷

枇杷甘し額の汗は別に落つ 　［紅］
ひとり旅枇杷たべて手を濡らしをり 　［山］
枇杷食べてしばらくすべてうけがははず

初枇杷や大都はしぶく雨の中 　［紅］
初枇杷に見す庖丁や味どころ 　［薔］
枇杷甘し子らよりも亡き母を恋ひ 　［軒］
拾ひけりわれを飛びたる枇杷の種 　［軒］
初枇杷や看病と聞く隣の覗かるる 　［軒］

風鈴

風鈴に立てば隣の覗かるる 　［軒］
風鈴に目やりて変ふる話題かな 　［初］
風鈴のそろはぬ音なれ二つ吊り 　［初］
風鈴のもつるるほどに涼しけれ 　［汀］
風鈴のしぐく鳴りにけり 　［汀］
仮吊の風鈴しぐく鳴りにけり 　［汀］
風鈴は行人にまた隣人に 　［半］
風鈴の音に月明かき夜を重ね 　［芽］
風鈴をひとりあまさず振り向きぬ 　［芽］
風鈴のその後はたと鳴らずとも 　［芽］
風鈴の己れ忘れて鳴りつづく 　［花］
風鈴の彼方の音が間にまじる 　［紅］
声もなく夜のプールを泳ぎ切る 　［薔］

プール

プールサイド文書く人にならふべく 　［山］
ひそやかに来ては濡げる蘿の水 　［薔］
夜目青き蘿の裏戸を出漁す 　［紅］
蘿姿える山の天気やほととぎす 　［紅］
ともかくも帰るべくゐて蘿の雨 　［紅］
まだ暮れぬ日と剥く蘿のはかどりと 　［薔］

噴井

山の蘿行きに戻りて欲るは誰ぞ 　［薔］
白雲は動き皿小鉢積む噴井かな 　［花］
退げて来し皿小鉢積む噴井かな 　［薔］
さわさわと枝引き寄せて袋掛

袋掛

旅鞄仏桑花朝の花早し 　［山］
水澄みて咲くだけ咲くや仏桑花 　［薔］

仏桑花

船鞄に浜の人出のみじかさよ 　［紅］
舟蟲の少しはばかるばかりなり 　［薔］

船虫

船蟲に忽然としてヨットかな 　［汀］
噴水のましろにのぼる夜霧かな 　［都］

噴水

数歩来て噴水とみに激しさに 　［暁］［汀］［春］
噴水のさだめなき穂にうつつかな 　［半］
噴水は心のほかにくぐもつつ 　［汀］
噴上げに子等絶えず来て手を洗ひ 　［汀］
噴水も暮れ若人等呵々と去り 　［都］
噴水のしぶき月光しのび入り 　［紅］
大噴水止めて涼しく朝掃除 　［紅］
騒音裡噴水の音ふとたしか 　［半］
噴水の秀は談笑の人の上に 　［花］
噴水の玉とびちがふ五月かな 　［山］
噴水裡止めぺチュニヤまだ朝覚めぬペチュニヤに 　［山］

ペチュニヤ

スプリンクラー 　［紅］

蛇苺

畦暑しいよいよ並び蛇苺 　［薔］
金鳳華にあらざれば蛇苺 　［汀］
乳牛が啣いておどして蛇苺 　［汀］
すでにして日はじりじりと蛇苺 　［紅］

鬼灯市

蛇苺水には浮葉ひしめける
ぬかるみに鬼灯市の道縦横
鬼灯市雨雲しかと遠ざけし
鬼灯の花木場も奥子を育て
鬼灯の花訴へは洩らさずも

ボート
鬼灯の花

貸ボートやうやくしげく出で初むる
上汐や短き櫂の貸ボート
伏せて乾すボート飛び越ゆ草の絮
ひとり出すボートの向きはまだ決めず

蛍

摘まむ指まざと見たりし蛍かな
更くる闇指出でて飛ぶ戸を母鎮さる
庭蛍出でて飛ぶ戸を母鎮さる
その後の母とある夜の蛍かな
蛍とぶ夜や人の家子を泣かせ
舟べりにしづかに灯す蛍あり
光洩るその手の蛍貰ひけり
矢の如き一つ蛍の猛々し
跣げば襲ふ麦の香や蛍追ふ
吹く水に眉眩しさよ蛍籠

蛍籠

開くる人の睡明らかや蛍籠
病める子の夜は眠るなる蛍籠

蛍狩

走り出て闇やはらかや蛍狩

蛍火

蛍火は行き交ひ絃歌くり返し
蛍火の照らすかんぽの紅濃さよ

　　　　　　　　［紅薔］
　　　　　　　　［紅汀］
　　　　　　　　［山薔］
　　　　　　　　［紅薔］
　　　　　　　　［花汀］

　　　　　　　　［余薔］
　　　　　　　　［初薔］
　　　　　　　　［軒薔］
　　　　　　　　［汀薔］

　　　　　　　　［暁］
　　　　　　　　［半薔］
　　　　　　　　［花］
　　　　　　　　［紅薔］
　　　　　　　　［余薔］
　　　　　　　　［余薔］
　　　　　　　　［暁］「初」
　　　　　　　　［軒］
　　　　　　　　［暁］
　　　　　　　　［紅］

　　　　　　　　［初］「暁」
　　　　　　　　［紅］

　　　　　　　　［軒］

蛍袋

地に落ちて蛍火千々にくだけけり
芭蕉林まこと螢火綾に飛ぶ
しみじみと蛍ぶくろの色たもつ
蛍袋庭芒露にいかばかり

牡丹

とどまりて次の蠅を待つ牡丹
雨風の牡丹のほかに卓もなし
おくれ咲く牡丹を剪りていとほしむ
夜の蛙牡丹も花を失はず
暮れがたのこの雨脚や牡丹園
牡丹咲かせ朝の礼拝やや久し
燭寄せてさゆるぎもなき夜の牡丹
長姉たり牡丹ゆたかに花終り
雨を得て風やはらぎし白牡丹
牡丹剪つて隙秘むものある如し
初牡丹一憂去りし集みかな
金屏に紅打ち重ぬ牡丹かな
夜雨ふくみまさしく開く黒牡丹
次々に雨に紅打ち重ぬ牡丹のみ
緋牡丹としてまさりけり露のまま
緋牡丹の夜の息づきの聞ゆなり
夜闇またわが牡丹紅濃くすなり
黒牡丹ぞと崩るるを起こされし
われもまた息ととのへつ夜の牡丹
鷗どり掠む牡丹に客座敷
かへりみて牡丹くづるるにはかさよ
寝ねんとし牡丹にわかつ山清水
出迎へと行き違ひけり牡丹園

　　　　　　　　［軒］

　　　　　　　　［紅芽］
　　　　　　　　［汀芽］
　　　　　　　　［紅芽］
　　　　　　　　［紅芽］
　　　　　　　　［紅芽］
　　　　　　　　［暁汀］
　　　　　　　　［紅山］
　　　　　　　　［紅薔］
　　　　　　　　［余薔］
　　　　　　　　［余薔］
　　　　　　　　［薔］
　　　　　　　　［薔］
　　　　　　　　［薔］
　　　　　　　　［軒］
　　　　　　　　［薔］
　　　　　　　　［芽］
　　　　　　　　［芽］
　　　　　　　　［芽］
　　　　　　　　［芽芽］
　　　　　　　　［薔］

季題別作品集

ほととぎす
捕虫網
牡丹畑
牡丹杏

おのづから人の流れや牡丹園　「軒」
牡丹杏華やぎ食めば応ふなし　「紅」
主早や先立たせけり牡丹畑　「芽」
捕虫網宙に一振り子等走る　「軒」
すぐ湖水見にとて居らずほととぎす　「紅」
ほととぎす金色発す夕富士に　「紅」
山冷の仕度いささかほととぎす　「紅」
沢が秘む撫子原やほととぎす　「余」
着いてすぐ帰途の手はずやほととぎす　「余」

ポピー

豁然と山も目覚めぬほととぎす　「余」
蕊萎える山の天気やほととぎす　「芽」
ポピー畑風が吹かねばもの忘れ　「芽」
ポピーすでに花かくれなき細雨かな　「芽」
ポピー置き娘は大いなる街にまぎれ　「余」
かたくなにポピーはそむく蕾まで　「芽」
ポピーいとし挿す花の向き肯はず　「芽」
花をさむべく果し得ず夜のポピー　「芽」
ポピー畑光り発して夏の雲　「芽」
朝冷えに紅正したるポピーかな　「芽」
ポピーも薔薇も咲き尽くす　「軒」

本くず
マーガレット
松落葉

本くずの甘さよゆすら梅ほどに　「薔」
マーガレット主の椅子を犬が占め　「薔」
マーガレット猫額の庭満ちしけり　「薔」
一日の松の落葉や夕詣　「薔」
掃き寄せて何もまじへず松落葉　「薔」
案内にすなほにつけば松落葉　「薔」

松葉牡丹

空家ゆゑのぞきかねたり松落葉　「軒」
自動車に松葉牡丹の照りかへし　「汀」
月日経つ松葉牡丹の町も好き　「薔」
手に余る仕事も開け放ち　「汀」
松葉牡丹裏も表も開け放ち　「軒」
松葉牡丹あはれ小さく雨やどり　「汀」
祭店あはれ小さく雨やどり　「汀」
笛吹けば祭太鼓の高くなる　「汀」
みたらしに祭鬼灯洗ひもし　「汀」

祭

乳飲ます祭人形のしぐさかな　「半」
おとなしき祭につとりとして　「半」
里の子祭囃子をまじまじと　「都」
祭笠とは花揺れて手をひかれ　「花」
祭笠のぬくき手摺に祭笠　「花」
石橋のぬくき手摺に祭笠　「花」
祭髪欅かけたる背丈かな　「半」
夕焼遙か祭ゆかたの着下ろしに　「半」
澄む水にひびきて祭太鼓かな　「汀」
とんとんと太鼓打ち溜め里祭　「汀」
飛鳥町祭休みの子を抱だき　「汀」
去りがての祭の客に飛鳥川　「汀」
ただの土に並べしものや祭店　「余」
茉莉花や主いよいよ暇なけど　「薔」

茉莉花

オスロー行そばだつ斂も真夏かな　「薔」
はや真夏家思ふまもなかりけり　「薔」
豆飯や人寄せごとに心浮き　「紅」
豌豆飯匹かに灯虫来そめし夜　「芽」
手伝ひのたちまち炊ける豌豆飯　「紅」

真夏
豆飯

わが家なりきまた豆飯の相談も
二手より運び豆飯ゆきわたり 「薔」 水打つ

水を打つ故郷再び離るべく 「汀」
水打ちてよごせし足の美しく 「汀」「紅」
水打つてふたたび閉ざす門扉かな 「汀」
水打つてばふはとととびつく地のほてり 「紅」
昼の虫思ひつくまま水打てば 「紅」
道舟も高き軸ース水すまし 「紅」 水すまし
道崩ゆる裏網走ぞ水芭蕉 「軒」
隠り沼の先ひろがりに水芭蕉 「紅」 水芭蕉
水芭蕉戸隠の日も人も遠し 「薔」
水芭蕉谷の深さもかいま見つ 「芽」
われらにも日差やぶさか水芭蕉 「芽」
水芭蕉沼の奥処へ走如く 「芽」
水芭蕉台風早き今年かな 「芽」
渡仏までやや残す水羊羹 「汀」「春」
水羊羹何思ひなし甘かりし 「薔」
水羊羹冷えきりて人思ふひま 「余」 水羊羹
水羊羹冷えとのよき風水羊羹 「薔」
庭師入りしあとのよき風水羊羹 「薔」
一日ごと旅も遠かり水ようかん 「余」
みつ豆にネクタイ撥ねし男かな 「紅」
蜜豆や人うかがふにあらざれど 「紅」 蜜豆
密豆やいふこともきくこともなし 「山」
水無月と別るる線香花火かな 「余」 水無月
水無月の照る日曇る日来る土鳩 「薔」
水走る水無月落葉なつかしき 「暁」「汀」「軒」
水無月や一むら竹も立ち直り 「汀」「紅」「半」 南吹く
泊船のときに黒煙南吹く 「汀」「紅」

マリーゴールド

マリーゴールド外つ国暮し吾子も馴れ 「薔」「軒」
青葉冷万太郎忌の夜のネオン 「紅」 万太郎忌
ふるさとや実梅を量る母の枡 「紅」 実梅
実梅ぞと先づ目ざときは誰なりし 「軒」
見えそめし実梅もつともたしかなり 「紅」
こもごもに立ちて実梅をつぶさにす 「軒」
留守宅や実梅報じてみな莞爾 「芽」
実梅寄せ約二十箇はある如し 「芽」
紅差せる実梅落ちゐる雨情かな 「芽」
やすらかや実梅の処置もそれぞれに 「芽」
日曜の西日にあづく実梅かな 「芽」
うたたねをわが許されて蜜柑咲く 「軒」 蜜柑の花
短夜のほそめほそめし灯のもとに 「薔」 短夜

短夜の明けたる椅子の仮寝誰ぞ 「汀」
短夜の櫛一枚や旅衣 「汀」
短夜や人語忘れし病む鸚鵡 「都」
短夜のうつつを包む白き闇 「紅」
短夜のいつ片づきし机上かな 「紅」
短夜の栞忘れし頁かな 「余」
短夜やわづかに頼む何々ぞ 「薔」
短夜や今更いそぐ文もなし 「薔」
短夜の四隣のみて消す灯かな 「薔」
短夜や病室明日に整ふる 「薔」

季題別作品集

麦

麦熟れる
　麦舟の着きし軸のやさしけれ　　　　　　　　　　　　　「暁」「汀」
　蛤付きしまま麦束となりにけり
　跣げば襲ふ麦の香や螢追ふ
　浪速出て花菜は低く麦高く
　麦熟れて夕真白き障子かな　　　　　　　　　　　　　　　　「暁」「汀」
　麦熟るるまどろむ母を旅に連れ
　麦熟るる島の碑の文字すべて悲話

麦刈
　水際まで土手の刈麦乱りけり　　　　　　　　　　　　　　　　　「暁」「紅」
　麦刈の終んぬる野をみそなはせ

麦笛
　麦松のローマ一望麦に手なはせ　　　　　　　　　　　「暁」「紅」
　わが鳴らす麦笛びびと吹きつにたへ
　傘松のローマ一望麦と手にとたへ
　麦笛を人に見られて吹き捨てに
　麦笛の吹けばよく鳴るさびしさよ

麦藁帽
　花笛つや麦藁帽のあちこちす　　　　　　　　　　　　　「花」「紅」
　虹立つや麦藁帽の庇より

目高
　虫干の座のいささかも惜しみつつ　　　　　　　　　「花」「初」
　散りし後に一匹残る目高かな

虫干
　緋目高や芦の間藻の間映る雲　　　　　　　　　　　　　　「初」
　騒ぐ子の波が来て揺る花藻かな

藻の花
　藻の花や小魚吐きたる泡いくつ　　　　　　　　　　　　「都」「初」
　舟にさす日傘のうちの花藻かな
　藻の花や横波寄せてあきらかに

目高
　藻の花や暮しの水は別に汲み　　　　　　　　　　　　「紅」「初」
　思ひきや藻の花もなほ咲くほとり

屋形船
　しらじらと顔まだ昏れず屋形船　　　　　　　　　　　「汀」「芽」
　屋形船鼓打ち込む人数かな

灼くる
　欄干の灼けたる鉄の片かげり　　　　　　　　　　　　　「都」「軒」

矢車
　矢車の止りいくつも止り居り　　　　　　　　　　　　　　　「汀」「春」
　住み残す矢車草のみづあさぎ

矢車草
　矢車草誰が夏帽も新しく　　　　　　　　　　　　　　　　　　「暁」「半」
　泊船のかくて残す灯夜光虫

夜光虫
　寝ねんとし牡丹にわかつ山清水　　　　　　　　　　　「暁」「汀」

山清水
　花開き終り山百合雨も無げ　　　　　　　　　　　　　　　　　　「軒」

山百合
　山百合の花粉や心みだすほど　　　　　　　　　　　　　　　「軒」
　山百合ややうやくさだか栗鼠の径　　　　　　　　　　「軒」
　山百合の花粉したたか紹の袂　　　　　　　　　　　　　　「軒」
　ポンプ井戸汲みて夜涼とする人等　　　　　　　　　　「芽」

夜涼
　モータープール夜涼あそべる白き犬　　　　　　　　「都」「紅」
　隣り病室夜涼賑やかなるはよし　　　　　　　　　　　　「余」「紅」
　旅に見し夜涼キス母娘　　　　　　　　　　　　　　　　　　　　「山」
　巨大ビル一角に占む夜涼かな　　　　　　　　　　　　　　「余」「紅」
　夜涼みや岸辺も窓も花に埋め
　風呂沸いて夕顔の闇さだまりぬ　　　　　　　　「暁」「汀」「紅」

夕顔
　夕顔の開きし蓋は夕日得し　　　　　　　　　　　　　　　「汀」「春」
　夕顔の花は暮れずと思へども　　　　　　　　　　　　　　「花」「半」
　夕顔のとどまりがたき花の数　　　　　　　　　　　　　　「花」「半」
　夕顔の花にぞ見え夜に見え　　　　　　　　　　　　　　　「花」「半」
　夕顔に立つ暇さへありなしに　　　　　　　　　　　　　　「花」
　夕顔はこれよりの花初嵐　　　　　　　　　　　　　　　　　「花」「紅」
　いよいよの無月夕顔開き切り
　夕顔に立ちてわが家の暮らし見ゆ　　　　　　　　「余」「薔」
　夕顔の花満面に迫るなり　　　　　　　　　　　　　　　　　「余」「薔」

夕蟬
　夏休もなかば夕顔花ふえし　　　　　　　　　　　　　　　「汀」「春」
　夕蟬のいつほどとなく日のつまる

夕蝉のここにも切に町の果　　　　　　　　　　　　　　　　　［紅］
夕蝉や帝陵めぐる濠も涸れ　　　　　　　　　　　　　　　　　［薔］
夕蝉や心さわだつ風の中　　　　　　　　　　　　　　　　　　［薔］
夕蝉やわづかに人をとどめつつ　　　　　　　　　　　　　　　［紅］
夕蝉の地に沁む声を高うする　　　　　　　　　　　　　　　　［軒］
夕蝉の思ひつきしかまたしきり　　　　　　　　　　　　　　　［紅］
島しづか十一月の夕蝉に　　　　　　　　　　　　　　　　　　［初］

遊船

遊船に手伝ひて提灯吊りにけり　　　　　　　　　　　　　　　［初］
遊船の指し来し小島蛙鳴く　　　　　　　　　　　　　　　　　［汀］
遊船をめぐりて水葱は流るべく　　　　　　　　　　　　　　　［花］
遊船はさかのぼるえご散り溜る　　　　　　　　　　　　　　　［花］
遊船の一つ一つの漕ぎはじめ　　　　　　　　　　　　　　　　［花］
遊船や同じき月に漕ぎもどし　　　　　　　　　　　　　　　　［紅］
遊船の髪のかたちも見えて過ぐ　　　　　　　　　　　　　　　［紅］
遊船のたちまち早瀬棹たわみ　　　　　　　　　　　　　　　　［紅］
遊船群舳の反りを楯に来る　　　　　　　　　　　　　　　　　［軒］
遊船や鉄積む船やライン荒れ　　　　　　　　　　　　　　　　［汀］
日当りて来る遊船に岬枯るる　　　　　　　　　　　　　　　　［薔］
雨とても遊覧船のコースかな　　　　　　　　　　　　　　　　［汀］
水天宮さまの落葉に遊び船　　　　　　　　　　　　　　　　　［薔］

夕立

夕立の前ぶれ雨や紅蜀葵　　　　　　　　　　　　　　　　　　［汀］
夕立や船影白くかき消えつつ　　　　　　　　　　　　　　　　［薔］
夕立中車飛ばすよ半裸美女　　　　　　　　　　　　　　　　　［薔］
旅客機にはじまる給油夕立中　　　　　　　　　　　　　　　　［山］
夕立の雫下草大揺れに　　　　　　　　　　　　　　　　　　　［芽］

夕焼け

夕焼けて街燈光り得つつあり　　　　　　　　　　　　　　　　［汀］
夕焼けて何もあはれや船料理　　　　　　　　　　　　　　　　［汀］

水あればある夕焼や雪の原　　　　　　　　　　　　　　　　　［汀］
夕焼けて山々の裾人家かな　　　　　　　　　　　　　　　　　［半］
夕焼も知らでや母は只ひとり　　　　　　　　　　　　　　　　［半］
子を遠く大夕焼に合掌す　　　　　　　　　　　　　　　　　　［半］
夕焼に向つて歩み入る如し　　　　　　　　　　　　　　　　　［花］
夕焼やまだ乗る船も定まらず　　　　　　　　　　　　　　　　［花］
夕焼の汐のしぶきの重たさよ　　　　　　　　　　　　　　　　［花］
夕焼の覚めきし汐の澄みわたる　　　　　　　　　　　　　　　［花］
夕焼の今退くや竈の火　　　　　　　　　　　　　　　　　　　［花］
こぼるるは夕焼雀駅広場　　　　　　　　　　　　　　　　　　［紅］
陪塚とわづかに望む夕焼中　　　　　　　　　　　　　　　　　［紅］
今日のわざ今日終へんとし夕焼濃し　　　　　　　　　　　　　［紅］
夕焼は遠く退き薔薇たわわ　　　　　　　　　　　　　　　　　［暁］
筑後川夕焼おさむ風も落ち　　　　　　　　　　　　　　　　　［薔］
カンヌ夕焼故国の山に似し山も　　　　　　　　　　　　　　　［薔］
地中海夕焼も白き船も消え　　　　　　　　　　　　　　　　　［山］
夕焼の及べる土間に帰郷の荷　　　　　　　　　　　　　　　　［山］
夕焼の顔見定むる帰省かな　　　　　　　　　　　　　　　　　［余］
夕焼に投げいとしみぬ起上り　　　　　　　　　　　　　　　　［薔］
夕焼に染まりてまたも探しもの　　　　　　　　　　　　　　　［軒］
向山とのみ朝焼に夕焼に　　　　　　　　　　　　　　　　　　［軒］
かいま見し浴衣童の今近くと　　　　　　　　　　　　　　　　［薔］

浴衣

浴衣着て一人の涼や真暗がり　　　　　　　　　　　　　　　　［山］
浴衣着む香港夜景身をつつむ　　　　　　　　　　　　　　　　［余］
山冷にむしきまでの白浴衣　　　　　　　　　　　　　　　　　［花］
勿体なく糊の浴衣を忌みし頃　　　　　　　　　　　　　　　　［紅］
浴衣着にはなやぐ街の時鐘かな　　　　　　　　　　　　　　　［紅］

季題別作品集

雪の下

宿浴衣降れば降るべし山の雨　　　　　　　　　　　「紅」
浴衣着て互ひに闇にまぎれ去り　　　　　　　　　　「山」
父思ふ縞の浴衣はなど悲し　　　　　　　　　　　　「薔」
小犬とて吠ゆるは笑止白ゆかた　　　　　　　　　　「薔」
浴衣かなさま変れども萩桔梗　　　　　　　　　　　「薔」
遮断機の人数の中の宵浴衣　　　　　　　　　　　　「薔」
おのがじし霧を心に宿浴衣　　　　　　　　　　　　「薔」
しかじかの心得つつむ紺浴衣　　　　　　　　　　　「芽」
ライターは燃えて浴衣の襟照らす　　　　　　　　　「半」
雪の下人に知られず鯉あそぶ　　　　　　　　　　　「都」

ゆすらうめ

いつよりか絶えし音信雪の下　　　　　　　　　　　「軒」
雪の下遊鯉の揚羽の他にもまた　　　　　　　　　　「余」
人を置きてふと摘み入りぬゆすらうめ　　　　　　　「軒」

百合

去りがての百合の粉つきて落ちざる腕かな　　　　　「花」
百合の香を怖るる部屋を更へにけり　　　　　　　　「初」
百合の花粉つきて落ちざる腕かな　　　　　　　　　「都」
人を置きてふと摘み入りぬゆすらうめ　　　　　　　「紅」
窓に百合英京の朝音もなし　　　　　　　　　　　　「軒」
息ととのふるとき壺の百合蕾解く　　　　　　　　　「軒」
バラくづれ百合は開くをためらはず　　　　　　　　「汀」
お遺族や余花の守衛にねんごろに　　　　　　　　　「暁」

余花

一電車早さばかりに余花暮れず　　　　　　　　　　「都」
余花の雨残り少なく住み変り　　　　　　　　　　　「紅」
あづかりし厨は早目余花の雨　　　　　　　　　　　「紅」
余花の雨行きし使ひも早やもどり　　　　　　　　　「紅」
庭園燈灯る遅速に余花白し　　　　　　　　　　　　「暁」
待つ間なく句座満ちにけり余花の雨　　　　　　　　「余」

ひとときと思はじ余花に立つえにし　　　　　　　　「薔」
余花白し望郷の句ぞ君もまた　　　　　　　　　　　「薔」
余花白し遅参の足を見られぬて　　　　　　　　　　「薔」
鴨横着景色みだしぬ葭障子　　　　　　　　　　　　「薔」
いち早きひとり暮しの葭すだれ　　　　　　　　　　「薔」
葭戸立て色を濃にする琥珀玉　　　　　　　　　　　「薔」
待つゆゑにひたと閉ぢたる葭戸かな　　　　　　　　「薔」
一と日父が子とあそぶ暇葭屏風　　　　　　　　　　「薔」
夜濯に遠稲妻のちかちかと　　　　　　　　　　　　「薔」
夜濯のしぼりに水の美しく　　　　　　　　　　　　「余」
夜濯のもの真つ白に輝やかに
夜濯の軒の深さに小夕立　　　　　　　　　　　　　「暁」
夜濯のしぼりたる戸をひそとさし　　　　　　　　　「汀」
夜濯の更け来し水の澄みわたり　　　　　　　　　　「暁」
夜濯の終りや前髪ほつれふりあげて　　　　　　　　「汀」
夜濯の汗もなき身を沐浴かな　　　　　　　　　　　「春」
星飛んでヨット集へるカンヌかな　　　　　　　　　「山」
その中の国籍いづこ大ヨット　　　　　　　　　　　「山」
船蟲に忽然としてヨットかな　　　　　　　　　　　「汀」
帽白く夜釣と見えてさつさつと　　　　　　　　　　「汀」
夜振の火かざせば水のさかのぼる　　　　　　　　　「汀」

袖袂少女ひらりと来る夜店　　　　　　　　　　　「暁」「汀」「春」「半」
手花火の香の沁むばかり夜の秋　　　　　　　　　　「紅」
かいま見しテレビ鮮明夜の秋　　　　　　　　　　　「花」「半」
スタンドの今宵の灯虫夜の秋　　　　　　　　　　　「紅」

ヨット

夜釣

夜振

夜店

夜の秋

葭障子

葭すだれ

葭戸

葭屏風

夜濯

夜半の夏

夜の秋なぐさめ敢へて云はず来し 「紅」
夜の秋鳳仙花明日の花を抱き 「薔」
手早さの退院の荷なりけり
かばかりの緑蔭たまかしこさよ
夜の秋去る病室にふと離愁
ガソリンと街に描く灯や夜半の夏 「芽」

雷雨
病院の廊下鏡の夜半の夏 「暁」「汀」「春」「半」
フェリーなほ航行絶えず夜半の夏

雷雲
そこに巴里雷雲駆けりゆくもとに 「紅」「軒」

雷鳴
きびしさに居り処なく坐りけり
雷鳴に出て挙手の礼のきびしかり 「紅」

辣韮
緑蔭のなほ卓移すべく広く
辣韮を食べて他意なき人のそば 「紅」

立夏
荒草の小花の白き立夏かな 「紅」
夜半の夏豆起上り卓領す

龍のひげ
古寺院の時鐘のあとの夜の雷雨 「軒」
龍のひげ夕方落葉やみにけり

緑蔭
緑蔭やリラと呼ばれて行ける犬 「汀」
緑蔭を立ち出づるとき額咲ける
緑蔭のやがては蝶のめぐりもす 「暁」「汀」「半」
緑蔭の皆があち向く水光る 「暁」「汀」「半」
緑蔭に経たし時計をかざし見し 「暁」「汀」「半」
緑蔭の置きし日傘も冷え冷えと 「暁」「汀」
緑陰にわたる大幹やはらかに 「暁」「半」
緑蔭の人明らかに見ゆあたり 「汀」
緑蔭を一歩も出でずたのしめる 「花」「都」

冷房
林間学校
冷蔵庫

緑蔭の卓また清きひとりかな 「紅」
修道女読む緑蔭よわれは旅 「薔」
直かれと大緑蔭の座なりけり 「芽」
みこころの大緑蔭ふかしこさよ 「軒」
緑蔭や餅と名乗るはみな誘ふ 「軒」
緑蔭の広さ即ち人小さく 「軒」
子等一列林間学校はじまりぬ 「薔」
冷蔵庫ひとりはさみし開けても見 「薔」
冷蔵庫音守重ぬればよそよそし 「薔」
しんしんと冷房や椅子深くかけ 「薔」
冷房をひまなく立ちて打合せ 「薔」
冷房の風通ふなり貸植木 「紅」
冷房に冷え切つてゐて花柄の服 「紅」
対面す冷房音はさまたげず 「軒」
赤富士の額に冷房強すぎる 「紅」
冷房にかばへばいよいよバラ損ず 「紅」
冷房に持ちて長さよ日傘の柄 「半」
冷房や遊鯉の波は日を返し 「紅」
冷房を寄せつ椅子寄す冷房裡 「軒」
泣かすまじせめて椅子寄す冷房裡 「紅」
ネオン鮮明冷房とめて安らげば 「紅」
起上り冷房室を走り立つ 「余」「薔」
レース服あらあらしやと見とれつつ 「薔」

レース
老鶯
若楓

老鶯や母家離れ家木々隠し 「薔」
老鶯や香水工場椰子添ひに 「薔」
老鶯ひねもすあそぶ神の島 「山」「紅」
若楓ひろがる禽の声ごとに 「軒」

季題別作品集

若竹

身を平ら梅雨とどめんと若楓
会はざりし日の若竹に日の当る
二た色に叩く桶屋や若葉蔭　「花」
草木瓜にどうと響きて若葉風　「芽」

若葉

旅遠き雲こそかかれ栗若葉　「初」
挽きものの木屑吹き散る若葉道　「花」
若葉冷高きにのみや山の蝶　「都」
若葉冷旅了へんとし逢ひ得たり　「紅」
夕若葉公園の雀まだ遊ぶ　「紅」
揚羽上り鳶舞ひ下りる若葉谷　「山」
戟燦と若葉の館を圧しけむ　「薔」
若葉生ふ目をなどかくも急ぎしか　「薔」
目もくらむ城の若葉にみな故旧　「軒」
若葉真顔に去りぬ夕雀　「軒」
若葉満つ吹き荒れたりし夜の間にも　「軒」
消息の聞えて恋し梅若葉　「軒」
いそいそとみなが物干し梅若葉　「半」
若葉雨今日また大都夜に急ぎ　「芽」

若葉雨

いつも誰か夏氷室にうしろ向き　「紅」
旅信書く卓橄欖の夏落葉　「汀」
敷石の真中を行き夏の猫　「山」
読物もなき巴里の夜の夏毛布　「薔」

夏雑

　　　　　　　　　　　　　　「山」
　　　　　　　　　　　　　　「薔」

秋

赤とんぼ
赤のまま

一夜明け山新しく赤とんぼ　「余」
長雨の降るだけ降るや赤のまま　「薔」
山水のどこも染み出る赤のまま　「汀」「春」
新藁に紅やさしけれ赤のまま　「汀」
来し方に人現はれぬ丘の秋　「都」
目をとぢて秋の夜汽車はすれちがふ　「半」

傷もはや信濃の秋の母がかりに　「暁」「汀」
老婆過ぐ秋雨傘のひとりごと　「都」
人二三離宮の秋をととのふる　「都」
のかみの玉座の扉の秋の塵　「花」
人會つて秋を好みし松も折れ　「汀」
港よし沖こそ巨き秋の船　「紅」
きしきしと秋通関の荷のきしみ　「紅」
孤家をはなれて一秋の墓碑　「紅」
どの音も石切る大河秋寂と　「紅」
黄土帯秋の真昼のつむじ風　「紅」
いただきの秋さびしもよ廟の屋根　「紅」
国境の森閑と秋の袈　「紅」
ただ低き低き音色の秋の刻　「紅」
アンペラを覆ふアンペラの屋根の秋
嬉々として秋の画舫へ夜を漕ぐ娘

— 233 —

水夫訊くポストのありか秋埠頭　「紅」
厨房や山荘晴れて秋にわか　「紅」
秋烈日まづ老い母を子を憶ふ　「紅」
日々新たなる舞台とや秋進む　「紅」
親しさの土器のふくらみ秋永劫　「紅」
一筋町背山は秋の観世音　「紅」
大隅の岬の延びの秋の情　「紅」
噴き上げの太く真直ぐに秋進む　「紅」
手直しのはじめの秋の白襖　「紅」
夜雨一過秋早きかな軒すだれ　「紅」
水撒きてよしとし去れる秋の人　「山」
サーカスや秋の濁流急ぎ去り　「薔」
息つけぬ秋の豪雨も一わたり　「薔」
コンベヤー作る浄砂に秋の人　「余」
城趾あり秋の人出の町引き寄せ　「薔」
神慮かな逢ふことも秋の木洩れ日も　「余」
雲も秋すべてをまかす山冷に　「薔」
涙落つ秋さびしさの御片頬　「余」
日を約し山湖の秋のにはかなる　「薔」
注ぎし茶の冷ゆるいとまや山も秋　「薔」
身に溢る秋香ぐはしき灘の風　「薔」
ふるさとの山河の秋を行けとこそ　「薔」
見送りの笑顔をさめし秋の人　「薔」
合掌す筑紫の笑顔を出でしまま　「薔」
秋収めたる野の栄に来て交じる　「軒」
筆机遠ざけありし秋の部屋　「軒」
名城の秋に正しく相対す

ここもまた母郷の景の秋さなか　「軒」
今日惜しみ机寄すれば山は秋　「紅」
稜線の秋指す別れ惜しければ　「芽」
倒るるは倒れぼしに秋急ぐ　「芽」
折からの雨軒すだれ秋にはか　「芽」
照りかげりふるさとの秋はげしさよ　「芽」
この味ともろともに恋ふ郷の秋　「芽」
秋しづかわが赤松の太き幹　「芽」
松蟬ゆまさしくも秋五十年　「芽」
生姜畑秋新しき花真白　「芽」
烏瓜何いふべしや秋ここに　「芽」
もの音のこことに絶えて秋薊　「薔」

秋薊
秋暑く待たするバスもあやしまず　「薔」
秋暑き汽車に必死の子守唄　「紅」
秋暑く足長蜂に澄む日かな　「江」
秋暑しひとりに下る昇降機　「暁」
秋袷旅人われも心急ぐ　「都」

秋袷
秋袷早々たまゆら灯火かな　「半」
秋袷たがひに話おぎなひつ　「薔」
言伝ての多き上京秋袷　「薔」
新たなる十年へ歩む秋袷　「軒」
灯の入れば句座も落着く秋袷　「軒」

秋うらら
人中にロバも出たくて秋うらら　「余」
ことごとを心に刻み秋扇　「花」

秋扇
秋扇持ちていよいよ身の大事　「半」
秋扇人に見られてたばさみし　「花」
秋扇地下道出来しばかりかな　「紅」

季題別作品集

秋了る

秋扇

秋扇なに憚るとなけれども 「紅」
秋扇浅夜さびしき山の雨 「薔」
その人とたしかめしこと秋扇 「余」
秋扇開き手渡す朱卓かな 「薔」
思ひつくことにたたみぬ秋扇 「余」
耳聾し又発つ飛機に秋扇 「芽」
山巓は砦か廟か秋了る 「紅」
秋風にある噴水のたふれぐせ
釘打つて今日はあそぶ子秋風に 「暁」「汀」「春」

秋風やははのおもわに似て目盲ひ 「汀」「半」
秋風に山家の蜘蛛の死んで見せ 「汀」「半」
秋風や曼珠沙華折れ蜘蛛太り 「汀」「半」
秋風やこち向いてある扇風器 「汀」
秋風や花つづけきし金鳳華 「汀」「半」
秋風や汝が手荷物の釧路行 「汀」
秋風ややうやくなじむ国の町 「春」「暁」
秋風に人ゐて火口歩き居り 「汀」「半」
手をとりて秋風にあり昼休 「汀」「半」
手を取りて秋風にあり昼休 「暁」
美容院となる秋風の行き止り 「汀」「半」
秋風に友を遠目に見て足らひ 「汀」「汀」
秋風の駅の時計とわが時計 「汀」「半」
秋風や留守の用意とわが旅支度 「汀」「半」
秋風のただいささかの船切符
秋風の夕ぐれ強き人波に 「花」「半」
秋風の通ふ机に膝入るる 「軒」

秋風や向ふの橋も人渡り 「花」「半」
秋風の町わづかにて見失ひ
秋風や面にあたる船の笛
秋風の街を来りて階細く
秋風や築地はただに川添ひに
門を出て昨日今日なる秋風に
秋風や船音しげき楠の蔭 「都」
秋風や船の炊ぎも陸の火も 「都」
カストムの秋風清き艇の人 「都」
架橋工一万といふ秋風裡 「都」
秋風のさもあらばあれ楽したか 「都」
秋風やわづかに紅きハンカチフ 「紅」
秋風や水に馳せ込む岩のなり 「紅」
秋風に向けわづらふや遠目鏡 「紅」
秋風や誰にともなき祷りのみ 「紅」
日の暮の富士のそびえの秋風に 「紅」
秋風や橋行く人の顔も昏れ 「紅」
行きあへばそのままともに秋風に 「紅」
とどまるも行くも秋風昼休 「紅」
秋風に向ひ投げしむ運の石 「紅」
秋風にかく逆らへと山の辻 「紅」
つらなりて秋風湛う濾池の数 「紅」
秋風に揃ふ人数を又かぞふ 「山」
秋風の山ことづての荷も届き 「余」
フランス山とのみ船音の秋風に 「薔」
秋風の慕るなけれど帰すべく 「余」
秋風や読みさし戻すもとの書架 「薔」

— 235 —

秋蝶

秋風やかりそめに出し街道筋　「軒」
車椅子急く秋風の渡り廊　「軒」
わが家とて秋風さわぐ軒すだれ　「芽」
暮れ方の秋風乱す軒すだれ　「芽」
一筋の秋風次の風誘ふ　「紅」
秋蝶干して蝿追ふ廊かな　「汀」
朝早や誰ぞ秋草をとりもどる　「汀」
秋蝶に遊んでくるるよその犬　「汀」

秋草

秋草のみだれに人をかばひつつ　「花」
朝露の秋草も摘み髪も梳き　「半」
秋草のすぐ萎るるをもてあそび　「紅」
秋草のみだれに人をかばひつつ　「紅」
秋草の駱駝流し目旅をゆく　「余」
秋草の花こまやかやどの道も　「半」
秋草の道の案内もさびしさに　「余」
自衛隊通りと秋草に灯の及び　「薔」

秋暮るる

花鋏露の秋草えらむべく　「花」
いちぬの実透きとほり北の秋暮るる　「暁」
子守とはときにうつろに秋暮るる
四五人に明るすぎる灯秋暮るる　「軒」
秋暮るる聞こゆるなけど街の音　「軒」
旅一つある気がかりに秋暮るる　「汀」
秋蠶とふ文字のありたる便りかな　「汀」
秋桜会ふ人とのみ思ひ来て　「汀」
唄ふとて一つ覚えや秋桜　「汀」

秋雨

秋雨の夜の轍のつづきたる　「汀」
秋雨の宿にもどりし着替かな
秋雨をさびしと雲や榛名富士

秋雨の瓦斯が飛びつく燐寸かな　「暁」「汀」
秋雨の町に家鴨を追ひ出せる　春「半」
一列に秋雨家鴨路地に入る　「暁」「汀」
秋雨の汽車に乗らんとして濡るる　「暁」「汀」
秋雨の衰へしかど早や発ちし　「暁」
秋雨に煙らせて居り祭店　「暁」
秋雨のつのるばかりや夕炊ぎ　「汀」
秋雨の降り来しばかりや駅の階　「汀」
秋雨のつのる近くピアノ鳴り　「汀」
秋雨の暗き一間の卓に倚り　「汀」
秋雨に負ふ子の足をつつむべく　「半」
秋雨に折目正しきコート出し　「都」
祝砲のどどと秋雨傘震ふ　「花」
秋雨の人踏み残す駅の階　「半」
秋雨の雨滴れ近くピアノ鳴り　「暁」
まのあたり秋雨圧す歓呼かな　「暁」
秋雨の城門土を運び出す　「花」
隊商に会ふ秋雨の橋袂
秋雨の降り暗らむ越の海静か
手招きや夜の秋雨の諸車のあひ
ハイウェイは秋雨暗き街に切れ
秋雨のまこと清めし路次の子等
役宅といふ秋雨の隣りの灯
念押して出て秋雨の傘ひろげ
ビルすでに秋雨つのる夜警の座
秋雨のつのれば早寝山の出湯
秋雨の降り込む谷の上の臥床　「余」「薔」

季題別作品集

秋時雨
　鏡台に山の秋雨しぶくほど　　　　　　　　［薔］
　秋雨の街戻さるる貸植木　　　　　　　　　［薔］
　及ぶかぎりの夜の秋雨を聞いてゐる　　　　［軒］
　秋雨傘忘れある日は心安す　　　　　　　　［軒］
　蝶現れて秋雨止みてやや間あり　　　　　　［軒］
　女子学生の傘秋雨の柳川は　　　　　　　　［軒］
　秋雨に小金魚育つ声とどく　　　　　　　　［芽］
　秋雨の別れ父とし母として　　　　　　　　［芽］
　秋時雨人を小楯にして濡るる　　　　　　　［汀］
　秋時雨ズボンも細く濡れ果てし　　　　　　［都］
　怒濤よりほかに音なし秋時雨　　　　　　　［紅］
　秋時雨人の濡れざま吾が濡れざま　　　　　［初］
秋すだれ
　秋澄し風ある笹に黒蜻蛉　　　　　　　　　［薔］
　秋涼し風ある笹に黒蜻蛉　　　　　　　　　［紅］
　この家の夕日の栄えの秋すだれ　　　　　　［紅］
秋澄む
　秋澄むや君を頼りの束の間も　　　　　　　［都］
　一寸の風もとがむる秋すだれ　　　　　　　［都］
　秋澄むや湯気立ちのぼり煮ゆるもの　　　　［花］
　秋蟬の鳴きつぐ上の飛行音　　　　　　　　［芽］
秋蟬
　秋蟬に松ふさふさと枝を伸べ　　　　　　　［薔］
　ねぎらはれ居り秋蟬の声の中　　　　　　　［紅］
　かくれ住むとて秋蟬の町の上　　　　　　　［軒］
　秋蟬の木戸を出入りやや留守居番　　　　　［軒］
　秋蟬にことこまかなる打合せ　　　　　　　［軒］
　秋蟬や身にひつさげし世話ごとに　　　　　［薔］
　秋蟬や簾もいよよ日差溜め　　　　　　　　［薔］
　秋蟬の声古樹さわぐ風の奥　　　　　　　　［紅］
　秋蟬の一節の間のはかりごと　　　　　　　［紅］

　秋蟬の次なる声は尚ひしと　　　　　　　　［薔］
　秋蟬の声強めしよ風来れば　　　　　　　　［軒］
　秋蟬の彼方に誰も働きに　　　　　　　　　［軒］
　秋蟬の左右す如しわづかにも　　　　　　　［半］
　秋蟬高しつもとにかなり行くところ　　　　［薔］
秋高し
　秋高し澪さだかかや　　　　　　　　　　　［紅］
秋立つ
　望楼の秋立つもとに住居せる　　　　　　　［花］
　秋立つと出迎へ人の一語かな　　　　　　　［軒］
秋出水
　別れたり足下秋立つ大裾野　　　　　　　　［汀］
　温泉の里の丹のぽんぽりに秋出水　　　　　［紅］
　買ひ得たる村の豆腐や秋出水　　　　　　　［紅］
　秋出水スコップ突き立て見舞ひくれ　　　　［花］
秋灯
　居ることに三日四日馴れし秋出水　　　　　［軒］
　病間より下げ来し膳や秋燈　　　　　　　　［軒］
　酒待ちといふ暇かな秋灯　　　　　　　　　［紅］
　揃ふとはそも誰彼ぞ秋灯　　　　　　　　　［薔］
　語り合ふ旅はや遠き秋灯　　　　　　　　　［紅］
　言葉ほぐれ面ほぐれけり秋灯　　　　　　　［紅］
　わかつものおぼかた憐ひ秋灯　　　　　　　［紅］
秋茄子
　二夜はや馴染むホテルの秋灯　　　　　　　［花］
　送り出て戻らぬひまや秋灯　　　　　　　　［軒］
　秋灯端座の母のあるかぎり　　　　　　　　［軒］
　秋茄子や暮しの愚痴は言はぬ人　　　　　　［汀］
秋に入る
　一泊の留守買ひありぬ秋茄子　　　　　　　［紅］
　撫子も木賊の丈も秋に入る　　　　　　　　［薔］
秋の雨
　子のうなじテレビ番組秋に入る　　　　　　［紅］
　風もらふ北の小窓も秋に入る　　　　　　　［都］
　電車待つゆきもどりも秋の雨　　　　　　　［半］

工場のいつもこの音秋の雨　「暁」「汀」春「半」
泣き声のまだ赤ん坊や秋の雨　　　　　　「汀」
傘さして母やおくれて秋の雨　　　　　　「汀」
己が荷によろけてかなし秋の雨　　　　　「汀」
持ちかへてすぐ重き荷や秋の雨　　　　　「汀」
羽織借りてすぐにあたたかな秋の雨　「暁」「花」

調理場においてラヂオや秋の雨　　　　　「暁」
秋の雨ざあざあと夜の軒すだれ　　　　　「薔」
庇合や浅夜をつのる秋の雨　　　　　　　「薔」
秋の雨乗船もすぐ終りけり　　　　　　　「薔」
灯して誰も居ぬ部屋秋の雨　　　　　「余」「薔」
見送られゐて裾濡らす秋の雨　　　　　　「余」
迎へ傘ありといへども秋の雨　　　　　　「余」
宍道湖も寝ね安らぐよ秋の夜雨　　　　　「余」
秋の雨家政婦音も立てず居り　　　　　　「薔」
盆栽の松の置処や秋の雨　　　　　　　　「薔」
誰がために尋ぬ旧道秋の雨　　　　　　　「軒」
自転車の荷はくづるるよ秋の雨　　　　　「芽」
迎へ傘ありといへども秋の雨　　　　　　「芽」
身に馴れし帯一筋や秋の雨　　　　　　　「芽」
秋の雨隣は早き湯浴みの灯　　　　　　　「芽」
貸し借りの行き来のフード秋の雨　　　　「芽」
秋の雨笑顔に若さもどりけり　　　　　　「紅」
秋の雨犬も無愛想寝にゆきぬ　　　　　　「紅」
秋の雨派手借り傘も時勢かな　　　　　　「紅」
息つけぬ秋の豪雨も一わたり　　　　　　「紅」

阿蘇隠す秋の豪雨も故旧の地　　　　　　「軒」
工人服褪せて清潔秋入日　　　　　　　　「紅」
秋入日しばらく染めし寺座敷　　　　　　「紅」
町裏に汽車が着きゐて秋の海　　　　　　「山」
秋の海来て訪ふ島の警察署　　　　　　　「都」
秋の蚊の来ることにややかかはれる　　　「汀」
ひとしきり出船さわぎや秋の風　　　　　「汀」
かたまりて船見送りや秋の風　　　　　「暁」「半」
人形の窓辺の髪に秋の風　　　　　　　　「半」
丸の内三時の陰り秋の風　　　　　　　　「半」
バス待てば犬嗅ぎ寄りぬ秋の風　　　　「汀」「半」
人波の市電をえみ秋の風　　　　　　　　「半」
車出て我の歩みや秋の風　　　　　　　　「半」
右左秋の風吹き雲流れ　　　　　　　　　「花」
此処にして子等さへ遠く秋の風　　　　「暁」「花」
町裏や径縦横に秋の風　　　　　　　　　「花」
秋の幌呼びとめられし歩を返す　　　　　「汀」
秋の幌流るる如く吊られけり　　　　　「汀」「春」
脱ぎ捨てし衣に沁む灯や秋の幌　　　　　「汀」
懐中鏡落ちて光れり秋の幌　　　　　　　「初」
孫よりも祖母の熟睡や秋の幌　　　　　　「初」
秋幌に見るべき夢もなき如く　　　　　　「初」
秋の幌月欠けて行く早さかな　　　　　　「花」
秋蚊帳の広さみどり児抱へ入れ　　　　　「花」
秋の川風車かざして女漕ぐ　　　　　　　「紅」
傘の端に少し秋雲見つつ行く　　　　　　「初」
秋の雲湧く方遠し芭蕉畑　　　　　　　　「紅」

季題別作品集

秋の暮

秋の雲塊炭光る粉炭も　　　　　　　　　　　　　「山」
見えそめし山阿蘇そこに秋の雲　　　　　　　　　「薔」
北窓の竹三幹に秋の雲　　　　　　　　　　　　　「余」
待合や厢間すでに秋の雲　　　　　　　　　　　　「薔」
秋の暮並びしバスのひとつ出る　　　　　　　「汀」「余」
ひたすらに人等家路に秋の暮　　　　　　　　　　「汀」
わが肩に触りゆく人も秋の暮　　　　　　　「暁」「汀」「春」
また読みしいつものネオン秋の暮　　　　　　　　「半」
　　　　　　　　　　　　　　　　　　　　「暁」「汀」「春」
書架すでに暗き背文字も秋の暮　　　　　　「暁」「汀」「半」
背の子の深き睡りや秋の暮　　　　　　　　　「汀」「半」
灯の入りし公衆電話秋の暮　　　　　　　　　「暁」「汀」
子とありて笑へる声や秋の暮　　　　　　　　「暁」「汀」
人のごと小鳥もぬくし秋の暮　　　　　　　　「暁」「花」
　　　　　　　　　　　　　　　　　　　　　「暁」「花」
仮橋を先立つ犬や秋の暮　　　　　　　　　　「暁」「汀」
灯も置かで何を用意や秋の暮　　　　　　　　「暁」「花」
人波に道教へんず秋の暮　　　　　　　　　　　　「半」
秋の暮濡れし目籠を足に寄せ　　　　　　　　　　「花」
秋の暮留守の机も灯を連ねね　　　　　　　　　　「都」
子をあやす行く舟見せて秋の暮　　　　　　　　　「都」
どの声を誰ぞと言はむ秋の暮　　　　　　　　　　「都」
人波にしばしさからひ秋の暮　　　　　　　　　　「都」
まだ見ゆる波間の岩や秋の暮　　　　　　　　　　「都」
秋の暮楊柳ひたと江に傾しぐ　　　　　　　　　　「紅」
驢馬よ曳けとはげます声の秋の暮　　　　　　　　「紅」

秋の声
秋の汐

溝掘れば溝に遊ぶ子秋の暮　　　　　　　　　　　「紅」
磧にも道一筋や秋の暮　　　　　　　　　　　　　「紅」
一亭は築地の外や秋の暮　　　　　　　　　　　　「紅」
われ人に身に添ふ雨衣も秋の暮　　　　　　　　　「紅」
人なだめぬて空しさよ秋の暮　　　　　　　　　　「紅」
噴水広場人みな黙しも秋の暮　　　　　　　　　　「紅」
船料理ときに一揺れ秋の暮　　　　　　　　　　　「紅」
行き過ぎて思ひ出す人秋の暮　　　　　　　　　　「紅」
娘の家も憚るものや秋のくれ　　　　　　　　　　「山」
秋の暮ふと火の山の肌あらわ　　　　　　　　　　「山」
秋の暮消ぬがに小さき紅雀　　　　　　　　　　　「余」
秋の暮一人は駅に急がせし　　　　　　　　　　　「薔」
見送りはとどめ得られど秋の暮　　　　　　　　　「薔」
社務所あり灯影も見せず秋の暮　　　　　　　　　「薔」
公園に入るる鉄材秋の暮　　　　　　　　　　「余」「芽」
秋の暮呼びとめ会釈吉野人　　　　　　　　　　　「芽」
山裏へ行く道見えて秋の暮　　　　　　　　　　　「薔」
酒出でて灯の暗きかな秋の暮　　　　　　　　　　「薔」
秋のくれ二間つづきは暗しとも　　　　　　　　　「汀」
厨窓灯れば安堵秋の暮　　　　　　　　　　　　　「半」
今頃を頼む用出来秋の暮　　　　　　　　　　　　「半」
秋の声呼びて来て人家　　　　　　　　　　　　　「花」
山裏へ行く谷深まりて秋の暮　　　　　　　　　　「都」
秋汐のしぶきにふれし冷やかさ「暁」
秋汐の暗き方のみ眺められ　　　　　　　　　　　「都」
タラップを取れば立たちまち秋の汐　　　　　　　「花」
秋汐に漂ふものも去り行きし　　　　　　　　　　「半」
船べりを行き秋汐を行きにけり　　　　　　　　　「半」

秋の園
　秋汐の岩をめぐりて蟹を捕る　　　　　　　　　　「都」
　秋汐にともづな長く室に着く　　　　　　　　　　「紅」
　通辞得てみな笑む娘等と秋の園　　　　　　　　　「紅」
　山の冷え言はで別れぬ秋の園　　　　　　　　　　「紅」

秋の蝶
　秋蝶に蓮田干割るる野の日和　　　　　　　　　　「薔」
　秋蝶の蝶黄なり何かを忘れよと　　　　　　　　　「紅」
　秋蝶や山の西日のはげしさに　　　　　　　　　　「紅」

秋の野
　蹲踞や秋蝶よぎる四方仏　　　　　　　　　　　　「山」

秋の蜂
　短銃試射こだまもなけれ秋裾野　　　　　　　　　「薔」
　肉皿に秋の蜂来るロッヂかな　　　　　　　　　　「山」

秋の浜
　遠くより来りしボート秋の浜　　　　　　「暁」「汀」「春」「半」
　秋の浜常の話を此処にもし　　　　　　　　　　　「都」
　秋の浜髪梳き流し来る娘かな　　　　　　　「汀」「薔」
　秋の浜をわづか仰ぎし盲かな　　　　　　　　「紅」「花」

秋の日
　秋の日のすぐに傾く白障子　　　　　　　　　　　「花」
　秋の日の谷底かけて石畳　　　　　　　　　　　　「紅」
　山荘の秋の日差の小間を愛で　　　　　　　　　　「紅」
　ただひとり石敷く人や秋ひと日　　　　　　　　　「紅」

秋の灯
　栗愛でてわれも秋の日完うす　　　　　　　　　　「芽」
　秋の灯に車掌時計をさしのぞき　　　　　　　　　「汀」
　秋の灯の入るよと見れば色得つつ　　　　　　　　「紅」
　秋の灯を惜しまず点けてなほ明暗　　　　　　　　「紅」
　秋の灯にはたきをかけて夜の掃除　　　　　　　　「紅」
　呼ぶといひ行くといひ秋の灯の明かく　　　　　　「紅」
　秋の灯の小鉢にすがれ山の草　　　　　　　　　　「紅」
　秋の灯に心安さの顔をさらし　　　　　　　　　　「紅」

秋の船
　秋の灯に病状しかと知らされし　　　　　　　　　「山」
　秋の灯に卓寄せあひし人数かな　　　　　　　　　「余」「薔」
　ことづてをとくと心に秋の灯に　　　　　　　　　「余」「薔」
　秋の灯にたっぷり置いて小たんざく　　　　　　　「余」「薔」
　秋の灯のわが手の影に文字一行　　　　　　　　　「暁」「薔」
　秋の船本土離るる煤降らす　　　　　　　　　　　「暁」「軒」

秋の蛇
　秋の蛇青木にかかり檜葉を降り　　　　　　　　　「花」
　身かはせば色変る鯉や秋の水　　　　　　　　「暁」「半」

秋の水
　秋の水やはらかに手によみがへる　　　　　　「暁」「汀」「春」「半」
　秋の水汲みては己が足洗ひ　　　　　　　　　「花」「半」
　石投げて土投げて子よ秋の水　　　　　　　　「花」「半」
　遊船のすれ交ふひまの秋の水　　　　　　　　「紅」「半」
　挿す花も移りし壷へ秋の水　　　　　　　　　「芽」「花」

秋芽
　五十年とは秋芽の伸びの庭の木々　　　　　　　　「芽」

秋の宿
　長編の序編の雑誌秋の宿　　　　　　　　　　　　「軒」
　風鈴のありかは知らね秋の宿　　　　　　　　　　「汀」
　秋の宿根釣の魚の煮付けかな　　　　　　　　　　「汀」
　傘の絹枝に触れ鳴る秋の山　　　　　　　　　　　「紅」

秋の山
　秋の山窓に生徒はみな庭に　　　　　　　　　　　「汀」
　明るさはすぐ広窓に秋の山　　　　　　　　　　　「汀」

秋夕焼
　秋夕焼杜甫草堂に褪むるとき　　　　　　　　　　「紅」
　秋夕焼まぎれざれども荒れし墓地　　　　　　　　「紅」
　秋夕焼海辺の家はなぜ荒るる　　　　　　　　　　「紅」

秋の夜
　貧席の秋の夜泳ぐ金魚かな　　　　　　　　　　　「紅」
　秋の夜の椅子もあまさず旧知かな　　　　　　　　「紅」

季題別作品集

秋薔薇

氷仕入れぬる秋の夜の茶房かな 「紅」
突つ走る秋の夜雨の古型車 「山」
水亭の秋の夜を来る白蛾かな 「山」
姿見はさびし明るし秋の夜々 「紅」
秋の夜の集ひ一灯加へしめ 「軒」
秋の夜さびしき夜はやや手足冷ゆ 「軒」
起きてみる秋の夜はやや手足冷ゆ 「紅」
秋の夜のホテルに木蔭楡老樹 「紅」
秋の夜の山湖の湛へ闇の湛へ 「薔」
いただきへ濃き秋薔薇と思はずや 「薔」
秋薔薇の一夜さの艷二夜なほ
秋ばらや音も立てずに過ぐ日に

秋晴

車上の人の傘の柄長し秋の晴 「初」
秋の晴競馬は軽き砂塵かな 「汀」
秋の晴場にかすかな騎手となり 「半」
行き交ひに犬に口笛秋の晴 「半」
秋晴や運河濁りて脚下に来 「都」
秋晴を歩みて屋根を繕へる 「紅」
秋晴や花材建材庭埋め 「紅」
秋晴の一樹の松にたのみあり 「薔」
秋晴や涙をさめし人見送り 「薔」
秋晴や一つ心に踏む白砂 「暁」
阿蘇そこに大秋晴れやコート恥づ 「汀」
老の背の崩す溶岩秋日中 「汀」

秋日

秋日さすへの文字の吾子の文字 「花」
地下道の秋日さし来る工事かな 「半」
中空の鉄のひびきの秋日中 「紅」

秋灯

石刻む手つきの馴れに秋日濃し 「紅」
行くほどに長城しかと秋日満つ 「紅」
石の荷の頭を振る驢馬に秋日濃し 「汀」
湖も秋日もここに完つたけれ 「薔」
秋日安らぎ身も消えぎえにをろがめば 「軒」
お社に干す白丁に秋日濃し 「薔」
秋日射すもよりの椅子をまづ貰ひ 「紅」
病室の秋日は疾くに陰るらし 「紅」
居つきしといふ婢も寝しか秋灯消し 「薔」

秋日傘

秋日傘沈下地帯に影印す 「余」
秋彼岸むさし野振りの欅かな

秋彼岸

秋彼岸病に克ちて娘を連れて 「都」
打ち晴れて便りも届き秋彼岸 「半」
語りあひてみな母はなし秋彼岸 「半」
秋日和父よ母よと子等機嫌 「紅」
石けりの必ず此処に秋日和 「薔」

秋日和

城内ははたと賑か秋日和 「暁」
庭木入れて水たつぷりと秋日和 「余」
山深く来ていよいよの秋日和 「紅」
四時起の日の底抜けの秋日和 「紅」
わがふれて来し山の樹や秋深し 「花」
秋深し吾に秋草の句ばかりに 「半」

秋深し

秋深く野菊ばかりぞ今日も濃く 「汀」
秋深くカストムに船少なき日 「紅」
鵲に秋深むかな瑠璃瓦 「紅」
かかる間も秋深みゆく音の行方 「紅」
江守るや巌頭の屋秋深み 「紅」

秋祭

揚花火

朝顔

朝顔を結ひしこよりの濡れて咲く 「暁」「汀」
朝顔に口笛ひようと夏休 「暁」「初」
朝顔や水棹引摺り来て落とす 「余」「薔」
揚花火杉の木の間に散らばれり 「余」「紅」
宮裏は何にもなくて秋深ぞひ 「余」「紅」
秋祭帯お太鼓に古墳ゐ 「芽」
秋祭故郷は日傘透す陽に 「都」
広前の灯砂に菓蓙秋まつり 「軒」
提灯を吊す古釘秋祭 「山」
秋祭誘ひに寄りてまだ待つ子
満汐の向ふの町の秋深し
さすが京のととのふものに秋深し
秋深む魚影の水のふとぬくし
墓碑に濃き陽や秋深き今日もまた
大夕焼秋深みゆく故郷かな

休暇はや白朝顔に雨斜め 「暁」「汀」「紅」
朝顔の花咲かぬ間の朝少し 「暁」「汀」「半」
朝顔や赴任きまりて色多く 「暁」「汀」「半」
朝顔に産安らかと聞えたり 「暁」「汀」
沐浴すや朝顔垣の夜もたわに 「暁」「汀」「半」
朝顔の色も選らまで過しつつ 「汀」「紅」
朝顔や掃除終れば誰も居ず 「汀」「都」
朝顔や港賑ふ裏町に 「紅」
朝顔に水突つ走る如露を向け
朝顔に句は書くまじく白団扇

朝冷

朝寒

朝霧

朝顔の実

朝冷えに紅正したるポピーかな 「暁」「花」「薔」
庄内川芦より暮るる町も過ぎ 「暁」「花」「薔」「芽」
芦刈の横へ初めし二把三把 「花」「半」「紅」
芦刈 「花」「半」「紅」
穴まどひ 「花」「薔」
天の川話し残しはいつもある 「薔」「芽」「軒」「紅」
雨冷え 「芽」「紅」
天の川 「軒」「紅」
雨冷の夜の藤椅子やみな遥か 「花」「薔」「紅」
砂浜の砂あたたかき栗筵 「暁」「薔」「紅」
月に刃物動かし烏賊を洗ふ 「暁」「春」「紅」
烏賊を洗う 「汀」「紅」
粟 「汀」
いちぢの実透きとほり北の秋暮るる 「汀」
無花果を欄燈頬へ進みぬし
無花果 「汀」
羅や青無花果は太り居り

朝冷の机も遠し読まむ書も
朝冷えしの今日にあり
目白籠朝冷言ひて山人等
朝寒を幼な早起されしも
息深くして朝寒に今日にあり
朝寒や庭掃くことにこと足りて
朝寒の長き投網や小漁舟
朝寒の道向日葵の一と並び
小鳥籠青菜貫ひて朝寒に
朝霧や白松ずもすぐに片づきて
朝霧のこめて動かぬ町に覚む
朝顔の実 となる窓や稲光
朝顔鉢またぎて往来夏休
朝顔に濯ぎばかりを取柄かな
小脇にす紺朝顔の鉢の冷え

—242—

季題別作品集

銀杏散る
　無花果や川魚料理ただの家　　　　　　　　　　「紅」「薔」
　映画館青いちぢくの裏境　　　　　　　　　　　「山」
　朝採りのいちじく遥か汝にわれに　　　　　　　「軒」
　煤煙の今日うつくしや銀杏散る　　　　　　　　「紅」
　走り去る毯さびしけれ銀杏散る　　　　　　　　「汀」
　ゆかりぞと誰にいふべき銀杏散る　　　　　　　「汀」
　いとど鳴くべ足す風呂貰ふ　　　　　　　　　　「薔」

稲馬
　稲馬の人よりも薪尚道を急き　　　　　　　　　「暁」

いとど
　飛ぶ螽傘持て来しが悔いらるる　　　　　　　　「軒」
　さしのばす手の輝きて蝗取　　　　　　　　　　「軒」
　あちこちに蝗取居り顔を上ぐ　　　　　　　　　「軒」
　後しざる露の螽の貌まとも　　　　　　　　　　「都」

蝗
　蝗等もわれもしばらく困惑す　　　　　　　　　「余」
　蝗たち隠れ終りてわれ通す　　　　　　　　　　「薔」
　四散して踏まる蝗もなかりけり　　　　　　　　「芽」

稲雀
　稲雀たたせたたせて旅急ぐ　　　　　　　　　　「汀」
　泣いてゐし子を伴へば稲雀　　　　　　　　　　「汀」
　われは一日のふるさと人よ稲雀　　　　　　　　「暁」

稲妻
　稲妻のゆたかなる夜も寝べきころ　　　　　　　「都」
　夜雨こぼす遠稲妻はやはらかし　　　　　　　　「暁」「半」
　稲妻を夜毎の街に見失ひ　　　　　　　　　　　「暁」「半」
　稲妻や氷屋氷切り放ち　　　　　　　　　　　　「汀」「春」
　稲妻のさし渡りたる対座かな　　　　　　　　　「余」「薔」
　稲妻の照らせし胸のまま対す　　　　　　　　　「余」「薔」
　かばふとは頼ることなり稲妻す　　　　　　　　「余」「薔」
　稲妻が見せし心のあり処かな　　　　　　　　　「余」「薔」
　稲妻の華やぎ快しと聞く夜かな　　　　　　　　「軒」
　我が思ふ如く人行く稲田かな　　　　　　　　　「暁」「汀」「春」「半」

稲田
　近々と稲田の生みし月そこに　　　　　　　　　「暁」「汀」「薔」

稲塚
　稲塚の出来てしまへば帰り急き　　　　　　　　「暁」「汀」
　隔りぬはや稲塚も暮れぬれば　　　　　　　　　「暁」「汀」
　朝顔の実となる窓や稲光　　　　　　　　　　　「暁」「汀」「半」

稲光
　刈込みの庭木の梢稲光　　　　　　　　　　　　「暁」「汀」「半」
　行きずりに稲載せし舌ほの痛む　　　　　　　　「汀」
　烏瓜藪蔭なれば稲小さし　　　　　　　　　　　「都」

稲
　稲の香も多度山鈴鹿遥か暮れ　　　　　　　　　「初」
　稲掛けて天主神父に道せばみ　　　　　　　　　「初」

稲掛ける
　つかつかと歩み寄りつつ稲掛くる　　　　　　　「暁」「汀」「春」
　稲掛けて女はことに暮るまで　　　　　　　　　「花」「紅」

稲刈り
　水漬きたる稲を刈らんとする日かな　　　　　　「都」「紅」
　倒伏の稲刈らんとす鎌使ひ　　　　　　　　　　「汀」「紅」

稲の秋
　稲の秋芒は高くやはらかく　　　　　　　　　　「暁」「汀」「紅」
　稲秋の濁水あぐる水車かな　　　　　　　　　　「暁」「汀」

芋
　自転車が退けとベルしぬ芋の道　　　　　　　　「軒」

芋殻
　薯を干す磯拾はしむさされ石　　　　　　　　　「軒」
　勇ましく芋殻は燃ゆる音もなく　　　　　　　　「芽」

芋殻焚く
　音もなく火色みせたる芋殻かな　　　　　　　　「軒」「初」
　水撒けば燃えさし芋殻四散する　　　　　　　　「軒」「初」
　残り梅熟れ落つ庭に芋殻焚く　　　　　　　　　「軒」「初」

色鳥
　一株提げて芋掘人の話しをり　　　　　　　　　「汀」「初」
　雨の庭色鳥しばし映りぬし　　　　　　　　　　「汀」

鰯雲

色鳥や深井の水を愛で汲めば 「紅」
鰯船いまやわれ等に目もくれず 「薔」
鰯船もそこに勢へるよき丘ぞ 「紅」
蟻上下消えてゐたりし鰯雲 「都」
こもごもに帰り仕度や鰯雲 「紅」
船音は遠きにさだか鰯雲 「紅」
鰯雲岩屏立す彼方かな 「紅」
いわし雲何重たさや旅鞄 「紅」
人のため時計たしかめ鰯雲 「紅」
松原は行きつゝ広しいわし雲 「余」
いわし雲想ひ灼き日にのみに 「紅」
つゞがなき第一信やいわし雲 「薔」
おのづから会ふ日も来なむいわし雲 「山」
はげますは母か娘かいわし雲 「軒」
鰯雲干物乾く麓町 「花」

馬追

馬追の良夜の薮のあらはなる 「江」
いつ来ても月いよ照る浮雲に 「花」
行く方を何か忘れぬ末枯るる 「花」

末枯るる

末枯るる何れの道を示すべき 「紅」
末枯るるかたへ水張り苗代田 「花」
川見する手摺そのまま末枯るる 「江」
末枯や大工道具を荷にかしげ 「都」
末枯や汐先橋を経て来れば 「紅」
末枯に現れ城壁の坂落し 「暁」

末枯

黄蝶来る機翼を休む末枯に 「軒」
末枯やみなまつしぐら戻り舟 「薔」
末枯や夕日は太りつつ没し 「薔」
末枯やいづこも風の猫じやらし 「軒」
孟蘭盆や葵も高く花を終ふ 「汀」
うろこ雲荘もやすらげうろこ雲 「軒」
窓固く荘もやすらげうろこ雲 「薔」
枝豆や残るはさびし山の宿

えんまこおろぎ

「余」

孟蘭盆の猫の猫じやらし
枝豆や残るはさびし山の宿

枝豆

送火

落し水
白粉の花 「山」

浸蝕地帯さはれ音立て落し水 「薔」
はるばると山に向へる囮かな 「汀」
縫はれたる眼つむりてゐし囮かな 「春」

踊り

そよろ鳴く囮や風の渡るとき 「暁」「汀」
鳴かんとすゑんまこほろぎ友を蹴て
送火や猫おとなしくかい抱かれ
送火の燃え誰ぞや汲むはね釣瓶
こぞり咲く白粉の庭母に残し 「暁」「汀」
送火の名残の去年に似たるかな 「暁」
茄子採ればえんまこほろぎ警戒す

踊

踊唄
おはぐろ
女郎花

黒砂糖たうべつあるも踊連れ
母の顔見えれば踊りかくれけり
越の町の踊おさめの夜に逢ひし
踊浴衣襟正しくてみな知人
鳳仙花咲くくらがりを来て踊
踊唄やむとき塘は藻の匂ふ
おはぐろに水の青芦揺れ止まず
女郎花おん娘の倖せは母御にも
女郎花お娘の倖せは母御にも
女郎花また行きかねる径のみに

「紅」「汀」「紅」「花」「山」「紅」「汀」「汀」「余」「軒」

季題別作品集

貝割菜

ぐんぐんと木影夕影女郎花　　　　　　　　　　　　　　　　　　「半」
なかなかの山の膳かな女郎花　　　　　　　　　　　　　　　　　「軒」
土砂降りの跡にとどまり貝割菜　　　　　　　　　　　　　　　　「汀」
美しき横雲日々に貝割菜　　　　　　　　　　　　　　　　　　　「汀」
すれちがふ間も暮れて来し貝割菜　　　　　　　　　　　　　　　「紅」
貝割菜人は急げば足る如く　　　　　　　　　　　　　　　　　　「薔」
目に見えて雪深き国の案山子かな　　　　　　　　　　　　　　　「薔」

案山子

家妻は案山子のもとに子を背負ひ　　　　　　　　　　　　　　　「江」
案山子よりも淋しき顔に見送りぬ　　　　　　　　　　　　　　　「江」

柿

切通し柿の色づく漁港かな　　　　　　　　　　　　　　　　　　「江」
柿の荷の下の布子を取り出だす　　　　　　　　　　　　　　　　「江」
柿棹と伯父の輝く白髪と　　　　　　　　　　　　　　　　　　　「花」
追ふ如く柿もぎにやりもてなさる　　　　　　　　　　　　　　　「春」
樽柿の壺を従へ居る日々か　　　　　　　　　　　　　　　　　　「江」
もたらしぬ枝葉茂れる柿と郁子　　　　　　　　　　　　　　　　「江」
柿の里山塊眉に迫りつつ　　　　　　　　　　　　　　　　　　　「都」
さま変る柿甘かりし旅愁かな　　　　　　　　　　　　　　　　　「紅」
ふるさとにあり柿甘き夜を共に　　　　　　　　　　　　　　　　「紅」
柿取らせ母は母なりに人を待つ　　　　　　　　　　　　　　　　「紅」
柿食ぶやあからさまなる灯のもとに　　　　　　　　　　　　　　「紅」
柿むきて食べてふつつり遠き人　　　　　　　　　　　　　　　　「紅」
瀬戸越ゆる小鳥に小柿鈴生りに　　　　　　　　　　　　　　　　「薔」
柿たまふどの木この木と採りまぜつ　　　　　　　　　　　　　　「薔」
老木の元山柿の風貌も　　　　　　　　　　　　　　　　　　　　「軒」

掛稲

柿取らせ母は母なりに人を待つ

柿の街道白く遠ちを指し　　　　　　　　　　　　　　　　　　　「軒」

懸巣

懸巣鳴く深大寺山雨かぶり　　　　　　　　　　　　　　　　　　「軒」

がちやがちや

がちやがちやの高まるばかり人幽か　　　　　　　　　　　　　　「暁」
がちやがちやは月夜の霧の円の内　　　　　　　　　　　　　　　「都」
あひふれし子の手とりたる門火かな　　　　　　　　　　　　　　「春」

門火

かへりみて何かたづねて門火かな　　　　　　　　　　　　　　　「江」
わが心ひそかに聞ゆ鉦叩　　　　　　　　　　　　　　　　　　　「半」

鉦叩

鉦叩き鳴いて居る夜へ吾子寝かす　　　　　　　　　　　　　　　「汀」
鉦叩ところを移す幽かかな　　　　　　　　　　　　　　　　　　「汀」
書いて行くひとつのことに鉦叩　　　　　　　　　　　　　　　　「紅」
一夏の旅路の果ぞ鉦叩　　　　　　　　　　　　　　　　　　　　「薔」
あともなく忘れてあれば鉦叩　　　　　　　　　　　　　　　　　「花」
鉦叩ただ一筋や二夜三夜　　　　　　　　　　　　　　　　　　　「花」
北窓は町も見ゆ窓鉦叩　　　　　　　　　　　　　　　　　　　　「汀」

花圃

花圃にあり乱るるものを見すごしに　　　　　　　　　　　　　　「半」
ものいへば南瓜ころがして人みしり　　　　　　　　　　　　　　「汀」

南瓜

かなしけれ一つ並びに烏瓜　　　　　　　　　　　　　　　　　　「花」
見る見る暮れたるものに烏瓜　　　　　　　　　　　　　　　　　「都」

烏瓜

ひたひたと跣足に来れば烏瓜　　　　　　　　　　　　　　　　　「花」
烏瓜残る一間も人に貸し　　　　　　　　　　　　　　　　　　　「都」
烏瓜言葉何やら聞きもらし　　　　　　　　　　　　　　　　　　「紅」
烏瓜元蔓切れてとびとびに　　　　　　　　　　　　　　　　　　「紅」
烏瓜何いふべしや秋ここに　　　　　　　　　　　　　　　　　　「紅」
住むは誰ぞ右に左に烏瓜　　　　　　　　　　　　　　　　　　　「薔」
烏瓜とのひたりと蔓も現れ　　　　　　　　　　　　　　　　　　「軒」
足音をぬすむならねど烏瓜　　　　　　　　　　　　　　　　　　「軒」
烏瓜藪蔭なれば稲小さし　　　　　　　　　　　　　　　　　　　「初」

雁

マルコポーロ橋斜め過ぎ雨の雁　　　　　　　　　　　　　　　　「紅」
二連れの江上の雁へ下だりぬ　　　　　　　　　　　　　　　　　「紅」

雁の声

友如何に町また見たし雁の秋　「薔」「紅」
そのほかに雁見し空も告ぐべきに　「都」「紅」
雁の声落ちところに残されし　「紅」「紅」
雁の声汐入池も満ちて暮れ　「薔」「紅」
雁の声ききとめし顔見返され　「都」「紅」
宵闇の真つ向にして雁の声　「余」「紅」
雁の声暮色は心失はす　「花」「半」
久しくて次なる雁の鳴き渡る　「花」「半」
雁渡る月の稲田の眩しさを　「余」「半」
上汐のいよいよ早し雁渡る　「紅」

雁渡る

今日のこと今日忘るれば雁渡る　「山」
雁渡る筑紫蔓草豆ならせ　「紅」
雁渡り若き等に夜の飾窓　「芽」
濯ぎもの乾けばよき日雁渡る　「余」
雁渡る一声づつや身に遠く　「紅」
雁渡る谷底かけて人の家　「芽」
雁渡るわれ等は街をひたに抜け　「山」
打ち晴れて刈萱枯るるむらさきに　「花」

刈萱
ゆたかなり甘藷大小あるかぎり

カンナ
中庭のカンナの赤にリボンの子　「春」「半」
片虹にカンナもつとも雨残し　「汀」「紅」
ジンジャさへカンナの黄さへ水辺草　「暁」「紅」

甘藷

黄菊
黄菊先づ車窓馳すなり町近し
黄菊白菊先づ幼等の祝ぎの歌
黄菊咲く玉の浦いま昼休
好日のえにしの花の黄菊かな

菊
菊は黄菊一服の茶に今日新た　「余」「薔」
わが手もて櫛とる幸に黄菊早や　「都」「紅」
黄菊白菊わづかにわが身通すほど　「都」「紅」
夜の戸また黄菊白菊旅如何に　「薔」「紅」
食卓に早も拮梗や遠花火　「都」「紅」
烈日の美しかりし桔梗かな　「余」「紅」
旅の子の第一信や花桔梗　「紅」
挿し添へし桔梗の濃さよ山は霧　「紅」
桔梗や残りの雷も雨も去り　「花」「薔」
桔梗濃ひしささかは去年語りしよ　「芽」
しばらくは露の桔梗に座をまかす　「芽」
桔梗ほか剪り来し花に遠き蝉　「軒」「薔」
洋桔梗おのれおどろく畳連れ　「軒」「紅」
桔梗や訪ひ寄る声に心浮き　「余」「花」
萩桔梗好みの味に会ふ日かな　「薔」「半」
雨となる夜来の霧や山桔梗　「紅」「汀」
まだ四囲の山の名知らず萩桔梗　「暁」「半」「汀」
窓の灯に菊を映して寝まり居り　「花」「汀」
菊白き月ある夜々と思ひ馴れ　「半」
働きし身のさわやかに夜の菊　「芽」「花」
面やせて来て咲く菊に相見ゆ　「芽」「都」
菊の香や映らず夜の鏡　「軒」「都」
デリックに鷗の数に菊すがれ　「薔」「花」
長廊に添ふ菊鉢のかぎりなし　「薔」「汀」
菊の香に古琴哀曲うべなひぬ　「紅」「汀」
旅人に西湖中島菊手入　「軒」「紅」
朝ごとのこころときめく菊の色　「余」「紅」

季題別作品集

菊障子朝光あふれしめにけり 「芽」
河豚鍋に周防の国は菊盛り 「紅」
まだ露の深さばかりや菊雛 「紅」
菊店のまだ夜仕事の菊の塵 「紅」
長身の天草四郎菊したがへ 「山」
内苑もあやなす菊のみだれかな 「山」
袷着て寸地の菊も蕾見す 「山」
まだ山も見覚え菊も残るまま 「余」
菊挿して紅葉を活けてきそはしむ 「薔」
ほとばしる雨明るけれ菊障子 「薔」
菊供ふ人のうしろにあづかりぬ 「薔」
石蕗小菊一夜はげしき雨に咲く 「薔」
語られむ憩ひの石の菊の香に 「薔」
日々新たなり香に立ちて菊百花 「薔」
小菊ひそとひそと加へし人を思ふ 「薔」
菊たわに仏間朝の灯惜しみなく 「薔」
輪台にあふるる菊を競はしめ 「薔」
細管の菊また言葉ひかへしむ 「薔」
しばらくやわれら退け菊の蝶 「余」
菊の出来恥ぢゐる人の案内かな 「余」
何事ぞいつも小走り菊の前 「余」
うかと来て菊ねんごろに案内され 「余」
わがために剪らるる菊をわが惜しむ 「軒」
菊の香や外着おのおの歩も軽く 「軒」
温容に百菊の道八方に 「軒」
かぎりなき身内の世辞と菊手入れ 「軒」
おくれたる菊への礼をよろこばれ 「芽」

菊膾
朝ごとにいよよまされる菊の庭 「薔」
なかんづく菊双輪の栄えのほど 「紅」
聞き置くと云ふ言葉あり菊膾 「紅」
否くとも一杯の酒菊膾 「紅」
菊膾晴れ極まりし日も夕べ 「余」
菊膾一日は旅も急がざる 「山」

菊人形
菊人形に蜂来る日和老の杖 「暁」
菊人形故山の景に立つに逢ふ
菊秋の庁舎祝ぎけりただ直く

菊の酒
十年の菊の酒なりこぼすとも 「汀」

菊の露
雨霽れてすでに久しき菊の露 「汀」
霧見えて暮るる早さよ菊畑 「汀」

菊畑
時雨雲まつたくかぶる菊畑 「春」

菊日和
菊日和馬は直ちに汗に濡れ 「暁」
菊日和きざむ墓石や菊日和 「汀」
レーダーに応ふる船や菊日和 「暁」
菊日和この朝明の老のこと 「暁」

衣かつぎ
衣かつぎにも頃あひや撰りて食ぶ 「暁」

茸売
菌汁つひに雨呼ぶ瀬音かな 「汀」
番犬にいたくおどろき茸売 「暁」
茸売のことわられたる手に茸 「紅」

茸飯
遅参とてまだ温かりしきのこ飯 「紅」
起重機に夜毎の霧や寒くなる 「紅」

霧
雨となる夜来の霧や山桔梗 「汀」
霧の夜を連絡船は待つてゐし 「春」

まなかひに来れる霧に小さき子よ
霧生るる夕ひとときの人通り
かりそめに待たせし人も霧の中
見えてゐる都電に急ぐ夜々の霧
ほの洩るる灯の恋しさに夜々の霧
寝ねにつく人ぞと思ふ月の霧
霧立つや水をゆかする酒匂川
汐上げて霧また早き家並かな
霧の宿襖立て切る話し声
機首転ずらし西陵山の霧
霧に馳すれ何れも黄河支流てふ
月の街大江の霧たちのぼる
朝月を見しとはいへど古都の霧
霧の夜の幾百階の底に船
霧幾重つなぎ寝に入る船に伍す
霧の夜の町の名それも知らぬまま
舞ひ下りし山蛾も我も霧の底
おもむろに行くといへども霧の中
沙羅真白山住は霧語らずに
僧院のそびえや霧はしまくとも
霧冷えの地階切子の形づけ
霧の底異国に濃さよ草の花
霧くぐる夜の上みの橋下の橋
夕霧に戸締り早し山の町
関所趾まづ髪ぬらす霧かばひ
一峰は山霧常なる珠として
遠しとは誰も言はずに霧に去る

[汀]
[花]　　　　　　　　　　　　　　　　　　　　　　　　　　「花」
[都]
[都]
[都]
[都]
[紅]
[紅]
[紅]
[紅]
[紅]
[紅]
[紅]
[紅]
[山]
[山]
[山]
[余]　　　　　　　　　　　　　「薔」
[余]　　　　　　　　　　　　　「薔」
[余]　　　　　　　　　　　　　「薔」

きりぎりす
霧雨
桐一葉
銀河
金柑
銀杏
金木犀
草の実
草の花
草の絮
草紅葉
葛の花

富士暮れて互ひに霧に失すもの
消えんとす露一粒の光満つ
心柔ら五合目といふ富士の霧
がちやがちやは月夜の霧の円の内
まつしぐら花野は霧にもどりけり
鳴き始む籠につかまりきりぎりす
籠少しのぼりて厨を拭き清め
きりぎりす更けしこの霧コート
短日のこの霧雨や雨コート
桐一葉われに向つて影投げつ
思ひつくさま桐一葉おもむろに
銀河仰ぐや今争ひしことを恥づ
ブザー鳴る夜半の銀河の行方かな
母に書く銀河の端の夜とは言はず
畳替金柑はまだ木にあづけ
銀杏が落ちたる後の風の音
手をふれて金木犀の夜の匂ひ
ゆるぎなく金木犀の香のほとり
霧の底異国に濃さよ草の花
草の実にすうと汽笛のうれつつ
山峨々と草の実飛ばすダムの波
草は実に噂のあとは皆淋し
草の絮うたがひもなくつとよぎる
草紅葉ぬつと岩鳴つくる
草紅葉われらにたもつ日和かな
草紅葉してどの丘もわれら呼ぶ
葛を踏み芒にさはり月明り

[余]　　　　　　　　　　　　　　　　　　　　　　　　　　「花」
[軒]
[軒]
[軒]
[薔]
[半]　　　　　　　　　　　　　　　　　　　「花」
[半]　　　　　　　　　　　　　　　　　　　「花」
[半]
[芽]
[初]
[花]
[都]
[花]
[薔]
[薔]
[暁]
[暁]
[花]
[紅]
[汀]
[紅]
[山]
[軒]
[紅]
[紅]
[花]
[余]

季題別作品集

くつわ虫
- 葛の風足下に及ぶ大都の灯 「紅」
- 葛の花雨怖がりぞ山の人 「都」
- くつわ蟲つと鳴き出でぬ止むまじく 「都」

栗
- 栗むいてあり忙しといひつづけ 「軒」
- 栗持ちて身の落着きを告げに来し 「軒」
- 好きでむく栗とても何思ひぬむ 「芽」
- 栗愛でてわれも秋の日完うす 「薔」
- 栗拾ひ汝がかくまでも勇むとは 「芽」

栗拾ひ
- 栗拾やまだ用件は出せぬまま 「紅」

栗飯
- 栗飯やほめれば味のまさりくる 「薔」
- 栗御飯すぐ食べよとの笑顔かな 「芽」

胡桃
- 晴れし日の胡桃の落つる音と知る 「汀」「芽」
- 胡桃落つ日の夜となれば月明かく 「春」「半」

鶏頭
- 土地の娘し仕へてぞ割る胡桃かな 「暁」「汀」
- 何はあれ鶏頭高く庭を統く 「暁」「軒」
- 鶏頭や母娘に幸といふ聞こえ 「汀」「軒」
- 別辞すぐ山は下りや今朝の秋 「薔」

今朝の秋
- 紙はたきたる罌粟種も芽生ゆべき 「軒」

罌粟の種蒔く
- 今朝の街の地下道退勤 「余」「汀」

黄落
- 黄落の地に指さすは何や咲く 「紅」
- こほろぎの久しく待ちて音をつづく 「薔」

こおろぎ
- 身をすざりつつこほろぎの高音かな 「軒」
- 蟋蟀のひそむ茎石洗ひけり 「軒」

コスモス
- こほろぎの網戸に余日ふとかぞふ 「軒」
- コスモスや鉄条網に雨が降る 「汀」

- 二日ぶり晴れコスモスの花遠目 「花」「半」
- コスモスの花の向き向き朝の雨 「花」
- コスモスの広きみだれに夜のとばり 「芽」
- コスモスの夜の花びらの冷えわたり 「軒」
- コスモスの夜は一色に花そむき 「軒」
- コスモスをはなれぬ蝶と貨車群と 「紅」
- 常にわがコスモスは彼の花園の花 「紅」「薔」
- コスモスや博多過ぎつつ会ふえにし 「薔」
- コスモスは深秋花を新たにす 「薔」

今年酒
- かねがねもひとりが好きや今年酒 「薔」
- 今年酒女たのもし賑々し 「薔」

今年米
- 今年米人数はるかに炊き上げぬ 「軒」
- 古櫃に母をさめけり今年米 「芽」
- 勝手知る厨手伝ひ今年米 「芽」
- 今年米着く上京はいつならん 「紅」

小鳥
- 小鳥来る石の上に小鳥 「紅」「紅」
- 涸川の重なる石の残る枝に 「軒」
- 小鳥またさきの枝揺れ小鳥かな 「軒」
- 二羽となり目にもとまらず小鳥かな 「軒」
- 一文字に小鳥よぎれば心急く 「軒」
- 沈まりし小鳥に梢暮れ急く 「紅」

小鳥来る
- 待つ間なし風のそよぎに小鳥来る 「芽」
- わが心ふとときめけば小鳥来る 「軒」
- かくぞて翅うちひろげ小鳥来る 「軒」
- 四メートルの干満の瀬戸小鳥来る 「軒」
- 小鳥来る地上よりかも矢の如く 「紅」
- 小鳥来る山の蝶よりも小さきが 「汀」

木の実
- いとけなくたどたど拾ふ木の実かな 「汀」

胡麻
　夕近く蝶出てぬくし木の実山　　「汀」
　木の実落つきびしき音にむちうたる　「汀」
　木の実落つ水に降り行く家鴨かな　「花」
　片寄りて子等の拾へる木の実かな　「都」
　袂より木の実かなしきときも出づ　「都」
　此処の子の撰りまどひ買ふ木の実菓子　「紅」
　先づ一人おくれはじめて木の実拾ふ　「紅」

柘榴
　荘を閉づ雑巾がけや木の紅の柘榴　「紅」
　誰がために水澄み木の実熟るる日ぞ　「軒」
　瑠璃瓦寂と紅増す柘榴かな　「紅」
　故宮殿今年の紅の柘榴照る　「紅」

狭霧
　白胡麻をまぶして白き菓子買はな　「芽」
　狭霧立ち厳頭暮るる家の子等　「軒」

サフラン
　サフランをしかと抱きし大地かな　「芽」
　サルビアを植ゑて洋館村にふゆ　「芽」

爽やか
　爽かにとりかかりけり夕掃除　「汀」
　陵ありき山さはやけき日没に　「紅」
　輝やける溟眺めなむ爽かに　「軒」
　さわやかに待ち給ひしよ皆故旧　「薔」
　爽かに重ね来し日の思ひのみ　「山」

残菊
　残菊の風避くべくもなかりけり　「余」
　残菊を起さんとしてかへりみし　「薔」
　惜しみなく日は山裾に残菊に　「薔」
　残菊を人に見られつ起しけり　「軒」
　残菊の踏み込む隙もなく盛り　「初」

残暑
　残暑の陽反す扇や立話　

　架橋説明残暑にふとき船の笛　「紅」
　ビル鉄骨高さ定まり残暑中　「軒」
　生姜出荷残暑土佐路の小駅かな　「紅」
　庭囲ひそのまま京の残暑かな　「軒」
　小児病棟派手な服干し残暑かな　「紅」

秋刀魚
　秋刀魚とも誰も云はずに食べ終へぬ　「紅」
　秋刀魚焼け茄子たつぷりと煮上りし　「紅」
　しづかなる起居さんまの焼けてきし　「山」

紫苑
　紫苑より高きものなき晴一と日　「紅」
　紫苑咲き杉を挽く香の町の口　「芽」
　姿よし今朝の紫苑になぞらへつ　「薔」
　自然薯を掘りみし顔が振り返る　「薔」

自然薯
　自然薯がおのれ信じて横たはる　「薔」
　自然薯を損ふまじき置きどころ　「薔」
　畝傍見え自然薯棚も紅葉せる　「余」
　いゆくべし今日あることに芝紅葉　「紅」

芝紅葉
　地蟲鳴くつぐべき声をたしかめつ　「余」

秋意
　大かたは山湖経し人秋意満つ　「紅」
　刈込も雛も寄れば秋意かな　「軒」

秋燕
　秋燕や狭き宿屋の部屋貫ひ　「余」
　暮れ方も雨の激しさ秋海棠　「芽」

秋海棠
　秋海棠母を大事の家のさま　「紅」
　赤松の幹に夕映え秋気澄む　「薔」
　よき名乗り手にしみじみと秋気澄む　「薔」

秋気澄む
　新しき日なり裾野の秋気澄む　「薔」
　秋暁の白砂の濡れに添ふは何　「花」

秋暁
　秋暁のねんごろなるにたづね寄り　「暁」

季題別作品集

秋江

秋江の帆のためらはず進む方　「紅」
朝日得て秋江の渦ふと静か　「都」
一本の竹のみだれや十三夜　「紅」

十三夜

十三夜今明らかに竹立てる　「半」
雲深くして人恋し十三夜　「都」
十三夜書けば書きやること多く　「花」
雨いつか菜畑に晴れ十三夜　「花」[暁]
十三夜花茎長きゼラニユーム　「汀」
青バナナづしりと垂れし秋暑かな　「紅」

秋暑

築紫路の秋暑葉を跳ね茄子畑　「紅」
飛機高度沃野秋色更に行く　「都」
秋水の渡船は四角人を裏座敷　「紅」

秋色

秋水の夜も明らかに流れ急　「紅」
秋水に櫂深きとき舟疾く　「紅」
草にふれ秋水走りわかれけり　「紅」
傘さして来て秋水の流れ急　「花」[花]
秋水は走り山人声かけあひ　「汀」
秋水や逢ふ日短く夏短く　「紅」

秋水

秋水に向き借り申す神の階　「軒」
白蛇伝聞く秋水の櫂の音　「軒」[余]
友船の秋水へだつ鱐の光　「軒」
秋水のしばし激し去りにけり　「軒」
秋水に緋鯉加へぬ父母のため　「汀」
秋水に触れわが影を乱しけり　「半」
一棹に秋水ぐんとしたがへる　「暁」
秋扇や美しきまま母となり

秋扇

秋扇を芭蕉葉蔭にかざしつつ　「花」
秋扇も手巾も開くひとなしに　「暁」
秋扇や雨返し来る丸の内　「都」
秋扇や相逢はざりし日のままに　「紅」
秋扇に森閑広き山の空　「山」
秋扇の座にいち早く投句箱　「薔」
黙々と土工大群秋天下　「都」[暁]

秋天

黄河蛇行して秋天の打ち霧らひ　「紅」
秋天に底ひ逆巻く水のさま　「軒」
秋燈のとだえし闇は城趾かな　「汀」

秋灯

秋扇の障子たて婢の夜の暇　「半」[汀]
驚報下秋灯に寄せ時計巻く　「花」[暁]
秋灯や蛾は指に真つ白に　「余」
秋灯にひとり背きて書く句かな　「薔」[余]
秋燈の割当すみし秋灯下　「芽」
船室の姿見ちらと人得つつ　「都」[花]
秋燈や姿見ちらと人得つつ　「芽」
秋灯にしかと寝し児と聞く座かな　「芽」[暁]
秋灯の鏡裡や厳と時針見す　「芽」
秋灯に賜ふ家伝の薬かな　「都」[余]
声かけて何れも同じ秋燈下　「芽」
有難し秋分旧き旅仲間　「薔」

秋分

秋分や居室も人手さま変り　「山」
秋分や昨日につづき雲もなし　「紅」

秋雷

北国や秋雷ひびく沖の方　「暁」
庭槙の雫秋雷馳けり去り　「紅」
布袋草流す秋霖筑後川　「薔」

秋霖

秋霖やいつも立てくる小間障子　「軒」

秋冷

秋霖の止みしや池に鴨の声 「軒」
秋冷の夜の雨垂れや店日覆 「都」
城壁に秋冷にはか汽車日ひびく 「紅」
秋冷の重慶睡る裾に泊つ 「紅」
打ち興じて秋冷の夜雨の音 「紅」
秋冷や看とりとありて一人欠け 「余」

数珠玉

秋冷や旅数刻の御道筋 「軒」
秋冷や旅数刻の御堂筋 「薔」
秋冷や帰路手配して会始まる 「薔」
秋冷や確かめつ歩く夜の裾野 「軒」
秋冷や受話器わが声確かめつ 「軒」
秋冷や旅聞かぬまま月余過ぐ 「軒」
秋冷やみな灯すべし憚らず 「薔」
秋冷や集へば早も夕景色 「余」
泥濘に敷く数珠玉や田道尽く 「初」
数珠玉の折伏す噴井汲み注ぐ「暁」「花」 「軒」
数珠玉や覚えの径もいつか消え 「芽」

生姜

数珠玉もとくにかき消え新市街 「半」
生姜畑秋新しき花真白 「紅」
生姜出荷残暑土佐路の小駅かな 「花」
根上りの松に障子を置き洗ふ 「芽」
障子洗ふ足もよろめく流れかな 「花」

障子洗ふ

障子洗ひぬてふと菓子の名に及ぶ 「軒」
団栗が洗ふ障子の水を打つ 「余」
障子張り男もすなる玉襷 「軒」
てきぱきと返事与へつ障子張る 「軒」
貼り替へし障子に早き夜霧かな 「花」

白菊

朝焼や今日あることに白菊に 「紅」
白菊の一夜の枯れに今日はじまる 「薔」
夜の戸また黄菊白菊旅如何に 「紅」
黄菊白菊先づ幼等の祝ぎの歌 「紅」
黄菊白菊わづかにわが身通すほど 「紅」
夜の戸また黄菊白菊旅如何に 「芽」

新秋

新秋や退院の荷は先に発つ 「軒」
コスモスは深秋花を新たにす 「薔」
風折れの枝の青松葉新松子 「薔」

新松子

新松子声も憚る山日和 「軒」
新米を届けて好き子見せくれし 「軒」
静かなる出入り新米届きぬし 「軒」

新米

新涼の手拭浮けぬ洗面器「暁」「汀」「春」 「半」
新涼やわがなす用のはたとなく 「汀」
新涼の千人針をつかまつる 「汀」

新涼

新涼やたしなまねども洋酒の香 「紅」
笑みまさむげに新涼の風通ふ 「薔」
新涼や夕べしきりに木の葉蝶 「軒」
新藁も作りし傘も干す河原 「都」

新藁

新藁やさしきしれ赤のまま 「都」
鉢の万年青に種子を飛ばして西瓜食ふ 「初」

西瓜

西瓜の荷袁の西日に受け渡し 「山」
大西瓜深井の雫切りあへず 「薔」
乱れたる西瓜の皿も退りけり 「薔」
黒部西瓜の一筋町を従ひし 「薔」
初西瓜かくも愛でしと知り給へ 「軒」

季題別作品集

酔芙蓉

下げて来し仏の膳の初西瓜 「軒」
酔芙蓉驟雨呼ぶらし今まさに 「薔」
逢ふはよし純白つつむ酔芙蓉 「薔」
酔芙蓉紅ささやくと見る間かな 「薔」
酔芙蓉紅ささやくと見る間かな 「余」

芒

りいと鳴く蟲のこもれる芒かな
山冷の芒の遠に子を置きし 「江」
天迫る芒岨道紅衣の子 「紅」
雪富士のかがやき芒かがやけり 「紅」
芒ぞと早や吹かるるを子にも見せ 「紅」
風通ふ月に供へし芒より 「山」
稲の秋芒は高くやはらかく 「紅」

鈴虫

葛を踏み芒にさはり月明り 「芽」
蛍袋芒露いかばかり 「初」
思ひさへ鳴く鈴虫にはばかられ 「初」
鈴虫を聞く友欲しや菓子はこれ 「芽」
鈴虫の飛ぶ山形の空の色 「暁」

鶺鴒

鶺鴒ある空の色濃ゆし
せきれいを追ふ鶺鴒の閃く尾 「初」
鶺鴒や滑かに石降りて行く 「紅」
鶺鴒のとみに高まり行く弧かな 「薔」
鶺鴒は去りつつ鳴くや青き踏む
鶺鴒や春田濡れゆく雨の中 「江」

爽涼

爽涼のこころの奥の大豆の香 「汀」
誰に告げむこころの句碑として対す 「芽」

大豆

颱風の我が汽車の音聞いて居る 「紅」

台風

台風圏夜をバラ色や飛機激す 「芽」
黙々と人駅を埋め颱風裡 「紅」

大文字

颱風やもつとも声ひそめ 「薔」
灯を消せば颱風進むうす明り 「軒」
玉振時計打つを数へて台風下 「軒」
台風報殊に地に急ぐ青落葉 「軒」
白樺の横たふ丈や台風過 「軒」
台風のあとの碧天癒えませよ 「軒」
大文字も消ゆいよいよの身一つに 「都」

茸籠

茸籠に敷く歯朶青き京を発つ 「暁」「花」
坂かけて夕日美し竹の春 「紅」

竹の春

殊更に歩をゆるめしが田鳴撃つ 「都」

田鳴

細畦を田鳴も歩む我も歩む 「軒」

七夕

行人の見る七夕を結びけり 「軒」
七夕竹そよぐ百万の街の上に 「軒」
七夕や百万の街の一つ家に 「軒」
七夕の海に短冊竹のさやぐなり 「軒」

短冊竹

われよりもすぐに気を変へちちろ鳴く 「薔」

ちちろ虫

一雨の暗さよちちろ虫 「紅」
丸の内よき夜風かな中元期 「余」

中元

中元うちわの新しき老の居間 「薔」
中元団扇のみ新しき老の居間 「薔」
仲秋や子を嫁がせし母どちに 「汀」

仲秋

樹々の闇に月の飛石二つ三つ 「汀」「暁」

月

軒忍ぶるが如し庵の月 「汀」
宵月の葉影あかりし月涼し 「半」
アンテナの竿をのぼりし月涼し 「汀」
雲出し月にいかに舟暗く 「汀」
いたはられ母気に入らず月の町 「汀」

廚事多きにつれて月のぼる 「汀」
さぼてんの露蘭の露月明りかし 「汀」
花よりも白き渡雲月の屋根 「汀」
菊白き月ある夜々と思ひ馴れ 「汀」
次はまた風呂も焚くべく月親し 「汀」
裁ち鋏月をよそなる切れ味に 「暁」
月まとも輝きにけり幼な顔 「暁」「花」
また次の月の枯木を歩み去り 「暁」「花」
今日太き月を枯木の放ちたる 「暁」「花」
胡桃落つ日の夜となれば月明かく 「暁」「花」
 「暁」「汀」
 「暁」「汀」「春」
葛を踏み芒にさはり月明り 「暁」「汀」
馬追や月いよよ照る浮雲に 「花」
子供等のまだ起きてゐる町の月 「花」
月明のふとさびしさよ木槿垣 「花」
月さしてまことに小さき庭造り 「都」
竹洩るる月一片の光かな 「都」
をりからの月の落葉のうら表 「都」
留守ぞとはかくもさびしき月の家 「都」
月の夜の隣り住ひに子を寝せに 「都」
磯明かし月の大波くだけ寄り 「都」
月暗き一人二人に浜ひろき 「都」
がちやがちやは月夜の霧の円の内 「紅」
月の罠声を立てずに狐落ち 「紅」
さざめきて池尻月の水落とす 「紅」
追ひすがり話一こと月の人 「紅」
月光のひたとどまる小葉の畝 「紅」

湯ざめせし背に大いなる月かかる 「紅」
月明に火屑こぼしつ長き汽車 「紅」
月映す長江の波相きそふ 「紅」
月明の裸岩照り合ふ車窓かな 「紅」
月見るとつと肩寄せし旅の友 「紅」
月暗しかの十挺櫓船も寝む 「紅」
泊つ船のこれも一つ灯月の江 「紅」
長江をそれしさびしさ月も痩せ 「紅」
真夜なりや長江の月へだたりぬ 「紅」
とどまりし雲また薄れ今日の月 「紅」
月祀る芒めぐりし蛾の行方 「紅」
別れんとし信濃川月太し 「紅」
時化あとの欅の荒れを月離る 「紅」
菓子ひきて月の畳を蟻迷ふ 「紅」
さみしさの話しづかに月の友 「紅」
夜はさすが磧しづかに月得つつ 「紅」
消息はつつがなけれど月も更け 「紅」
月出でしけはい及べる小部屋かな 「紅」
武蔵野も奥赤松の月代も 「山」
ただ一つ大橋かけて月の秋 「山」
月の宿白樺一樹先づ得たり 「余」
月の句座にとく寝ね子を襖越し 「余」
風通ふ月に供へしざらむ 「余」
まのあたり月出づ病抜けし身に 「余薔」
快気とはよき月の句座 「薔」
月太しぐんぐんとビル引き放ち 「薔」
月に供への燭尽きんとし誰も居ず 「薔」

季題別作品集

月夜茸
つくつく法師
蔦紅葉

露

近々と稲田の生みし月そこに 衿巻をまとへば独り月も冷ゆ
一点の露太々と迫るなり
いましも露一点のたくましや
また一粒の露たくましき山を去る

風鈴の音に月明かき夜を重ね
木犀の香の月の夜のあとも逢はず
満月の桜の色をとどめたり
月涼しく君また涙する刻か
木犀の広きこぼれに月まとふ
口々に月夜茸とて恐れけり
明るき袂につくづく法師圧へけり
鶯の居る櫨にのぼりて蔦紅葉
曇天に居向ふ鶯や蔦紅葉
子供等が露を叩いてやつて来し
さばてんの露蘭の露月明かし
花鋏露の秋草えらむべく
一歩はやこぞれる露のきびしさよ
一粒の露きらめきて石蕗に朝
朝雲の立ち立つ露の山湖かな
身送りはかく立つことか露の辻
身じろげばそこなる露も煌と照る
ひしひしと露きらめきて寄するなり
身をかばふ何ものもなき露の中
一歩を否む露の深さに日を重ね
一粒の残れる露のしたたかや
照り出でし露の光にしたがひぬ
東面の木立の露のほとばしる

蛍袋庭芒露いかばかり
露草や室の海路を一望に
露けしと思へる露の軒すだれ
露けさにネパール婦人帛真深
更けて得し露けき人語莊の道
露けさの身をかばひ子をかばひけり
川風に露けき四方のネオンの朱
露地もとりてただ参じけり露けしや
露しぐれすでにして御座近うして
きざはしも彼方照葉も畏しや
蟷螂の腹の節見せ猛りけり
翅みだし飛ぶ蟷螂に置き去らる
蟷螂の傾げたる眼に咎められ
残るもの木賊の青や寒雀
どぶろくに酔うて道辺の子にやさし
見送りし国旗大事と豊秋を
団栗が洗ふ障子の水を打つ
秋涼し風ある笹に黒蜻蛉
朝曇軒に羽搏とんぼかな
荷届けて車軽さや群蜻蛉

「紅」
「汀」半
「汀」半
「汀」半
「花」薔
「余」薔

「薔」
「薔」
「軒」
「芽」
「芽」
「軒」
「紅」
「初」
「汀」
「半」
「半」
「半」
「薔」
「薔」
「軒」
「軒」
「軒」
「軒」
「軒」
「軒」
「軒」
「軒」
「芽」

露草

露しぐれ
照葉
蟷螂

木賊
どぶろく
豊の秋
団栗
蜻蛉

「暁」

「余」

「花」
「汀」
「薔」
「紅」
「芽」
「芽」
「芽」
「芽」
「紅」
「紅」
「山」
「薔」
「軒」
「初」
「紅」
「山」
「紅」
「紅」
「汀」
「薔」
「紅」
「初」
「初」
「初」

秋涼し風ある笹に黒蜻蛉　　　　　　　　　　「初」
泣きし子の頰の光りやとぶ蜻蛉　　　　　　　「暁」「汀」
とどまればあたりにふゆる蜻蛉かな

蜻蛉釣る子に洗ひ髪母通る　　　　　　　　　「暁」「汀」「春」「半」
とんぼ釣る子に洗ひ髪母通る
蜻蛉に扉あけたる倉庫かな　　　　　　　　　「暁」「汀」「半」
とんぼ釣ととんぼと出でし晴れ間かな
石けりに蜻蛉も高し向日葵も　　　　　　　　「汀」
蜻蛉とぶ影国境の橋渡る　　　　　　　　　　「汀」「春」
自転車を除けひきつづき蜻蛉除け　　　　　　「都」
犀川も町を去る川蜻蛉来る　　　　　　　　　「紅」
長き夜の今更捨つる反古もなし　　　　　　　「紅」
長き夜の鉄扉細目に誰がために　　　　　　　「薔」
長き夜の灯影さし交ひ青簾　　　　　　　　　「花」
窓の外に燃え果てざりし流れ星　　　　　　　「紅」
梨食ふ雨後の港のあきらかや　　　　　　　　「汀」

梨なかば奪られたる子も機嫌よく　　　　　　「汀」
雨の夜は梨も葡萄も雨しぶく　　　　　　　　「都」
どこまでも話反れつつ梨甘し　　　　　　　　「半」
別るるとして一片の梨甘し　　　　　　　　　「汀」「春」
梨太くあるテーブルの端に書く　　　　　　　「紅」
フルートや梨むく宵のさだまれば　　　　　　「紅」
記念撮影まづ終りたる梨の皿　　　　　　　　「紅」
国原のよき名かぶせし梨太し　　　　　　　　「軒」
ふとさみし子たちに切に梨すすめ　　　　　　「軒」「薔」

長き夜

流れ星

梨

茄子　　　　　　　　　　　　　　　　　　　「汀」
なぐさめも持たせる梨も足らざりし
種茄子の前をあちら行きこちら行き　　　　　「汀」
秋刀魚焼け茄子たつぷりと煮上りし　　　　　「山」「紅」

撫子
なでしこや人をたのまぬ世すごしに
撫子の夜を消えぎえの茎を伸べ　　　　　　　「都」
沢が秘む撫子原やほととぎす　　　　　　　　「紅」
撫子も挿し十分に意を得たり　　　　　　　　「薔」
なでしこや夏場は集ふ三姉妹　　　　　　　　「軒」

野菊
欅散る吉祥寺町それらしく　　　　　　　　　「紅」
鳴子　　　　　　　　　　　　　　　　　　　「汀」
鳥立ちしあとも鳴子の鳴りやまず
願の糸
一つ家や願ひの糸をなびかせつ　　　　　　　「紅」
猫じゃらし
化石群而して崖の猫じやらし　　　　　　　　「薔」
旅の連れいつか変りて野菊濃し　　　　　　　「花」
雨粒のときどき太き野菊かな　　　　　　　　「花」「紅」
石橋のことと動きり野菊揺れ　　　　　　　　「暁」「花」
松原の雨三二日の野菊かな　　　　　　　　　「花」「紅」
岩山の野菊一色驢馬に坂　　　　　　　　　　「暁」「半」「花」
野菊薊かくもすがれし門辺なり　　　　　　　「暁」「紅」

軒忍
軒忍けぶるが如し庵の月　　　　　　　　　　「花」「軒」
川の香といふは藻の香や後の月　　　　　　　「花」「汀」
後の月
後の月かなしき手紙後まはし　　　　　　　　「汀」
山の木のきそふ梢の後の月　　　　　　　　　「紅」
廻る見ゆ野分のなかの水車　　　　　　　　　「暁」「紅」
吹き落ちしものを筓に野分の子　　　　　　　「汀」「紅」
誰ぞ野分くぐりて梯子運び居り　　　　　　　「軒」
野分宿小銭たしかめ受け渡し　　　　　　　　「紅」
一枚のすだれに殊に夕野分　　　　　　　　　「紅」

野分

季題別作品集

墓参

朝戸出や野分過ぎたる雛添ひ 「余」「薔」
塵もとどめず山のあひ野分だつ 「薔」
帰らせしそのあと知らず夕野分
雨音を叩く雨音夜の野分
隣には走りて行き来野分中
観葉樹黄ばむ本葉に野分かな
その後のなほ野分めく芙蓉かな
墓参り冠りし笠のふれ合ひて
拝むべき墓の多さに呆然と
まだ四囲の山の名知らず萩桔梗 「暁」「花」
雀飛びの萩のたわみは跳ねもどり

萩

人影に萩立ち惜しむしじみ蝶 「花」
一日晴れ萩も末なる花尽くす 「汀」
萩芒活けてゐし婢の夜の暇 「軒」
ふたたびのよき小人数に萩の風 「軒」
珍らしく猫居ぬ暮し萩すがれ 「軒」
手を添へて山萩姿みだれけり 「軒」
烈日に山萩にはか紅加ふ 「半」
萩桔梗好みの味に会ふ日かな 「都」
あるじ振り先づ千本の葉鶏頭 「花」

葉鶏頭

葉鶏頭庭に一樹の松を愛し 「紅」
一棹にすぐ稲架がくれ沼の舟 「芽」
無花果へ石榴へかけて稲架出来ぬ 「軒」
横とびに稲架ひつぱれる雀たち 「紅」

稲架

稲架まさに乾く日和の朝の虹 「薔」
大牟田は右取りのこす稲架もなし 「余」「花」
鴫高く稲架射し通す朝日影 「薔」

月出づともつとも高く芭蕉立ち 「暁」「花」「半」
芭蕉玉解くかすかなる夜風あり
朽葉色蝶ひらひらと芭蕉林

芭蕉林

脚のべて囲を守る蜘蛛も芭蕉林 「紅」
芭蕉林まこと螢火綾に飛ぶ 「花」
芭蕉林馳せす水聞え献酒の儀 「紅」
山にこそ降る雨しづか櫨紅葉 「紅」

櫨紅葉

櫨紅葉北上光り去るところ 「軒」
櫨紅葉そびゆすべては無き如く 「山」
城門橋くぐれば櫨まとも櫨紅葉 「紅」

肌寒

肌寒し何やら足らず旅鞄 「芽」
肌寒や生家といへど夕まぐれ 「軒」
はたはたのかくれし草は動かずに 「花」

はたはた

初嵐全階灯すホテルかな 「紅」

初嵐

夕顔はこれよりの花初嵐 「紅」
初嵐山八方に道はあれど 「紅」
縁日の地割師たむろ初嵐 「軒」
初嵐吹きつのるかな青胡桃 「軒」
初嵐ふるさと大き蚊帳吊れば 「軒」
初嵐この家落着く座をたまひ 「薔」
心して発たせしのみぞ初嵐 「薔」「余」
もの干して安らぎあれば初嵐 「薔」「余」
初嵐せめぎあふかな軒すだれ 「薔」「余」
子にかける嘆きあきらめ初紅葉 「紅」「余」

初紅葉

初紅葉雨の集ひの親しさに 「薔」「余」
一の滝すでにはげしや初紅葉 「薔」「余」

花芒

美しき歩き頬照りや花芒 「半」
次々に風落ちて行く花芒 「汀」
この国も花野したがへ薪を積み 「半」
さびしさの花野踏ましむ火山礫 「花」
まつしぐら花野は霧にもどりけり 「紅」
己れにもひとときそむく花野かな 「紅」
突つきりて来したのしさの花野かな 「余」
今は早や花野隠れの山坂も 「薔」
いよよ笑み花野よろこび立つ君か 「薔」
お句誦せば花野いよいよひろがれる 「薔」
人顔の我が顔に映ゆる花火かな 「余」
旅衣花火を揚ぐる門司の空 「薔」
紅提灯破るるばかり花火爆ぜ 「初」

花野

花火

川風のここも及びて花火急 「花」
早打の花火のほかの町の音 「軒」
大花火こだましあへば心満ち 「余」
船頭いよよ艪を立てて待つ花火かな 「紅」
紫の花火は濃しや夜空なほ 「紅」
乗せて来し女ばかりや花火船 「紅」
笛吹くよ大花火尽きんともせずに 「紅」
胡笛鳴る花火はかなし如何にせむ 「紅」
大花火首相周氏の白皙に 「紅」
花火はぜまた坐しかねる人のさま 「紅」
ふと闇の花火に反く艪のきしり 「紅」
大花火母のもっとも機嫌かな 「紅」
早打や花火の空は艶まさり 「紅」

雲脱ぎし月をまともに花火急 「紅」
鉄道草照らして山の花火消ゆ 「軒」
待ち受けし花火の空の響きあふ 「山」
きざしそむ帰心に花火つるべ打ち 「薔」
雲流る花火のあいのややあれば 「軒」
門に出し老のはにかみ遠花火 「軒」
遠花火見し夜の枕やはらかし 「軒」
病む窓を一夜はまかす花火かな 「軒」
大花火しばし臥床もあからさま 「軒」
山冷えし衿かき合す花火かな 「軒」
大花火女世帯をあからさま 「山」
カトレアを花火消えたる窓にかばふ 「軒」

花芙蓉

水櫛に髪しなやかや花芙蓉 「汀」
花芙蓉くづれて今日を完うす 「芽」

晩秋

朝明の雨の激しさ花木槿 「紅」
晩秋の峡押し渡る船の笛 「薔」
投網首に掛けて人来る彼岸花 「汀」

花木槿

彼岸花

彼岸花薮蚊益々猛々し 「汀」

蜩

蜩に家より早夕餉かな 「余」
蜩に母の姿を追ひあそび 「汀」
蜩やかや子の顔の見えわかず 「汀」
蜩や暗しと思ふ蘆ごと 「汀」
たちまちに蜩の声揃ふなり 「都」
夕蜩掘割黒く汐上げつ 「薔」
蜩に鉛筆昏るる一句かな 「余」
蜩の声終るまで何を待ちし 「軒」

火恋し

さし迫る仕事のほかに火の恋ひし 「軒」

季題別作品集

冷ゆる

やうやくに網戸洗へば火の恋ひし 「軒」
膝掛も行き渡れども火の恋ひし 「軒」
香港のネオンもさすが今宵冷ゆ 「紅」
早星輝く基地の夜半の冷え 「紅」
冷えきつてゐて鯛焼の太ぶてと 「汀」
関所ぞと畳冷えきる案内かな 「芽」

鴨

雨降ると鴨声を置き去りし 「暁」
羽ばたきて椿を鴨の踏みためぬ 「花」
城優しこだまさあへるも鴨の声 「半」
鴨の声の真下の椎拾ふ 「薔」
鴨横着景色みだしね葭障子 「余」
嗣治の絵のしじまを奪ひ鴨さわぐ 「都」
親仔鴨来ていろめきぬ坪の内 「薔」
まのあたり鴨は山茶花踏みためぬ 「薔」
鴨とても来れば色めく冬木等と 「芽」
濃紅葉と夜を隔てたる旬の屏風 「余」
枯蔓を引けば離るる昼の月 「暁」

屏風
昼の月
葡萄

ぶどう甘くして山冷の俄かさよ 「汀」
葡萄甘くして山冷の俄かさよ 「芽」
葡萄甘しここなる阿蘇をうべなへば 「余」
客人に房横たへし葡萄かな 「芽」
鋏当つ葡萄の房の重くなる 「芽」
葡萄大房一つぶ如何に貰ふべき 「紅」
雨の夜は葡萄も雨しぶく 「薔」
熊の湯は篠竹出荷冬仕度 「余」

冬仕度

冬支度姉妹や言葉ねんごろに 「薔」
冬支度聞き捨てられぬ話のみ 「薔」

冷ゆる
芙蓉
糸瓜
法師蟬

故郷とはいへ旅先の冬用意 「軒」
水棹蔵ふと芙蓉の上に振り廻す 「初」
婆様はいつも物煮て芙蓉咲く 「汀」
その後のなほ野分めく芙蓉かな 「汀」
糸瓜採りさらせば小池ふさぐなり 「芽」
帰り路はわが夕影や法師蟬 「春」
ひつそりと屋根屋に屋根に法師蟬 「汀」
江津神社とは御小さく法師蟬 「暁」

冬用意

茶菓出でて後は静かに法師蟬 「暁」
うたたねの母残し出て法師蟬 「汀」
遠ければそれきりなれど法師蟬 「汀」
法師蟬到るところに日影かな 「半」
その後の月日たのまず法師蟬 「半」
湯煙の中なる蟬に法師蟬 「都」
合歓の影にはかにさびし法師蟬 「花」
また別に坂が斜めに法師蟬 「半」
人づては果敢なけれども法師蟬 「半」
目に青き松原の松法師蟬 「汀」
法師蟬播州残暑去りがたく 「汀」
故里へここ早やなかば法師蟬 「紅」
法師蟬町の果てとは思はねど 「紅」
法師蟬人を心に茶の用意 「紅」
法師蟬海小屋閉す日のきまり 「都」
法師蟬すでに発つ刻したがへる 「山」
老をかばふ言葉ばかりに法師蟬 「山」

「余」「薔」

鳳仙花

ともどもに残す小閑法師蟬　　　　　　　　「薔」
投句筥に借りる銀盆法師蟬　　　　　　　　「余」
投句箱に借りる銀盆法師蟬　　　　　　　　「余」
書く文字も意を尽さずよ法師蟬　　　　　　「薔」
旅客機もときによき音法師蟬　　　　　　　「芽」
暑に咲きし花何々ぞ法師蟬　　　　　　　　「芽」
昼餉一家に恥ぢ通りけり鳳仙花　　　　　　「半」
夜は夜の客親しさよ鳳仙花　　　　　　　　「汀」
鳳仙花咲くくらがりを来て踊　　　　　　　「汀」
小晴間のまづ干物や鳳仙花　　　　　　　　「薔」
夕焼や鳳仙花今日の花散らし　　　　　　　「花」
夜の秋鳳仙花明日の花を抱き　　　　　　　「暁」

鬼灯

鬼灯の色ほの赤く朝曇　　　　　　　　　　「暁」
いそいそと紅鬼灯は葉蔭捨て　　　　　　　「薔」

星合

星合を待つ夜のネオンはげしさよ　　　　　「初」

干草

干草の車の道のひとすぢに　　　　　　　　「芽」

星月夜

黄濁の渦なほ夜目に星月夜　　　　　　　　「軒」

星祭

遊女屋のあな高座敷星祭　　　　　　　　　「紅」
楠大樹夜をこそそびえ星祭　　　　　　　　「紅」

穂芒

穂芒のそよりともせぬ野の真中　　　　　　「都」

蛍袋

蛍袋庭芒露いかばかり　　　　　　　　　　「紅」
草の名は山ほとぎす雨期長し　　　　　　　「薔」
着いてすぐ帰途の手はずやほとぎす　　　　「余」

ほととぎす

ほととぎすにわかに欲しき羽織るもの　　　「薔」

盆踊り

盆踊果ててもどりて熟睡かな　　　　　　　「汀」
日盛を盆提灯の売れてゆく　　　　　　　　「都」

盆提灯

盆提灯をよくよこせしがあと知らず　　　　「余」

松茸

松茸をよくよこせしがあと知らず　　　　　「都」
松茸の思案や嫁に娘にただし　　　　　　　「薔」
松茸の思案や嫁に娘に質し　　　　　　　　「薔」
松茸を届けて足るといふ如し　　　　　　　「薔」
値の聞こゆ初松茸を手に思案　　　　　　　「薔」
松茸は籠に戻して眺むべく　　　　　　　　「薔」
松茸やまことしやかに柚子抱かされ　　　　「薔」
許されよ松茸飯の終るまで　　　　　　　　「薔」
松茸ごはんしてみちのくの港かな　　　　　「汀」
わが家にも高き空あり松手入　　　　　　　「紅」
大空に徴塵かがやき松手入　　　　　　　　「紅」
よろこびの声のしづかに松手入　　　　　　「薔」
筋よしと賞め貰ひゐる松手入　　　　　　　「軒」
松手入してみちのくの港かな　　　　　　　「軒」
縁側に座布団一つ松手入　　　　　　　　　「軒」
機嫌よき声の返りて松手入　　　　　　　　「薔」
松手入して定刻と見受けたり　　　　　　　「紅」
曼珠沙華抱くほどとれど母恋し　　　　　　「紅」

松手入

曼珠沙華

年ごろの似てかへりみて曼珠沙華　　　　　「暁」
四方より馳せくる畦の曼珠沙華　　「暁」「汀」「春」「半」
あち向いてどの子も帰る曼珠沙華　　　　　「汀」
秋風や曼珠沙華折れ蜘蛛太り　　　　　　　「暁」
父若く我いとけなく曼珠沙華　　　　　　　「半」
釘づけに船は艇庫に曼珠沙華　　　　　　　「都」

季題別作品集

三日月

その後の雨の幾日ぞ曼珠沙華　　　　　　　　　　「紅」
行けば行く小径はあれど曼珠沙華　　　　　　　　「軒」
曼珠沙華漁夫過ぎてより昏れ果てぬ「暁」「薔」
曼珠沙華はたりと消えし日差かな　　　　　「余」
曼珠沙華みな見覚えの道のごと　　　　　　　　　「軒」
必ずやひとりの道の曼珠沙華　　　　　　　　　　「軒」
曼珠沙華飛機の低さにおどろけば　　　　　　　　「軒」
曼珠沙華日傘を焦がす暑に早も　　　　　　　　　「軒」
必ずや水をへだての曼珠沙華　　　　　　　「花」
木犀に三日月の金見失ひ　　　　　　　　　　　　「軒」
三日月は寂しや親と行くとても　　　　　　「余」「薔」
三日月はひとりにをさむ夕空に　　　　　　　「薔」

みかん狩

アドバルン動かぬ日和みかん狩　　　　　「半」「芽」
みかん狩ねずみくはへし猫は駆け　　　　　「汀」「軒」

水澄む

澄む水に残る土塁をくぐり出づ　　　　　　　　　「汀」
澄む水に新入り鯉は一つ離れ　　　　　　　「汀」「半」
見送りや夜目澄む水の橋たもと　　　　　　　　　「汀」
大勢が町を曲れる神輿かな　　　　　　　　　　　「山」
水澄むや一夏飼ひて金魚二尾　　　　　　　　　　「汀」
澄む水にいくつは乾く石となり「暁」「余」

神輿

誰がために水澄み木の実熟るる日ぞ　　　　　　　「紅」
水澄むや楮土畑の赫溝も　　　　　　　　　　　　「紅」
水澄みて咲くだけ咲くや仏桑花　　　　　　　　　「軒」
水引の垂直に紅まさりけり　　　　　　　　　　　「軒」

水引の花

水引の計七茎に紅密に　　　　　　　　　　　　　「薔」
水引や今年の夏の短かさに　　　　　　　　　　　「紅」

溝蕎麦

咳もして子は溝蕎麦に汽車遊び　　　　　　　　　「汀」

身に沁む

傘が来て溝蕎麦の雨ふとくなる
みぞそばに沈む夕日に母を連れ
故郷讃歌なり旅衣身に沁みる「暁」「花」
及ばざるのみに身に沁む日なるかな「暁」「半」

木槿

月明のふとさびしさよ木槿垣　　　　　　　　　　「都」
白木槿母離れ家夜の洗濯場　　　　　　　　　　　「芽」
ホテル裏木槿の裏の洗濯場　　　　　　　　　　　「紅」
ひとり置きて意にもかけずよ木槿垣　　　　　　　「紅」
咲くべくとして白木槿山雨浴び　　　　　　　　　「紅」
木槿垣しかとさだまる夜なべの灯　「余」「軒」
たしかむる人とてなけど木槿垣　　　　　　　　　「芽」
朝明の木槿すれすれ救急車　　　　　　　　　　　「芽」
木槿大輪こまごまの文よこすべし　　　　　　　　「芽」
つのりくる椋鳥の機嫌の樹のもとに

椋鳥

椋鳥のこぼれの連れの二三日　「暁」「汀」「半」
有難しかざす椋の実熟るる日ぞ「暁」「汀」「芽」
膝掛や無月の縁の川の香に　　　　　　　　「汀」「薔」

無月の実

いよいよの無月顔開き切り　　　　　　　　「余」「薔」
虫飛んで移りし蛎の揺ぎかな　　　　　　　　　　「汀」「初」

虫

よべ一夜鳴きぬし蟲や翅青く　　　　　　　　　　「汀」「半」
客の着く刻きまり居り昼の蟲　　　　　　　「汀」「春」
寝かへれば少し移りし蟲のごと　　　　　　「汀」「半」
行秋や聞かむとすれば昼の蟲　　　　　　　　　　「半」
りいと鳴く蟲のこもれる芒かな　　　　　　　　　「都」
沓脱の小さき靴も蟲の夜に　　　　　　　　　　　「汀」
蟲の宿訪ひ寄る刻を同じうす　　　　　　　　　　「紅」

虫時雨

行くかぎりしたがふ黄土昼の蟲
山巓のみないきいきと昼の蟲
昼の蟲長き土工と聞きにけり
切通し作る鍬音昼の蟲
昼の蟲思ひつくまま水打てば
老の杖はづむ案内に昼の蟲

郁子

ねむがりて子等寝しあとの蟲時雨
戸をたてて人等安らぎ蟲時雨
もたらしぬ枝葉茂れる柿と郁子
式部の実暮ししづかと伝はりぬ
わかちなく紫栄え式部の実
枝跳ねて紫式部雨後の照り

紫式部

目白籠冷言ひて山人等
ほつほつと木犀の香に降つて来し

木犀 　　　　　　　　　　　　　　　鵙

木犀の匂ふとまたも言はで居り「暁」 「汀」 「山」 「紅」 「紅」 「紅」
夜霧とも落ち際太き半月に 「都」
木犀や秘苑の水のみなもとに 「汀」 「芽」
木犀に三日月の金見失ひ 「半」 「芽」
木犀の匂ひて久し夕茜 「花」 「半」 「都」
木犀や告ぐれば夢もいきいきと 「花」 「半」 「紅」
木犀の香にしかとはく今日の足袋 「花」 「薔」
木犀や飛んで来る犬心待ち 「薔」
木犀の香の満つ家に母御とし 「薔」
木犀の香や大玻璃戸まはすとも 「薔」
木犀や根つめぬしよ針仕事 「余」 「軒」
木犀や主はいつも奥がくれ 「軒」

　　　　　　　　　　　　　　紅葉

返し針木犀の香にしみじみと
木犀の広きこぼれに月まとふ
雷馳せて銀木犀の散る無尽
木犀や一夜は雷火ほとばしり
木犀や刻惜しみ人は旅
髪結うて手を拭く紙や百舌高し
張板抱えて廻れば眩し鵙の庭 「暁」 「汀」 「春」
朝鵙や尚これよりの露霏 「暁」 「初」
鵙高音母の仕事は何々ぞ 「花」 「芽」
夕鵙の心右にし左にし 「花」 「芽」
鵙の巣の椿は上に上に咲く 「花」 「芽」
鵙高く稲架射し通す朝日影 「花」 「薔」
鵙高し或るときありし滝の音 「花」 「山」
夕鵙のみぢかき声を落し去る 「半」 「紅」
片空にはや朝鵙や街音や 「半」 「都」
鵙去りて黙然残る花園のバラ 「半」 「都」
鵙高音寄進の文字も墨うすれ 「半」 「芽」
ひとり居も表仕事や鵙日和 「半」 「紅」
夕鵙の鳴き捨て去りし庭に老 「紅」
紅葉濃し消ゆるまた疾し山の雲 「紅」
かなしみを紅葉明りに語りつぎ 「紅」
楡紅葉はじまるや町に風も絶え 「紅」
見よといふ黄葉す槐貧しき木 「紅」
紅葉する百丈の崖蝶放つ
前こごみ負ふ荷は何ぞ紅葉岩
白樺のもみぢをいそぐ谷明り
かたへ会費集められゐる紅葉の坐

季題別作品集

桃の実

もろこし

もろこしを焼くひたすらになりてゐし 「薔」
裏窓は家族の暮し桃し実に 「軒」
頭を寄せて早桃はいまだ語りたげ 「芽」
句碑かばふ木立の紅葉これよりぞ 「半」
旧藩邸紅葉の汲場誰が使ふ 「芽」
刻おろそかにせずどうだんの紅葉する 「汀」
しんしんとわれも旅なり紅葉冷 「暁」
熱燗に対し紅葉に対しけり 「薔」
紅葉冷雲残照を得つつ去り 「薔」
菊挿して紅葉を活けてきそはしむ 「薔」
紅葉宿まづ炉を恋ひてらちもなや 「薔」
尚深く住みなす家ぞ紅葉谷 「薔」
馭傍見る自然薯棚も紅葉せる 「薔」
紅葉照り竜顔咫尺風も絶え 「薔」
たづぬとて紅葉の山のただかたへ 「薔」
全山の紅葉八甲田巌と持す 「山」
石階は濡れどうだんは紅葉急く 「紅」
濃紅葉は照り赤石は色沈む 「紅」
もてなしの主遠目に紅葉宿 「紅」
水鳥の岸恋ふときぞ夕紅葉 「紅」
夕紅葉名園深く灯を得つつ 「紅」
ここにして一樹の紅葉濃く残る 「紅」

夜学

焼栗

焼栗を手にころがしつたまひたる 「軒」
夜学より戻りてもひそかなる二階 「軒」
もろこしや何をさせても手早さよ 「軒」
もろこしは有無を言はせず茹でありし 「軒」

焼栗

焼栗の皮の始末の心ぐみ 「軒」
ビル中庭雨音つのる夜食かな 「薔」
夜食出で灯決して明からず 「汀」
たちまちに座のひろがりし夜食かな 「軒」
焼栗あるじは鳥の紙芝居 「紅」
かく濡るる町の雨なり柳散る 「紅」

夜食

柳散り漫然あそぶ若人等 「紅」
柳散る雨の二日は町暗く 「山」
誰となく歩をうながせば柳散る 「薔」
人とゐてネオンの濃さよ柳散る 「薔」
柳散る作の暮しの川沿ひに 「薔」
ひとり帰すことさびしけれ柳散る 「薔」
待ち合せたがふがおそれて柳散る 「薔」
雨ばかり皆がおそれて柳散る 「薔」
柳散る渋谷商人ふと真顔 「紅」
女手を見下ろし顔や薮枯らし 「薔」

薮枯らし

山粧ふ

薮枯らし梢きはめし花派手に 「薔」
山粧ふ幾日とてなき泊りかな 「薔」
山粧ふ尼寺お人なき如し 「軒」
山粧ふつづく日和の幸言へば 「軒」
山粧ふ何はともあれ家に急き 「軒」
山粧ふわが満天星も急ぐらし 「軒」
山粧ふ幾日とてなき日和かな 「軒」
名の如くあわいの山も粧ふ日 「軒」
山粧ふはこきはめし山粧ふ 「薔」
人来れば打ち切る話山粧ふ 「薔」

破蓮

茶器もまた先の日のまま山粧ふ 「軒」
敗荷に広告塔も変るらし 「汀」

行秋

ねんごろな案内敗荷の橋を行き 「紅」「薔」
破蓮や人も行かねば道細り 「紅」「薔」
破蓮や好日愛づる墓参道 「軒」
破蓮やたたずむことの憚られ 「軒」
残されし水にしたがひ破蓮 「軒」
破蓮や話はなけど呼びとどめ 「軒」
行秋や聞かむとすれば昼の蟲 「軒」
行秋の越の暮しを少し告ぐ 「汀」「花」

柚子

山の雨行く秋水は別にあり 「都」
柚子賜ふ嘆きのなかに文も添へ 「軒」
松茸やまことしやかに柚子抱かされ 「薔」
宵闇やすべてに今日をよしとせむ 「薔」
宵闇や憚るのみに辞し出でて 「薔」

宵闇

噴水のましろにのぼる夜霧かな 「暁」「汀」「春」「半」

夜霧

横浜に住みなれ夜ごと夜霧かな 「暁」「汀」「春」「半」
躍り出て犬まつはれる夜霧かな 「汀」「春」「半」
よびとめて白き夜霧に別辞かな 「汀」「春」「半」
影曳きて夜霧の町を誰も彼も 「汀」「春」「半」
遮断機を待つてくれたる夜霧かな 「汀」
花売は夜霧流るるよその灯に 「汀」
よそながら夜霧を見送れば 「汀」
この庭に今宵もくぐる手花咲き夜霧寄せ 「都」
襟巻に今宵もくぐる夜霧かな 「紅」
ボーナスや河は行きつつ夜霧立つ 「山」
白地着て山の夜霧は言ふまじく 「余」「薔」

夜寒

夜霧ぞと己れに告げて閉す戸かな 「薔」
夜霧立つ句座に急ぐと知るはよし 「薔」
にこやかなお人夜霧の座に待ちし 「軒」
人影を得て夜霧濃き芝生なり 「軒」
貼り替へし障子に早き夜霧かな 「軒」
夜霧とも木犀の香の行方とも 「花」
すでにして地階夜寒の座もきまり 「半」
あはれ子の夜寒の床の引けば寄る 「軒」

夜寒来て関門の朝あたたかく 「暁」「汀」「春」「半」
夜寒立つ句あやまたずとも夜寒かな 「半」
電話復唱あやまたずとも夜寒かな 「半」
夜寒急ゆきまどはすよ街の灯は 「汀」
みちのくの夜寒けはしく来し灯かな 「汀」
にはかなるミシン踏み出す夜寒かな 「汀」
歩きもて夜寒の子等の枕上 「汀」
旅人に前門外消す夜寒の灯 「汀」
夜寒来て関門の朝あたたかく 「汀」
隅の床几に夜露下り居ぬ氷店 「薔」
裾にふる夜露は雲はで従ひし 「初」

夜露

夜長澄む子の眼にあはれ母眠く 「軒」
三方の夜長の壁に地図を張る 「汀」
帯一つ加ふ夜長の旅の荷に 「紅」

夜長

わが影の夜なべ励める座を立ちし 「紅」
きつちりと夜なべのものを片し終へ 「余」
木櫁垣しかとさだまる夜なべの灯 「薔」
かばかりも老の夜なべの灯の低く 「軒」
夜なべの灯夜を清めたる土間に洩れ 「軒」
立つ人もなき小人数の夜なべかな 「軒」

夜なべ

季題別作品集

落花生

落花生雨中に置き放し　　　　　　　　　　　　　　　「薔」
母としてつとめの夜なべ子を前に　　　　　　　　　　「余」
かきもちのほの甘かりし夜なべかな　　　　　　　　　「紅」

蘭

落花生思ひ出づ人みな笑顔　　　　　　　　　　　　　「軒」
落花生性そのままに現はるる　　　　　　　　　　　　「軒」
洋蘭はそむきあふ花日脚伸ぶ　　　　　　　　　　　　「余」
われと覚め洋蘭貰ふ朝の水　　　　　　　　　　　　　「薔」
もどりゆく想ひ洋蘭花保つ　　　　　　　　　　　　　「薔」

立秋

室出でし洋蘭すでに卓領す　　　　　　　　　　　　　「薔」
立秋のあるがままなる籐椅子かな　　　　　　　　　　「薔」
立秋の雨はや一過朝鏡　　　　　　　　　　　　　　　「汀」
白扇や今日立秋の横雲に　　　　　　　　　　　　　　「都」

流星

立秋の白樺現るる揚羽蝶　　　　　　　　　　　　　　「薔」
流星や母そのままの夜にあれば　　　　　　　　　　　「薔」
流星や片空のみかときめくは　　　　　　　　　　　　「半」

流燈

流燈の焦ぐるばかりに面照らす「暁」　　　　　　　　「花」
流燈の灯影したがふ速さかな　　　　　　　　　　　　「花」
流燈の灯に現はれしほてい草　　　　　　　　　　　　「紅」
流燈の離るれば跳ぬ魚のあり　　　　　　　　　　　　「紅」

流燈会

片寄るも流燈かなし離るるも　　　　　　　　　　　　「紅」
流燈のもれじとのみな沖へ　　　　　　　　　　　　　「紅」
流燈会陸奥の夜潮の流れとぞ　　　　　　　　　　　　「紅」
流燈会陸奥の夜潮の早さかな　　　　　　　　　　　　「紅」

良夜

ねんごろに良夜の列車点検す　　　　　　　　　　　　「暁」
住み古るや良夜音なく灯しあひ　　　　　　　　　　　「軒」

竜胆

いよいよに山よらんとし濃りんだう　　　　　　　　　「半」
竜胆をくれて即ち旅立つと

綿取り早生みかん伊豆のなぞへは蛙鳴き　　　　　　　「余」
綿取りの唄声ありと思ふのみ　　　　　　　　　　　　「紅」
早生みかん伊豆のなぞへは蛙鳴き　　　　　　　　　　「薔」
綿摘みふと稀れに丘やさしくて綿集荷　　　　　　　　「軒」
綿取りつむ娘紅衣藍衣や押し移り　　　　　　　　　　「汀」
綿採りの日影くまなき邑に入る　　　　　　　　　　　「紅」
渡り鳥二連れの渡り鳥なり交ひ行きし　　　　　　　　「紅」
藁砧渡り鳥空の色めきまだ覚めず　　　　　　　　　　「花」
吾亦紅藁砧転がしてあり墓掃除　　　　　　　　　　　「半」

秋雑

手折る花いつしか多し吾亦紅　　　　　　　　　　　　「暁」「汀」
山の日のくづるる早さ吾亦紅　　　　　　　　　　　　「軒」
伸びきつて野の草たけき吾亦紅　　　　　　　　　　　「芽」
おのづから吾亦紅また紅失す　　　　　　　　　　　　「紅」
好日の一日秋寫どつと殖え　　　　　　　　　　　　　「紅」
冬迫る薪細かなる軒を借る

冬

青木の実

雪降りし日も幾度さらりと晴れぬ青木の実　「汀」「春」
よく降りてさらりと晴れぬ青木の実
来る禽のいよよひそやか青木の実　　　　　「汀」
鉢物の二三囲へば青木の実
青木の実鴨の見張りのきびしさよ
われのみか日々の早さよ青木の実
その人も石尊の磯もなしとせむ

石尊
朝時雨晴れ鮓の具の心ぐみ
朝時雨喜色の人にすでに晴れ　　　　　　　「余」「薔」

朝時雨
ブルメリア天地清まり朝時雨　　　　　　　「芽」「薔」

熱燗
熱燗をつまみあげ来し女かな
熱燗に対し紅葉に対しけり　　　　　　　　「軒」「薔」
熱燗は三本立や牡蠣の宿
葉牡丹を街の霰にまかせ売る

霰
玉霰雪ゆるやかに二三片　　　　　　　　　「暁」
湖の如く霰たばしる広場かな
沈丁をくぐりて落つる霰かな
水仙や雨に霰に戸を閉めて　　　　　　　　「花」「汀」
さし寄せし暗き鏡に息白し「暁」「汀」「春」「半」

息白し
息白し人こそ早き朝の門　　　　　　　　　「半」「都」
息白し橋下に朝の水流れ　　　　　　　　　「花」
息白く争ふ如き別辞かな　　　　　　　　　「花」「紅」

息白く甲斐甲斐しさの人に伍し
枯れ切つて菊美しや一葉忌　　　　　　　　「余」「薔」

一葉忌
大いなる凍のかたへに降り立ちし　　　　　「暁」「薔」
さらさらと凍て果てぬれば土楽し
凍てもよし逢うて話すに如くはなし　　　　「紅」
ひしひしと凍て迫りつつ指図かな　　　　　「汀」「紅」
女とふ掟の文字はなど凍つか
待人も凍ても忘るる日差かな　　　　　　　「余」「薔」

凍つ
こまごまの苗札はまだ凍てて立つ
パンジーをかばはんとして四方の凍て
指ふれし薄氷はつと逃げにけり　　　　　　「芽」「薔」
薄氷や朝は何やら心待ち　　　　　　　　　「軒」「薔」

薄氷
夕焼や凍ても愁ひもふと忘れ　　　　　　　「軒」「紅」
凍雲のなほ去りがたく船黒く　　　　　　　「芽」

凍雲
凍蝶を見し身の如くかへりみる　　　　　　「汀」
とりわくる今川焼に器量あり　　　　　　　「余」

今川焼
指ふれし薄氷はつと逃げにけり　　　　　　「半」
襟巻やほのあたたかき花舗のなか　　　　　「山」

襟巻
襟巻の厚さ母とて子の転ぶ
襟巻に狐は固き鼻をのべ　　　　　　　　　「暁」「汀」「春」
襟巻に今宵もくぐる夜霧かな　　　　　　　「半」
襟巻にふつつりつぐむ思ひかな　　　　　　「都」
襟巻に今日の入日の消ゆるとき　　　　　　「花」
襟巻に今日もひとりの歩を正し　　　　　　「花」「紅」
衿巻の一つは持てよ磯あそび　　　　　　　「紅」

季題別作品集

負真綿

襟巻や早や漁火は沖に満つ 「余」「薔」
襟巻を吹かれ乗船急ぎけり 「薔」
襟巻につまづきもする電話かな 「薔」
襟巻をまとへばひとり月も冷ゆ 「薔」
衿巻しかとまとふ見ず 「薔」
去なせけり襟巻しかとまとふ見つ 「薔」
衿巻をすればふつつりひとりかな 「薔」
襟巻をしかと日も夜もなき如く 「軒」
負ひ真綿未明は瓦斯のよく燃ゆる 「軒」

オーバー

脱いである子のオーバーの裏表 「暁」「汀」「半」

鴛鴦

鴛鴦ならぬ禽は何ぞや鴛鴦の水 「薔」
風吹きて鴛鴦いちやうに羽づくろひ 「汀」
鴛鴦すすむまぶしき水の光かな 「紅」
堆高き落葉に飛びぬ種子芙蓉 「初」
風立てば飛ぶ黒揚羽楠落葉 「初」
足音を迎へさわだつ落葉かな 「暁」「汀」「春」「半」

ペリカンの己わびしと夕落葉 「暁」「汀」「春」「半」

落葉

まだ青き櫟落葉はことに燃ゆ 「暁」「汀」「春」「半」
掃いてある落葉の道がみちびきぬ 「暁」「汀」「春」「半」
音しげく我にさからふ落葉かな 「暁」「汀」「春」「半」
あひうちて夜空降り来る落葉かな 「暁」「花」「半」
落葉早や掃き行く人と別れたる 「暁」「花」「半」
落葉風掃きとどむにはあらねども 「花」「半」
童等のふつつり去りし夕落葉 「汀」「半」
龍のひげ夕方落葉やみにけり 「汀」「半」
幾秋の落葉の宮の絵馬のもと 「汀」「半」
子は母に右手をあづけて夕落葉「暁」 「花」「半」
童等の髪吹きたちて落葉風 「汀」「半」

狐さへ眼を閉づときも落葉風 「汀」「半」
をさな児とあそびて遅々と落葉焚 「汀」「半」
高きよりたまりこぼるる落葉かな
ひらひらと幹にうつりて落葉かな
あたたかや櫟落葉の降りしきる
うすうすと届く灯影の落葉かな
公園の落葉の椅子の隣同士
昼飼置く落葉は広くみな清し
いつまでも蟲の音一つ落葉踏む
枯萩のいよいよ細し夕落葉
ねんねこに母子温くしや夕落葉
烈風の日の公園の落葉掻
枝に残る銀杏は知らね落葉掻
をりからの月の落葉のうら表
帰路急ぐや街路樹落葉絶えし間を
落葉踏む一連れ急ぐ埠頭かな
朱を見せて塗り籠めし櫓に落葉する
裏庭にまた裏庭や楡落葉
落葉風しかとはいへぬ趾とのみ
つなぎ合ふサンパンかぶる夕落葉
ふたたびす香港夜景落葉坂
落葉風一人二人は吹かれ立ち 「汀」「半」「花」「花」「都」「都」「紅」「紅」「紅」「紅」「紅」「紅」

龍胆や落葉いよいよ止むまじく 「紅」［軒］
灯ともし窓をこころに落葉掃く 「紅薔」［軒］
落葉風歩き初めたる子を立たせ 「紅薔」［軒］
小手かざす日和の落葉はじまれる 「紅薔」［軒］
はじまりし落葉は母に言はで発つ 「紅薔」［軒］
人の焚く落葉のかさを見て過ぎし 「紅薔」［軒］
夕落葉母の頼みは果たし得し 「紅薔」［軒］
辞すといふその汐どきや落葉宿 「紅薔」［軒］
桜落葉かけずとも一路なり 「紅」［軒］
障子閉めて落葉しづかに終る日ぞ ｢余｣［薔］［軒］
テレビアンテナ境内落葉はじまれる ｢余｣［薔］［軒］
わが髪はわれとあたたか夕落葉 ｢余｣［薔］［軒］
子等の径出前屋の径落葉宮 ｢余｣［薔］［軒］
やりすごす欅落葉に道舗装 ［山］［軒］
一よさの落葉のかさや旅支度 ［山］［軒］
落葉掃く音し届かぬ来意かな ［山］［軒］
お城裏雨に流るる落葉坂 ［山］
芭蕉堂落葉を恥づる人と行き
一言はうしろの連れに落葉道
落葉風何たしかむと出でし身ぞ
釣宿も閉ぢしにあらず落葉風
落葉風帰京たしかめあふ日かな
打ち仰ぐとき落葉急武者返し
一よさの桜落葉の露のほど
誘ひあひ櫟落葉のよく燃ゆる
是非もなく急ぐ白樺落葉なり
つながれて犬また安ら落葉宿

おでん

外套

掻巻

落葉急リスの疾き影かすめつつ ［芽］［軒］
満天星のかぶる落葉もしづみけり ［芽］［軒］
何待つとなけど落葉のしげき間も ［芽］［軒］
水天宮さまの落葉に遊び船 ［芽］［軒］
白樺の落葉は早し雨意新た ［芽］［軒］
梅落葉日中の風の柔らぎに ［芽］［軒］
白樺の急ぐ落葉のにやや間あり ［芽］［軒］
木々静か落葉放つにやや間あり ［芽］［軒］
落葉掬ふ手網に緋鯉ら逃げまどひ ［芽］［軒］
去年に増し落葉乱れむ許されよ ［芽］［軒］
ひとしきり落葉のかぜ人急ぐこと ［芽］［軒］
打晴れて今日の落葉や息の急ぐこと ［芽］［薔］
吹きもどす風ぞはげしき落葉かな ［薔］
おでん屋の湯気をはなるる落葉かな ［薔］
夜に急ぐ街おでん食べ別るれば ［軒］
おでん煮えもなしといふ人数かな ［軒］
おでん煮ゆ夕日たつぷり裏小路 ［軒］
おでんぞと定めてゆるぎなかりけり ［軒］
とり迷ふおでんのただの一品も ［軒］
おでん鍋子等退けて抱へ入れ ［軒］
ひたすらに鍋来しひて破る外套かな ［汀］［軒］
若人となり訪ね来し外套 ［汀］
外套着し後姿のまぎれなく ［汀］
外套着て夜の人波を行けど行けど ［半］［都］
外套脱ぎ抱へ持ちたる影従ふ ［軒］
肩つつむ紅掻巻の貝づくし ［軒］
モス紅き掻巻に齢いとほしむ ［軒］

季題別作品集

返り咲き
　天壇の敷石菫返り咲き 「紅」
　返り咲きして船影のつと現るる 「紅」
　青汐の真澄みにつつじ返り花 「軒」
返り花
　返り花母いたはり別るる日 「汀」
　もろもろにまさりて白く返り花 「薔」
　返り花地に何事ぞへり騒ぐ 「薔」
　帰り花子にも教へて機嫌かな 「紅」
　返り花道をどせばさだかなり 「芽」
　返り花しつつ時雨のくりかへす 「芽」
柿落葉
　柿落葉一日に心奪ふほど 「紅」
　凩の直下にとまどふ柿落葉 「紅」
牡蠣むく
　遊船の波牡蠣棚へ海苔粗染へ 「汀」
　牡蠣鍋や男が先に酔ひ発し 「汀」
　牡蠣むきの殻投げおとす音ばかり 「汀」
　牡蠣むきに新しき牡蠣配り来し 「汀」
　牡蠣むきのこの日の殻は濡れてあり 「汀」
　牡蠣むきの夫婦と見えて隅に寄り 「汀」
牡蠣
　掛乞に幼きものをよこしたる 「軒」
掛乞
　まだ語りたき重ね着の老残し 「軒」
重ね着
　重ね着や遅しといへど朝は朝 「軒」
　重ね着を示す許しを乞ふ如く 「軒」
　柳まだ青しあたふた着重ねて 「余」
火事
　火事明りまた輝きて一機過ぐ 「暁」
　泣く人の連れ去られぬし火事明り 「暁」
　火事の中松青かりき枝かざし 「薔」
悴む
　悴みし銅貨もれなくもらひたり「暁」「春」
　サーカスの子の悴かみて馬を愛で 「汀」
　悴みて叱らるることに泣きにけり 「汀」
　悴みて云へる仔細を聞かんとす 「汀」
　子がまはす独楽のうなりや風邪衾 「汀」
　風邪床にぬくもりにける指輪かな 「汀」
風邪
　風邪の床ぬくもりにける指輪かな 「暁」「汀」
　影法師髪みだれたる風邪気かな 「暁」「春」
　かへりみて風邪のぬけたるばかりかな 「暁」「汀」「春」
　風邪の子や団栗胡桃抽斗に 「暁」「汀」「半」
　風邪薬夜半は冷たく澄み残り 「暁」「汀」「半」
　風邪薬飲して明日をたのみけり 「都」「汀」
　風邪の床言伝しかと渡しけり 「都」
　スチュワデスやさし風邪らしい中国機 「紅」
　声合せ風邪いたはりてくれにけり 「紅」
　空しけれ風邪薬づかるといひくれし 「紅」
　風邪の子が留守あづかるといひくれし 「薔」
　風邪のほど再び問ひて納得す 「軒」
　アネモネにわかつ風邪寝の灯影かな 「軒」
　束の間の日差の栄えの数へ日に 「軒」
　数へ日に久の本名委任状 「軒」
肩掛
　肩掛をはねてその意を伝ふべく 「余」
　肩掛を別れてひはひしと巻き 「薔」
　肩掛の嫗に会ひし時雨止む 「薔」
カトレア
　カトレアの花火消えたる窓にかばふ 「紅」
　初時雨カトレヤ命なかき花 「薔」

蕪
　カトレヤと初髪の子といづれぞや
　古都の朝赤蕪車はや出荷
　土を出て蕪一個として存す

竃猫
　竃猫忘れぬしゆゑ腹立てぬ
　竃猫打たれて居りし灰ぼこり
　まことにも神在祭の松のもと

神在祭
　受けこたへそのひまも紙漉き止めず

紙漉
　紙漉の胸もと濡るるわざ見たる

神の留守
　神の留守噴井は落葉退けつ

鴨
　銃声に鴨志なくたちにけり　　　「余」［薔］
　鴨打ののつと加はる夜汽車かな　「暁」［初］
　うとうとと獲物の鴨にまどろめる「暁」［薔］
　起し見て鴨は他意なくくづをゐる「暁」［花］

枯るる
　航行やさだかに遠き鴨の陣　　　「暁」［花］
　鴨鳴くやわれには灯影さだまるに　　　［紅］
　鴨しづか昏るるひととき呼びあへば「暁」［薔］
　鴨打の過ぐ足取をさげすみぬ　　　　　［軒］
　桑枯れて爐の火赤しと見て来しや　　　［汀］
　子等のものからりと乾き草枯るる　「紅」［薔］
　身に温き日差の中に枯るるもの　　　　［薔］
　遊覧船行かせつ山は枯れいそぐ　　「暁」［汀］
　枯るるものやさしや嘆きさへ速く　「汀」［半］
　残りたる絮飛ばさんと枯薊　　　　「紅」［花］

枯薊
　枯葦を家鴨連れ出て舟出でぬ
　とどまれる陽に花あげて芦枯るる
　着陸す金色枯るる芦荻群

枯荻
　枯芦も人も退りぞけ浮御堂　　　　　　［余］
　着陸す金色枯るる芦荻群　　　　　　　［薔］
　こころよくあづかる留守や萩枯るる
　暖かや枯木の影が手をひろぐ　　　「暁」［紅］
　遮断機はとくとく下ろす夜の枯木

枯木
　また次の月の枯木を歩み去り　　「暁」「汀」［春］
　今日太き月を枯木の放ちたる　　「暁」［花］［半］
　強東風に揺るる枯木の影を越え　「暁」［花］［半］
　枯木暮れ子等いまごろをよく遊び「暁」［花］［半］
　夜のとばり待ひそけさの枯木坂　　「暁」［都］［山］
　いつしかに悔も残らず菊枯れし　　「暁」［花］［半］
　思ひみることをせめてや菊枯るる　「暁」［花］［都］

枯菊
　炭斗に蜂や枯菊にのみならず　　　　　［紅］［半］
　枯菊に蜂の金色春星忌　　　　　　　　［紅］
　更けし灯の一つは及び菊枯るる　　　　［紅］
　枯菊に里の子己が創りつむ　　　「余」［薔］［紅］
　戻りしぎわらせ起きぬ枯木立　　　　　［汀］［花］

枯草
　人影を得て枯芝の色新た　　　　　　　［汀］［花］

枯芝
　式次第すすみ枯芝かげりなし　　　　　［薔］［花］

枯芒
　枯芒ただ輝きぬ風の中　　　　　　　　［紅］［花］
　枯園の木戸も押さずに入りしより　　　［花］［軒］
　枯園にいつとはなけど一人づつ　　　　［花］［軒］

枯園
　枯園に何か心を置きにし来し
　枯園に向ひて何を急ぎゐし

季題別作品集

枯蔓

枯蔓を引けば離るる昼の月 「汀」「半」
枯蔓の太きところで切れてなし
枯蔓の引かれのとりし虚空かな 「暁」「汀」
枯蔓の引きのこりたる虚空かな 「暁」「春」「半」
枯蔓の抱きたる実を失くし居り 「余」「薔」

枯庭

園丁が枯れゆく庭に集むもの 「汀」
堰ありて水さわぎ立つ枯野かな 「紅」
水汲みて人住みなせる枯野かな

枯野

母恋や枯野を前に家をなし 「紅」「薔」
山の名をうべなひ聞きて枯野行く 「余」「紅」
鶏鳴のふと聞こえたる枯野かな 「軒」「薔」
日のうちと共に急ぎし枯野かな 「汀」「薔」

枯萩

枯萩のいよいよ細し夕落葉 「汀」「薔」
めぐりあふ道は萩枯れ芙蓉枯れ 「汀」「薔」

枯芭蕉

枯芭蕉草生ふ水のあたたかく 「汀」「薔」
告ぐべくもなし一帯の枯芭蕉 「余」「軒」
枯芭蕉の残る茎のみ如何んとも 「余」「山」

枯蓮

枯蓮の水面やうやく平らなり 「汀」「薔」
枯れて水鳥唯々と通すなり
枯蓮に木皮薫じて薬煉る 「余」「軒」
子等一団馳け去り更に蓮枯るる 「余」「薔」
蓮枯るるなり眠かに来かかれば 「余」「薔」
ゆづりあふ径袖にふれ蓮枯るる 「余」「薔」

枯原

ぐんぐんと富士枯原に人里に
涸川の重なる石の上に小鳥

川涸るる

川涸るる女手むすぶ纜に 「余」「薔」
川涸れて獲物を言はず受け渡し 「余」「紅」
涸川にまた漁るよ立ち替り

袋

下車多し片手鶴嘴袋 「余」「薔」
袋片肩ぬぎや見れば笑む 「余」「薔」

川千鳥

交はりのほど川千鳥見えつ聞く 「余」「薔」
うららなり足下の水の川千鳥 「余」「薔」
寒日和壷のばらゆるむ惜しみなく 「余」「紅」
そのことにふれで逢ひけり寒苺

寒苺

何か待ち砂糖まぶしぬ寒苺 「汀」「紅」
日の暮の浮足立ちに寒苺 「汀」「軒」
おろそかのスプーン否む寒苺 「汀」「薔」

寒鴉

橋裏をくぐりしものへ寒鴉 「汀」「薔」
寒鴉いつばみながらかあと啼く 「汀」「花」
我に返り見直す隅に寒菊赤し 「暁」「半」
寒菊にかりそめの日のかげり果つ

寒菊

寒菊やすでにわれらは夜にまぎれ 「暁」「紅」
こち向けと更に一声寒鴉 「汀」「紅」
寒鴉真顔とつとと田畦行く 「汀」「薔」

寒行

寒行の跣足の音の聞えねど 「余」「半」
寒行の早き歩みに町残り 「余」「汀」
麦の芽にこと々も人里寒鴉 「余」「薔」
麦の芽し此処も人里寒鴉 「余」「薔」

寒禽

寒禽や箱根笹原風も落ち 「余」「薔」
寒禽のこつきり去りし庭とあり 「余」「薔」
寒禽の叫びて人のけはいあり 「余」「薔」

寒月

寒月や長身すぐに風まとひ 「余」「紅」

寒鯉 寒鯉を鬻ぎ焚火をさかんにす 「汀」「半」
寒鯉を我も行人目暈りに
寒鯉を寄せてしづかに噴井かな

寒紅梅 寒紅梅人恋しさは云はずとも 「薔」
寒肥 寒肥の穴深々と掘ることよ 「薔」
寒肥にスコップ深きたのみかな 「薔」
寒肥の土の素直に地に戻る 「薔」

寒桜 寒桜林泉はづす在り処かな 「軒」
われらにもこここなる日差寒桜 「軒」
起き出でて咳をする子や寒桜 「軒」

寒雀 二階居の二階に居れば寒雀 「芽」
残るもの木賊の青や寒雀 「芽」
かくありて今日また暮色寒雀 「都」

寒玉子 われらにも今日また暮色寒雀 「薔」
寒玉子ともに大都の端に住み 「紅」
寒玉子ともかくも灯を明うせよ 「軒」

寒潮 寒潮の更におだやかな一夜明け 「薔」
汐入りの池あたたかし寒椿 「紅」
仕事ぶり見よとぞ屋根屋寒椿 「薔」

寒椿 ことごとに人待つ心寒椿 「紅」
去年今年わが寒椿花無尽 「紅」
寒椿に母と子供のうなじかな 「半」

寒燈 寒き灯の大玄関はやや明かく 「汀」「春」
寒燈もすぐに消したる身一つに 「花」「半」
寒燈や面影も似る文字も似る 「暁」「花」
寒燈髪一筋の影も置く

　　　　　　　　　　　　　　語らぬは寒燈のげに細るなり 「紅」
寒の雨　　　　　　　　　　　寒燈や夜をいよいよの湯のあふれ 「山」
　　　　　　　　　　　　　　友はまた帰るべき人寒灯 「汀」
　　　　　　　　　　　　　　もの売のすれちがひつつ寒の雨 「軒」
　　　　　　　　　　　　　　寒の雨道ただすわれのみならず 「山」
　　　　　　　　　　　　　　都電車掌言葉かけあひ寒の雨 「紅」
寒の水　　　　　　　　　　　笑ひ声おさめて飲みぬ寒の水 「紅」
　　　　　　　　　　　　　　寒の水ふくみぬたのみある如し 「余」
　　　　　　　　　　　　　　寒の水ふくみておのれ信ずべく 「芽」
　　　　　　　　　　　　　　寒の水呑みて手毬に走せし日よ 「芽」
　　　　　　　　　　　　　　寒の水のむ間も惜しみ毬つきぬ 「軒」
寒梅　　　　　　　　　　　　室咲に一滴大事寒の水 「半」
　　　　　　　　　　　　　　寒梅に赤いマントを着て詣づ 「汀」
　　　　　　　　　　　　　　寒梅の跳ねてきまりし桿杯「暁」「汀」「春」
寒鮒　　　　　　　　　　　　寒鮒が売れ新宿の灯の早し 「汀」
　　　　　　　　　　　　　　寒鮒の上を手渡す銀貨かな 「汀」
　　　　　　　　　　　　　　寒鮒もすぐ新宿の人波に 「汀」
寒暮　　　　　　　　　　　　寒鮒の思ひのはてにまた跳ねる 「薔」
寒木瓜　　　　　　　　　　　寒のくれ隣家新入りおとなしや 「薔」
寒牡丹　　　　　　　　　　　寒木瓜のひしと咲きゐてわれは遊び 「軒」
寒見舞　　　　　　　　　　　娘を想ふこと止め給へ寒牡丹 「薔」
寒夜　　　　　　　　　　　　寒牡丹いつしか帯びし小幅帯 「紅」
寒夕焼　　　　　　　　　　　寒見舞紅織り交ぜし日差かな 「紅」
　　　　　　　　　　　　　　寒の夜の一間ばかりは明うせよ 「軒」
北風　　　　　　　　　　　　寒夕焼話いよいよ交じはらず 「薔」
　　　　　　　　　　　　　　寒夕焼言葉いよいよ交はらず 「紅」
　　　　　　　　　　　　　　北風をくぐれる水の早さかな 「花」

季題別作品集

北窓塞ぐ
　北風に闇にまぎれぬまかすべし　　　　　　　　　　「都」
　北風を来しとは誰も語らずに　　　　　　　　　　　「都」
　北風の奪へる声をつぎにけり　　　　　　　　　　　「紅」
　北風の波止ソ聯材罵りつ　　　　　　　　　　　　　「薔」
　北風の波止ソ聯材ののしり　　　　　　　　　　「余」「薔」
　折々は北風にしぶくよ造り滝　　　　　　　　　　　「薔」
　北風に声奪はれつ従ひぬ　　　　　　　　　　　　　「薔」
　北風の屋上園の草幼な　　　　　　　　　　　　　　「薔」
　北風や橋下の水は夜のごとし　　　　　　　　　　　「薔」
　北窓をふさぎ己れをかくしけり　　　　　　　　　　「軒」
　北窓を塞ぎて何を守るべき　　　　　　　　　　　　「軒」
　北窓をがんとして旧木立　　　　　　　　　　　　　「軒」
　児の泣けばはっと飛び退く狐かな　　　　　　　「余」「軒」

狐
　閑耳の狐の貌の安んじぬ　　　　　　　　　　　　　「半」
　狐火の進める方へ歩みゐし　　　　　　　　　　　　「紅」
　狐火や便りの墨を濃にすれば　　　　　　　　　「暁」「軒」

狐火
　着ぶくれて意のままならず書く文字も　　　　　　　「薔」
　着ぶくれて手馴れし帯にたのみかな　　　　　　　　「軒」
　上の子やみづからかくる吸入器　　　　　　　　「暁」「汀」

着ぶくれ
　切干の筵人影見ぬ磯に　　　　　　　　　　　　　　「汀」

吸入器
　切干の均らし心地をうなづきつ　　　　　　　　「暁」「軒」
　茎の石抱ゆるために言とぎれ　　　　　　　　　　　「薔」

切干
　手を触れてゆるなかりし茎の石　　　　　　　　　　「暁」
　餌を欲りて大きな熊となつて立ち　　　　　　　「暁」「汀」

茎の石

熊
　熊の仔の檻を忘れし遊びぶり　　　　　　　　　　　「紅」「半」

熊手
　熊手の金のよそほひ見て飽かず　　　　　　　　　　　「芽」
　熊手市今年藁青き莚や熊手市　　　　　　　　　　「都」「紅」「芽」

クリスマス
　河流れクリスマスイブ此処に暗く
　クリスマスツリー地階へ運び入れ　　　　　　　　「都」「紅」

クリスマスローズ
　クリスマスローズ心に街に出し
　毛糸遠きはさびし引きつ編む　　　　　　　　　　　「芽」

毛糸編む
　頬寄せて毛糸の指南ひたすらや　　　　　　　　　　「紅」「芽」
　極月の毛糸の嵩を編みはじむ　　　　　　　　　　　「薔」

毛皮
　すりぬけし大きな犬や毛皮売る　　　　　　　　　　「余」「汀」
　毛皮店鏡の裏に毛皮なし
　客去りしもとの毛皮に立べ置く　　　　　　「暁」「汀」「半」「春」
　暖房に毛皮とそれのレヂスター　　　　　　　　　　「暁」「春」
　毛皮着しチベット人もダムのぞく　　　　　　　　　「汀」「都」
　ライターのありあり燃ゆる毛皮かな　　　　　　　　「紅」
　はや覚めて毛皮帽店戸をひらく　　　　　　　　　　「紅」
　値しらべる毛皮そのまま折りたたみ　　　　　　　　「紅」
　品しらべ手のひら撫づる毛皮かな　　　　　　　　　「紅」
　だぶだぶの毛皮コートをすすめ売る　　　　　　　　「紅」
　支那襦子の帯のしまりや今朝の冬　　　　　　　　　「紅」「花」
　厳寒や手玉の如く戸を繰りて　　　　　　　　　　　「紅」
　厳寒や一日の手順あやまたず　　　　　　　　　　　「紅」「都」

今朝の冬
　厳寒や心きまればきびきびと　　　　　　　　　　　「薔」「初」

厳寒
　コート着て母のさからふ風も見し
　おのがじしコートまとふに他意なかり　　　　　　「余」

コート
　手洗鉢割りし氷や薮柑子　　　　　　　　　　　　　　「余」

氷

木枯

木枯や乾ききつたる軒の足袋 「都」「半」
木枯が船の別れの花奪ふ 「都」
木枯のホテル裏門夜の赤旗 「都」
木枯やカーテン厚地揺れかへし 「紅」
木枯の坂の下りの街繁華 「紅」
木枯の音の中なる私語二三 「紅」
木枯の吹き抜けんとす人波に 「紅」
木枯かとネオンあらそふ夜なり寝む 「紅」
木枯や客の座下げし皿小鉢 「紅」
木枯に人数揃ひて辞しにけり 「薔」
木枯やつひには山の畑のもの 「薔」
テレビアンテナ殖え凩に四囲静か 「軒」
凩の直下とまどふ柿落葉 「軒」

極月

極月や国の消息しげしげと 「芽」
花のごと四囲極月の夜業の灯 「紅」
極月の毛糸の嵩を編みはじむ 「薔」
極月や石の凹みに雨残り 「薔」

こゆ

こごえぬし雨滴こぼしぬ白椿 「余」

小袖

千枚の小袖のほかのアナウンス 「余」
植木屋をしたがへて墓地小春かな 「余」
喪服また小春の道はあたたかに 「江」
金魚鉢鞆の廓の小春窓 「紅」

小春

祷り長き母を待つ子や小春寺 「軒」
逢ひにけり浦曲の小春共に得て 「紅」
氷上に捨てし氷に夕茜 「半」
叩きたる氷の固さ子等楽し 「春」
木枯の過ぎゆく末の音聞ゆ 「汀」

小春凪

祈ぎまつる暇たまはる小春寺 「余」
声にして小春の次第頂戴す 「薔」
友垣や句碑を小春の寄辺とし 「軒」
下の児も鳩ぞといへて小春かな 「軒」
北の町芹田みどりに小春凪 「芽」

小春日

小春日の秩父杉山蝶放つ 「紅」
小春日われも心浮き 「薔」
お城ぞと小春日われも心浮き 「余」

小六月

鵜が占むる湖心の杭や小六月 「汀」
歳晩の人の流れに洗ひ髪 「暁」「江」

歳晩

歳晩の月の明るを身にまとひ 「暁」「花」
歳晩の新橋たもと掘りかへす 「暁」
坂寄せて来て歳晩の町となり 「薔」
歳晩の荷物跨いで入れとこそ 「都」
歳晩の雨梅しづく木戸しづく 「薔」
歳晩の新宿に来て雪の貨車 「汀」
行人に歳末の街楽変り 「暁」「汀」「春」

歳末

来かかりし歳末街の賑へる 「半」
大御歌とぞ涙おつ身の冴えに 「都」

朔風

朔風に帆船現れてはや遠し 「軒」
笹子来る今日の思ひのごとひそと 「薔」

冴え

笹子来る今日の心のごとひそと 「都」
笹子見し幸巻餅の柔ら幸 「軒」

笹鳴

笹鳴もその他も遥かにふつつりと 「半」
笹鳴に移らむ心ひそと居り 「汀」
山茶花の島を指呼なる航路かな 「紅」

山茶花

日おもての白山茶花は散りいそぐ 「紅」
白山茶花梢に集む花さびし 「紅」

季題別作品集

満山の白山茶花に夕時雨　　　　　　　　　　「紅」
山茶花の大輪旦暮おだやかに　　　　　　　　「薔」
山茶花や朝晴われも人に伍し　　　　　　　　「紅」
山茶花に時雨ひまなく返し来る　　　　　　　「山」
朝雨も晴れ山茶花もひらききり　　　　　　　「薔」
山茶花もワゴンに積みてきそへとて　　　　　「余」
山茶花もワゴンに積みてきそはしむ　　　　　「薔」
山茶花の初花ひとりうべなひぬ「余」　　　　「軒」
山茶花やよき日当りの奥座敷　　　　　　　　「薔」
山茶花に母の指図の日の器　　　　　　　　　「薔」
相逢へば紅山茶花のことにふゆ　　　　　　　「薔」
山茶花に対しひとりの暇に対す　　　　　　　「薔」
散るだけは咲く山茶花と見つつ発つ　　　　　「薔」
山茶花の紅は折しも石に添ひ　　　　　　　　「軒」
山茶花のそびえや離郷幾秋ぞ　　　　　　　　「軒」
山茶花は伸び憚らず南面す　　　　　　　　　「軒」
実生山茶花玉と抱きし一花見す　　　　　　　「軒」
見て発つと白山茶花はおくるるも　　　　　　「軒」
これよりの白山茶花の北塞ぐ　　　　　　　　「軒」
山茶花の道の曲りの昔ぶり　　　　　　　　　「芽」
山茶花や宴のかげさへなき日和　　　　　　　「芽」
山茶花や逢ふ人ごとに笑み交はし　　　　　　「芽」
山茶花のげに初花よ愁ひなし　　　　　　　　「芽」
母に似る山茶花に歩を進むれば　　　　　　　「芽」
まのあたり鴨は山茶花踏みたわめ　　　　　　「芽」
山茶花や下枝も咲きぬ晴々と　　　　　　　　「芽」
山茶花の花の太さの久の文

朱欒

山茶花の盛りと知らずい行きみむ　　　　　　「半」
山茶花に石蕗に一刻蝶乱舞　　　　　　　　　「芽」
ふるさとも南の方の朱欒かな　　　　　　　　「芽」

寒し

日が照りぬ大き朱欒をむけば実に　「暁」「汀」「春」
子を見舞ふ飢も寒さも父告げで　　　　　「暁」
雨寒く事故のかたへのかたへ過ぐ　　　　「汀」
船見送り寒むがり立てる雨夜かな　　　　「紅」
日かげれば常着の裾の寒しとも　　　　　「紅」
赤松のとどむ日も消えはたと寒む　　　　「芽」

冴ゆ

大ほとけ児等が騒げば御顔冴ゆ　　　　　「薔」
小夜時雨　小夜時雨子等は己の臥床のぶ　　「紅」
四温　松巨幹四温の荘に雨を呼ぶ　　　　「薔」
げしに四温集へば生る一句かな　　　　　「紅」
時雨　落つる日のはなやぎを得し時雨窓　　「汀」
ビルディングそとは時雨るる荷舟かな

時雨るると人にまじりて急ぎけり　　「暁」「汀」「春」
窓辺にて人のひろげし時雨傘　　　　　「暁」「汀」
時雨雲まつたくかぶる菊畑　　　　　　　「暁」
人のごと時雨自動車立ち迷ひ　　　　　「汀」「半」
時雨るるや酒場灯影の反きあひ　　　　　「汀」
肩掛の媼に会ひし時雨止む　　　　　　　「暁」
時雨雨はげしや頬冠り　　　　　　　　　「暁」
この度の時雨はげしや頬冠り　　　　　　「汀」
朝時雨して万歳の声聞く　　　　　　　　「汀」
時雨るや水をゆたかに井戸ポンプ　「暁」「汀」
閻王にたちふさがりて時雨傘　　　　　　「汀」

時雨るるや電話待つよりすべもなく 「江」
返り花しつつ時雨のくりかへす 「汀」
時雨来し鳩に手をのべ旅のひま 「暁」
肩に来し月明りさへ時雨さへ 「花」
ひとり来し今日築地時雨るるなつかしや 「花」
夕刊の香やあたたかく時雨けり 「半」
時雨傘奪ふが如く江にかざし 「花」
手をのべて時雨たしかめ夜の埠頭 「紅」
江広し時雨雲さへ無けど降る 「紅」
われも旅時雨にかしぐ江の帆舟 「紅」
身を語りゐて時雨傘子にかざし 「紅」
乗船や前髪濡るる夜の時雨 「紅」
友船の時雨にてつづく江の水 「紅」
ただひとと暮れし海より時雨馳す 「紅」
時雨るるや土塀も赤き山の色 「紅」
離れ家のまづ戸締りや時雨宿 「紅」
時雨傘さしもへづにダムの悲話 「紅」
時雨来るけはいも早瀬の音の中 「紅」
泥地獄時雨を得つつ沸々と 「紅」
防波巨堤時雨れて立てば熊野見ゆ 「紅」
鳶の輪やしぐれてぬくき小漁港 「紅」
夕虹も時雨も瞬時大裾野 「紅」
遂にまた雪や時雨やほうれん草 「山」
ゆらゆらと飼はる琉金時雨宿 「山」
時雨中汲みためて居る風呂の水 「山」
五位鳴きて時雨かすめし池の面
時雨るるとわづかにかばふ人のひま

時雨忌
しずり雪
慈善鍋
歯朶飾る
七五三

霜

思ひ捨つ一片に京のしぐれかな 「余」
時雨空鸚鵡われらをないがしろ 「余」
しぐるるやなど白波は誘ふなる 「余」
しぐるるや波も見せずに多摩の水 「余」
時雨るると思ひしよりの起居かな 「薔」
時雨傘笑みてかざせばみな若し 「薔」
この庭にもどるや階下広間は客用意 「薔」
時雨るるや一人二人は径を逸れ 「紅」
山茶花に時雨忌の松濃みどりに 「山」
朝鶏や時雨忌の松濃みどりに 「薔」
また思ひつくことばかりしづり雪 「半」
慈善鍋昼が夜となる人通り「暁」「汀」「春」
羽子板を買うて出口の慈善鍋 「薔」
注連売りの手荒に呉れし歯朶飾 「軒」
顔まかす子のいとしけれ七五三 「汀」
見送ればよその子も行く七五三 「紅」
霜白しすでに働く身のこなし 「半」
わが起居人の起居に霜来る 「軒」
富士照りて大裾野霜しも払ふ 「余」
霜白しこれしづかに制すもの 「薔」
霜白し独りの紅茶すぐ冷ゆる 「薔」
霜一夜尚濃もみぢのかく存す 「薔」
たはやすく霜の冬菜に庭すさび 「軒」
みそさざい一夜の霜に庭の荒れ 「余」
行くほどに霜どけ径や日脚伸ぶ 「江」

季題別作品集

霜覆い
　霜覆ひしてあるものをたしかめし　「都」
　樟若葉して霜月の黒揚羽　「薔」

霜月
　海菜とや掻く霜月の遠浅に　「薔」
　霜月に入るよく寝ねしことうべなひつ　「薔」

霜柱
　霜柱うかと供人外にゐし　「軒」
　霜柱茶垣もいつか古りにけり　「軒」
　霜柱消ゆのでやかに傾ぎあひ　「軒」
　霜柱消ゆさざめきの聞こゆなり　「軒」
　霜柱一隅残る孤影かな　「軒」
　土くれの荒びに沈む霜柱　「芽」
　霜柱支ふ飛石拾ひけり　「汀」
　来てすぐに掃除の手順霜柱　「芽」
　霜柱愛でぬることは踏めること　「都」
　霜焼の手を子は告げくる婢は告げで　「紅」
　霜焼や叱ってばかりゐる子にて　「紅」
　不手際のまま霜除の霜の夜々　「軒」
　島しづか十一月の夕蝉に　「紅」

霜焼
　初紅梅十一月の蒼穹に　「汀」
　西海を恋ふ身のままに春星忌　「紅」

十一月
　枯菊に蜂の金色春星忌　「汀」
　都鳥見しをよすがに春星忌　「半」

春星忌
　かなしけれ彼の子障子をたてなくも　「汀」
　気にかかる障子の穴の古りて来し　「紅」
　いささかの酒肴かこへる障子かな　「暁」
　ことごとに障子引き開け伝ふべく　「薔」
　咳の子の咳すぐひびく夜の障子　「紅」

障子
　障子戸や家郷の火桶恋へとこそ　「花」
　ただ障子払ひてあれとたのむのみ　「余」

ショール
　冬山に晴れがましかるショールかな　「薔」
　買人もある柔かきショールあり　「都」
　みなショール似合ふ人等に残さるる　「薔」
　病衣にはイギリスショール長すぎる　「軒」
　ショールみなしかとまとふよ安んじぬ　「軒」
　湖心亭初冬真青き柳垂れ　「軒」

初冬
　除夜の鐘静かに袂重ねけり　「軒」
　おはじきを詰めたる箱か母師走　「軒」

除夜の鐘
　さだかにも師走の羽子を聞きしより　「薔」
　師走人おおと焚火を避け過ぎぬ「暁」　「花」

師走
　この橋の長さよ風よ師走人　「半」
　灰とばら登りきつたる師走月　「汀」
　くのやその他思へばわれも師走人　「汀」
　住みに来て師走の天へ小煙突　「初」
　遠く着く師走の芽に荷を解かん　「軒」
　むらがれる水仙の芽に荷を解かん　「軒」
　水仙を買ひ風塵にまぎれ行き　「薔」
　水仙や束ねし花のそむきあひ　「花」
　水仙や更に一句を成さんとし　「余」
　水仙や日和も殊に約果たし　「汀」
　水仙のこち向く花の香をもらふ　「紅」
　水仙や灯影はせめて加ふべし　「紅」
　水仙にもっとも欲しき人ひとり　「山」

水仙
　水仙の丘と内海何のぞむ　「薔」
　部屋割も旅二日目の酢牡蠣かな　「芽」

酢牡蠣
　　　　　　　　　　　　　　　　　「薔」

— 277 —

隙間風

　枕上来てやる度に隙間風　　　　　　　　「暁」「汀」「春」「半」
　隙間風新宿ネオンまたたしかめ　　　　　　「暁」「汀」「春」「半」
　暖房の高まりてゐる隙間風　　　　　　　　　　　　　　　　「薔」
　引きあげしほどのことなし隙間風　　　　　　　　　　　　　「薔」
　とりあげるほどのことなし隙間風　　　　　　　　　　　　　「紅」
　隙間風ひとりとなればうべなひつ　　　　　　　　　　　　　「紅」

スチーム

　スチームのすでに来てある回転扉　　　　　　　　　　　　　「軒」
　スチームやかかはりのなき人々と　　　　　　　　　　　「汀」「軒」
　スチームや海面今は見えわかず　　　　　　　　　　　　「汀」「軒」
　スチームの音書く文字にしみじみと　　　　　　　　　　　　「汀」
　ストーブや玻璃戸にひしと闇迫り　　　　　　　　　　　　　「軒」

ストーブ

　ストーブに対し己に対しけり　　　　　　　　　　　　　　　「紅」
　ストーブの音や去る人とどめ得で　　　　　　　　　　　　　「紅」
　ストーブの燃え落ちて心それぬたり　　　　　　　　「余」「花」
　ストーブおとり来るひとすぢのあたたかさ　　　　　　　　　「紅」

炭

　炭吹きてしばらく何も肯んぜず　　　　　　　　　　　　　　「紅」
　炭ついで一事終りし如き眉　　　　　　　　　　　　「余」「紅」
　その後のぽかりと暇炭つげど　　　　　　　　　　　　　　　「紅」

炭俵

　月の軒引き寄せてある炭俵　　　　　　　　　　　　　　　　「紅」
　炭俵闇に馴れよとある如し　　　　　　　　　　　　　　　　「紅」
　日当りに口柴青き炭俵　　　　　　　　　　　　　　　　　　「紅」

炭斗

　炭斗にまだ炭小出し菊枯るる　　　　　　　　　　　　　　　「紅」

聖樹

　時をりに夜風は強し聖樹市　　　　　　　　　　　　　　　　「都」

咳

　咳をする母を見上げてゐる子かな　　　　　　　　　「暁」「汀」「春」「半」
　咳の子のなぞなぞあそびきりもなや　　　　　　　　「暁」「汀」「春」「半」

　咳聞え目覚めたる目をつむり居り　　　　　　　　　「暁」「汀」「春」「半」
　咳聞え目覚めたる目をつむりをり　　　　　　　　　　「暁」「汀」「半」
　咳き止むをわが待ち人も待つて居る　　　　　　　　　　　　「花」
　咳の子の咳すぐひびく夜の障子　　　　　　　　　「暁」「汀」「花」
　咳き入りし泪のままに子が遊ぶ　　　　　　　　　　　　「紅」
　しばらくは咳に己をまかせけり　　　　　　　　　　　　「紅」
　あからさま咳を見られてゐたりけり　　　　　　　　　　「紅」
　起き出でて咳をする子や寒雀　　　　　　　　　　　　　「紅」
　雪嶺に汽車現はれてやや久し　　　　　　　　　「汀」「半」

雪嶺

　バラ手入れ大雪嶺は雪しまき　　　　　　　　　　　「暁」「汀」「春」「半」

雑炊

　雑炊や生れし家も知る仲間　　　　　　　　　　　　　「紅」
　雑炊や長姉なればの気の配り　　　　　　　　　　　「薔」「薔」
　雑炊の膳も手早にたたまる　　　　　　　　　　　　「薔」
　雑炊のその手早さを運ばるる　　　　　　　　　　　「軒」
　雑炊や天窓明り古き座に　　　　　　　　　　　　　「軒」

早梅

　早梅や黄塵あがるこれよりぞ　　　　　　　　　　　「軒」
　早梅や健やかなりと云ひ交し　　　　　　　　　　　「軒」
　早梅や離郷のはなしあるはあれ　　　　　　　　　　「薔」
　早梅や今日あり事も運ばなむ　　　　　　　　　　　「軒」
　早梅や花ものばかりいたはれば　　　　　　　　　　「軒」
　ひとりでに子は起き橇は起さるる　　　　　　　　「汀」「軒」

橇

　雪搔きし市内に来り橇難渋　　　　　　　　　　「汀」「春」

大根抜く

　大根抜く手のそのままに葉をしごく　　　　　　　「余」「春」

大根

　耳立ちし黒犬坐る大根畑　　　　　　　　　「汀」「薔」「春」「紅」

季題別作品集

大根洗う

争ひて尾張大根乾く日ぞ 「余」「薔」
いつまでも大根洗ひ見る子かな 「余」「汀」
幅更ふる裾に橙まろびけり 「余」[都]
ふるさと人よ棹にもぎ 「余」[薔]
夕焚火映れる岸に着けにけり 「暁」「汀」[半]
道暮れぬ焚火明りにあひひより

橙

焚火

焚火跡潰えて太き轍あと 「暁」「汀」春[初]
山を出で早瀬にかこむ夕焚火 「暁」「汀」春[都]
旅さびし焚火放てる夜の磧 「余」[都]
四辺澄む城山守の焚火の火 「余」[紅]
残りたる焚火の跡も掃き去られ 「余」[山]
焚火ぞとはづみ庭下駄そろへつつ 「余」[薔]
小き焚火にまかせしものに雪しぐれ 「余」[軒]
庭焚火マッチ構へる児を押へ 「余」[薔]
家猫はもとより逃ぐる焚火かな 「余」[薔]
夫に子に焚火一条透きとほり 「汀」[軒]
焚火すといつの代からの火掻棒 「汀」[軒]
小さなる焚火のあとはなどかなし 「汀」[半]
男手の焚火始末の手早さよ 「汀」春[薔]
竹馬を今はかつぎて母のもと 「汀」[薔]
函館とわれから名のり畳替ゆ 「汀」[薔]
畳替暮しの裏を見通しに 「汀」[薔]
畳替金柑はまだ木にあづけ 「汀」[薔]
畳替古ぶ襖を閉めて見し
畳替すみて隈なき灯影かな
足袋先の冷たさのみにかかはりて

竹馬

畳替

足袋

足袋つぎて睦める鞆の遊女たち 「余」[紅]
今日に処す足袋の真白をはきにけり 「余」[薔]
木枯や乾ききつたる軒の足袋 「余」[都]
ふるさとの日和干足袋乾き切り 「余」[薔]
足袋はけばたのみいささかある如し 「余」[軒]
足袋しかと石蕗の盛りに対しけり 「余」[紅]
瓶太し玉子酒ともいへぬ量 「余」[薔]
玉子酒それも一気に呑む人よ 「余」[汀]
玉子酒ありなしの火に作るとて 「汀」[汀]
短日ものも言はずに作り来し 「汀」[汀]
短日のさて指示標や矢印や 「汀」[汀]
短日や汝がつけし煙草の火 「汀」[汀]
短日のこの鳩の豆買へといふ 「汀」[薔]
短日の暗き活字を子も読める 「暁」[紅]
短日や折から降るに傘連ねね 「暁」[軒]
飢じさを母に告げに来日短か 「軒」
短日のこの霧雨や雨コート 「薔」
鍵の鈴鋏の鈴や日短か 「紅」
短日の清水温くしと汲みあげつ 「紅」
短日のピンク八方壷の薔薇 「薔」
短日の門掃く妻らわれは旅 「軒」
短日を呼びもどさるる使ひかな 「軒」
短日やさき手のあとの送り状 「紅」
短日や持てばねんごろ庭箒 「山」
幸先や暖冬飾る大都の灯 「薔」
松立てまこと暖冬街の靄
探梅行聞きゐし宿の遠きこと

玉子酒

短日

暖冬

探梅

— 279 —

暖房

暖房に毛皮とそれのレヂスター「暁」「汀」「春」
煖房館己れはなるる己が声「暁」「紅」
忘れものコーナー煖房果つところ
煖房やいつも遠目に名は知らず
煖房にして行く雲の照りかげり
煖房にささやきに来し使ひかな
おろおろと煖房きかぬ客設け
暖房の高まりてゐる隙間風
近松忌思ひもよらぬ町に住み
近松忌かかるところに比翼塚
見えずなる千鳥はやさし返し来る
走り寄り二羽となりたる千鳥かな

近松忌

千鳥

千鳥鳴く海の暮色は唐突に　　　　「暁」「花」
平安と思ひやること千鳥鳴く　　　「余」「薔」
誘はるる浜の荒れざま千鳥とぶ　　「余」「薔」
茶の花や聞けば嘆きはあるものぞ　「余」「薔」
茶の花に便り一行など惜しむ　　　「余」「薔」
茶の花の垣根たよりに家守る　　　「余」「薔」
茶の花を掠めかはせみ魚盗む　　　「余」「薔」
茶の花や旅の日程すぐ央ば　　　　「暁」「半」

茶の花

ちゃんちゃんこ
卵生まぬ鶏叱らるるちゃんちゃんこ「暁」「汀」「春」
夜泣石かぶすばかりに散紅葉　　　「余」「薔」
雨傘の母の冷たき手に触るる　　　「紅」
夕焼けてなほそだつなる氷柱かな　「暁」「汀」「春」「半」

散紅葉

冷たし

氷柱

石蕗

軒つらら心のひまの夕明り　　　　　　「紅」「薔」
落つ雨にすぐ掃きやめぬ石蕗の庭
母我をわれ子を思ふ石蕗の花　　　　　「暁」「汀」「春」
誰も暇とび立たんとす石蕗の絮
誰も暇完きままや石蕗の絮
煖房にささやきに来し使ひかな
石蕗小菊一夜はげしき雨に咲く　　　　「暁」「薔」
石蕗隠れ離隠れに誰々ぞ
石蕗隠れ離隠れに誰々ぞ　　　　　　　「薔」「薔」
病人の言伝とどき石蕗は黄に　　　　　「薔」「薔」
母見ませ蝶しきりなる石蕗の花　　　　「紅」「薔」
一粒の露きらめきて石蕗ひあり　　　　「軒」
石蕗咲けばひとつ整ふ思ひあり　　　　「軒」
石蕗咲くと声揃へしは今朝のこと　　　「軒」
足袋しかと石蕗の盛りに対しけり　　　「軒」
花尽くし石蕗絮つくる間かあはれ　　　「軒」
われもまた石蕗と急ぐ花待ちつ　　　　「軒」
山茶花に石蕗と一刻蝶乱舞　　　　　　「軒」
花石蕗に朝日あるまの短さよ　　　　　「芽」
朗報や手焙われも押し退けつ　　　　　「芽」
手袋に剰銭取るや覚束な　　　　　　　「芽」
海峡を流るるものや手袋も　　　　　　「初」
手にありしもの手袋や暖かに　　　　　「半」
手袋を言葉とぎれてはめ終る　　　　　「暁」「汀」「春」
人とゐて手袋をはめ終りたる　　　　　「軒」
手袋に見付昏れゆく水の色　　　　　　「軒」
手袋をはめてひるみし別辞かな　　　　「軒」
枯アカシヤ伐る枝青き冬至かな　　　　「紅」

手焙

手袋

冬至

季題別作品集

年歩む
それぞれの到りつく辺に冬至かな
赤松に日のおだやかに冬至かな
小部屋にも満ちし冬至の日差なる
鳥三三かくも晴れつつ冬至かな
年歩む娘の縁談の只中
燃え落つる柔ら藁火に年歩む
年歩む雪おほかたは車馬に消え
朝の茶の梅の大小年歩む　　　　　　　　　「余」「紅」

年惜しむ
年惜しむ梅に訪はむと告げしのち　　　　　　　　「汀」
遮断機に誰も一列年暮るる　　　　　　　　　　　　「軒」

年暮るる
年越の切身大小あるべしや　　　　　　　　　　　　「軒」

年越
東京駅暗きは空車年迫る　　　　　　　　　　　　　「薔」

年迫る
橋裏へ水の暗さや年迫る　　　　　　　　　　　　「薔」
年迫る風の絶間の松の梢　　　　　　　　　　　　　「春」
パンジーにかける手間ひま年迫る　　　　　　　　　「都」

歳の市
打込むと見てゐし杭が歳の市　　　　　　　　　　　「都」
小さき子を歩ませんとし歳の市　　　　　　　　　　「軒」
マスクせし夫とものひ年の市　　　　　　　　　　　「薔」

年の瀬
年の瀬や母家離れ家子が馳せて　　　　　　　　　「紅」
年の瀬の隅に押しつけ貸植木　　　　　　　　　　「軒」
年の瀬の岡山鮓の手間ぞとは　　　　　　　　　　「山」
伐りつめし山茶花年の瀬をこぞり　　　　　　　　「汀」

年用意
白菜と夜目に運びて年用意　　　　　　　　　　　「芽」
年用意庭師の梯子くぐりもし　　　　　　　　　　「都」
年用意迷ふことなく菓子も得つ　　　　　　　　　「薔」

年忘れ
年忘れひそかに祀る神おはし　　　　　　　　　　「紅」
年忘れ河見てゐたる窓を閉ぢ　　　　　　　　　　「軒」

年忘れ一茎の百合香を放ち　　　　　　　　　　　「紅」
一足を移せしそこも年忘れ　　　　　　　　　　　「軒」
乗りつぎて早き到着年忘れ　　　　　　　　　　　「軒」
年忘れ後姿の急ぐごと　　　　　　　　　　　　　「薔」

長火鉢餅
母恋しかき餅あぶる長火鉢　　　　　　　　　　　「汀」

菜屑
ただ急ぎ流れ離るる菜屑かな　　　　　　　　　　「紅」

なやらひ
なやらひに人のたつきの路地を抜け　　　　　　　「半」
なやらひのその日ばかりに逢ふよしみ　　　　　　「芽」

鴫
鴫葭に集りぬ湖暮るる　　　　　　　「暁」「汀」「春」「薔」
夕波にまぎるる鴫のかなしけれ　　　　　　　「余」「半」
芹摘に渡る我等を鴫が見る　　　　　　　　　　　「汀」
芹摘の一人二人を鴫忘れ　　　　　　　　　　　「暁」「汀」
鴫の子は真黒にして従へる　　　　　　　　　「暁」「半」
鴫の子のおくるるや親泳ぎ寄り　　　　　　　　　「暁」
雨の日のおくるるも何かを失ひし　　　　　　「暁」「花」
鴫たちの小さくかたまり夕まぐれ　　　　　　「暁」「花」
沈むため一連の鴫かけりきし　　　　　　　　「暁」「花」
沈むわれも何かを知るや鴫　　　　　　　　　　　「暁」
沈みみぎは水走りきし鴫親子　　　　　　　　　　「暁」
すぐ平ら鴫の潜りし水もまた　　　　　　　　　　「暁」

煮凝り
日記買う
煮凝りのここに愉しや日記買ふ　　　　　　　　　「暁」
煮凝りの溶けて滲むや温め飯

二の酉
人波のここにいま詣で来し顔のまま
人参も太りぬし傷つきながら

人参

布子
焼く土手の上にぬぎたる布子かな
夜の客に手探りに葱引いて来し

葱　　　　　　　　　　　　　　　　　　　「暁」「汀」「薔」「芽」「汀」「初」「芽」「軒」「軒」「紅」「半」

— 281 —

葱　畑　　葱屑の水におくれず流れ去る
　　　　　葱屑を捨つる漢の船と航く
　　　　　有刺鉄線今は地に委し葱畑
眠る山　　眠る山過ぎ知己二三数へゐし
ねんねこ　ねんねこに母子温くしや夕落葉
掃納め　　掃納隣家男手早じまひ
白　菜　　白菜と夜目に運びて年用意
　　　　　蹄立て白菜車驢馬が曳く
　　　　　四つ割に北京白菜切り干す日
　　　　　白菜舟舟べり沈み漕ぎ達るる
初　氷　　白菜の山に身を入れ目で数ふ
　　　　　初氷何して過ぎし昨日かな
　　　　　初氷即ちこれも合点かな
初時雨　　初氷これよりの多事老ゆゑに
　　　　　初時雨カトレヤ命ながきに
初　霜　　提灯をつけ初霜も間もあらじ
　　　　　初霜をいふならねども母の文
　　　　　初霜をうべなふ老のかたへなり
初　雪　　初霜やわが母なれど面冴え
花枇杷　　初雪やみるみる母の菜園に
　　　　　初雪や菓子もそれぞれゆきわたり
花八つ手　花枇杷やいつか誰彼小走りに
　　　　　花枇杷や菓子もそれぞれゆきわたり
　　　　　次の間へしきりに用や花八つ手
葉牡丹　　一と雨の暗さばかりや花八つ手
　　　　　辞意固く互ひにかなし花八つ手
　　　　　土掘りてどの児も遊ぶ花八つ手
　　　　　茎立やバアスタンドの葉牡丹の

「都」「紅」　　　　　　　　すでにして葉牡丹歩々にある如し
　　　　　　　　　　　　　葉牡丹を街の霰にまかせ売る
「山」　　　　　　春近し　　大川や夜の水広く春近し
「余」　　　　　　　　　　　産科とふ名札はたのし春近し
「余」「汀」　　　　春隣　　　庖丁の音の小刻み春隣
「山」　　　　　　　　　　　部屋更へて夕日は松に春隣
「紅」　　　　　　　　　　　おくるるといふ矢知らせ春隣
「紅」　　　　　　日脚伸ぶ　春待つや掃除身支度かひがひし
「紅」　　　　　　　　　　　春待つや芹田の育つ一囲ひ
「紅」　　　　　　　　　　　行くほどに霜どけ径や日脚伸ぶ
「花」　　　　　　　　　　　日脚伸び母をいたはる仮住に
「芽」「薔」　　　　　　　　日脚伸ぶ窓の眺めの薮の穂に
「余」　　　　　　　　　　　日脚伸ぶ掘進む土しつとりと日脚伸ぶ
「紅」「薔」　　　　柊の花　　ここにまた吾子の鉛筆日脚伸ぶ
「軒」　　　　　　　　　　　洋蘭はそむきあふ花日脚伸ぶ
「紅」「薔」　　　　火　桶　　日脚伸びコート脱ぐさへと先に
「軒」　　　　　　　　　　　日脚のゆく笹のそれもその影も
「薔」　　　　　　膝　掛　　柊の花隣人のねんごろさ
「軒」　　　　　　　　　　　如何なる日も火桶に寄れば耐ふるかに
「薔」「軒」　　　　氷　雨　　障子戸や家郷の火桶恋へとこそ
　　　　　　　　　　　　　膝掛や無月の縁の川の香に
「汀」　　　　　　膝毛布　　膝掛を更にもしかとつつむべく
　　　　　　　　　　　　　膝掛にややさまたげの袂かな
　　　　　　　　　　　　　膝掛も行き渡れども火の恋ひし
　　　　　　　　　　　　　膝掛の赤の毛布が先きに来る
　　　　　　　　　　　　　旅衣氷雨たちまち肌に沁む
　　　　　　　　　　　　　鉛筆はペンより親し膝毛布

「暁」
「都」「山」「薔」「汀」「都」「汀」「紅」「汀」「花」「薔」「軒」「薔」「汀」「余」「薔」「薔」「軒」「軒」「軒」「余」「余」「軒」「芽」「紅」「軒」

季題別作品集

日向ぼこ

月見よとせかれて落す膝毛布　「軒」
ふるさとにたよりおこたり日向ぼこ　「暁」「江」「薔」
雪雰五彩に跳ぬる日向ぼこ　「暁」「春」
書いて見す数字が下手や日向ぼこ　「暁」「江」「半」
ともあれと日向ぼこりに招じけり　「暁」「江」「春」
あたたかや日向ぼこりのまたたきの　「暁」「江」
日向ぼこ汽笛が鳴れば顔もあげ　「暁」「江」
出でてゆく船とただ見て日向ぼこ　「江」
空に濃き船の煙や日向ぼこ　「江」
目つむれば倖せに似ぬ日向ぼこ　「江」
島裏のさびしさ告ぐよ日向ぼこ　「江」
日向ぼこ温しといへば母に似む　「江」「薔」
日向ぼこしんとぬくさよ手を膝に　「軒」「紅」
輝きて迎ふ小菊と日向ぼこ　「軒」
出で入りの邪魔なところに日向ぼこ　「軒」
遥かにも見ゆ日向ぼこなつかしや　「軒」
日向ぼこ先づよぎりしは黒揚羽　「紅」
日向ぼこ呼ばれて去ればそれきりに　「芽」「紅」

火の番

火の番の落せし声を貰ひたり　「芽」「紅」
一杯のヂンの酔ある火鉢かな　「都」「薔」

火鉢

小火鉢に古き港の話かな　「紅」
小火鉢に火鉢にいよ隙間風　「紅」
引き寄せし火鉢にいよ隙間風　「紅」
小火鉢を寄すや心を寄す如く　「紅」
火鉢欲し寄すや心を寄す如く　「紅」
火鉢欲し速く来しとてすぐ発てる　「紅」
火鉢欲しいつまで着るぞ里の紋　「薔」

　　　　　　　　　　　朏

　　　　　　　　　　　屏風

　　　　　　　　　　　枇杷の花

　　　　　　　　　　　河豚

　　　　　　　　　　　梟

　　　　　　　　　　　衾

　　　　　　　　　　　蕪村忌
　　　　　　　　　　　仏手柑

　　　　　　　　　　　懐手

　　　　　　　　　　　布団

君とある火鉢のことも欲しかりき　「暁」「薔」
血にじみし朏を見やれど濯ぎ居り　「江」
朏の手もいつか燈下に柔らぎし　「暁」「江」
屏風囲ふ小さき集ひに吾や王　「暁」「初」
濃紅葉と夜を隔てたる句の屏風　「江」
人影のあと供華清し枇杷の花　「江」
枇杷咲けり街音ここも止む間なし　「余」「薔」
もろもろの木々に揉まれつ枇杷咲ける　「江」「薔」
河豚刺身何しんみりとさすものぞ　「芽」
河豚鍋に周防の国は菊盛り　「芽」「薔」
真夜を着きふぐ食へとこそもてなされ　「薔」
池の鯉がばと音して梟鳴く　「薔」「紅」
梟の声を夜ごとの樟の伸ぶ　「薔」「紅」
夜の衾心にはかにとらしかね　「薔」「紅」
濃霧報病む夜の衾ただとしむ　「花」「薔」
蕪村忌や枯菊に誦す牡丹の句　「薔」「紅」
仏手柑と伝ふることに香のまさる　「薔」「紅」
仏手柑と父の言葉を今に聞く　「薔」「紅」
子等居ねば子を忘れをり懐手　「江」「春」
夫と子をふつつり忘れ懐手「暁」「江」「春」
都鳥はまたたつ鳥や懐手　「都」「半」
われとわが手が冷えてゐし身に懐手　「都」「紅」
ふところ手こころ見られしどとほどく　「都」「紅」
いささかは己れのほかのみてふところ手　「紅」
ふところ手思ひのほかの気弱かな　「紅」
布団の襟に睫毛こすりて覚め居たり　「暁」「紅」
旅の荷の赤き布団の漢たち　「江」「紅」

冬

布団干す

布団干す漁港のさびれまのあたり 「紅」「薔」
敷きつめし布団のへりに旅のもの 「薔」
瞼まで布団かぶせて寝ねいそぐ 「薔」「紅」

吹雪

干蒲団ふくるる入れてこと足る日 「薔」
汽関車は吹雪のホームそれて着く 「汀」
みいくさの馬糧の茶殻干せし冬 「花」
冬鏡子を嫁つがせし吾がねし 「暁」影「半」
蝙蝠の翅のうすさよ河岸に冬 「汀」
国原の冬恋ひわたる人ひとり 「薔」
窓掛の青一色に冬早し 「紅」
夕雀土塀に冬ひしと 「紅」
冬来ると長き水棹に薪の舟 「紅」
峠あり浦曲の冬を恋へとこそ 「紅」

冬青空

樟並木冬艶々と繁華街 「紅」
扇面の引手の彫りの幾冬ぞ 「薔」
やつと来て冬のペンキ屋すぐ終る 「余」「薔」
かげりなき冬青空にたのみあり 「薔」
たしかめて冬まさりゆく夜景かな 「紅」
なほ奥の冬をたのしむ片便り 「薔」
武者返し冬青空は雲飛ばす 「薔」
冬青空かへりみるべきことのみに 「余」「薔」

冬青草

冬青草動きそめたる翼のかげ 「余」「薔」
冬青き浮草埋めしお濠かな 「余」「薔」
冬苺まごふことなき筑紫の夜 「軒」
冬苺男食うべぬべていねいに 「余」「薔」
冬苺座もぬくもりて夕日満つ 「余」「薔」
おほかたは聞かせずがよし冬苺

冬麗ら

各々にどの暇残す冬苺 「薔」
冬苺心のこりのままあれば 「薔」「紅」
冬苺美しき皿残しけり 「薔」「軒」
冬苺ひま失ひつねて甘し 「薔」
暮れどきの町かばひつつ冬苺 「薔」
炉に投ず生木燃えはぜ冬苺 「薔」「紅」
冬苺大都再び雪粧ひ 「薔」「都」
水を出る刈藻まさをや冬麗ら 「芽」
噴煙も珠冬麗の中天に 「軒」

冬霞

冬霞彼方伊予路と我も聞く 「薔」「余」
冬霞見わかぬ阿蘇もとのまま 「薔」
冬麗の夜や友たまふ句碑ぞとも 「薔」
冬麗の船脚に添ふ句碑ぞとも 「薔」
船まこと二三ならずよ冬霞 「薔」

冬構
冬鴎
冬枯
冬木

鷺山の木々とはいとし冬霞 「薔」
阿蘇九重冬霞む日を初子連れ 「余」
阿蘇九重冬霞む日を初児連れ 「薔」
冬構戸口の石に炭を割る 「暁」「薔」
船が吐く煙の中に冬鴎 「汀」「紅」
冬枯の裾ひく山の裾に母 「汀」「半」
美しく冬木根まはり掃きて住む 「汀」「半」
たらちねのもとの冬木のかく太り 「暁」「汀」「春」
煙出づ冬木空なる煙出 「汀」「汀」
冬木立何処よりかも礫かな 「汀」「汀」
かへりみて歩をうながしぬ冬木中

季題別作品集

冬着

悲しさは夜の冬木根につまづきて 「汀」「半」
あたりもの無くなり立てり大冬木
冬木根の走りかくるる家居かな 「暁」「汀」「半」
おのおのや子をいたはりて冬木道
真っ白く冬木はじきし斧入るる 「暁」「花」
日輪のいよいよ太き冬木かな
真直ぐに冬木にまじり煙出 「暁」「都」
一本の冬木の日向物を干し
冬木また闇に没して何もなし 「汀」「都」
冬木坂老が押しゆく乳母車
冬木立つ暮しの裏のさびしさに 「暁」「都」
夕焼褪せ冬木己れにもどりけり

冬菊

富士見えぬ心安さの冬木道 「余」「薔」
いゆくべし稀とはいはじ大冬木
眉に立つ坂のゆんでの大冬木
鴨とても来れば色めく冬木等と
鴨留守の冬木安らぐ鳩とわれ
冬木道似し母あれば子を持てば 「暁」「軒」「半」
母の箪笥に帰郷の冬着たのむ夜や

冬景色

冬菊の戸毎の友ぞかく集ひ 「余」「薔」
山梔子に奥ひろがりの冬景色
餡パンを食べ川のある冬景色

冬座敷

冬座敷ときどき阿蘇へ向ふ汽車 「暁」「軒」

冬ざれ

冬ざれに工夫の怒号酒匂川 「汀」「春」「半」
冬潮を堰きつみちびき人等老う

冬潮

冬潮のうねりもよろし天草へ 「余」「紅」
冬潮に石見瓦の照るを見よ
冬潮や関門万の灯影越え
壇ノ浦見ゆ冬潮は夜に急ぐ
冬すみれたまの墓参も一人きり
冬すみれ見しと伝へぬ逢ふはよし
山冷もよしとし行けば冬すみれ

冬菫

走り根の抱く日溜り冬すみれ 「余」「紅」
声にせば失ふ如しと冬すみれ
都府楼趾冬田の水の錆色に
まだ明日の逢はむ日のこる冬椿

冬田

冬椿わが娘の年ぞガラシヤ姫 「余」「薔」「紅」
老に兒に冬椿咲くお城前
冬椿いつも働きそびら見せ

冬椿

癒えしかもかくも満枝の冬椿 「余」「薔」
冬椿せはしさのみの門先に
冬椿満枝の花の真向きかな
冬椿一枝の雪をまづ払ふ
サーカスに白馬が居り冬灯 「汀」「半」「紅」
サーカスの黒に金文字冬灯

冬灯

銀無垢の茶托の翳り冬灯 「汀」「半」「紅」「軒」
句短冊切ればさだまる冬灯かな
冬灯身に引き寄せて明るさよ
荒波の間近に蒔きし冬菜かな

冬菜

わが畑の苦にあふるる冬菜積み 「軒」「紅」「軒」
苦船の根土振りて残す
しばしして庭の冬菜といふを食ぶ

冬凪
　冬凪の大湖の明り身にひしと
　たはやすく霜の街行くのみ

冬菜畑
　通ひ路のほそぼそ延びて冬菜畑
　島裏といふは外海冬菜畑
　禿山のビル島山の冬菜畑
　冬菜畑山峡遠き急斜面
　炭住のなほ住み残る冬菜畑
　立ち去ればとつぷり暮るる冬菜畑
　冬波の残せし汐も馳せもどる
　船発たせ冬波心とりもどし
　軍艦の荷役しづかに冬に入る

冬波

冬に入る

冬の雨
　冬に入る暮しさへぎる白襖
　冬雨や襖に映る仏の灯
　水漬きつつ木賊は青し冬の雨
　冬の雨かばひ終せぬ子の濡れて
　冬の雨なほ母たのむ夢に覚め
　送り出て閉ざす扉や冬の雨
　見送りはややにひまどる冬の雨
　折りたたみ傘の濡れざま冬の雨

冬の海
　冬海の入り込んで居る貨車だまり
　今日ありて一事果しぬ冬の海

冬の梅
　曳船の男突つ立ち冬の梅
　冬川の暮色及びてよそよそし

冬の川
　冬川の築堤匂ふ松丸太
　橋に聞くながき汽笛や冬の霧

冬の霧
　地下工事冬霧の夜の日比谷の泥
　岩ごもる噴湯の音と冬霧と

「薔」「軒」

「薔」「紅」「紅」「紅」「薔」「紅」「都」「薔」「紅」「山」「紅」「汀」「軒」「紅」「紅」「紅」「紅」「紅」「汀」「汀」「紅」「紅」「山」「紅」「紅」「半」「紅」「紅」

冬の暮
　冬霧の一隅の街行くのみ
　母を祈ぎ子を祈ぐ小祠冬の暮
　鶺々とネオンありそめ冬の暮
　冬の暮校庭たのし門司の子ら

冬の空
　冬の空わが町も松枯れはじめ
　祝ぎまつる大き冬空入日の朱

冬の蝶
　木蔭より木蔭へ瑠璃の冬の蝶
　寝ぬる子が青しといひし冬の月
　バックする車のひまや冬の月

冬の月
　冬月に集ふ足音聞く如
　汝は母を汝は夫看とる冬の月
　冬の虹かばはむ間なく消ゆ

冬の虹
　冬の虹しかばねふ冬の野の日和

冬の野
　蝶迅く鳶舞ふ冬の野の日和

冬の蜂
　冬の灯の窓どこも日当る冬の蜂
　留守の窓どこも日当る冬の蜂

冬の水
　冬の灯の浅草などの道楽しや
　冬の灯に膳椀はとく蔵ひ入れ
　語らぬはいたはることや冬の星

冬の星
　母が急げばつづき急ぎぬ冬の星
　ひたすらに夕映とどめ冬の水

冬の夜
　冬の夜の替りて乗りし車掌かな
　抱く夜の貝のあはせを聞く冬夜
　雨の夜の冬の夜霧は下町に

冬薔薇
　冬薔薇や日のあるかぎり暖かし
　お噂すれしさばかり冬のばら
　冬薔薇の色の好みの若き使者
　冬薔薇のつぼまれる数をたのみ

冬晴
　冬晴や松の青さに松ぼくり

「暁」「余」

「都」「汀」「都」「山」「紅」「薔」「薔」「紅」「山」「都」「紅」「紅」「薔」「薔」「汀」「薔」「都」「軒」「軒」「都」

季題別作品集

冬　日

冬晴れや影も乱さず箱根杉　「余」「薔」
冬晴や高垣椎の照り返し　「余」「薔」
ながれゆく水草もあり冬日暮る　「暁」「汀」「春」
町裏や冬日はひそと中二階　「都」
ソ連船入渠スクリユー冬日射し　「紅」
洋車と冬日あらそひ行く小路　「紅」
目つむればまぶたにぬくき冬日かな　「紅」
冬日温くし行きひろがれる溶岩に　「山」
猿と人冬日の檻に向ひ合ひ　「薔」
とどまれば冬日も太くとどまれる　「薔」
ひとときは谷戸かこむ山冬日止む　「余」「薔」
冬日あたたか母亡き家に急ぎゆし　「都」
降りそそぐ筑紫の冬日句碑と浴ぶ　「都」
病室を歩けば太し冬入日　「紅」
かかる間も清水湧きつぎ冬日濃し　「軒」
ぬかづけば頬に有難き冬日差　「軒」
広告をここにも立つる冬入日　「薔」

冬雲雀

冬雲雀機翼行かせて揚りぬし　「薔」
冬雲雀鵤来て居りし木賊かな　「薔」
冬日和国境の山小松植う　「紅」
母のため子のためつづく冬日和　「紅」
また島にしたがふ島や冬日和　「紅」
冬日和指の荵に日が当り　「紅」
大石の座はまづ決まり冬日和　「紅」
冬日和芭蕉玉巻く新たにも　「余」「薔」
子のために克ちし病や冬日和　「余」「薔」
名にし負ふ椿花見せ冬日和　「紅」

冬日和

冬　服

人待つや冬服紅く雨衣まとひ　「都」
冬服に海の入日の柔かや　「余」「紅」

冬　帽

冬帽をかぶる去りゆく人として　「余」「薔」
冬帽子大人の話ききたき子　「紅」「軒」
冬帽立つ小枝したたか肩はじく　「紅」「軒」

冬　芽

冬芽鴫や小手かざしあふ海の日に　「紅」

冬　鴫

冬芽玉をたたふる日を給ひ　「紅」

冬紅葉

冬紅葉玉をたたふる日を給ひ　「紅」
何くれと母の指図や冬紅葉　「薔」
石入れて庭なくなりぬ冬紅葉　「薔」「余」
人寄せて更にしづかや冬紅葉　「初」
移る日の一刻そこも冬紅葉　「初」

冬　山

文もせず冬紅葉のたのみみし　「薔」
たのみみし片枝の栄えの冬紅葉　「薔」
山淋しく冬山の下行きにけり　「軒」
冬山に晴れがましかるショールかな　「芽」
冬山も町の広さも新居より　「芽」
湖渡る冬山の意を近々と　「花」

冬夕焼

江覆ふ冬夕焼に旧租界　「軒」
母ありと知るしづけさの冬夕焼　「山」
冬夕焼設けの膳も退げられぬ　「紅」
冬夕焼母辺思ふことにはか　「紅」

古　暦

古暦母には残す夜の暇　「紅」

ポインセチア

ポインセチア末子いそいそ抱へ来る　「紅」

忘年会

忘年会のし船音街の音
忘年会たのむひたき人の多きこと　「紅」

ほうれん草

遂にまた雪や時雨やほうれん草　「紅」

朴落葉

朴落葉早瀬めざしてひるがへり　「紅」

— 287 —

朴落葉　　朴落葉即ち空を仰がしむ　　　　　　　　　　「紅」
　　　　　朴散りぬ谷の深さにかかはれば　　　　　　　「薔」
　　　　　残るバラ掠め重なり朴落葉　　　　　　　　　「紅」
　　　　　湧く雲の白さたのめば朴落葉　　　　　　　　「軒」
　　　　　抜ん出て日当る朴の落葉かな　　　　　　　　「軒」
ボーナス　ボーナスや今宵も大都霧深め　　　　　　　　「軒」
マスク　　マスク同志向ひ合せてまじまじと　　　　　　「紅」
　　　　　マスクして残れるものの引眉毛　　　　　　　「汀」
　　　　　マスクせし夫とものいひ年の市　　　　　　　「汀」
マフラー　マスクの歩船の早さに添ふ如し　　　　　　　「春」
　　　　　雨しぶきマフラの色もしづむなり　　　　　　「汀」
　　　　　マフラーを解くや心を放つごと　　　　　　　「薔」
マント　　支那夫妻赤きマントに嬰児抱く　　　　　　　「紅」
　　　　　万両は常にもそこにある如し　　　　　　　　「薔」
　　　　　とんとんと二階へ蜜柑また運ぶ　　　　　　　「余」
蜜柑　　　青蜜柑買ひ得し駅を発車かな　　　　　　　　「余」
　　　　　万両や裏窓いつも誰か居る　　　　　　　　　「山」
みかん　　神妙にみかん量られ辞しにけり　　　　　　　「汀」
　　　　　神妙にみかん量られ銭払ひ　　　　　　　　　「薔」
水涸るる　水涸れし杭の細りに舫ふなり　　　　　　　　「余」
　　　　　水涸の逃ぐるばかりや庭広き　　　　　　　　「薔」
水鳥　　　水鳥と馴れしが如しあたたかし　　　　　　　「紅」

　　　　　水鳥に人とどまれば夕日あり　　　　　「暁」「汀」「春」「半」「紅」
　　　　　水鳥に投げてやる餌のなき子かな　　　　　　「汀」
　　　　　水鳥にあればあはれさよ「暁」「汀」「半」
　　　　　上ミ湖下湖水鳥の沖さみしさよ

水鳥　　　水鳥の朝の機嫌の水しぶき　　　　　　　　　「紅」
　　　　　水鳥の岸恋ふときぞ夕紅葉　　　　　　　　　「紅」
　　　　　小屏風に水鳥の池へだて寝る　　　　　　　　「紅」
　　　　　水鳥も人も暮色にむきむきに　　　　　　　　「紅」
　　　　　水鳥は眠り遊鯉は背を連らね　　　　　　　　「薔」
　　　　　水鳥の昏れ果つ声を端近に　　　　　　　　　「薔」
　　　　　水鳥の鳴きつつ昏るる岸離る　　　　　　　　「余」
　　　　　水鳥も昏れ行く人語またひそと　　　　　　　「薔」
みそさざい　蓮枯れて水鳥唯々と通すなり　　　　　　　「汀」
　　　　　たちまちや水に沈みて水餅に　　　　　　　　「軒」
　　　　　水餅は水に沈みて夕餉より久しけれ　　　　　「汀」
　　　　　三十三才あとばたばたと居しより夕飼かな　　「山」
　　　　　みそさざいかさと居しより夕明り　　　　　　「汀」
　　　　　みそさざい万年青実を抱くかたくなに　　　　「余」

霙　　　　みそさざい一夜の霜に庭すさび　　　　　　　「薔」
　　　　　みそさざい一夜の霜に庭の荒れ　　　　　　　「余」
　　　　　みそさざい日向ぼこりはうしろむき　　　　　「薔」
都鳥　　　しばらくの霙に濡れし林かな　　　　　　　　「汀」

　　　　　霙るると告ぐる下足を貰ひ出づ　　　　　「暁」「汀」「春」「半」「紅」
　　　　　映画街人は霙るる傘を低く　　　　　　　　　「汀」
　　　　　わが波の一つ一つに都鳥　　　　　　　　　　「花」
　　　　　都鳥飛ぶ橋梁の鉄の弧を　　　　　　　　　　「花」
　　　　　都鳥とらへし波に浮びけり　　　　　　　　　「都」
　　　　　大川にゆかりはひとり都鳥　　　　　　　　　「都」
　　　　　都鳥さへ夕ぐれの艪をゆるく　　　　　　　　「都」

季題別作品集

麦の芽

往きを急ぎ帰りを急ぎ都鳥　　［紅］
橋向うがたと淋しく都鳥　　［山］
都鳥船やりすぐす波を惜しみ　　［紅］
都鳥行きつつさだか遠ちにして　　［余］
都鳥波は己れにすぐ戻り
一行の返書心に都鳥
渡りたき橋こそ彼方都鳥
都鳥とぶけふの祈ぎ何なりし　　［軒］
都鳥行きつくまでの道のりに　　［軒］
都鳥はまたたつ鳥や懐手　　［軒］
都鳥見しをよすがに春星忌　　［芽］
麦の芽に汽車の煙のさはり消ゆ　　［芽］
麦の芽に艜の音おこり遠ざかる　　［都］
山の土麦の芽出でて畑となる　　「暁」「汀」「春」「半」
麦の芽に今明るさよ小提灯　　「暁」「汀」「春」「半」
麦の芽にここも人里寒鴉　　「暁」「汀」
麦の芽に此処も人里寒鴉　　「暁」「花」
麦の芽に井戸もすぐ出来小家建ち　　［花］
風音のまた追つかけて麦は芽に　　［花］
市に出る花くれなゐに室を捨て　　［紅］

室の花

室咲の蘭のはかなる心入れ　　［汀］
室咲に一滴大事寒の水　　［薔］
室咲の花と別れし臥床かな　　［暁］
室出でし洋蘭すでに卓領す　　［余］［薔］

毛布

ソ連武官かも従者持つ丹の毛布　　［紅］
凡そ遠き日の毛布かうる父恋し　　［紅］
一夜借るオランダ毛布軽かりし　　［山］
毛布一枚加へたる夜の機嫌かな　　［芽］
柔かき毛布子にさへかけ惜しみ　　［初］
膝毛布たちまち温くし今日に処す　　［紅］
大安好日餅のうまさに工夫あり　　［紅］
母恋しかき餅あぶる長火鉢　　［初］
餅搗のやとわれ衆の老いにけり　　［薔］
餅筵つねづね暗きかな　　［薔］
いとほしむ指の温みや餅筵　　［余］
餅筵つねづね暗きかな餅敷かな　　［薔］

焼芋

焼芋車行く紅梅は枝に満ちしぐれけり　　［薔］
いと白う八つ手の花にしぐれけり　　［余］

八つ手の花

この庭も八つ手の花に町の霧　　［薔］
働くや八ツ手の花咲き夜霧寄せ　　［紅］
八つ手咲きつづく日和の母のもと　　［余］
嫁とりの障子貼りか　八つ手咲く　　［薔］
嫁とりの障子はりか　八つ手咲く　　［初］
八つ手咲きつづく日和の母のもと　　［紅］

夕時雨

手洗鉢割りし氷や薮柑子　　［紅］

山眠る

山眠りあらはに広き島の墓地　　［初］
山眠る雲はねど頼む四隣かな　　［紅］
まだ犬もつながれしまま夕時雨　　「暁」「汀」
遮断機のあがれば子供夕時雨　　［春］
仮住の傘とり出して夕時雨　　［花］

雪

呼鈴の紐のありかや夕時雨　　　　　［都］
旅人の似し人ばかり夕時雨　　　　　［都］
満山の白山茶花に夕時雨　　　　　　［紅］
湘江を過ぐ夕時雨反り屋根に　　　　［紅］
冷えし茶の葉は沈む夕時雨　　　　　［紅］
熔炉燃えゐて掠めけり夕時雨　　　　［紅］
日光ガイド小走りに行く夕時雨　　　［紅］
夕時雨泣く子泣かせて客用意　　　　［薔］
子連れとて疾か帰りけり夕時雨　　　［余］
おだやかといふべき旅か夕時雨
うき草のよよする汀や阿蘇は雪
よべの灯のまだ點いて居る雪の樹々

雪降りし日も幾度よ青木の実　　　　「半」［春］
足音のいつかひとつに雪の道　　　　「半」［汀］
時計見て地図見て雪の山河かな　　　「半」［汀］
みちのくの雪に発つベルまだ鳴れる　「暁」［汀］
かつぎ荷を雪にもたせて想ひ居り　　　　　［汀］
馬が待つ雪の積荷のまだなかば　　　　　　［汀］
信号旗青のまにまに雪の貨車　　　　「暁」［汀］
夜の雪の小車の荷に顔を寄せ　　　　　　　［汀］
雪のビル久しく外を見居し娘も　　　　　　［春］
降る雪にビルにいつしかに灯を連らね　　　［汀］
雪しげく何か家路の急がるる　　　　　　　［汀］
玉霰雪ゆるやかに二三片　　　　　　　　　［都］
歳晩の新宿に来て雪の貨車　　　　　　　　［都］
月明りあたたかかりし雪の道

雪掻き

雪囲
雪国
雪しぐれ
雪吊り
雪鳥
雪投げ

雪催ひ

年歩む雪おほかたは車馬に消え　　　　　　［都］
雪が来し後の子のこと家のこと　　　　　　［山］
雪小止みすぐ来て居りし四十雀　　　　　　［紅］
低き日のかかりて温くき雪の原　　　　　　［紅］
大樫の思ひつきては雪払ふ　　　　　　　　［紅］
雪ありて夕日はなやぐ山の駅　　　　　　　［紅］
雪しづか愁なしとはいへざるも　　　　　　［紅］
虹得たり雪富士おろす風の中　　　　　　　［紅］
冬苺大都再び雪粧ひ　　　　　　　　　　　［紅］
冬椿一枝の雪をまづ払ふ　　　　　　　　　［紅］
蕗の薹届けし人も雪に去る　　　　　　　　［薔］
雪片や漢なれば面上げ　　　　　　　　　　［軒］
一幹の松の高さの雪の天　　　　　　　　　［芽］
ひとしなみ古巣にも雪降りに降る　　　　　［春］
遂にまた雪や時雨やほうれん草　　　　　　［紅］
雪届きし市内に来り樵難渋　　　　　　　　「汀」［紅］
雪搔くと雪を左右すばかりなり　　　　　　　　　［汀］
停車して雪国の子の歌聞ゆ　　　　　　　　　　　［汀］
小き焚火にまかせしものに雪しぐれ　　　　　　　［紅］
雪吊りの松のこなたの計りごと　　　　　　「余」［薔］
雪投げをして教会にあつまり来　　　　　　　　　［汀］
雪鳥のわが忘るれば去りてゐし　　　　　　　　　［紅］
靴紐を結ぶ間も来る雪つぶて　　　　　　　「汀」［春］
雪つぶて男女店員恋ほのか　　　　　　　　　　　［紅］
嫁菜摘む雪をまろめて雪つぶて　　　　　　　　　［汀］
小鞄もじんと重しよ雪催ひ　　　　　　　　　　　［紅］

季題別作品集

雪山
　タクシーが開かするラジオ雪催ひ 「余」「薔」
　雪催ひ全館灯す警視庁 「余」
　雪山を夜目にボールをまはすなり 「余」「薔」

夜番
　雪山に一日真向ひ垣繕ふ 「暁」「汀」「春」「半」
　古風呂に近く年の幸や灯明き 「初」「紅」
　湯気立てて貰ひては主は疾くに居ず
　わが部屋に湯ざめせし身の灯を點もす

湯豆腐
　湯豆腐や姿見せねど行きとどき 「汀」
　湯豆腐や帰すに言葉足らぎりし 「紅」「半」

寄鍋
　寄鍋に男もっとも気を遣ひ 「薔」

炉
　行きついてかへす夜番の聞えつつ 「暁」「軒」
　ゆきついてかへす夜番の聞えつゝ
　貨車の音ともなひ来る夜番かな 「暁」「春」「芽」
　やりすごす向ふむきなる夜番かな

　叱られてゐる猫ゆゑに爐辺をかし 「暁」「汀」「春」「半」
　桑枯れて爐の火赤しと見て来しや 「汀」
　爐に投ず生木燃えはぜ冬苺 「紅」
　ここぞとて人々機嫌爐を横目 「余」「薔」
　紅葉宿まづ爐を恋ひてらちもなや 「余」「薔」

冬雑
　人まねてアロエ育てて冬囲ひ 「軒」
　年迎ふ山の井深く掘りあてし 「余」「都」
　福桝にまとも大きく落つ日かな 「余」「薔」
　福豆をわかちあひたり後知らず

無季
　召しあがるまじと麸出されけり 「暁」「汀」「半」
　四つ手あぐるや網目張る水輝かし 「暁」「汀」「初」
　つるの墓にもっとも泣きて拝みけり
　校庭の落椿を鳩巣にくはへ 「暁」「汀」
　ここらまで流るる水や消防車 「暁」「花」「半」「汀」
　叡山の尖りさやかに一日居つ 「暁」「汀」
　酒庫も松を漸くないがしろ 「暁」「汀」「半」
　ネッカチフ江岸遠き寂しさよ 「暁」「都」
　訣別や空港までの木蔭道 「都」「紅」
　また何ぞ言はれ居る身を浴みする
　燃えてゐる棟木を撥ねし火焔あり 「都」「紅」
　浴みすや支那反り屋根の電飾に 「紅」
　夕べふと暇をぬすめば酔蝶花 「紅」
　老いて恋ふ木蔭黒人も白人も 「紅」
　朝ごとの木影の椅子や老夫妻 「山」「薔」
　コルシカ行果せぬ握手楡木蔭 「山」「薔」
　フェニックスの木蔭すべてを心にし 「余」「薔」
　ゆづるべき座に運ばれし土瓶蒸し 「余」「薔」
　土瓶蒸しの蓋をもどしてみてひとり 「余」「薔」
　ねんごろに木蔭立ち去る言葉あり 「余」「薔」
　夜にまぎるつややかなりしミンクかな

夜目に澄む流れは言はで別れ来し
畳屋の不肖の子らしすぐ帰る
誰々ぞ二三は句碑の木蔭より
火元より嬉々と舞ひ立つ火の粉かな
破れし戸に太き錠前留守の宮
留守の宮拝みて離郷晴ればれと
のぞきたる顔グッピーが群れよぎる
野に座せばわれもまらうど菓子の艶
笑み涙隣り合せやクレマチス
ブーゲンビリア旅まつ先に覚えし名
差し加ふボンズの量は否まれず
伸び伸びとここに一群ストレリチア

「薔」
「薔」
「薔」
「薔」
「軒」
「軒」
「芽」
「芽」
「芽」
「芽」
「芽」

略年譜

中村汀女略年譜

明治三十三年（一九〇〇）
四月十一日、熊本県飽託郡画村（現熊本市江津）に、斎藤平四郎・テイの一人娘として生まれた。本名破魔。汀女の号は、生花の師、山崎貞嗣先生がつけた斎号、瞭雲斎花汀女からとったもの。

明治三十九年（一九〇六）六歳
画図尋常小学校に入学。

大正元年（一九一二）十二歳
熊本県立高等女学校（現第一高等学校）に入学。一学年担任であった中村ミネ（旧本城）先生と約四十年後、徳山市「風花」大会にて邂逅す。

大正六年（一九一七）十七歳
三月、熊本県立高等女学校を卒業。補習科入学。

大正七年（一九一八）十八歳
三月、同校補習科を卒業。十二月下旬、いつものごとく縁側・玄関の拭き掃除の際に「我に返り見直す隅に寒菊赤し」の文句が浮かぶ。それが、俳句らしきものが出きた最初であった。つづいて堤上に見るいつもの景が「鶏䕌に集りぬ湖暮るる」となり、奥庭の眺めを「いと白う八つ手の花に時雨けり」と詠んだ。以上三句を九州日日新聞（現熊本日日新聞）

— 293 —

俳句欄に投稿し、選者三浦十八公氏に絶讃を受け、つづけて投句するようになった。

大正八年（一九一九）十九歳
　すすめられるままに『ホトトギス』に初投句して初入選する。「身かはせば色変る鯉や秋の水」三浦十八公氏上京後は、病中の宮部寸七翁に、時おり句を見てもらっていた。

大正九年（一九二〇）二十歳
　九月、杉田久女を知る。十二月、熊本市寺原町出身の中村重喜と結婚。

大正十年（一九二一）二十一歳
　一月、淀橋税務所長の夫とともに上京、中野区塔の山の借家に住む。鎌田瑗女氏に伴われて長谷川かな女邸の婦人句会に出席。二回ばかりの参加の後、いつとはなく作句中止。

大正十三年（一九二四）二十四歳
　三月、長女濤美子生まる。夫、仙台税務監督局へ転任、北三番町赤間氏貸家に入る。

大正十四年（一九二五）二十五歳
　名古屋税務監督局へ転任の夫とともに名古屋市千種町の家に入る。同年末、大阪税関へ転じ、港区築港の税関官舎に移る。

昭和元年（一九二六）二十六歳
　五月、長男湊一郎生まる。熊本より母上阪して手伝う。

昭和四年（一九二九）二十九歳
　五月、次男健史生まる。

昭和五年（一九三〇）三十歳

略年譜

昭和七年（一九三二）三十二歳

横浜税関へ転じ、商船氷川丸にて横浜へ赴任。中区西戸部町税関官舎に移る。

この春、杉田久女の個人雑誌『花衣』創刊。すすめられての作句がきっかけとなり十年ぶりに句作りを再開する。その年の七月にはじめて丸ビルに高浜虚子を尋ね、星野立子氏にも逢う。『ホトトギス』に作品を次々と発表。

昭和九年（一九三四）三十四歳

「ホトトギス」同人となる。

昭和十年（一九三五）三十五歳

夫、本省に転任。大森山王一丁目の家に移る。

昭和十一年（一九三六）三十六歳

夫、仙台税務監督局長に転任。四月、濤美子宮城県立高女に入学。長男・次男はその地の附属小学校へ。

昭和十二年（一九三七）三十七歳

秋、東京税務監督局長に転任の夫につきて仙台を発ち、世田谷区北沢一丁目の家に転居。

昭和十五年（一九四〇）四十歳

夫、造幣局長に転じて単身大阪に向かう。句集『春雪』（三省堂）刊。

昭和十七年（一九四二）四十二歳

一月、代田の家新築なりて移る。一本の紅梅を植える。爾来、この樹をこよなく愛し、数多くの作品の素材とした。

昭和十九年（一九四四）四十四歳
『汀女句集』（甲鳥書林）刊。六月、郷里の父没。十一月、濤美子、小川忠雄と結婚。

昭和二十一年（一九四六）四十六歳
復刻版『汀女句集』（養徳社）刊。

昭和二十二年（一九四七）四十七歳
二月、句集『春暁』（目黒書店）刊。四月、俳誌『風花』創刊号発行。同月、『中村汀女・星野立子互選句集』（文芸春秋新社）刊。九月、句集『半生』（七曜社）刊。

昭和二十三年（一九四八）四十八歳
一月、句集『花影』（三有社）刊。

昭和二十六年（一九五一）五十一歳
三月、句集『都鳥』（書林新甲鳥）刊。

昭和二十七年（一九五二）五十二歳
日本経済新聞「俳壇」選者となる。

昭和二十八年（一九五三）五十三歳
「主婦の友」俳句欄選者となる。『俳句の作り方』（主婦の友社）刊。

昭和三十年（一九五五）五十五歳
随筆集『ふるさとの菓子』（中央公論社）刊。

昭和三十一年（一九五六）五十六歳
随筆集『をんなの四季』（朝日新聞社）刊。作句手びき『婦人歳時記』（実業之日本社）

略年譜

刊。九月、中国人民文化協会の招きを受け、文化訪問団の副団長として中国を訪問、十一月帰国す。十一月、長男湊一郎、尾崎一枝と結婚。

昭和三十二年（一九五七）五十七歳
『今日の俳句』（柴田書店）刊。随筆集『母のこころ』（ダヴィッド社）刊。

昭和三十三年（一九五八）五十八歳
十一月、次男健史、神山錦と熊本にて結婚式を行う。

昭和三十四年（一九五九）五十九歳
四月、皇太子御成婚、朝日新聞の依頼により奉祝の句七句を作る。講演に招かれ、将棋名人木村義雄氏と新潟県能生町へ。この春、高浜虚子逝去。

昭和三十五年（一九六〇）六十歳
四月、生家に〈つつじ咲く母の暮しに加はりし〉の句碑建立。「風花」百号記念と還暦を祝って記念大会をホテルニュージャパンにて。皇孫誕生、産経新聞の依頼により奉祝の句を作り、その夜池田潔氏らとNETテレビにて奉祝座談会。御命名式の日に、NHKテレビにて松野鶴平参議院議長と奉祝の対談。

昭和三十七年（一九六二）六十二歳
母を訪ね帰熊。熊本の風花同人たちと初夏の天草へ。八月、夏期大学講師として高知市へ。十一月、中央公論社主催講演会の講師として丹羽文雄、犬養道子氏らと福岡、久留米、熊本、それより雲仙、長崎を廻って帰京。

昭和三十八年（一九六三）六十三歳

— 297 —

五月、「風花」十五周年記念大会、八芳園にて。出席の久保田万太郎氏のその夜の訃報に、句会半ばに病院に行く。母校創立六十周年に招かれて帰郷。随筆集『明日の花』(冨山房)刊。

昭和三十九年(一九六四)六十四歳
二月、毎日テレビ「真珠の小箱」のために、伊勢五ヶ所湾に赴く。十月、宮城県松島町の芭蕉祭俳句大会に選者として出席。十二月、NHKテレビ「日曜散歩」の録画で熊本へ。

昭和四十年(一九六五)六十五歳
四月、風花宮崎支部句会へ。青島を見て、日南海岸へ。六月、欧州諸国へ発ち、アメリカを経て帰国。

昭和四十一年(一九六六)六十六歳
週刊朝日「ふるさとを行く」の記事のために熊本へ行き、裏阿蘇に車を馳す。六月、奥の細道羽黒山全国俳句大会選者として羽黒三山へ。その後、酒田、象潟へまわる。十月末、「風花」宮崎支部三周年大会。十一月、「風花」山口支部十五周年記念大会。ついで、熊本の古荘公子邸に建つ句碑〈一本の竹のみだれや十三夜〉の除幕式へ。参列せし句友とともに、天草を廻る。

昭和四十二年(一九六七)六十七歳
二月、NETテレビ「木島則夫モーニング・ショー」で、熊本の植木市を見る。四月「風花」二十周年記念大会。ホテルニューオータニにて。西日本新聞に五十回にわたり随筆「その日の風」を執筆。

略年譜

昭和四十三年（一九六八）六十八歳

五月、急病にて東京女子医大に入院、検査の結果、胆石と判明。同月、『婦人俳句のつくり方』（婦人生活社）刊。六月、『俳句をたのしく』（主婦の友社）刊。十一月、赤坂御苑における天皇皇后両陛下御催しの園遊会に参入。十二月、句集『紅白梅』（白凰社）刊。

昭和四十四年（一九六九）六十九歳

二月、千葉県勝浦海岸官軍塚碑除幕式に参列。五月、「風花」会員三十余名と欧州旅行。七月、アポロ号の月着陸のNHK特別番組に出演。八月帰省。十月、東北電力主催文化講演会のため盛岡・青森へ。十一月、松江市教育委員会の招きにより松江市へ。十二月、勝浦市の官軍塚に、教育委員会により句碑〈香焚けば情こまやかや春の海〉建つ。主婦の友俳句講座講師となる。

昭和四十五年（一九七〇）七十歳

四月、古稀の祝賀を「風花」会員で催す。その後、母の待つ湖畔の家に赴く。五月、静城北高校同窓会に講演。九月熊本へ。熊本市藤崎八幡宮の秋の例大祭に参拝。十月、全国小学校家庭科研究会熊本大会にて講演。十一月三日、熊本県近代文化功労者として顕彰を受ける。十一月、赤坂御苑の園遊会に参入、陛下よりお言葉をいただいて感激。

昭和四十六年（一九七一）七十一歳

一月三日、TBS時事放談、細川隆元、斎藤栄三郎氏と。三月、母を見舞う。長崎多津子邸に句碑〈大石の座はまづ決まり冬日和〉建つ。TBS「モーニングジャンボ」のため熊本へ。母校熊本市画図小学校、校庭にPTAにより句碑〈浮草の寄する汀や阿蘇は雪〉建

立。十月十六日、大阪NHKに出演。翌十七日毎日放送「真珠の小箱」のために三輪・飛鳥を経て吉野山へ。十一月、病む母を見舞う。十二月、再び母のもとへ、三日母没（九十八歳）。

昭和四十七年（一九七二）七十二歳

一月、母の七七忌に帰郷。二月二十九日より三月五日まで、日本橋三越六階美術特選画廊にて「中村汀女俳句と俳画展」、奥村土牛、小綾源太郎、堅山南風、花森安治、林武氏ら協賛。三月、昨年から持ち越しの金婚式を、子ども、孫、曽孫たちが集まって行う。五月、日本経済新聞に「私の履歴書」の連載始まる。「風花」宮崎支部長及び会員の熱意により句碑〈秋風に向ひ投げしむ運の石〉建立。東京十二チャンネル「人に歴史あり」に出演。十月、「風花」二十五周年記念大会。帝国ホテルにて、全国各地より会員七百余名参加。十一月、勲四等宝冠賞を受賞。

昭和四十八年（一九七三）七十三歳

一月八日、ホテルオークラにて「風花」新春句会、併せて昨秋の叙勲の祝賀会。参会者四百五十名余。四月、熊本日日新聞社主催俳句の会のため帰郷。かねて念願の五家荘に先輩川辺みち氏、岩下ゆう二夫婦同行。五月、随筆集『風と花の記』（芸術生活社）刊。汀女監修『現代俳句歳時記』（実業之日本社）刊。横浜市野尻山公園に、横浜市協賛のもと、「風花」湘南支部一同により句碑〈蕗の薹おもひおもひの夕汽笛〉建立。六月三日、相模ピクニックグランドに〈草紅葉してどの丘もわれら呼ぶ〉〈湖も秋日もここに完たけれ〉〈人中にロバも出たくて秋うらら〉〈名の如くあはいの山も粧ふ日〉の四句の句碑除幕。十

略年譜

月、山口県支部二十五周年のため徳山へ。その後熊本へ。母の三周忌の法要を繰り上げて営む。法要の前日の小閑に熊本支部諸氏と句会。十一月四日再び熊本へ。母校熊本第一高等学校七十周年の式典に参列。

昭和四十九年（一九七四）七十四歳

四月、『中村汀女俳句集成』（東京新聞出版局）刊。八月、自叙伝『汀女自画像』（主婦の友社）刊。

昭和五十年（一九七五）七十五歳

四月、胆石で少しく臥したが、八月に富山県教育委員会夏期大学講師として北陸へ。十月、熊本県本渡市殉教公園に句碑〈麦秋の島々すべて呼ぶ如し〉建立、除幕式に臨む。十二月、再び胆石で東京女子医大病院に入院。

昭和五十一年（一九七六）七十六歳

一月、胆石手術。五月十八日退院。二十二日全快祝いの会を帝国ホテルにて。同月、NHKテレビ「女性手帳」「私の歳月」を放映。

昭和五十二年（一九七七）七十七歳

四月、「風花」三十周年祝賀大会と喜寿の祝いを帝国ホテルにて。十月、この時よりNHKテレビ「俳句入門」の講師を三年間受け持つ。『伝統の銘菓句集』（女子栄養大学出版部）刊。

昭和五十三年（一九七八）七十八歳

二月、長年にわたるテレビ・ラジオ放送を通じた平易な俳句指導の功績によりNHK放送

文化賞を受賞。

昭和五十四年（一九七九）七十九歳

二月、夫中村重喜急逝。享年八十六歳。三月、随筆集『その日の風』（求龍堂）刊。四月、『薔薇粧ふ』（主婦の友社）刊。十月、熊本市名誉市民となる。同月、世田谷区羽根木公園に句碑〈外にも出よふるるばかりに春の月〉建立。十月、熊本市名誉市民顕彰。都内句碑建立の「風花」記念大会をホテルオークラにて開催。

昭和五十五年（一九八〇）八十歳

三月、『中村汀女俳句入門』（求龍堂）刊。四月、『汀女俳句歳時記』（主婦の友社）刊。十月、文化功労者として顕彰される。

昭和五十六年（一九八一）八十一歳

一月、宮中歌会始に陪席。五月、赤坂御苑園遊会に参入。

昭和五十七年（一九八二）八十二歳

四月、「風花」創刊三十五周年記念祝賀会をホテルオークラにて。五月、母校の熊本県立第一高等学校校庭に句碑〈夏雲の湧きてさだまる心あり〉建立。除幕式に出席。

昭和五十八年（一九八三）八十三歳

四月、『汀女選後評集成』（主婦の友社）刊。六月、『花句集』（求龍堂）刊。随筆集『今日の風　今日の花』（海竜社）刊。

昭和五十九年（一九八四）八十四歳

四月、これまでの全俳句作品に対し、日本芸術院賞を受賞。

略年譜

昭和六十年（一九八五）八十五歳

　六月、葛飾区堀切菖蒲園に句碑〈花菖蒲かがやく雨の走るなり〉の句碑建立。十月、熊本市水前寺江津湖公園に句碑〈とどまればあたりにふゆる蜻蛉かな〉建立。熊本県内では六番目。

昭和六十一年（一九八六）八十六歳

　四月、「風花」創刊四百号を発行する。

昭和六十二年（一九八七）八十七歳

　四月、「風花」創刊四十周年を迎え、米寿のお祝と祝賀会。ホテルオークラにて。内祝として〈行く方にまた満山の桜かな〉と揮毫の扇子を贈る。十月、世田谷区名誉区民となる。

昭和六十三年（一九八八）八十八歳

　四月、誕生日に恒例となった〝風花の集い〟をホテルオークラにて開催。その後、微熱がつづくため東京女子医大病院に入院。病床で作句、選句に専念してきたが、九月二十日午前九時五十五分、呼吸不全のため永眠。「私はもう寝たいから、あなたたちも早くおやすみなさい」と家族に言ったのが最後の言葉となった。法名・涼風院釈尼汀華。二十七日、築地本願寺にて葬儀。この日、東京都は、名誉都民の称号を贈った。十月七日、内閣は、特旨をもって、正四位勲二等瑞宝章を追贈した。

　参考　『中村汀女俳句集成』（東京新聞出版局刊）新井悠二編「中村汀女略年譜」（『風花』四二八号所載）

句碑一覧

- つつじ咲く母の暮しに加はりし　熊本市画図町　昭35・4
- 一本の竹のみだれや十三夜　〃　島崎古荘公子邸内　昭41・11
- 香焚けば情こまやかや春の海　千葉県勝浦海岸官軍塚　昭44・12
- 大石の座はまづ決まり冬日和　東京都世田谷区長崎多津子邸内　昭46・3
- 浮草の寄する汀や阿蘇は雪　熊本市画図小学校校庭　昭46・9
- 秋風に向ひ投げしむ運の石　宮崎県日南市鵜戸神宮　昭47・5
- 蕗の薹おもひおもひの夕汽笛　横浜市野毛山公園　昭48・5
- 草紅葉してどの丘もわれら呼ぶ　相模ピクニックグランド　昭48・6
- 湖も秋日もここに完たけれ　〃
- 人中にロバも出たくて秋うらら　〃
- 名の如くあはいの山も粧ふ日　〃
- 涼しくも舞ひ納むかないとしけれ　千葉行川アイランド　昭49・7

— 304 —

句碑一覧

- 麦秋の島々すべて呼ぶ如し　　　　熊本県本渡市殉教公園　　　昭50・10
- 落花濃し三滝のお山父母恋へば　　広島県三滝山　　　　　　　昭51・12
- 夕されば水より低き花菜沿ひ　　　愛知県蟹江町鹿島神社　　　昭53・10
- 延着といへ春暁の関門に　　　　　北九州市門司和布刈の丘　　昭53・11
- 外にも出よふるるばかりに春の月　東京都世田谷区羽根木公園　昭54・10
- 夏雲の湧きてさだまる心あり　　　熊本県立第一高等学校校庭　昭57・5
- 花菖蒲かがやく雨の走るなり　　　東京都葛飾区堀切菖蒲園　　昭60・6
- とどまればあたりにふゆる蜻蛉かな　熊本県近代文学館裏　　　昭60・10

あとがき

　本年、平成十二年（二〇〇〇年）は汀女生誕百年にあたる。汀女は十八歳の時、初めて俳句を創ってから八十八歳まで七十年間（十年間程中断）に十一（九）の句集を出している。
　本書は第一部第一章で汀女の生涯を考察し、第二章では、それぞれ句集の特色を論じた。第三句集『春曉』は第二句集『汀女句集』と重複、第四句集『半生』は第五句集『花影』と、第八句集『山粧ふ』は第七句集『紅白梅』と、第九句集『余花の雨』は第十句集『薔薇粧ふ』とそれぞれ作句期間が重なっているので省き、それに処女句集以前の初期作品と遺句集を加えて論じた。こうして汀女の出発期から生涯最後の句までを見た後、第三章では汀女作品の特色と評価を試みた。（初出に多少の改訂を加え、各章で引用や掲句など重なるものはできるだけ避けた。文章の流れの上からあった方がよい部分はそのままにした。）
　第三章の俳句の特色と評価のところで述べているように汀女の俳句といえば一般的には「台所俳句」とか「中流家庭の主婦ないし母としての『女らしき抒情』の典型」などといった評語でみられているが、七十年に及ぶ作品を通覧してみると、そうした言葉では括れないものがあるのである。
　江津湖畔の村長の一人っ子としての娘時代、二十歳で大蔵省官吏の妻となり三児の母になった子育て時代、俳壇では四Tの一人として認められ、「風花」の主宰としてその頂点に立った時代、

病気入院などもありながら数々の栄誉に輝いた晩年と、年齢やそれに伴う生活環境の変化に伴って句の姿も変っていっているのである。七十年間（六十年間）に詠まれた句は決して主婦や母としての視点から切り取った句ばかりではない。そこには一人の人間の生の軌跡が明らかに見えてくる。

汀女の人生及び作品を支えていたのは「江津湖畔に私の句想はいつも馳せてゆく。」という思いと汀女の前向きでこだわりのない明るさ、たおやかな人柄、その奥に潜む火の国の女の芯の勁さであったと考えられる。要するに汀女は故郷への思いを生涯不変のものとして底に蔵しつつ、生活環境や年齢による心身の変化によって句域を広げ、その世界を深めていったのである。サブタイトルの「勁健」はこうした汀女の人柄と生き様を表わした言葉である。

また、生涯に亙る句を見て気になるのは異性への愛を詠んだ句が見当らなかったことである。中村一枝氏は「中村汀女―水のあるくらし」の中で横浜時代の句を挙げ、こんな透明感のある句は家庭の幸福に溺れこんでいるものにはできないもので、そこには「表には決して見せないはげしい葛藤、何かを諦らめ、何かを空しく感じていた」ものがあったからで、それは十八歳の頃の文通相手に何か関係があるのではないかと推察している。汀女の青春に関しては井上智重氏が「ふるさと人物にみる20世紀　中村汀女」（平成11・7・13　熊本日日新聞）で、結婚前の文通相手のことに触れ、汀女はわが青春を「台所俳句」の中に封印したのであると言っている。そこには汀女の意志の勁さが感じ取れる。汀女がなぜ生涯愛の句を詠まなかったかということに関して現段階では、幼い頃から村長の娘として母親の厳しい躾、及び第一高等女学校での良妻賢母の教育、結婚後は、それらに支えられた高級官吏の妻としての自覚があったのではないかと考えて

いる。

　典型的な肥後モッコスであった重喜氏と焔のごとく燃える激しい女であった汀女との結婚生活は波風の立たない穏やかな日和ばかりではなかったと中村一枝氏は言っているが、汀女にとって俳句を創ることは、煩わしい日常から逃れる手段ではなかっただろうか。漱石が、俳句は出世間的なものであると言っているように、汀女にとっても日常のしがらみを切り捨てて五・七・五に昇華するのが俳句であったと言える。

　ひところ何とも熊本恋しくて、銭湯に行っては泣いたものだった。いくら涙が出ても、そこではぺろっと顔を洗えばよろしいのである。

（『汀女自画像』）

　これは上京まもない新婚当時のことを書いた文章であるが、ここに見る汀女ならではの身の処し方はいかにも俳句的であると思う。汀女程俳句的に生きた人はいないと言ってもよいのではなかろうか。汀女は現実の涙を俳句に詠むことで洗い流していたのである。汀女の句に「清新な香気」、透明感があるのはこうしたことによるものと思われる。

　　花落とし終へし椿の男ぶり

　掲句は亡くなる数ケ月前の句である。椿は花を落とした後もなおつややかな葉を茂らせて美しい。この句に詠まれた椿が肥後椿かどうかは判らないが、私は汀女を花に例えるなら、華のある才気は肥後椿がふさわしいと思う。大柄で、若い頃から美人でひときわ目立っていた汀女は肥後椿の花であり、その花芯の大きさは汀女の芯の勁さと象徴しているのである。こうしたところもサブタイトルの「勁健」に託した。

　今、私たちは汀女生誕百年の年にあたって汀女の遺した花の一つ一つをじっくり鑑賞すること

からはじめなければならないと思う。
そういう思いから、本書は二部仕立てにし汀女の全作品を季語別作品集にした。それは、この一冊で汀女のことが総て解かるようなものにしたかったからである。八千句に余る句を季語別に分類するのは二つ以上の季語がある場合の読み分けや処理など思った以上に大変であった。分類の作業及び校正に御協力いただいた近代文学研究会員で漱石研究者の村田由美氏には心から感謝申し上げる。表紙絵は日本画家の今村文美氏を煩わせた。また、刊行に際し御尽力いただいた至文堂にも厚くお礼を申し上げる。

平成十二年四月十一日

今村潤子

初　出　一　覧

第一章　華の生涯 一〜四……中村汀女―生涯と俳句―（『方位』第十四号、平3・8）
第二章　作品の花束
　　一　「初期作品」論……中村汀女処女句集『春雪』論（『方位』第十六号、平成5・9）
　　二　『春雪』論……上に同じ
　　三　『汀女句集』論……中村汀女―『汀女句集』を中心に―（『熊本の文学Ⅲ』、平成8・3）
　　四　『花影』論……中村汀女『花影』の世界（『尚絅大学研究紀要』第十八号、平成7・2）
　　五　『都鳥』論……中村汀女『都鳥』の世界（『国語国文研究と教育』第三十一号、平成7・6）
　　六　『紅白梅』論……中村汀女『紅白梅』論（『尚絅大学研究紀要』第二十一号、平成10・2）
　　七　『薔薇粧ふ』論……中村汀女『薔薇粧ふ』の世界（『尚絅大学研究紀要』第二十二号、平成11・2）
　　八　『軒紅梅』論……中村汀女『軒紅梅』論（『尚絅大学研究紀要』第二十三号、平成12・2）
　　九　『芽木威あり』論……中村汀女遺句集「芽木威あり」論（『方位』第二十一号、平12・3）
第三章　汀女俳句の特色と評価……書き下ろし

〔著者略歴〕
今村潤子（いまむら・じゅんこ）
昭和15年熊本県に生まれる。昭和38年熊本大学卒業。高等学校教諭を経て、現在尚絅大学文学部長。熊本県教育委員。著書に『林芙美子の文体研究』（昭50）、『川端康成研究』（昭63）などがある。昭和60年、作句を始める。句集に『子別峠』（平9）がある。

現住所　熊本市出水7丁目733-2

中村汀女の世界
——勁健な女うた——

平成12年6月20日　発行	今村潤子　著	発行所　至文堂
東京都新宿区西五軒町4-2	03(3268)2441（営業）	発行人　川上　潤

印刷・製本　大日本印刷株式会社　　　　ISBN 4-7843-0199-2　C3092